教學類叢書㊵

國文教學論叢·續編

陳滿銘◉著

目錄

參 鑑賞教學類

附錄

序

以「無心插柳」的機緣闖入國文教學的領域，一晃眼已將近三十個年頭了。在這期間，由於教學、輔導或專案研究的需要，從各個角度研討了衆多問題，除了和其他參與者共同提出二十幾篇研究報告與其他一些成果外，也個別發表了五十多篇相關的論文。而這些論文中的二十五篇，曾於民國八十年六月結集爲《國文教學論叢》一書問世，很幸運地，獲得頗多讀者的肯定。有了這份鼓勵，這次又結集了其中的二十五篇，另將疑難答問十六則合爲一篇，作爲《國文教學論叢》的續編，希望藉此對提昇國文教學的研究能盡棉薄之力。

這二十六篇文章，大約可歸爲五大類：一爲義旨教學類，有五篇，其中〈談篇旨教學〉發表於臺灣師大中輔會《高級中學國文英文物理化學四科輔導資料彙編》，〈談詞章主旨的顯與隱〉、〈談詞章主旨、綱領與內容的關係〉、〈談詞章的義蘊與運材的關係〉與〈談詞章的主旨在凡目結構中的安排〉發表於《國文天地》。二爲章法教學類，有十篇，其中〈談詞章章法的主要內容〉、〈談與宋元思書與溪頭的竹子二文在結構上的異同〉、〈凡目法在國中國文課文裡的運用〉、〈從軌數的多寡看凡目法在詞章裡的運用〉、〈談三疊法在詞章裡的運用〉、〈插敍法在詞章裡的運用〉與〈談補敍法在詞章裡的運用〉發表於《國文天地》，〈章法分析與國文教學〉發表於《臺灣大陸香港新加坡四地中學語文教學論文集》，〈談課文結構分析的重要〉發表於「兩岸暨港新中小學國語文教學國際研討會」，〈凡目法在高中國文課文裡的運用〉發表於「第一屆臺灣地區國語文教學學術研討會」。三爲作文教學類，有三篇，其中〈如何進行作文教學〉發表於《臺灣省高級中學國文科教學研究專集》第二輯，〈談詞章剪裁的手段〉與〈談詞章的兩種作法——泛寫與具寫〉發表於《國文天地》。四爲鑑賞教學類，有四篇，其中〈如何進行鑑賞教學〉發表於臺灣師大中輔會《如何進行國文教學》，〈談文章作法賞析〉與〈談近體詩的欣賞〉發表於《國文天地》，〈談中國古典詩歌之美〉發表於教育部人文及社會學科教育指導委員會《人文及社會學科教學通訊》。五爲「其他」，有四篇，其中〈談國中的詞曲教學〉、〈談崔顥黃鶴樓與李白登金陵鳳凰臺二詩的異同〉與〈國文科測驗題命題的一般原則〉發表於《國文天地》，〈解惑十六則〉發表於《國文天地》或《中等教育》。這五類共二十六篇文章，涉及課文的讀講、內容與形式深究、鑑賞、評量，以及作文的命題、指引與批改，範圍相當廣泛，可說大致已牢籠了國文教學的重要項目。

在此二十六篇中，有幾篇文章，如〈談凡目法在國中國文課文裡的運用〉、〈談凡目法在高中國文課文裡的運用〉、〈談詞章剪裁的手段〉與〈插敍法在詞章裡的運用〉，曾收在《作文教學指導》中作爲附錄，本來都不宜收入本編，但爲適應不同讀者的需要，依然加以容納。而且爲了從不同的角度加以探討，以致有一些比較習見的例文，也有二引、三引，甚至四引的現象。此外，又因爲論文發表的時間不同，而有後說調整或修正前說的地方，這實在情非得已，是要請讀者多加包涵的。

本編能提早和大家見面，應歸功於萬卷樓圖書公司副總經理梁錦興先生和叢書主編李燕如小姐的不斷催促，也得助於台北市立成功高級中學仇小屏老師對一些文稿和資料的整理，在此一併致上誠摯的謝意。當然，限於學識水平，書中無可避免地會有一些疏漏或見仁見智的地方，期盼　方家能給予指正。

陳滿銘　於國立臺灣師範大學國文系

民國八十六年十一月二七日

壹、義旨教學類

談篇旨教學

一、前言

國文科範文教學的活動，主要是針對著課文探究它究竟在「寫什麼？」、「怎麼寫？」，而又「好在那裡？」。探討「好在那裡？」，是鑑賞的問題；探討「怎麼寫？」，是形式深究的問題；探討「寫什麼？」，是內容深究的問題。而要探討課文「寫什麼？」，以深究其內容，則又以探明篇旨為首要之工作。這項工作，通常可就主旨（綱領）的安置、顯隱與材料之使用等方面加以探討。茲舉國、高中課文為例，分述如下，以見篇旨教學之一斑。

二、主旨之安置

帶領學生讀一篇文章，首先要掌握它的主旨或綱領。這可從其安置的部位去尋找。一般說來，作者安置主旨或綱領的部位，不外篇首、篇腹、篇末與篇外等四種。茲依序作簡略的說明。

㈠安置於篇首者

這是將主旨或綱領，以開門見山的形式，直接安排於一篇之首的一種方法。這種方法，因為有直截了當的特性，所以廣被古今詞章家所採用，即以現行國、高中國文課文而言，便可找到不少例子。如沈復的〈兒時記趣〉，此文採先凡（總括）後目（條分）的形式所寫成，旨在敍兒時所獲「物外之趣」，這個主旨在第一段就明白拈出：

余憶童稚時，能張目對日，明察秋毫。見藐小微物，必細察其紋理，故時有物外之趣。

作者在此，直接以回憶之筆，由「細察紋理」之因帶出「物外之趣」之果，作爲一篇綱領，以貫穿全文。假如只有這麼一段「凡」的部分，是無法產生感染力的，因此作者便安排第二、三、四等段來分別具寫自己由「細察紋理」而獲致「物外之趣」的經過。其中第二段，以一羣蚊子爲例，寫細察牠們的紋理，把牠們擬作「羣鶴舞空」、「鶴唳雲端」，終於獲得物外之趣的情形，這是「目一」的部分；第三段以土牆凹凸處的叢草、蟲蟻爲例，寫細察它（牠）的紋理，把叢草擬作樹林、蟲蟻擬作野獸，終於獲得物外之趣的情形，這是「目二」的部分；第四段以草間的二蟲與癩蝦蟆爲例，寫細察牠們的紋理，把癩蝦蟆擬作「龐然大物」，舌一吐便盡吞二蟲，終於獲得物外之趣的情形，這是「目三」的部分。這樣將主旨置於篇首，以統攝下文，所謂「綱舉目張」，條理至爲清晰。

又如李斯的〈諫逐客書〉，這篇文章旨在闡明逐客之過，以說服秦王罷逐客之令，是用「凡、目、凡」的形式寫成的。它在一開端便說：

臣聞吏議逐客，竊以為過矣。

在這兩句話裡，作者直接將一篇的主旨提明，這是「凡」的部分。「目」的部分，包括第二、三、四等段。其中第二段，先依時代先後，分述繆公、惠王、昭王等秦國君主用客以獲致成功的事例，從反面見出逐客之過；再採假設的口氣，說明秦國四朝君主如果卻客不用，必不能成就大名，有力地從正面提明逐客之過。第三段兼顧正反兩面的意思，先以秦王所珍愛的外國珠玉、器物、美色與音樂爲例，說明這些「娛心意、悅耳目」的人與物，不必「出於秦然後可」的道理；再指出看重「色樂珠玉」，而輕忽「人民」（客），至爲失計，實非跨海內、制諸侯的方法，以進一層地表出逐客之過。第四段先指明古代帝王「兼收」以獲取益處，才是跨海內、制諸侯之術，從反面見出逐客之過；再說明客既被逐，必爭爲敵國所用，資爲抗秦之具，又從正面見出逐客之過。而末段則又爲「凡」的部分，這個部分先以「夫物不產於秦」二句，上收第三段的意思；次以「士不產於秦」二句，上收第二段的意思；末以「今逐客以資敵國」五句，上收第四段的意思；完滿地將逐客之過的一篇主旨作了充分的發揮。可見全文是針對著篇首的主旨加以闡釋的。

㈡安置於篇腹者

這是將主旨或綱領特地安排在詞章的中央部位，以統括全篇文義的一種方法。這種方法常用於詩詞，在散文中則較爲少見。詩如杜甫的〈聞官軍收河南河北〉，它旨在寫「聞官軍收河南河北」後「喜欲狂」的心情。作者首先在起聯，扣緊題目，寫「聞官軍收河南河北」時自己喜極而泣的情形，透過「忽傳」、「初聞」寫事出突然，並藉「涕淚滿衣裳」反照出喜悅，大力地爲下聯的「喜欲狂」三字蓄勢。接著在頷聯，採設問之技巧，將目標由自己移到妻子身上，寫妻子聞後狂喜的情狀，在這兒以「卻看」作接榫，藉「愁何在」逼出一篇之主旨「喜欲狂」，並以「漫卷詩書」作具體之襯托。繼而在頸聯，以「放歌縱酒」上承「喜欲狂」、「作伴」上承「妻子」，經由設想寫春日攜手還鄉的打算。最後在尾聯，緊接上聯還鄉之打算，一口氣虛寫還鄉所經過的路程，將「喜欲狂」作充分的渲染。就這樣，由「忽傳」而「初聞」、「卻看」而「漫卷」、「即從」而「便下」，一氣奔注，把自己和妻子「喜欲狂」的心情，用先實後虛的手法，描摹得極其生動。顯而易見地，作者就以安置在篇腹的「喜欲狂」三字作爲綱領，既用以上收實寫「喜欲狂」的部分，又藉以下啓虛寫「喜欲狂」的四句話，形成「目、凡、目」的結構，手法之高，令人讚賞不止。

詞如周邦彥的〈蘇幕遮〉（燎沈香），此詞旨在寫鄉心之切。它的上片，採由近及遠的形式來寫雨後的夏日晨景：首先以開端「燎沈香」二句，寫室內的爐香，並提明季節、時間；其次以「鳥雀呼晴」二句，由室內推擴到屋外，寫窺簷的鳥雀，並交代夜雨初晴；再其次以「葉上初陽乾宿雨」三句，又由屋外推遠到荷塘，寫初日照耀下既清又圓的荷葉與因風微顫的荷花。其中寫爐香，寫鳥雀，是賓；而寫風荷才是主。因爲經由此地（汴京）的風荷，作者就能和故鄉（錢塘）的芙蓉（荷花別名）浦相連在一起，預爲下片寫小楫輕舟的歸夢鋪好路子。到了下片，主要用以抒情。作者先以「故鄉遙」二句，寫鄉思，拈明一篇之作意，來統一全詞；次以「家在吳門」二句，指出自己旅居日久的所在地與故鄉，用以推深鄉思，並寓身世之感；末以「五月漁郎相憶否」三句，回應上片的「風荷」，藉小楫輕舟入芙蓉浦，來寫故鄉歸夢，將鄉思又推深一層，產生巨大的感染力。無疑地，這是一篇將主旨安置在篇腹的作品。

㈢安置於篇末者

這是先針對著主旨或綱領將內容條分爲若干部分，以依次敍寫，到最後才總括起來將主旨或綱領點明於篇末的一種方法。這種方法有畫龍點睛的好處，所以和主旨安置於篇首者，一樣廣被採用。如梁啓超的〈最苦與最樂〉，即採用先目後凡的形式來寫。全文共分五段，其前兩段用以論「最苦」，從各個角度說明世上最苦的事莫過於身上背著未了的責任，這是「目一」的部分；三、四兩段用以論「最樂」，由常人說到聖賢豪傑，指出世上最樂的事莫過於不斷盡各種責任，這是「目二」的部分；末段爲「凡」的部分，總括上面兩個條分（目）的部分，論「最苦與最樂」，認爲：

盡得大的責任，就得大快樂；盡得小的責任，就得小快樂。你若是要逃躲，反而是自投苦海，永遠不能解除了。

以此勉勵大家勇於不斷盡責，做個永遠快樂的人。很顯然地，它的主旨見於篇末，很有說服力。

又如范仲淹的〈岳陽樓記〉，它的主旨爲：

先天下之憂而憂，後天下之樂而樂乎！

這「先憂後樂」之旨，是作者千尋百覓之後，從《孟子・梁惠王》下「樂以天下，憂以天下」衍生而得。這既足以寬慰、激勵被謫的滕子京，更足以寬慰、激勵全天下的讀書人（包括作者自己），不僅如此，又足以寬慰、激勵後世所有的仁人志士，這是作者獨具隻眼的地方。但這個意旨和岳陽樓搭不上任何關係，所以作者只好先於起段，由滕子京謫守巴陵郡與重修岳陽樓，寫到囑己作記之情事，預爲下文對樓外景觀之敍寫作鋪墊；再依序於第二段概寫岳陽樓的不變景觀，於第三段具寫變景異情之一，即雨景悲情；於第四段具寫變景異情之二，即晴景喜情，一方面就正面充分地交代了題目，一方面又以變景異情的「二者之爲」，從反面生發末段的感慨。而末段的感慨，則先應變景異情部分，寫古仁人之心，不同於一般的遷客騷人，既不會以物而喜，也不會因己而悲，從而逼出「先憂後樂」的一篇主旨來。作者如此地將主旨安置於末尾，而又自自然然地和岳陽樓綰合在一起，其眼力與手法，是極其高明的。

㈣安置於篇外者

這是將主旨蘊藏起來，不直接在篇內點明，而讓人由篇外去意會的一種方法。這種方法由於可「不著一字，盡得風流」，所以被用得最爲普遍。如李白的〈黃鶴樓送孟浩然之廣陵〉，此詩旨在敍別情。作者先以起二句敍事，敍的是故人西辭武昌前往揚州的事實；再以結二句寫景，寫的是故人乘船遠去，消失於天際的景象。作者就單單透過「事」與「景」，從篇外表達出無限的離情來。唐汝詢說：「黃鶴樓，分別之地；揚州，所往之鄉。煙花，敍別之景；三月，紀別之時。帆影盡則目力已極，江水長則離思無涯。悵望之情，具在言外。」（《唐詩解》）所謂「悵望之情，具在言外」，正指出了本詩主旨在篇外的特色。

又如杜牧的〈山行〉，這是一秋日遊山之作，寫的是作者山行時所見清麗秋色。它的前二句，寫秋山之行，在這裡，作者以「遠」寫山之高，以石徑之「斜」寫路之曲折，而又以白雲中的人家作點綴，使得秋寒的高山顯得格外清幽安詳，而又令人感到溫暖，這是泛就山行所見清景來寫的。至於後二句，則用以寫紅豔的楓林。作者在此，採比較的手法，指明沐浴在斜陽之下的楓葉比二月花還來得紅，構成了一幅楓葉流丹、山林盡染的迷人畫面，這是特就山行時所見豔景來寫的。作者就這樣的以清、豔之景襯托出他玩賞秋山楓林時恬靜而愉悅的心情，而這種心情非得讀者從篇外去尋取、領會不可。

二、主旨的顯隱

詞章的主旨，從其安置的部位尋得之後，還要審辨看看它是屬於表面的，還是有更深一層的部分被隱藏起來，這是不可少的活動。茲分全顯、顯中有隱與全隱三者，學例說明於後。

㈠全顯者

詞章的主旨，明顯地經由詞面表達得一清二楚的，爲數不少。如胡適的〈母親的教誨〉，它在篇末這麼寫：

我都得感謝我的慈母。

這一句話把作意說得極爲明白，爲了要强化這個主旨，作者首先在起段，採泛寫的方式，寫他母親關心他學業，並在晨間於他犯事小時訓誨自己的情形；接著由第二段充當上下文的接榫，一面用以收起段，一面用以啓下段，充分發揮聯貫的作用；繼而於第三段，採特寫的方式，寫他母親關心他健康，並在夜裡於他犯事大時訓誨自己的經過；最後於末段，先寫他母親對自己影響之大，再拈出一篇的主旨，以見他母親之偉大。這樣以寫嚴爲賓、寫慈爲主的手法，寫出自己對慈母的感謝之情。而這種感謝之意，是經由詞面明白地表達出來的。

又如李密的〈陳情表〉，它的主旨是：

> 願陛下矜愍愚誠，聽臣微志；庶劉僥倖，保卒餘年。

這幾句話見於篇末，也把作者寫這篇文章的用意說得十分明白。爲了使這種請求具備強而有力的說服力，作者就必須表明自己有異於常人的「辛苦」所在，於是先在第一、二段分別就私情（孝）、「赴命」（忠），具體地寫出他「辛苦」的實情，然後在第三段再就私情（孝）與「赴命」（忠），寫他進退兩難的境況，以見出他「辛苦」的原因，從而作緩急的比較，以進一步見出自己欲就私情（孝）、拒「赴命」（忠）的「辛苦」所在，藉以乞求准許所請。就因爲它的主旨表達得很清楚，而寫「辛苦」時又寫得「悲惻動人」（吳楚材評，見《評註古文觀止》），所以最後打動了晉武帝之心，使他得以終養祖母。

㈡顯中有隱者

作者安排詞章的主旨，有時雖把它表層的部分明顯地作了表達，卻將深一層或眞正的部分只稍予涉筆或完全匿而不宣。如果要掌握這種顯中有隱的主旨，便得下一番審辨的工夫。如周敦頤的〈愛蓮說〉，它表面的主旨，是愛蓮、愛君子，這可從題目及下列文句中看出：

蓮，花之君子者也。

蓮之愛，同予者何人？

如果此文之主旨僅止於此，則作者該完全以蓮爲「主」來著筆即可，是不必牽出菊和牡丹爲「賓」來寫的。作者在此所以用「賓」，就是要藉著菊和牡丹來比喻眞正的隱士與一般熱中富貴的大衆。其中眞正的隱士，就像《禮記・中庸》所說的「君子依乎中庸，遯世不見知而不悔」，這種人可謂少之又少，所以作者只說「菊之愛，陶後鮮有聞」而不置可否，足見作者所關注的不是這類少之又少的人，只是爲了備數而已；而那些熱中富貴的大衆，才眞正是作者要關注的對象，因此作者最後改變了原先由菊而牡丹而蓮的敍次，特將牡丹置於末尾說：

牡丹之愛，宜乎眾矣。

這兩句話，從表面上看，只是呈現事實而已，但顯然地，對當代大衆但知追求富貴而缺少道德理想（君子）的情形，是有著貶責並勸勉他們成爲君子的意思的，不過在語氣上力求委婉罷了。這是將深一層的主旨只稍予涉筆的例子。

又如賈誼的〈過秦論〉，它表面的主旨是論秦之過在於：

仁義不施，而攻守之勢異也。

爲了要論述這個主旨，作者特先以第一、二段寫「攻」，第三、四段寫「守」，以見「攻守之勢異」；而又於第三段中述「仁義不施」的事實，於第四段述「仁義不施」的結果；然後於第五段利用前四段所陳列材料，將六國、秦與陳勝，比權量力一番，以見「成敗異變，功業相反」的後果，從而結出一篇的主旨來。從文章的內容來看，主旨確是非常清楚，但若從寫作的目的來看，則主要是總結秦亡的歷史教訓，爲漢朝提供借鑒，以免重蹈覆轍。這可以說是將深一層的主旨匿而不宣的例子。

㈢全隱者

詞章講求含蓄，由來已久。所謂「意在言外」，是詞章家所特別注意的。因此通篇用以敍事或寫景，而將主旨隱於篇外的，便比比皆是。如岳飛的〈良馬對〉，此文以宋高宗之問領出岳飛之答，而岳飛之答，即本文之主體所在。就在這個主體部分裡，岳飛特就食量、品格、表現等方面分析良馬與劣馬的差異，認爲良馬：

此其受大而不苟取，力裕而不求逞，致遠之材也。

而劣馬則是：

此其寡取易盈，好逞易窮，駑鈍之材也。

從這幾句話裡可看出，岳飛是藉此以諷諭高宗要識拔賢才而辭退庸才的。這種諷喻的意思，盡在言外，很容易讓人聽得進去。

又如方苞的〈左忠毅公軼事〉，它的第一段爲序幕，記左公識拔史可法的經過，將左公爲國學才的苦心與忠忱先作初步的敍寫。而第二段爲主體，寫左公被下廠獄後，史可法冒死探監的經過，充分地刻劃出左公的公忠體國與剛正不屈來。至於第三、四、五等段爲餘波，先寫史可法受左公感召，繼其志業，奉檄守禦流寇的堅苦，再寫篤厚師門的情形，然後補敍本文所記的軼事，確係有憑有據，以回應篇首的「先君子嘗言」作結。作者這樣記事，看似雜碎，卻始終用「忠毅」二字來貫穿它們，以寫左公和史可法的「忠毅」精神。其中寫左公的「忠毅」是主，寫史可法的「忠毅」爲賓，也就是說，寫史可法的「忠毅」等於是寫左公的「忠毅」。因此本文的主旨在寫左公的「忠毅」精神，而這種主旨卻完全隱藏起來，如果不仔細去推究，則很容易誤會它寫的是師生情誼或尊師重道的精神。

四、材料的使用

掌握了主旨的安置部位與其顯、隱之後，就要看一看作者使用了那一些具體材料來將抽象的主旨凸顯出來，使它發揮最大的說服力與感染力。而所使用的材料，一般說來，可分如下兩種：

㈠物材

物，本來是沒什麼情意可言的，但詞章家卻偏偏賦予它們情意，使物產生了意象，和自己內在的情意結合起來，達於交融的境地。王國維說：「一切景語皆情語」（《人間詞話》），便是這個意思。其實，景語不僅是情語而已，也往往是理語，所以詞章家藉景物來抒情或說理的，便隨處可見。如吳均的〈與宋元思書〉，它寫的是由富陽至桐廬間清幽的山光水色，乃用先凡後目的形式所寫成。「凡」的部分為第一段，直接拈出「奇山異水」四字以統攝下文。「目」的部分爲第二、三、四等段，其中第二段承首段之「異水」，寫水色、水中魚石及湍浪之異，爲「目一」的部分；第三、四兩段，承首段的「奇山」，寫山峯、山聲（泉水激石、好鳥相鳴、蟬噪猿啼）及山樹之奇，爲「目二」的部分。就在寫山聲、山樹之間，作者特以插敍的手段寫道：

鳶飛戾天者，望峯息心；經綸世務者，窺谷忘返。

這四句話寫了作者面對「奇山異水」時所湧生的感觸，透露出作者隱逸的思想，這可說是一篇主旨之所在。而這種感觸與思想，如就作者本身而言，是抒情；如對他人（宋元思）

而言，是說理。這種情、這種理，假如沒有前述一些清幽的具體景物作媒介，是不會有任何說服力與感染力的。

又如李煜的〈清平樂〉（別來春半），此詞旨在寫「離恨」。而可用以寫離恨的材料卻很多，結果作者在這首詞裡卻挑選了眼前「觸目」所及的材料：首先是「落梅」，它的物象既可藉以表示作者的憐惜哀傷之情，而「梅」的本身更是離恨的象徵。相傳在南朝時，范曄有一個朋友叫陸凱的，曾托信差由江南帶一枝梅花，並附一首詩送給范曄，以表示對他的思念之情。詩是這樣寫的：

折梅逢驛使，寄與隴頭人。江南無所有，聊贈一枝春。

從此梅就和離情結了不解緣，並由朋友擴大到家人、男女身上，以表示對他（她）們的思念之情。如唐宋之問的〈題大庾嶺北驛詩〉：

明朝望鄉處，應見隴頭梅。

便是很好的例子。其次是「雁來」，用的是蘇武雁足繫書的故事，當然更與離情有關，如王灣的〈次北固山下詩〉說：

　　鄉書何處達？歸雁洛陽邊。

這不是明顯的例證嗎？又其次是「路遙」，可進一層地將空間拓遠，使離恨更變得無窮無盡，自然也產生了以景襯情的作用。最後是「春草」，則與離情，尤有關連。因爲草逢春而漫生無際，一方面既時時入人眼目，一方面又可藉以襯出離恨之多來，如王維〈送別詩〉說：

　　春草明年綠，王孫歸不歸？

諸如此類的例子，俯拾皆是。可見李煜選這些物材來寫「離恨」，是很有眼力的。

㈡事材

所謂事，可以是事實，也可出自虛構。虛構的，以寓言最爲常見，如列子的〈愚公移山〉，以愚公自己、家人與鄰居移山的行爲感動天神，以致完成移山願望的一個杜撰故事，寄寓了人助（自助、他助）天助、有志竟成的道理，這是大家所熟知的。至於事實，則以過去的事實（故事）被運用得最多，如劉義慶的〈陳元方答客問〉，這篇短文主要在讚美陳元方有夙慧。要讚美陳元方有夙慧，本來有很多方式，而本文卻採以小見大的方式，僅用一個小故事來表達。這個小故事是：陳元方七歲時，有一天他父親跟朋友約定中午見面，因這個朋友未依時而至，便先行離開。後來這個朋友到來，卻很不客氣地責備陳元方的父親「相委而去」，於是陳元方答說：

君與家君期日中，日中不至，則是無信；對子罵父，則是無禮。

從這幾句答話中，可看出陳元方知書達理之一斑，以七歲之齡竟能如此，不是「夙慧」是什麼！這是用事材來爲作者說話的一個好例子。

又如辛棄疾的〈賀新郎〉（綠樹聽鵜鴂），此詞爲贈別之作。它先由啼鳥之苦恨寫到人間的別恨，然後合人、鳥雙寫，帶出贈別之意作收。就在寫人間別恨的部分裡，作者臚列了古代有關送別的恨事，來表達難言之痛，從而推深眼前的送別之情。這些恨事是：

馬上琵琶關塞黑，更長門翠輦辭金闕。看燕燕，送歸妾。　將軍百戰身名裂。

向河梁回頭萬里，故人長絕。易水蕭蕭西風冷，滿座衣冠似雪。

其中頭一件恨事爲漢王昭君別帝闕出塞，不過在此必須一提的是：「更長門」句，雖用漢陳皇后事，但「仍承上句意，謂王昭君自冷宮出而辭別漢闕」（鄧廣銘《稼軒詞編年箋注》），這是很合理的看法；第二件恨事爲衞莊姜送妾歸陳國；第三件恨事爲漢李陵送蘇武回中原；第四件恨事爲戰國末荊軻別燕太子丹入秦刺秦王。以上四件送別之恨事，前二者的主角爲女子，後二者的主角爲男子。這樣分開列舉，所謂「悲歌未徹」，一定和當日時事有所關連。如進一步加以推敲，前二者當與當時和番聯敵的政策相涉，用以表示諷喩之意；而後二者，則與滯留或喪生於淪陷區的愛國志士相關，用以抒發關切與哀悼之情。不然，送「茂嘉十二弟」（題目），怎麼會恨到「不啼清淚長啼血」呢？這麼說，第一、三、四等件恨事，都不成問題，必須作一番說明的是第二件恨事。大家都知道，衞莊公夫人莊姜無子，以陳女戴嬀所生子完爲己子，莊公死後，完繼立爲君，卻被公子州吁所殺，於是莊姜送陳女戴嬀歸陳，並由石腊居間謀計，終於執州吁於濮而殺了他。這件事，從某個角度來看，跟當時聯敵的政策是不是有關連呢？答案是相當肯定的。由此說來，作者用這四件事材來寫，除了用以襯托送別茂嘉十二弟之情外，是別有一番「言外之意」的。靠事材來替作者說話，這又是一個很好的例子。

五、結論

綜上所述，可知在進行篇旨教學時，首先要由各個部位尋出主旨，再去辨明它的顯或隱，然後就取材上來作驗證。這樣，一篇課文的篇旨是可以探討淸楚的。當然，如能掌握作者的生平與課文的本事或寫作背景，加以配合，則效果更好。這麼做，雖得花費一些時間，卻可藉以深入課文，所以是件十分值得的事。

（原載民國八十五年六月《高級中學國文、英文、物理、化學四科輔導資料彙編》，頁十一～二四）

談詞章主旨的顯與隱

以中學國文課文為例

一、前言

詞章的主旨，按理說，是最容易審辨的，因為它正是作者所要表達的某一思想或情意，本該顯著得讓人一目了然才對。但有時為了實際上的需要或技巧上的講求，作者往往會把深一層或眞正的主旨藏起來，使人很難從詞面上直接讀出來。因此詞章的主旨便有的顯，有的隱，有的又顯中有隱，不盡相同。茲以中學國文課文為範圍，舉例略作說明如次。

二、主旨全顯著

詞章的主旨明顯地經由詞面表達清楚的，爲數不少。通常就其安置的部位而論，有安置於篇首、篇腹與篇末等三種之不同。安置於篇首的，如李斯的〈諫逐客書〉（高中四冊十一課），作者在首段即開門見山地說：

> 臣聞吏議逐客，竊以為過矣。

這兩句便直接提明了一篇之主旨，爲了要使這個主旨產生最大的說服力，作者特地安排下面數段文字來提出有力的論據。他先在次段分述繆公、孝公、惠王、昭王等秦國君主用客以獲致成功的事例，從反面見出「逐客之過」；再在第三段以秦王所寶愛的外國珠玉、器物、美色與音樂爲例，又從反面表出「逐客之過」；接著在第四段指明古代帝王「兼收」的好處與「卻賓客以業諸侯」的危險，兼顧正反兩面，以進一層表出「逐客之過」；然後在末段，回抱前文作收，將「逐客爲過」的一篇主旨作總括性的發揮。這樣，一篇的主旨便毫無保留地作了明確、充分的表達。安置於篇腹的，如杜甫的〈聞官軍收河南河北〉詩（國中二冊十五課）：

劍外忽傳收薊北，初聞涕淚滿衣裳。卻看妻子愁何在？漫卷詩書喜欲狂。白日放歌須縱酒，青春作伴好還鄉。即從巴峽穿巫峽，便下襄陽向洛陽。

此詩旨在寫「聞官軍收河南河北」時「喜欲狂」的心情。作者首先在起聯，針對題目，寫自己聽到「官軍收河南河北」時喜極而泣的情形，先藉「忽傳」、「初聞」寫事出突然，以增強喜悅，再藉「涕淚滿衣裳」具寫喜悅，有力地爲下聯的「喜欲狂」三字蓄勢。接著在頷聯，採提問之形式，由自身移至妻子身上，寫妻子聞後狂喜的情狀，以「卻看」作接榫，藉「愁何在」逼出一篇之主旨「喜欲狂」，並以「漫卷詩書」作形象之描述。繼而在頸聯，由實轉虛，以「放歌縱酒」上承「喜欲狂」，「好還鄉」上承「妻子」，寫春日攜手還鄉的打算。最後在結聯，緊接上聯「還鄉」之打算，一口氣虛寫還鄉所經過的路程，將「喜欲狂」作充分的渲染。就這樣，由「忽傳」而「初聞」、「卻看」而「漫卷」、「即從」而「便下」，一氣奔注，把自己與妻子「喜欲狂」的心情，描摹得至爲生動。王右仲以爲「此詩句句有喜躍意。」（《歷代詩評解》）正道出了此詩之特色，而這種「喜躍意」，不是由詞面作了直接的交代了嗎？安置於篇末的，如賈誼的〈過秦論〉（高中六册十一課），此文的主旨以畫龍點睛的方式點在篇尾：

仁義不施，而攻守之勢異也。

作者爲了得出這個結論，特先在第一、二、三等段寫秦强之難，再在第四段寫秦敗之易，然後在第五段將六國、秦與陳涉「比權量力」一番。如果針對著主旨來看這些段落，作者以第一、二段及三段前半寫「攻」，以第三段後半及四段寫「守」，見出「攻守之勢異」；又以第三段述明「仁義不施」的事實，以第四段交代「仁義不施」的結果；而於第五段利用前四段所陳述的材料，將六國、秦與陳涉的權力加以比較，以見出「成敗異變，功業相反」的情形，從容地逼出一篇之主旨來。這個主旨與上舉兩篇課文一樣，是極爲明顯的。

三、主旨顯中有隱者

作者處理詞章主旨，有時雖把它表層的部分明顯地作了表達，卻將它深一層或眞正的部分隱藏起來。如果要掌握這種顯中有隱的主旨，便得下一番審辨的工夫。如劉鶚的〈黃河結冰記〉（國中三册十九課），這篇文章的主旨見於第五段：

老殘就著雪月交輝的景致，想起謝靈運的詩：「明月照積雪，北風勁且哀。」兩句，若非經歷北方苦寒景象，那裡知道「北風勁且哀」的一個「哀」字下得好呢？

這裡所謂的「哀」，就是本文之主旨，作者特用它來上收一、二、三、四等段之哀景，下啓末段之哀情，將全文聯貫成一個整體。而這個「哀」字，是從謝靈運的〈歲暮詩〉裡提出來的，這首詩共六句，是這樣寫的：

殷憂不能寐，苦此良夜頹。明月照積雪，北風勁且哀。運往無淹物，年逝覺已摧。

作者在本文裡雖只是引用了其中的三、四兩句而已，卻把全詩的涵義悉數納入篇中。譬如末段前半所寫老殘望著北斗七星湧生的感慨，不正合「運往無淹物，年逝覺已摧」的兩句詩意嗎？又如結處寫：「老殘悶悶的回到店裡，也就睡了。」試問老殘究竟睡著了沒有？當然沒有，爲什麼呢？這可從「殷憂不能寐，苦此良夜頹」的兩句詩裡找到答案。而且所謂的「殷憂」，即是「悶悶」，也就是「北風勁且哀」的「哀」，這正是本文之主旨所在。但作者究竟有什麼「殷憂」？有什麼「哀」呢？難道只是哀傷自己年老而已嗎？要回答這個問題，則非借助如下數句文字不可：

又想到《詩經》上說的「維北有斗，不可以挹酒漿。」現在國家正當多事之秋，那王公大臣只是恐怕耽處分，多一事不如少一事，弄的百事俱廢，將來又是怎樣個了局？國是如此，丈夫何以家為。

這數句話，原見於本文末段，在「如何是個了局呢？」之後、「想到此地」之前。有了這數句話，就可知道作者除了自身外，更爲家國而哀，那就無怪作者會藉自己的淚冰與黃河所結之冰連成一片，將整條河裡的冰都還原爲國人的眼淚。如沿著這個線索推敲下去，則所謂「一切景語皆情語。」（王國維《人間詞話》），作者會在第二段寫擠冰、第三段寫打冰（化多事爲無事，轉衝突爲團結）的原因，也就不難明白了。可惜的是，課本編者因爲這數句話出現得過於突兀，且前無所頂，便刪去了。這麼一來，作者深一層的「哀」是什麼，就無從探得了。又如崔顥的《黃鶴樓》詩：

昔人已乘黃鶴去，此地空餘黃鶴樓。黃鶴一去不復返，白雲千載空悠悠。晴川歷歷漢陽樹，芳草萋萋鸚鵡洲。日暮鄉關何處是，煙波江上使人愁。

此詩之主旨爲「鄉愁」，見於尾聯，這是盡人皆知的，但作者卻在頸聯，有意由位於黃鶴樓西北的「漢陽」帶出位於漢陽西南長江中的「鸚鵡洲」來，暗暗表露出深沈的身世之感。因爲看到了鸚鵡洲，自然就會讓人想起那懷才不遇的狂處士禰衡來。據《後漢書・文苑傳》所載，禰衡少有才辯，卻氣尚剛傲，且偏好矯時慢物，所以雖受到孔融的敬愛與推介，然而不但前後見斥於曹操、劉表，最後還死於江夏太守黃祖之手。禰衡死後，葬於一沙洲上；而此一沙洲，因原產鸚鵡，且禰衡又在生前曾爲此而作〈鸚鵡賦〉，於是後人便以「鸚鵡」名洲。這樣看來，作者在這裡，是引用了禰衡的典故來抒發他懷才不遇之痛的啊！或許有人會以爲這種身世之感和此詩的主旨「鄉愁」相抵觸，其實不然，因爲身世之感（懷才不遇之痛」，和流浪之苦（鄉愁）是孿生兄弟的關係，所以杜甫〈旅夜書懷〉詩說：「名豈文章著，官應老病休（身世之感）；飄飄何所似，天地一沙鷗（流浪之苦）。」而柳永〈八聲甘州〉詞也說：「不忍登高臨遠，望故鄉渺邈，歸思難收（鄉愁）。歎年來蹤跡，何事苦淹留（身世之感）？」可見兩者並敍，是十分自然之事。如此說來，崔顥在這首〈黃鶴樓〉詩裡，除了抒發思鄉之情外，還暗藏了懷才不遇之悲啊！再如蘇洵的〈六國論〉（高中四冊七課），這篇課文的表層主旨在首段就說得一清二楚：

六國破滅，非兵不利，戰不善，弊在賂秦。賂秦而力虧，破滅之道也。或曰：

「六國互喪，率賂秦耶？」曰：「不賂者以賂者喪。蓋失強援，不能獨完。故曰，弊在賂秦也。」

這裡所說的「弊在賂秦」和「不賂者以賂者喪」，爲一篇的主旨，亦即論點。這個論點，透過第二、三段提出了具體的論據加以說明之後，已足以充分地說服人。但作者卻在末段說：

夫六國與秦皆諸侯，其勢弱於秦，而猶有可以不賂而勝之之勢；苟以天下之大，而從六國破亡之故事，是又在六國下矣。

他提明六國有「可以不賂而勝之勢」，從反面作收，以逼出深一層主旨，以諷當時（北宋）賂敵（契丹）的退怯政策。過商侯說：「老泉全是借六國以諷宋。」（《古文評注》）看法很正確。可見它的主旨有顯有隱，這和上舉兩文的情形是一樣的。

四、主旨全隱者

自古以來，詞章講求含蓄，主張「意在言外」、「不著一字，盡得風流」，因此主旨全隱於篇外的，便比比皆是。大體說來，通篇用以敍事或寫景的，都是這類作品，如岳飛的〈良馬對〉（國中四冊八課），此文以宋高宗之問帶出岳飛之答，而岳飛之答就是本文的主體。就在這個主體裡，岳飛特就食量、品格、表現等方面分析良馬與劣馬的不同，認爲良馬：

此其受大而不苟取，力裕而不求逞，致遠之材也。

而劣馬則是：

此其寡取易盈，好逞易窮，駑鈍之材也。

從這裡可看出，岳飛是藉此以諷喩高宗要識拔賢才、重用賢才、信任賢才、珍惜賢才的。這種諷喻的意思，盡在言外，很容易讓人聽得進去。又如方苞的〈左忠毅公軼事〉（高中一冊三課），這篇文章的第一段爲序幕，記左公識拔史可法的經過，將左公爲國舉才的苦心與忠忱寫得極其生動。其第二段爲主體，寫左公被下廠獄後，史可法冒死探監的經過，充分地刻劃出左公的公忠憂國與剛正不屈來。而第三、四、五等段爲餘波，先寫史可法受左公感召，繼其志業，奉檄守禦流寇的辛苦，再寫篤厚師門之情事，然後補敍本文所記的軼事，確係有憑有據，以回應篇首的「先君子嘗言」，用「首尾圓合」的手法來收拾全文。作者這樣記事，看似雜碎，卻始終由篇外用「忠毅」二字來貫穿它們，以寫左公和史可法的「忠毅」精神。但寫左公的「忠毅」是主，寫史可法的「忠毅」爲賓，也就是說，寫史可法的「忠毅」等於是寫左公的「忠毅」，所以本文旨在寫左公的「忠毅」精神，而這種主旨卻隱在篇外，如果不仔細去推究，是很容易忽略過去的。

以上兩文都是用敍事來寄寓主旨的例子，另外又有藉寫景以寄寓主旨的，如李白的〈黃鶴樓送孟浩然之廣陵〉詩（國中一冊十五課）：

故人西辭黃鶴樓，煙花三月下揚州。孤帆遠影碧空盡，惟見長江天際流。

這首詩可分爲兩個部分：一是敍事的部分，即起二句，敍的是故人西辭武昌前往揚州的事實；二是寫景的部分，即結二句，寫的是故人乘船遠去，消失於水天遙接之際的景象。作者就單單透過「事」帶出「景」，藉煙花、帆影與無盡的江天，連接武昌與揚州，從篇外表出無限之離情來。唐汝詢說：「黃鶴樓，分別之地；揚州，所往之鄉。煙花，敍別之景；三月，紀別之時。帆影盡則目力已極，江水長則離思無涯。悵望之情，具在言外。」（《唐詩解》）所謂「悵望之情，具在言外」，正指出了本詩主旨隱在篇外的最大特色。

五、結語

經由上述，可知詞章的主旨有的顯，有的隱，是該一一審辨清楚的。在從事詞章的賞析或教學時，如能做到這一點，並據此以探求各段的地位、作用與價值，再配合修辭與布局技巧的探討，那麼深入詞章的底蘊，以掌握全文，該不是件難事。

（原載民國八十四年八月《國文天地》十一卷三期，頁七六～八一）

談詞章主旨、綱領與內容的關係

對詞章的主旨、綱領與內容，由於彼此關係密切，一直有不少人把它們混為一談，有一回，參加南區高中國文教學研習會，談及方苞〈左忠毅公軼事〉一文的主旨，與會的一位老師以為非「忠毅」而是在於敍述師生情誼，這就犯了以部分內容為主旨的錯誤。又有一次，在講授〈孔子世家贊〉一文之際，有位學員認為「鄉（嚮）往」是主旨，這則犯了以綱領為主旨的錯誤。現在就先舉這兩篇文章為例，再酌引其他一些詞章，略作說明，以見主旨、綱領與內容間的關係。

先以〈左忠毅公軼事〉一文來說：

先君子嘗言：鄉先輩左忠毅公視學京畿。一日，風雪嚴寒，從數騎出，微行，入古寺。廡下一生伏案臥，文方成草。公閱畢，即解貂覆生，為掩戶，叩之寺僧，則史公可法也。及試，吏呼名，至史公，公瞿然注視。呈卷，即面署第一。召入，使拜夫人，曰：「吾諸兒碌碌，他日繼吾志事，惟此生耳！」

及左公下廠獄，史朝夕窺獄門外。逆閹防伺甚嚴，雖家僕不得近。久之，聞左公被炮烙，旦夕且死，持五十金，涕泣謀於禁卒，卒感焉！一日，使史公更敝衣草屨，背筐，手長鑱，為除不潔者。引入，微指左公處，則席地倚牆而坐，面額焦爛不可辨，左膝以下，筋骨盡脫矣！史前跪，抱公膝而嗚咽。公辨其聲，而目不可開，乃奮臂以指撥眥，目光如炬，怒曰：「庸奴！此何地也，而汝來前！國家之事，糜爛至此，老夫已矣！汝復輕身而昧大義，天下事誰可支拄者？不速去，無俟姦人構陷，吾今即撲殺汝！」因摸地上刑械，作投擊勢。史噤不敢發聲，趨而出。後常流涕述其事以語人曰：「吾師肺肝，皆鐵石所鑄造也！」

崇禎末，流賊張獻忠出沒蘄、黃、潛、桐間，史公以鳳廬道奉檄守禦。每有警，輒數月不就寢，使將士更休，而自坐幄幕外，擇健卒十人，令二人蹲踞，而背倚之，漏鼓移則番代。每寒夜起立，振衣裳，甲上冰霜迸落，鏗然有聲。或勸以少休，公曰：「吾上恐負朝廷，下恐愧吾師也。」

史公治兵，往來桐城，必躬造左公第，候太公、太母起居，拜夫人於堂上。

余宗老塗山，左公甥也，與先君子善，謂獄中語，乃親得之於史公云。

這篇文章用以記左光斗的軼事，以表現他的「忠毅」精神。全文可分序幕、主體與餘波三大部分：

序幕的部分，即起段。主要在寫左光斗識拔史可法的經過。作者首先借其父之口，敘明左公曾「視學京畿」，將左公所以能識拔史公的緣由作個交代，作爲記敘的開端。接著以「一日」與「及試」作時間上的聯絡，記敘左公於微服出巡時在一古寺識得史公，以及主持考試時對著史公面署第一的情事。在這裡，作者特別著「風雪嚴寒」一句，既表出了左公的公忠精神，也側寫了他的剛毅節操，因爲一般人在「風雪嚴寒」之日，是不會微服出巡的。然後以「召入」二字作接榫，領出「使拜夫人」四句，藉史公入拜左公夫人的機會，由左公說出「吾諸兒碌碌」三句話，寫明左公對史公之深切期許，表示只有史公才足以繼承他忠君愛國的志業，將左公爲國舉拔英才的忠忱與苦心，寫得極其生動。

主體的部分，爲次段。寫的是左公被下廠獄後，史公冒死探監的經過。由於獄裡左公的情況，只有史公一人親目所睹、親耳所聞，而其他的人無從知悉，因此這個「軼事」非牽扯「史公」不可，此文所以特用史公來陪襯，除史公也「忠毅」可敬，足以强化左公之「忠毅」外，「軼事」只有史公知悉，也是個主因。這段文字，以「及」字承上啓下，首先用四句敘明左公被下牢獄與禁人接近的事實，繼而用「久之」與「一日」作時間上之聯絡，依次寫左公受刑將死、史公冒死買通獄吏，以及史公探監，左公見而怒斥史公使離去的情形。這是「軼事」的主要部分，寫得有聲有色，可以說把左公的「忠毅」精神，以有限的文字表達得淋漓盡致，感人異常。最後著一「後」字，帶出「吾師肺肝」兩句贊歎的話，充分地寫出左公的公忠憂國與剛正不屈來。

餘波部分，包括三、四、五段。這個部分，先以第三段寫史公受左公感召，繼其志業，「忠毅」地奉檄守禦流寇的辛苦；再以第四段寫史公篤厚師門，時時不忘拜候左公父母及夫人的情事，以見史公「盡己」、「行其所當行」的德行；然後以末段補敘本文所記的軼事，確係有根有據，以回應篇首的「先君子嘗言」，以首尾圓合的方式，收束全文。

縱觀此文，作者是以左公識拔史公，史公冒死探看獄中的左公，以及史公受左公感召的「忠毅」表現爲內容，針對著綱領——「忠毅」（也是主旨）來寫的。其中寫左公「忠毅」的部分是「主」，而寫史公「忠毅」的部分則爲賓；也就是說：寫史公的「忠毅」，便等於在寫左公的「忠毅」，所謂「借賓以定主」，手段十分高妙。

再看〈孔子世家贊〉一文：

> 太史公曰：《詩》有之：「高山仰止，景行行止。」雖不能至，然心鄉往之。余讀孔氏書，想見其為人。適魯，觀仲尼廟堂，車服禮器，諸生以時習禮其家，余祗迴留之不能去云。天下君王至于賢人眾矣，當時則榮，沒則已焉。孔子布衣，傳十餘世，

學者宗之。自天子王侯，中國言六藝者折中於夫子，可謂至聖矣！

這篇贊文，是採「合」、「分」、「合」的形式所寫成的。「合」的部分，自篇首至「然心鄉往之」止，引《詩》虛虛籠起，以「高山仰止，景行行止」兩句，領出「鄉往」兩字，作為綱領，以統攝下文。「分」的部分，自「余讀孔氏書」至「折中於夫子」止，以「由小及大」的方式，含三節來寫：首節寫自己「讀孔氏書」與「觀仲尼廟堂」之所見所思，以「想見其為人」與「祇迴留之不能去云」句，表出自己對孔子的「鄉往」之情；次節特將孔子與「天下君王至于賢人」作一對照，以「學者宗之」，表出孔門學者對孔子的「鄉往」之情，並暗示所以將孔子列為世家的理由；三節寫各家以孔子的學說為截長補短的標準，以「折中於夫子」，表出全天下讀書人對孔子的「鄉往」之情。「合」的部分，即末尾「可謂至聖矣」一句，拈出主旨，以回抱前文作收。

經由上述，可知太史公此文，是以「鄉往」為綱領，以作者本身、孔門學者以及全天下讀書人對孔子「鄉往」的事實為內容，層層遞寫，結出「至聖」（嚮往到了極點的稱號）的一篇主旨，以讚美孔子。文雖短而意特長，令人讀了，也不禁湧生無限的仰止之情來，久久不止。

他如李斯的〈諫逐客書〉一文：

臣聞吏議逐客，竊以為過矣。

昔繆公求士，西取由余於戎，東得百里奚於宛，迎蹇叔於宋，來丕豹、公孫支於晉。此五子者，不產於秦，繆公用之，并國二十，遂霸西戎。孝公用商鞅之法，移風易俗，民以殷盛，國以富彊，百姓樂用，諸侯親服，獲楚魏之師，舉地千里，至今治彊。惠王用張儀之計，拔三川之地，西并巴蜀，北收上郡，南取漢中，包九夷，制鄢郢，東據成皋之險，割膏腴之壤，遂散六國之從，使之西面事秦，功施到今。昭王得范雎，廢穰侯，逐華陽，彊公室，杜私門，蠶食諸侯，使秦成帝業。此四君者，皆以客之功。由此觀之，客何負於秦哉？向使四君卻客而不內，疏士而不用，是使國無富利之實，而秦無彊大之名也。

今陛下致昆山之玉，有隨和之寶，垂明月之珠，服太阿之劍，乘纖離之馬，建翠鳳之旗，樹靈鼉之鼓。此數寶者，秦不生一焉，而陛下說之，何也？必秦國之所生然後可，則是夜光之璧，不飾朝廷；犀象之器，不為玩好；鄭衛之女，不充後宮；而駿良駃騠，不實外廄；江南金錫不為用；西蜀丹青不為采。所以飾後宮，充下陳，娛心意，說耳目者，必出於秦然後可，則是宛珠之簪，傅璣之珥，阿縞之衣，錦繡之飾，不進於前；而隨俗雅化，佳冶窈窕，趙女不立於側也。夫擊甕叩缶，彈箏搏髀，而歌呼嗚嗚快耳者，真秦之聲也。鄭、衛、桑間，韶虞、武象者，異國之樂也。今棄擊甕叩缶而就鄭衛，退彈箏而取韶虞，若是者何也？快意當前，適觀而已矣！今取人則不然，不問可否，不論曲直，非秦者去，為客者逐。然則是所重者在乎色樂珠玉，而所輕者在乎民人也！此非所以跨海內，制諸侯之術也！

臣聞地廣者粟多，國大者人眾，兵彊者則士勇。是以泰山不讓土壤，故能成其大；河海不擇細流，故能就其深；王者不卻眾庶，故能明其德。是以地無四方，民無異國，四時充美，鬼神降福。此五帝三王之所以無敵也。今乃棄黔首以資敵國，卻賓客以業諸侯，使天下之士，退而不敢西向，裹足不入秦，此所謂藉寇兵而齎盜糧者也。

夫物不產於秦，可寶者多；士不產於秦，而願忠者眾。今逐客以資敵國，損民以益讎，內自虛而外樹怨於諸侯，求國無危，不可得也。

此文旨在闡明逐客的過失，以說服秦王罷逐客之令。也採「合」、「分」、「合」的形式寫成：

「合」的部分，即首段。作者先開門見山地將一篇主旨提明，以引領下文「分」、「合」的部分。

「分」的部分，包括二、三、四等段。其中第二段，含正、反兩節：「反」的一節，自

「昔穆公求士」至「客何負於秦哉」止，先依時代的先後，分述繆公、孝公、惠王、昭王等秦國君主用客以致成功的事例，再總括起來，得出「客何負於秦哉」的結語，從反面見出「逐客之過」。「正」的一節，自「向使四君卻客而弗納」至「秦無彊大之名也」止，作者採假設的口氣，針對上面「反」的一節，說明秦國四朝君主如果卻客不用，必不能成就大名，大力地從正面指明「逐客之過」。第三段，含條分與總括兩節：「條分」一節自「今陛下致昆山之玉」至「適觀而已矣」止，依次以秦王所珍愛的外國珠玉、器物、美色與音樂爲例，兼顧正、反兩面的意思，說明這些「娛心意、悅耳目」的人與物，不「必出於秦然後可」的道理；「總括」一節，自「今取人則不然」至「制諸侯之術也」止，把上面「條分」一節的意思作個總括，指出看重「色樂珠玉」而輕忽「人民」（客），至爲失計，實非跨海內、制諸侯的方法，以進一層地表出「逐客之過」。第四段則又分正、反兩節來論述，「反」的一節，自「臣聞地廣者粟多」至「此五帝三王之所以無敵也」止，指明古代帝王「兼收」以獲取益處，才是跨海內、制諸侯之術，再從反面見出「逐客之過」；「正」的一節，自「今乃棄黔首以資敵國」至「此所謂藉寇兵而齎盜糧者也」止，說明客既被逐，必爭爲敵國所用，資爲抗秦之具，又從正面表出「逐客之過」。

「合」的部分，即末段。這個部分，先以「夫物不產於秦」二句，收束第三段的意思；再以「士不產於秦」兩句，收束第二段的意思；然後以「今逐客以資敵國」五句，收束第四段的意思，完滿地將「逐客之過」的一篇主旨充分發揮出來。

從上文所作簡析中，不難看出這篇文章，主要以秦王所珍愛的人才與「色樂珠玉」爲具體內容，由正、反兩面闡明「吏議逐客，竊以爲過矣」的一篇綱領與主旨，非但舉證切當，說理透徹，而言詞尤其犀利，備具了難以抵擋的說服力，迫使「吏議」止息，而由秦王罷了逐客之令，文章力量之大，由此可見一斑。

再看如下三首詩、詞：

獨有宦遊人，偏驚物候新。雲霞出海曙，梅柳渡江春。淑氣催黃鳥，晴光轉綠蘋。忽聞歌古調，歸思欲霑巾。

風乍起，吹皺一池春水。閑引鴛鴦芳徑裡，手挼紅杏蕊。　鬥鴨闌干遍倚，碧玉搔頭斜墜。終日望君君不至，舉頭聞鵲喜。

明月別枝驚鵲，清風半夜鳴蟬。稻花香裡說豐年，聽取蛙聲一片。　七八個星天外，兩三點雨山前。舊時茆店社林邊，路轉溪橋忽見。

右引的頭一首，是杜審言的〈和晉陵陸丞早春遊望〉詩。此詩採先總括、後條分的形式寫成。總括的部分，以起句「獨有宦遊人」爲引，引出「偏驚物候新」句，作爲全詩的綱領，以統攝下面條分的三聯。條分的部分有二：一爲頷、頸兩聯，寫的是「早春遊望」之所見，是應綱領部分的「物候新」來寫的；二爲尾聯，先以「忽聞歌古調」句，將題面「和晉陵陸丞」作一交代，再以「歸思欲霑巾」句，應綱領部分的「偏驚」二字，拈出一詩的主旨——「歸思」（即歸恨），並由「欲霑巾」三字加以渲染作結。這樣將情寓於景，而與「物候新」之景打成一片，令人更咀嚼不盡。第二首爲馮延巳的〈謁金門〉詞，這闋詞是採先條分、後總括的形式寫成的。條分的部分，自篇首至「鬥鴨闌干遍倚」止，含三節：首節爲起二句，寫「望君」於春池前之所見，而以「風皺池水」襯出「君不至」的一份哀情；次節爲「閑引鴛鴦芳徑裡」兩句，寫「望君」於芳徑裡的情景，而以「鴛鴦」反襯孤單，以「手挼紅杏蕊」之動作，表出「君不至」的再一份哀情；三節爲下片起二句，寫「望君」於闌干前之情景，而以「遍倚」傳達焦慮之心，以「碧玉搔頭斜墜」的樣子，表出「君不至」的又一份哀情。總括的部分，即結二句，以「終日望君君不至」句上收條分的部分，並領出「舉頭聞鵲喜」（即「聞喜鵲舉頭」之倒裝句）句，從篇外反逼出哀情來，回應全詩作結。這顯然是將主旨置於篇外的作品，意味自是格外深長。第三首是辛棄疾的〈西江月〉詞，題作「夜行黃沙道中」。此詞上片用以寫夜行黃沙道中所聽到的各種聲音，起先是別枝上的鵲聲，其次是清風中的蟬聲，最後是稻香裡的蛙聲，這是採「由小而大」的形式寫成的；下片用以寫夜行黃沙道中所見到的各種景物，起先是天外的疎星，其次是山前的雨點，最後是溪橋後的茅店，這是採「由遠而近」的形式寫成的。作者就由此勾畫出一幅鄉村夜晚的寧靜畫面，從篇外襯托出作者恬適的心情——主旨來，所謂「意在言外」，信足感人。以上三首詩、詞，頭一首的主旨為「歸思」，在篇內；綱領為「偏驚物候新」，而內容則為「早春遊望」所得。第二首的主旨為「哀」，在篇外；綱領為「終日望君君不至」兩句，而內容則為「終日望君」之所見所為。第三首的主旨與綱領為「恬適」，在篇外；而內容則是「夜行黃沙道中」之所聞所見。可說各盡其妙，互不相同。

從上引的例子裡，可以發現作者眞正要表達的思想情意——主旨，可以是綱領，也可不是；而所用的內容材料，與主旨、綱領間的關係固然密切，卻不宜把它當成是主旨或綱領。所謂「差之毫釐，謬以千里」，在認辨之際，似宜特別謹愼。

（原載民國八十年十月《國文天地》七卷五期，頁一一二～一一四）

談詞章的義蘊與運材之關係

一、前言

詞章的義蘊是抽象的，而所運用的材料是具體的。運用具體的材料來表出抽象的義蘊，才能使詞章發揮它最大的說服力與感染力。而所運用的材料，一般說來，可分「事」與「物」兩大類，茲分述如左，以見詞章的義蘊與運材之密切關係：

二、運「事」爲材以呈顯義蘊

所謂的「事」，可以是事實，也可以出自杜撰。以事實來說，又以過去的事實被運用得最多，而所謂「過去的事實」，則大都爲典故。譬如駱賓王〈討武曌檄〉說：

霍子孟之不作，朱虛侯之已亡。

作者在上句，用了霍光輔佐幼主（指漢宣帝）以存漢的典故，表出「現在已沒有像霍光那樣的異姓忠臣來輔助幼小國君（指唐中宗）」的義蘊；而下句則用了劉章誅除諸呂以安劉的典故，表出「現在也沒有像劉章那樣的皇室宗親來誅除爲禍的外戚（指武三思等）」的義蘊。這樣由所用典故之不同，將它們含藏於內的不同義蘊表達出來。又如蘇軾的〈超然臺記〉有段說：

南望馬耳常山，出沒隱見，若近若遠，庶幾有隱君子乎？而其東則盧山，秦人盧敖之所從遁也。西望穆陵，隱然如城郭，師尚父齊桓公之遺烈猶有存者。北俯濰水，慨然太息，思淮陰之功，而弔其不終。

這段文字，先以「南望」、「而其東」，述及「隱君子」，並用了盧敖隱遁的典故，表達了歸隱的想法；再以「西望」用了姜太公與齊桓公輔佐天子，以建立不朽功業的史實，表達了輔佐天子，一靖天下的强烈意願；然後以「北俯」牽出淮陰侯建立了不朽功業，卻不得善終的故事，表達了對未來仕途的憂慮。而這種憂慮卻沒有使作者因而卻步，因爲從這一段運材的秩序上可看出「仕」的意識最後還是掩蓋了「隱」的念頭。這一點，也可從差不多作於同時的一首〈水調歌頭〉詞中看出端倪，他說：

吾欲乘風歸去，但恐瓊樓玉宇，高處不勝寒。起舞弄清影，何似在人間！

他在這裡，把自己視作謫仙，把月殿視作理想的歸隱所在。他所以會有歸隱的念頭，顯然與烏臺詩案之逐漸形成，加上他弟弟蘇轍又勸他急流勇退有關；而所謂「高處不勝寒」，卻透露了他無法適應這種歸隱生活的意思。於是在「起舞」兩句裡，進一步地表出了他「隱於仕途、自求多福」的義蘊，這和〈超然臺記〉中「南望」一段所含藏的義蘊是一致的。再如崔顥的〈黃鶴樓〉詩說：

晴川歷歷漢陽樹，芳草萋萋鸚鵡洲。

作者藉著這兩句，有意由位於黃鶴樓西北的「漢陽」帶出位於漢陽西南長江中的「鸚鵡洲」來，以表達深沈的身世之感。因爲看到了鸚鵡洲自然就會讓人想起那懷才不遇的狂處世禰衡來。據《後漢書·文苑傳》所載，禰衡少有才辯，卻氣尚剛傲，且愛好矯時慢物，所以雖受到孔融的敬愛與推介，然而不但前後見斥於曹操、劉表，最後還死於江夏太守黃祖之手。禰衡死後，葬於一沙洲上，而此一沙洲，因產鸚鵡，且禰衡又曾爲此而作〈鸚鵡賦〉，於是後人便以「鸚鵡」爲名。這樣看來，作者在這裡，是暗用了禰衡的典故來抒感他懷才不遇之痛的啊！或者有人會以爲這種義蘊和此詩的主旨「鄉愁」相抵觸，其實不然，因爲身世之感（懷才不遇之痛）和流浪之苦（鄉愁）是孿生兄弟的關係，所以杜甫〈旅夜書懷〉詩說：「名豈名章著，官應老病休（身世之感）。飄飄何所似，天地一沙鷗（流浪之苦）。」可見兩者並敍，是很自然的事。又如辛棄疾的〈永遇樂〉詞：

千古江山，英雄無覓，孫仲謀處。舞榭歌臺，風流總被，雨打風吹去。斜陽草樹，尋常巷陌，人道寄奴曾住。想當年、金戈鐵馬，氣吞萬里如虎。　元嘉草草，封狼居胥，贏得倉皇北顧。四十三年，望中猶記，烽火揚州路。可堪回首，佛貍祠下，一片神鴉社鼓。憑誰問，廉頗老矣，尚能飯否。

這闋詞題作「京口北固亭懷古」，從頭到尾都用了典。開篇六句，藉發迹於此的首位英雄孫權的典實，以發出如今抗敵無人的慨歎；「斜陽」五句，藉發迹於此的另一英雄劉裕的典實，以抒寫如今無人北伐的悲哀；「元嘉」三句，藉宋文帝草草北伐，致引進敵軍，倉皇北顧的典實，向朝廷提出不能草草用兵北伐的警告；「四十」三句，藉親自目睹四十三年前金兵火焚揚州城的事例，爲上三句的警告，提出有力的證據；「可堪」三句，藉北魏太武帝在瓜步山建立行宮（即後來之佛狸祠）的故實，進一層地指明敵勢未衰，不可輕侮，由「知彼」上見出不能草草用兵北伐的原因；「憑誰問」三句，藉戰國時趙將廉頗的故實，把自己譬作廉頗，表示自己雖老，卻還可以大用，假以時日，必能收復中原的意思。作者就這樣靠著這些典故，充分地將自己難於明言的義蘊表達出來。

至於出自杜撰的，以寓言爲最常見。如《韓非子．外儲說左上》有一則故事說：

鄭人有欲買履者，先自度其足，而置之其坐。至之市，而忘操之；已得履，及曰：「吾忘持度。」反歸取之。及反，市罷，遂不得履。人曰：「何不試之以足？」曰：「寧信度，無自信也。」

作者在這裡，藉一個鄭人想要買履，只相信自己所量的尺寸，卻不相信自己的雙腳，以致買不成履的虛構故事，以表出人不可逐末忘本的義蘊。這樣比泛泛的說理更具說服力。又如《莊子・山木》篇說：

> 莊子行于山中，見大木枝葉盛茂，伐木者止其旁而不取也，問其故，曰：「無所可用。」莊子曰：「此木以不材得終其天年。」夫子出于山，舍于故人之家，故人喜，命豎子殺雁而烹之。豎子請曰：「其一能鳴，其一不能鳴，請奚殺？」主人曰：「殺不能鳴者。」

這則故事告訴我們：沒用的大樹可以活得長久，而沒用的雁（鵝）卻無法倖免。透過這樣的虛構故事，作者明白地表出了「處理任何事都沒有一成不變的準則」的義蘊。再如《列子》中有一則〈愚公移山〉的故事說：

> 太形、王屋二山，方七百里，高萬仞，本在冀州之南、河陽之北。北山愚公者，年且九十，面山而居，懲山北之塞、出入之迂也，聚室而謀曰：「吾與汝畢力平險，指通豫南，達于漢陰，可乎？」雜然相許。
>
> 其妻獻疑曰：「以君之力，曾不能損魁父之丘，如太形、王屋何！且焉置土石？」雜曰：「投諸渤海之尾，隱土之北。」遂率子孫荷擔者三夫，叩石墾壤，箕畚

運於渤海之尾。鄰人京城氏之孀妻有遺男，始齔，跳往助之；寒暑易節，始一反焉。

河曲智叟笑而止之曰：「甚矣，汝之不慧！以殘年餘力，曾不能毀山之一毛，其如土石何！」北山愚公長息曰：「汝心之固，固不可徹；曾不若孀妻弱子。雖我之死，有子存焉；子又生孫，孫又生子；子又有子，子又有孫；子子孫孫，無窮匱也；而山不加增，何苦而不平？」河曲智叟亡以應。

操蛇之神聞之，懼其不已也，告之於帝。帝感其誠，命夸娥氏二子負二山，一厝朔東，一厝雍南。自是冀之南、漢之陰，無隴斷焉。

在這則著名的寓言故事裡，作者寄寓了「人助天助」、「有志竟成」的義蘊。其中第一段記敍愚公鑑於太行、王屋兩座大山阻礙了南北交通，便決意要剷平它們，並獲得家人贊可的情形，這是針對「有志」來寫的；第二段記敍愚公選定投置土石的地點，並率領子孫及鄰人實際去從事移山工作的經過，這是針對「人助」（包括自助）來寫的；第三段記敍智叟笑阻愚公，而愚公卻不為所動，以為只要堅定信心努力不懈，便必能成功的一段對話，這是為了加强「有志」、「人助」的意思來寫的；而末段則記敍愚公的精神，終於感動了天地，獲得神助，完成了移山願望的圓滿結局，這是針對「天助」、「竟成」來寫的。作者就這樣用一個簡單的故事，使人在趣味盎然中領略出義蘊，這可說是寓言故事的普遍特色，是其他各類文體所無法趕上的。其實，這則故事若配合《中庸》思想來看，愚公及家人、鄰居的努力，是屬於「自明誠」的人爲過程，而天神的幫助，則屬於「自誠明」的天然效用。這樣由「自明誠」的人爲努力而發揮「自誠明」的天然效用，眞可說是《中庸》一書的精義所在。當然，列子在寫這則寓言時，未必有這樣的意思，但由故事所留下的空白，我們卻可以這樣塡上，這就是正體寓言的好處啊！

二、運「物」爲材以呈顯義蘊

除了運「事」爲材以呈顯詞章義蘊之外，許多的詞章家也喜歡以「物」爲材來表情達意。「物」本來是沒有情感的，而詞章家卻偏偏賦予它們情感，使「物」產生了意象，和自己內在的情感結合在一起，達於情景交融的境界，所以王國維說：「一切景語皆情語。」（《人間詞話》），是說得一點也沒錯的。如晏殊的〈浣溪沙〉詞說：

無可奈何花落去，似曾相識燕歸來。

此爲名聯，自宋以來即爲人所傳頌不已。它所以一直被人傳頌，除了對仗工穩、音調諧婉外，主要的是由「花落去」和「燕歸來」的自然景象糅襯了「無可奈何」與「似曾相識」的情感，使「花」與「燕」與人事結合，從而生發好景無常、聚散不定的深刻感觸來。「花」與「燕」之所以能與人事結合，是因爲「花」足以象徵過去的一段美好時光，而「燕」卻可以由它們之「雙」反襯人之「單」來，所以人看了「花」之「落」，就會觸發好景不再的感傷，而見了「燕」之「歸」，就會引起「人未歸」的怨情，就這樣，作者內在的情感便和外在的景物融合在一起，再也分不開了。又如范仲淹的〈蘇幕遮〉詞說：

山映斜陽天接水，芳草無情，更在斜陽外。

這是〈蘇幕遮〉詞上片的末三句，寫的是由「山」而「斜陽」而「水」，以至於「斜陽外」無盡芳草的景致。其中「芳草」，本無所謂無情還是有情，而作者卻予擬人化，認爲草無視於人間離別之苦，而漫生無際，使人添增無限的傷離意緒，這不是「無情」是什麼？因此直接說：「芳草無情」，這樣，就越發令人黯然銷魂了。若作進一層的推究，作者在這裡特別挑選「草」，並將它擬人化，以抒發離情，是有原因的，因爲「草」逢春而漫生無際，時時可入離人眼目，以襯出離愁之多來，所以自來詞章家都喜歡用草來襯托離情。如王維〈送別〉詩說：

春草明年綠，王孫歸不歸？

又盧綸〈送李端〉詩說：

故園衰草遍，離別正堪愁。

而李煜〈清平樂〉詞則說：

離恨恰如春草，更行更遠還生。

諸如此類的例子，多得不勝枚舉。由此可知，用「草」來襯托離情，是十分普遍的。再如溫庭筠的〈更漏子〉詞說：

玉爐香，紅蠟淚。偏照畫堂秋思。眉翠薄，鬢雲殘，夜長衾枕寒。　梧桐樹，三更雨，不道離情正苦。一葉葉，一聲聲，空階滴到明。

這是詠離情的一首作品。作者首先以起二句，寫美人在閨房內獨對爐香、蠟淚而悲秋的情景，作爲敍寫的開端；再以「眉翠薄」三句，針對美人悲秋之情，用眉薄、鬢殘與輾轉難眠，初步作形象之描繪；然後以下片六句，承「夜長」句，寫美人獨聽梧桐夜雨滴階至天明的情景，將悲秋之情，也就是離情，進一層作形象之表出。這樣敍寫，離情便化抽象爲具體，不但散入雨聲、爐香、蠟淚與寒衾、寒枕裡，更爬滿薄眉、殘鬢之上，使全詞處處含情，有著無盡的感染力。能有這樣的感染力，顯然是由於作者選對了各樣的「物」材以大力地呈顯義蘊（離情）的緣故。又如杜審言〈和晋陵陸丞早春遊望〉詩說：

> 獨有宦遊人，偏驚物候新。雲霞出海曙，梅柳渡江春。淑氣催黃鳥，晴光轉綠蘋。忽聞歌古調，歸思欲霑巾。

此詩採先凡（總括）後目（條分）的形式寫成，「凡」的部分爲起聯，首句爲引子，用以帶出次句，分「偏驚」（特別地會觸動情思）與「物候新」兩軌來統攝屬「目」的三聯。其中「偏驚」統括尾聯，「物候新」統括頷、頸兩聯。而頷、頸兩聯是用以具寫春來「物候新」的實景的。作者在此，依次以「雲霞」、「梅柳」、「黃鳥」、「蘋」等寫「物」，以「曙」、「春」、「淑氣」、「晴光」等寫「候」，以「出海」、「渡江」、「催」、「轉綠」等寫「新」，使「物候新」由抽象化爲具體，產生更大的觸發力，以加強尾聯「歸思」（即歸恨）這種一篇主旨的感染力量。這首詩能產生强烈的感染力量，深究起來，與所選取的「物」實有極爲密切的關係，因爲「雲霞」、「梅柳」、「黃鳥」和「蘋」，都和作者所要抒發的「歸恨」（離情）有關，首以「雲霞」來說，由於它們經常是飄浮空中、動止不定的，所以詞章家便常用「雲」或「霞」來象徵遊子、行客，以襯寫離情。用「雲」的，如杜甫〈夢李白〉詩說：

浮雲終日行，游子久不至。

又如韋應物〈淮上喜會梁州故人〉詩說：

浮雲一別後，流水十年間。

用「霞」的，如賀知章〈綠潭〉篇說：

綠水殘霞催席散，畫樓明月待人歸。

又如錢起〈送屈突司馬充安西書記〉詩說：

海月低雲旆，江霞入錦車。

次以「梅柳」來說，其中「柳」因有長安灞橋折柳贈別的舊俗，自古以來即與別情結了不解之緣，可說十分常見，如宋之問〈途中寒食題黃梅臨江驛寄崔融〉詩說：

故園斷腸處，月夜柳條新。

又如王昌齡〈閨怨〉詩說：

忽見陌頭楊柳色，悔教夫婿覓封侯。

而「梅」則由於南北朝時范曄與陸凱的故事，也和離情結了緣。據《荊州記》的記載，陸凱在江南，有一次遇到來自京師的信差，便折下一株梅花託他帶給在長安的范曄，並贈詩說：

折梅逢驛使，寄與隴頭人。江南無所有，聊贈一枝春。

從此，「梅」便被詞章家用來寫相思之情，如宋之問〈題大庾嶺北驛〉詩說：

明朝望鄉處，應見隴頭梅。

又如韓偓〈亂後春日途經野塘〉詩說：

世亂他鄉見落梅，野塘晴暖獨徘徊。

此類例子，眞是俯拾皆是。再以「黃鳥」來說，誰都曉得與金昌緒的〈春怨〉詩有關，這首詩是這樣寫的：

打起黃鶯兒，莫叫枝上啼。啼時驚妾夢，不得到遼西。

有了這首詩作媒介，黃鶯（即黃鳥）和它的啼聲便全蘊含著離情了。如高適〈送前衞縣李宷縣尉〉詩說：

黃鳥翩翩楊柳垂，春風送客使人悲。

又如白居易〈三月二十八日贈周判官〉詩說：

柳絮送人鶯勸酒，去年今日別東都。

所謂的「黃鳥翩翩」、「鶯勸酒」，不是將離情更推深了一層嗎？末以「蘋」來說，它本是水生蕨類植物的一種，夏秋之間有花，色白，故又稱「白蘋」。由於俗以為是萍的一種，即大萍，所以和萍一樣，也常被用以喻指飄泊，抒寫離情。如劉長卿〈餞別王十一南遊〉詩說：

誰見汀洲上，相思愁白蘋。

又張籍〈湘江曲〉說：

送人發，送人歸，白蘋茫茫鷓鴣飛。

這裡所謂的「白蘋」，無疑地是特別用以寫離情的。由此看來，杜審言在諸多初春景物中所以選「雲霞」、「梅柳」、「黃鳥」與「蘋」等，是有意藉著景物以襯托離情（歸思）的，這樣運物爲材來呈顯義蘊，自然就增強了它的感染力了。再如張可久的〈梧葉兒〉曲說：

薔薇徑，芍藥闌，鶯燕語間關。小雨紅芳綻，新晴紫陌乾。日長繡窗閒，人立秋千畫板。

這首曲寫的是春日所見的景物，依序是「闌」、「徑」旁的薔薇與芍藥、「語間關」的鶯與燕、小雨後的紅芳與紫陌、閒靜的繡窗和站在秋千畫板上的人。作者就透過這些表出孤單之情來。而這種孤單之情，可由他所見之紅芳（含薔薇與芍藥）、鶯燕與秋千透出一些消息，因爲花除了象徵美好的時光外，也經常用以象徵所思念之人，而鶯燕，一由於金昌緒的〈春怨〉詩（見前），一由於往往成雙，最適合用來反襯孤單，所以和離情都脫不了關係；至於秋千，見了自然會想起當年盪此秋千之人，更與人的相思分不開。因此這首曲雖未明說是「懷人」，但由於用了這些「物」材，便使得「懷人」的義蘊呼之欲出了。

四、結語

由上述可知詞章的義蘊與運材的關係極其密切，有的作品雖在篇內已提明主旨（思想情意），卻由於主旨是抽象的，所以不經由「事」與「物」作具體之表出，是不可以的；而有的作品，則將主旨置於篇外，這就非經由作者所用的材料（包括「事」與「物」）去追索它的義蘊不可，不然就不知道作者在寫什麼了。可見讀詞章時據作者所運用的材料去追索它的義蘊，是有其必要的。

（原載民國八十三年十一月《國文天地》十卷六期，頁四四～五〇）

談詞章主旨在凡目結構中的安排

一、前言

一般說來，詞章的主旨都安排在「凡」（總括）的部位，以統括「目」（條分）的部分，這是通例。不過，有些詞章家在謀篇佈局之際，卻會捨「凡」而就「目」，或在凡目之外（篇外）尋得空間以安排主旨，這可說是變例。茲分別舉例說明如左：

二、主旨安排在「凡」之部位者

詞章主旨安排在「凡」之部位者，最是多見，可大別爲三類：一是安排於篇首者，二是安排於篇腹者，三是安排於篇末者。安排於篇首的，通常出自「先凡後目」或「凡、目、凡」的兩種結構，前者如王維〈鳥鳴澗〉詩：

人閑（A），桂花落（A_1），夜靜春山空（A_2）。月出驚山鳥，時鳴春澗中（A_3）。

（以上符號，A表「凡」，A_1、A_2、A_3表「目」，下倂同，並由此類推。）

此詩首先以「人閑」二字直接寫主人翁恬適之心境，是一篇之主旨，爲「凡」的部分；其次以「桂花落」，寫桂花之閑，爲「目一」的部分；再其次以「夜靜」句，寫夜山之閑，爲「目二」的部分；最後以「月出」二句，敍月出鳥鳴，清聽盈耳，所謂「鳥鳴山更幽」，巧妙地寫澗谷之閑，爲「目三」的部分。就這樣藉皇甫嶽雲溪別墅的閑景，將主人翁的閑心作充分的襯托，使人讀後也不禁生起一片閑心。很顯然地，這是用「先凡後目」的結構所寫成之名作。後者如辛棄疾〈蘭陵王〉詞：

恨之極，恨極銷磨不得（A）。萇弘事，人道後來，其血三年化為碧（A_1）。鄭人緩也泣：「吾父，攻儒助墨。十年夢，沈痛化余，秋柏之間既為實（A_2）。」

相思重相憶。被怨結中腸，潛動精魄，望夫江上巖巖立。嗟一念中變，後期長絕（A₃）。君看啟母憤所激，又俄頃為石（A₄）。難敵。最多力。甚一忿沉淵，精氣為物，依然困鬬牛磨角。便影入山骨，至今雕琢（A₅）。尋思人世，只合化，夢中蝶（A）。

這是首抒發冤憤之情的作品。其開篇三句，拈出「恨極」作爲一篇主旨，以統攝全詞，這是「凡」的部分。而自「萇弘事」起至「至今雕琢」句止，全用以列舉人世「恨極」之事，針對「凡」的部分加以敍寫。其中「萇弘事」三句，敍萇弘恨事，爲「目一」的部分；「鄭人緩也泣」六句，敍鄭緩恨事，爲「目二」的部分；「相思重相憶」六句，敍望夫石恨事，爲「目三」的部分；「君看啓母」二句，敍啓母石恨事，爲「目四」的部分；「難敵」七句，敍張難敵恨事（詳見題序），爲「目五」的部分。至於「尋思人世」三句，用莊子夢蝶之意，從反面回應篇首之「恨極」作結，這又是「凡」的部分。由此看來，本詞之主旨在一開端就已交代清楚了。安排於篇腹的，毫無例外地出自「目、凡、目」的結構，如杜甫〈聞官軍收河南河北〉詩：

劍外忽傳收薊北，初聞涕淚滿衣裳。卻看妻子愁何在？漫卷詩書（A₁）喜欲狂

（A）。白日放歌須縱酒，青春作伴好還鄉。即從巴峽穿巫峽，便下襄陽向洛陽（A_2）。

此詩用以寫「喜欲狂」之情。作者首先在起聯，針對題目，寫「聞官軍收河南河北」時自己喜極而泣的情形，藉「忽傳」、「初聞」寫事出突然，藉「涕淚滿衣裳」具寫喜悅；接著在頷聯，採設問的形式，由自身移至妻子身上，寫妻子聞後狂喜的情狀，很技巧地以「卻看」作接榫，帶出「漫卷詩書」四字作具體之描寫。以上全用以實寫「喜欲狂」，爲「目一」的部分。而緊接「漫卷詩書」而來的「喜欲狂」三字，正是一篇主旨之所在，爲「凡」的部分。繼而在頸聯，由實轉虛，以「放歌縱酒」上承「喜欲狂」、「好還鄉」上承「妻子」，寫春日攜手還鄉的打算；最後在結聯，緊接上聯「還鄉」之打算，一口氣虛寫還鄉所準備經過的路程，將「喜欲狂」作更進一層的渲染；以上四句，全用以虛寫「喜欲狂」，爲「目二」的部分。如此，由「忽傳」而「初聞」、「卻看」而「漫卷」、「即從」而「便下」，一氣奔注，將自己與妻子「喜欲狂」的心情，描摹得眞是生動極了。安排於篇末的，不外出自「先目後凡」與「凡、目、凡」等兩種結構，前者如《說苑・復恩》一則：

楚莊王賜羣臣酒。日暮，酒酣，燈燭滅，乃有人引美人之衣者。美人援絕其冠纓。告王曰：「今者燭滅，有引妾衣者，妾援得其冠纓持之。趣火來上，視絕纓者！」王曰：「賜人酒，使醉失禮，奈何欲顯婦人之節而辱士乎！」乃命左右曰：「今日與寡人飲，不絕冠纓者不懽。」羣臣百有餘人，皆絕去其冠纓而上火，卒盡懽而罷（A_1）。

居二年，晉與楚戰。有一臣常在前，五合五獲，首卻敵，卒得勝之。莊王怪而問曰：「寡人德薄，又未嘗異子，子何故出死不疑如是？」對曰：「臣當死！往者醉失禮，王隱忍不暴而誅也。臣終不敢以蔭蔽之德而不顯報王也，常願肝腦塗地，用頭血湔敵久矣。臣乃夜絕纓者也。」遂敗晉軍，楚得以強（B_1）。此有陰德者（A）必有陽報（B）也。

本則文字是用「先目後凡」的結構寫成的。自篇首至「卒盡懽而罷」止，記在楚莊王賜宴席上的事，說有個臣子因醉失禮，而楚莊王卻代爲掩飾，不予罪誅，使得羣臣都能盡歡而散，由此見出楚莊王是位「有陰德」的君王，這是「目一」的部分。自「居二年」起至「楚得以强」止，記楚國與晉國作戰時的事，說楚莊王時時見到有一個臣子，「常在前」奮勇殺敵，終於使楚國打了次勝仗，後經探問，原來就是從前因醉失禮、「隱忍不暴而誅」的人，由此見出楚莊王是位「有陽報」的君主，這是「目二」的部分。而末句，則用以點明本文之主旨，爲「凡」的部分，其中以「有陰德者」上收「目一」的部分，以「有陽報者」上收「目二」的部分，使前後維持了一致的意思，章法十分嚴謹。後者如《史記・孔子世家贊》：

太史公曰：《詩》有之「高山仰止，景行行止。」雖不能至，然心鄉往之（A）。余讀孔氏書，想見其為人；適魯，觀仲尼廟堂，車服、禮器，諸生以時習禮其家，余低回留之，不能去云（A_1）。

天下君王，至于賢人，眾矣；當時則榮，沒則已焉。孔子布衣傳十餘世，學者宗之（A_2）。自天子王侯，中國言六藝者，折中於夫子（A_3）。可謂至聖矣（A）。

本贊首先引《詩》虛虛籠起，從而拈出「鄉（嚮）往」二字爲綱領，以貫穿全文，爲「凡」的部分。其次作者現身說法，敍自己讀孔子遺書，弔其遺跡的情況，而以「想見其爲人」、「低回留之，不能去云」表出自己對孔子「鄉往」之情，爲「目一」的部分。接著敍孔子布衣傳十餘世之事實，和一般「君王」與「賢人」之榮止其身作一對比，而以「宗之」表出孔門學者對孔子「鄉往」之情，爲「目二」的部分。繼而敍孔子之道爲「天子王侯」、「中國言六藝者」（全中國的讀書人）截長補短的偉大，而以「折中」表出他們對孔子「鄉往」之情，爲「目三」的部分。最後以結句，終於逼出「至聖」（嚮往到極點的一種尊號）

二字，以讚美孔子，這又是「凡」的部分。這樣由凡而目而凡，一節進一節地寫來，令人有著無盡的仰止之意。

三、主旨安排在「目」之部位者

在「目」的部位出現主旨的情形，雖不常見，卻依然可以找到它的蹤跡，而它大都出自「先凡後目」的結構，如杜審言〈和晋陵陸丞早春遊望〉詩：

獨有宦遊人，偏驚（A）物候新（B）。雲霞出海曙，梅柳渡江春。淑氣催黃鳥，晴光轉綠蘋（B1）。忽聞歌古調，歸思欲霑巾（A1）。

此詩採「先凡後目」的結構寫成。「凡」的部分爲起聯，其中首句爲引子，用以帶出次句，分「偏驚」（特別地會觸生情思）與「物候新」兩軌來統攝屬於「目」的三聯文字。這三聯文字，首先以頷、頸兩聯具寫「物候新」的景象，由「雲霞」、「梅柳」、「黃鳥」、「蘋」等具寫「物」，由「曙」、「春」、「淑氣」、「晴光」等具寫「侯」，由「出海」、「渡江」、「催」、「轉綠」等具寫「新」，使「物候新」由抽象化爲具體，產生更大的觸發力，來加强尾聯的感染力量，這是「目一」的部分。然後藉末聯承「偏驚」，並交代題目的「和」字，寫讀了陸丞詩後所湧生的「歸思」（即歸恨），點明主旨作收，這是「目二」的部分。可見本詩的主旨「歸思」出現在「目」的部分裡，這是相當明顯的。又如李煜〈清平樂〉詞：

別來春半，觸目愁腸斷（A）。砌下落梅如雪亂，拂了一身還滿（A_1）。雁來音信無憑，路遙歸夢難成（A_2）。離恨恰如春草，更行更遠還生（A_3）。

這首詞先以起句，點明別離的時間。其次以次句，由「觸目」作一泛寫，以領出後面實寫「觸目」所見之各種景物；由「愁腸斷」，爲主旨「離恨」，初就本身作形象之表出，這是「凡」的部分。繼而以「砌下」兩句，承次句之「觸目」，並下應結尾之「離恨」，寫落花之多與佇立之久，進一步地就外物與本身，表示無限之「離恨」來，這是「目一」的部分。接著以「雁來」兩句，由「雁來」與「路遙」，承次句，寫「觸目」所見；由「音信無憑」與「歸夢難成」大力地再將「離恨」推深一層，這是「目二」的部分。然後以結二句，藉「春草」之「更行更遠還生」，承次句，寫「觸目」所見，並由此拈出「離恨」作爲一篇主旨，以回應次句之「愁腸斷」作收，這是「目三」的部分。如此以「先凡後目」的結構來寫，脈絡極爲清晰。再如文天祥〈跋劉翠微罪言藁〉：

崔子作亂於齊（A），太史以直筆死（B），其弟嗣書而死者二人（C），書者又不輟，遂舍之（D）。崔子豈能舍書己者哉（E）？人心是非之天，終不可奪；而亂臣賊子之暴，亦遂以窮（F）。

當檜用事時，受密旨以私意行乎國中，簸弄威福之柄，以鉗制人之七情，而杜其口（A₁）。胡公以封事貶（B₁），王公送之詩、陳公送之啟俱貶（C₁）。檜之窮凶極惡，自謂無誰何者矣。而翠微劉公，猶作罪言以顯刺之，公固自處以有罪，而檜卒無以加於公（D₁）。噫！彼豈舍公哉？當其垂歿，凡一時不附和議者，猶將甘心焉。公之罪言，直未見爾（E₁）。由此觀之，賊檜之逆，猶浮於崔，而公得太史氏之最後者，祖宗教化之深，人心義理之正，檜獨如之何哉（F₁）？

公之孫方大，出遺藁示予，因感而書。

本文凡分三段，其中末段敍作跋因由，可以把它放在一旁，不予理會。而一、二兩段，是用「先凡後目」的結構寫成的。在這種，作者藉首段敍崔子作亂於齊的史事，以得出「人心是非之天」的四句論斷，作爲一篇的綱領，以統括下文，這是「凡」的部分。而次段則先敍秦檜弄權爲禍，卻無法加害劉翠微的近事，再得出「祖宗教化之深」的三句結論，與起段形成兩兩對應的關係。其中「當檜用事時」五句，是呼應首段「崔子作亂於齊」來寫的，爲「目一」的部分；「胡公以封事貶」句，是呼應首段「太史以直筆死」來寫的，爲「目二」的部分；「王公送之詩」二句，是呼應首段「其弟嗣書而死者二人」句來寫的，爲「目三」的部分；「檜之窮凶極惡」六句，是呼應首段「書者又不輟」二句來寫的，爲「目四」的部分；「噫！彼豈舍公哉」六句，是呼應首段「崔子豈能舍書己者哉」一句來寫的，爲「目五」的部分；「由此觀之」七句，是呼應首段「人心是非之天」四句來寫的，爲「目六」的部分，而一篇的主旨就出現在這裡，很有力地指出劉翠微雖作「罪言」來顯刺秦檜，卻由於受到「祖宗教化之深，人心義理之正」的影響，終於使秦檜無法加罪於他，寫來眞是義正而詞嚴，富於說服力。末如袁宏道〈晚遊六橋待月記〉：

西湖最盛，為春（A）為月（B）。一日之盛，為朝煙，為夕嵐（C）。

今歲春雪甚盛，梅花為寒所勒，與杏桃相次開發，尤為奇觀。石簣數為余言：「傅金吾園中梅，張功甫玉照堂故物也，急往觀之。」余時為桃花所戀，竟不忍去湖上。

由斷橋至蘇隄一帶，綠煙紅霧，彌漫二十餘里。歌吹為風，粉汗為雨，羅紈之盛，多於隄畔之草，豔冶極矣（A₁）。

然杭人遊湖，止午、未、申三時。其實湖光染翠之工，山嵐設色之妙，皆在朝日始出，夕舂未下，始極其濃媚（C₁）。月景尤不可言，花態柳情，山容水意，別是一種趣味。此樂留與山僧遊客受用，安可為俗士道哉（B₁）！

此文旨在藉西湖六橋風光之盛，以寫遊六橋待月之樂。作者首先在起段，以開門見山的方式提明西湖六橋最盛的，是春景，是月景，而一日最盛的，是朝煙、夕嵐，這是「凡」的部分；接著以二、三段，透過梅、桃、杏之「相次開發」與「歌吹」、「羅紈」之盛來具寫春景，這是「目一」的部分；然後以末段「然杭人遊湖」等七句，取湖光、山色作陪襯，來具寫朝煙和夕嵐，這是「目二」的部分；末了以「月景尤不可言」等六句，拿花柳、山水作點綴，來寫月景，從而拈明主旨，以爲這是「一種趣味」與不可「爲俗士道」之樂，用側面以回繳全體的方式來收結，這是「目三」的部分。這樣採「先凡後目」的結構來寫，層次既清楚，意旨也很明顯。

四、主旨安排在凡目之外者

詞章的主旨與綱領是極爲密切的，如綱領就是主旨，則主旨一定出現在凡目結構中「凡」的部位裡；如凡目結構中「凡」的部位所出現的是綱領而非主旨，那麼主旨當在篇外。首先看主旨安排在「先凡後目」結構之外的，如歐陽修〈采桑子〉詞：

羣芳過後西湖好（A），狼藉殘紅。飛絮濛濛。垂柳闌干盡日風（A_1）。笙歌散盡遊人去，始覺春空。垂下簾櫳。雙燕歸來細雨中（A_2）。

這是作者詠潁州西湖十三調的一首，詠的是西湖「羣芳過後」的殘春好景，讓人從「殘紅」、「飛絮」、「風柳」和「燕歸」所組成的「春空」景物中領略出一種淒清的美感。其中起句用作總冒，爲「凡」的部分；「狼藉」三句，寫笙歌未盡散之前的西湖好景，爲「目一」的部分；「笙歌」四句，寫笙歌盡散之後的西湖好景，爲「目二」的部分。就這樣，作者恬適的心情就從篇外帶出，唐圭璋說：「此首上片言遊冶之盛，下片言人去之靜。通篇於景中見情，文字極疏雋。風光之好、太守之適，並可想像而知也。」（《唐宋詞簡釋》）所謂

「太守之適」，正是一篇之主旨所在，不見於篇內「凡」或「目」的部位，卻藏於篇外。其次看主旨安排在「先目後凡」結構之外的，如馮延巳〈蝶戀花〉詞：

六曲闌干偎碧樹。楊柳風輕，展盡黃金縷。誰把鈿箏移玉柱，穿簾燕子雙飛去（A_1）。滿眼游絲兼落絮。紅杏開時，一霎清明雨（A_2）。濃睡覺來鶯亂語，驚殘好夢無尋處（A）。

這是藉夢後「驚殘」況味以寫相思之情的作品。作者在這裡，首先在上片寫輕風「驚」柳、鈿箏「驚」燕的景象，將景寓以一「驚」字，這是「目一」的部分；接著在下片首三句，寫游絲落絮、杏花遭雨的景象，將景寓以一「殘」字，這是「目二」的部分；然後以「濃睡」句作橋樑，引出「驚殘」句，回抱全詞作結，使得風吹柳絮、燕飛花落的外景，與驚殘好夢的內情產生相糅相襯的效果，令人讀後感受到極爲强烈的「驚殘」況味，而這「驚殘」二字，便是一篇之綱領所在，以「驚」字上收上片五句，以「殘」字上收「滿眼」三句，很自然地從篇外逼出一篇主旨，也就是相思之情來，這是「凡」的部分。可見這首詞是用「先目後凡」的結構所寫成的，而主旨卻置於篇外。再其次看主旨安排在「目、凡、目」結構之外的，如蘇軾〈卜算子〉詞：

蜀客到江南，長憶吳山好。吳蜀風流自古同（A_1）。歸去應須早（A）。還與去年人，共藉西湖草。莫惜尊前子細看，應是容顏老（A_2）。

這是一首「自京口還錢塘道中」（題目）懷念太守陳襄的作品。它的綱領爲「歸去應須早」一句，置於篇腹，以統括篇首與篇末之意，這是「凡」的部分。而「歸去應須早」的理由有二：一爲錢塘這個地方，好得像故鄉一樣，於是作者用篇首「蜀客」三句來交代，這是「賓」，爲「目一」的部分；其二爲錢塘這個地方有值得懷念的人，即陳襄，於是作者用下片「還與」四句來寫，這是「主」，爲「目二」的部分。如此，作者對陳襄懷念之情就自然流露於篇外。最後看主旨安排在「凡、目、凡」結構之外的，如辛棄疾〈賀新郎〉詞：

風尾龍香撥（A）。自開元、〈霓裳曲〉罷，幾番風月？最苦潯陽江頭客，畫舸亭亭待發。記出塞、黃雲堆雪。馬上離愁三萬里，望昭陽宮殿孤鴻波。絃解語。恨難說。遼陽驛使音塵絕。瑣窗寒、輕攏慢撚，淚珠盈睫。推手含情還卻手，一抹〈梁州〉哀徹。千古事、雲飛煙滅（A_1）。賀老定場無消息，想沉香亭北繁華歇（A_2）。彈到此，為嗚咽（A）。

這是首藉「賦琵琶」（題目）以寓興亡之感的作品。它以首句扣緊題目，寫彈琵琶，藉以帶出下面有關彈琵琶的事，爲「凡」的部分；由「自開元」起至「雲飛煙滅」止，承起句，採「先目後凡」的形式，組合了楊貴妃〈霓裳羽衣曲〉、白居易〈琵琶行〉、王昭君和番，以及遼陽驛使、〈梁州曲〉等故事，以寫昔日琵琶之「盛」，爲「目一」的部分；由「賀老」二句，反用賀懷智「定場」和楊貴妃「沉香亭北倚闌干」（李白〈淸平調〉）的故事，而以「無消息」、「繁華歇」，將時間由昔拉到今，來寫今日琵琶之「衰」，爲「目二」的部分；而結處二句，則發出感傷，以收拾全篇，這又是「凡」的部分。無疑地，它採「凡、目、凡」的結構來寫，而作者對國事日非的悲憤，亦即一篇之主旨，就很强烈地從篇外宣洩出來了。

六、結語

由上述可知，詞章的主旨在凡目結構中，既可以安置於篇外，也可以安置於篇內。而安置於篇內者，又可能出現在「凡」的部位，也可能出現在「目」的部位，可說極爲多樣而自由。如果我們能掌握這種多樣而自由的形式來從事創作或鑑賞，相信將擁有更寬闊的空間，達到提昇讀寫能力的目的。

（原載民國八十六年八月《國文天地》十三卷三期，頁八四～九二）

貳、章法教學類

談詞章章法的主要內容

一、前言

章法是文章構成的型態，也就是綴句成節段，組節段成篇的一種方式。對它的理論，雖然從劉彥和開始，一直到現在，都有專家學者先後加以探討，而且也提出了許多精闢的見解，但對它的範圍與內容，卻語焉而不詳，往往只顧一偏，而未就全面予以牢籠，實有進一步集枝節爲輪廓、匯涓涘爲江流的必要。所以筆者在十幾年前便著手做這種工作，也陸續發表了二十來篇有關的論文，很遺憾地，還是犯了顧此失彼或糾纏不清的毛病。於是在此，特地重新加以整理修正，將章法別爲秩序、變化、銜接、統一等四原則來談談它的主要內容。

二、秩序原則

秩序原則，也稱爲秩序律。而所謂的秩序，是將材料的次序加以整齊安排的意思。通常，作者係依時間、空間或事理展演的自然過程作適當的安排，玆分述如下：

㈠屬於時間者

屬於時間的秩序，有兩種：一是由昔而今或由今至未來，爲順敍；二是由今及昔，爲逆敍。

順敍者，如：

昔繆公求士，西取由余於戎，東得百里奚於宛，迎蹇叔於宋，來丕豹、公孫支於晉。此五子者，不產於秦，繆公用之，并國二十，遂霸西戎。孝公用商鞅之法，移風易俗，民以殷盛，國以富彊，百姓樂用，諸侯親服，獲楚魏之師，舉地千里，至今治彊。惠王用張儀之計，拔三川之地，西并巴蜀，北收上郡，南取漢中，包九夷，制鄢郢，東據成皋之險，割膏腴之壤，遂散六國之從，使之西面事秦，功施到今。昭王得

> 范雎，廢穰侯，逐華陽，彊公室，杜私門，蠶食諸侯，使秦成帝業。此四君者，皆以客之功。由此觀之，客何負於秦哉？向使四君卻客而不內，疏士而不用，是使國無富利之實，而秦無彊大之名也。

這是李斯〈諫逐客書〉的一段文字。作者在此列舉了四位秦國君主用客致强的事蹟，來說明用客之利，首先是繆公，其次是孝公，再其次是惠王，最後是昭王，完全按時間的先後來排列，敘次由昔而今，極爲明晰。又如：

> 人生不相見，動如參與商；今夕是何夕？共此燈燭光。少壯能幾時？鬢髮各已蒼。訪舊半為鬼，驚呼熱中腸。焉知二十載，重上君子堂。昔別君未婚，兒女忽成行；怡然敬父執，問我：「來何方。」問答未及已，兒女羅酒漿。夜雨翦春韭，新炊間黃粱。主稱：「會面難。」一舉累十觴；十觴亦不醉，感子故意長。明日隔山岳，世事兩茫茫。

這是杜甫的〈贈衛八處士〉詩。它的開端四句，寫今夕相見之不易；自「少壯能幾時」至「兒女忽成行」，寫今夕相見之感慨，以加深相見之喜；自「怡然敬父執」至「感子故意長」，寫今夕相見時主人衞八處士待客之殷切情意；而「明日隔山岳」二句，則由實轉虛，寫到明日之別，使別後之悲和相見之喜交集在一起，更增强了作品的情味力量。喻守眞在《唐詩三百首詳析》中說：「此詩線索，全在時間方面。係先寫『今夕』，再寫『夜』，再說『明日』，層次分明，敍事也就有條理了。」很清楚地指明了時間由今推至未來的順序。

逆敍者，如：

醉裡且貪歡笑，要愁那得工夫。近來始覺古人書，信著全無是處。　昨夜松邊醉倒，問松「我醉何如」。只疑松動要來扶，以手推松曰「去」。

這是辛棄疾的〈西江月〉詞。它的上半闋，寫的是作者自己目前的感想，也可以說是對當世政治上沒有是非的現狀所發出的一種慨歎；而下半闋寫的則是昨夜的醉態與狂態，也可以說是對當時政治現實不滿的一種表示。就時間來說，先敍目前，後敍昨夜，顯然已把由今而昔的自然展演順序顚倒過來了，用的正是逆敍的手法。

此外，**有以四時的更迭而形成秩序者**，如：

野芳發而幽香，佳木秀而繁陰，風霜高潔，水落而石出者，山間之四時也。

這是歐陽修〈醉翁亭記〉的一節文字。它以首句寫春景、次句寫夏景、第三句寫秋景、第四句寫冬景，而末句則將上面四句作一總括，指出這是山間四時景物之變化，雖隱去了春、夏、秋、冬四字，卻由「四時」二字作了交代。這樣來處理，是很有技巧的。

㈡屬於空間者

屬於空間的秩序，可大別為三種：一是由近而遠或由遠而近，這是就「遠近」來分的；二是由大而小或由小而大，這是就「大小」來分的；三是由低而高或由高而低，這是就「高低」來分的。

由近而遠的，如：

獨憐幽草澗邊生，上有黃鸝深樹鳴。春潮帶雨晚來急，野渡無人舟自橫。

這是韋應物的〈滁州西澗〉詩。它由近處的幽草、深樹寫起，寫到遠處的春潮、野渡，敍次由近而遠，很有層次。喻守眞在《唐詩三百首詳析》說：「此詩可分作兩層看法，首、次二句是近看，三、四兩句是平望。」如此對近遠兩處的景物加以重點描繪後，一幅荒江渡口的景象，便宛然在目。由遠而近的，如：

七八個星天外，兩三點雨山前。舊時茆店社林邊，路轉溪橋忽見。

這是辛棄疾〈西江月〉詞的下半闋。它寫的是作者「夜行黃沙道」（詞題）時所見到的各種景物，開頭是遙天的疏星，接著是山嶺前的雨點，最後是溪橋後的茆店。敍次是由遠而近，極合乎秩序的原則。

由大而小的，如：

夜月樓臺，秋香院宇，笑吟吟地人來去。是誰秋到便淒涼？當年宋玉悲如許。

這是辛棄疾〈踏莎行〉詞的上半闋。作者在此，先寫明月下的樓閣，再寫樓閣中的院宇，然後由院宇中的人羣收到人羣中的一人——以宋玉自比的作者身上。範圍由大而小，層層遞進，寫來非常有秩序。

由小而大的，如：

散髮披襟處，浮瓜沈李杯。涓涓流水細侵階。鑿箇池兒，喚箇月兒來。

這是辛棄疾〈南歌子〉詞的上半闋。它先寫甘瓜李杯，再寫浮沈甘瓜李杯的涓涓流水，然後寫到容納涓涓流水的新開池兒，空間由小而大，十分有層次。

由低而高的，如：

松下草間有泉，沮洳伏見墮石井，鏗然而鳴；松間藤數十尺，蜿蜒如大虺；其上有鳥，黑如鴝鵒，赤冠長喙，俛而啄，磔然有聲。

這是晁補之〈新城遊北山記〉的一小段文字。它首寫松下之泉，次寫松間之藤，末寫松上之鳥。這顯然是依「由低而高」的順序所寫成的。

由高而低的，如：

更深月色半人家，北斗闌干南斗斜。今夜偏知春氣暖，蟲聲新透綠窗紗。

這是劉方平的〈月夜〉詩。它的開端兩句，因月色而及於星象，寫的是仰觀所得；而末尾兩句，因聞蟲聲而知春暖，寫的是俯察所得。由仰觀（高）而俯察（低），一種靜穆幽麗的環境便橫在目前。

此外，又有以方位的移易而形成秩序者，如：

南望馬耳常山，出沒隱見，若近若遠，庶幾有隱君子乎？而其東則廬山，秦人盧敖之所從遁也。西望穆陵，隱然如城廓，師尚父齊桓公之遺烈猶有存者。北俯濰水，慨然太息，思淮陰之功，而弔其不終。

這是蘇軾〈超然臺記〉的一段文字。作者在這兒，依「南望」、「其東」、「西望」、「北俯」的順序來寫登臺所見、所感，的確很「可觀」。

㈢屬於事理者

屬於事理的秩序，主要有四種：一是由本而末或由末而本，這是就「本末」來分的；二是由淺而深或由深而淺，這是就「淺深」來分的；三是由貴而賤或由賤而貴，這是就「貴賤」來分的；四是由親而疏或由疏而親，這是就「親疏」來分的。

其中本末者，如：

唯天下至誠，為能盡其性；能盡其性，則能盡人之性；能盡人之性，則能盡物之性；能盡物之性，則可以贊天地之化育；可以贊天地之化育，則可以與天地參矣。

這是《禮記．中庸》的第二十二章（依朱子《章句》），談的是聖人盡性（自誠明）的功用。它首先從根本的「至誠」說起，然後由本而末地加以推擴，順序說到「盡其（己）性」、「盡人之性」、「盡物之性」、「贊天地之化育」，以至於「與天地參」，層層遞敘，條理清晰異常。

淺深者，如：

太上不辱先，其次不辱身，其次不辱理色，其次不辱辭令，其次詘體受辱，其次易服受辱，其次關木索、被箠楚受辱，其次鬄毛髮、嬰金鐵受辱，其次毀肌膚、斷支體受辱，最下腐刑，極矣！

這是司馬遷〈報任少卿書〉的一段文字。太史公在此，由淺而深地分九層來寫自己受辱情形，他從「不辱」的「先」、「身」、「理色」、「辭令」說到「受辱」的「詘體」、「易服」、「關木索、被箠楚」、「鬄毛髮、嬰金鐵」、「毀肌膚、斷支體」及「腐刑」，以强調自己受腐刑之極辱，所造成的感染力極强。

貴賤者，如：

天子能薦人於天，不能使天與之天下；諸侯能薦人於天子，不能使天子與之諸侯；大夫能薦人於諸侯，不能使諸侯與之大夫。

這是《孟子・萬章上》的一節文字。它的敍次由天子而諸侯而大夫，來論「薦人」之事，顯然依先貴後賤的順序來安排，層次很清晰。

親疏者，如：

左右皆曰賢，未可也；諸大夫皆曰賢，未可也；國人皆曰賢，然後察之；見賢焉，然後用之。左右皆曰不可，勿聽；諸大夫皆曰不可，勿聽；國人皆曰不可，然後察之；見不可焉，然後去之。左右皆曰可殺，勿聽；諸大夫皆曰可殺，勿聽；國人皆曰可殺，然後察之；見可殺焉，然後殺之。故曰：「國人殺之也。」

這是《孟子・梁惠王下》的一節文字。它就「賢」、「不可」、「可殺」三件事，各分「左右」、「諸大夫」與「國人」三層遞寫，其中「左右」是最親者，「諸大夫」是次親者，而

「國人」則最為疏遠了。

此外，又有以情緒之變化而形成秩序者，如司馬相如〈難蜀父老〉一文，一開始時寫蜀父老的表現是「儼然造焉」，但聽了使者的一席話後，他們的反應卻變成：

於是諸大夫茫然喪其所懷來，失厥所以進，喟然並稱曰：允哉漢德，此鄙人之所願聞也。百姓雖勞，請以身先之。敞罔靡徙，遷延而辭避。

對這節文字，金聖歎批《才子古文讀本》有評註云：「前寫『儼然』，此寫『茫然』、『喟然』，分明如畫。」由此可看出情緒變化所形成的層次感是十分分明的。

二、變化原則

變化原則，也稱為變化律。而所謂的變化，是把材料的次序加以參差安排的意思。一般說來，作者有時會將時間、空間或事理展演的自然過程加以改變，造成「參差見整齊」的效果。茲分述於後：

(一)屬於時間者

屬於時間的變化，只有一種，即由今而昔而今，這種安排法在詞章中屢見不鮮，如：

太史公曰：吾如淮陰，淮陰人為余言：韓信雖為布衣時，其志與眾異，其母死，貧無以葬，然乃行營高敞地，令其旁可置萬家。余視其母冢，良然。假令韓信學道，謙讓不伐己功，不矜其能，則庶幾哉於漢家勳，可以比周召太公之徒，後世血食矣，不務出此，而天下已集，乃謀畔逆，夷滅宗族，不亦宜乎。

這是《史記・淮陰侯列傳贊》的全文。作者在這則贊文裡，先敍自己到淮陰之事，再借淮陰人之口，敍淮陰侯爲布衣時事，然後把時間由過去拉回到現在，發出自己的感想作結。時間由今而昔而今，形成了變化。又如：

少陵野老呑聲哭，春日潛行曲江曲。江頭宮殿鎖千門，細柳新蒲為誰綠？憶昔霓旌下南苑，苑中萬物生顏色。昭陽殿裡第一人，同輦隨君侍君側。輦前才人帶弓箭，白馬嚼齧黃金勒；翻身向天仰射雲，一箭正墜雙飛翼。明眸皓齒今何在，血汚遊魂歸不得。清渭東流劍閣深，去住彼此無消息！人生有情淚霑臆，江水江花豈終極？黄昏胡騎塵滿城，欲往城南望城北。

這是杜甫的〈哀江頭〉詩。他在開篇四句，寫自己潛行曲江之所見、所悲；再以「憶者」八句，追憶貴妃生前遊幸曲江的盛事；而「明眸」句至篇末，則對貴妃之死致哀悼之情，並抒發自己忠君愛國之懷。敍次由今而昔而今，參差中見整齊，很有章法。

㈡屬於空間者

屬於空間的變化，主要有三種：一是由遠而近或由近而遠而近，這是就「遠近」來分的；二是由大而小而大或由小而大而小，這是就「大小」來分的；三是由低而高而低或由高而低而高，這是就「高低」來分的。不過，其中以遠近、大小二類較常見。

遠近者，如：

平林漠漠煙如織，寒山一帶傷心碧。暝色入高樓，有人樓上愁。　玉階空佇立，宿鳥歸飛急。何處是歸程？長亭連短亭。

這是李白的〈菩薩蠻〉詞，爲一懷人之作。首以起二句，就遠，寫「平林」、「寒山」的淒涼景象；次以「暝色」二句，就近，寫主人翁佇立樓上遠望的情景，拈出一「愁」字，以統一全詞；接著以換頭二句，一承「有人樓上愁」（近），具寫主人翁在發愁的樣子，一承「寒山」、「平林」（遠），寫歸鳥疾飛的動景，從反面激出遊子遲遲未歸之意，以表出「愁」來；末了以結二句，將空間由「平林」、「寒山」向無窮的遠方推擴出去，寫「長亭連短亭」的漫漫歸程，以襯出不見歸人的無限愁思。很顯然地，它是以「遠、近、遠」的順次寫成的。又如：

> 閒庭生柏影，荇藻交行路。忽忽如有人，起視不見處。牽牛秋正中，海白夜疑曙。野風吹空巢，波濤在孤樹。

這是謝翺的〈效孟郊體〉詩。它的首、次二聯寫庭中所見之柏影、荇藻和人；三聯循著視線之開拓，寫遠方的天和水；末聯則又將視線拉回到庭中的樹上。這分明形成了「近、遠、近」的空間安排。

大小者，如：

紅葉晚蕭蕭，長亭酒一瓢。殘雲歸太華，疏雨過中條。樹色隨關迥，河聲入海遙。帝鄉明日到，猶自夢漁樵。

這是許渾的〈秋日赴闕題潼關驛樓〉詩。此詩一本題作「行次潼關，逢魏扶東歸」。它的首聯，就小，寫長亭送別、借酒澆愁之情景；中間二聯，呈輻射狀向四方拉開，就大，寫華山、中條山和潼關、大海；而尾聯則又將範圍縮小到四望風物之自己身上，發出感慨作結。敍次由小而大而小，極富變化。又如：

老殘洗完了臉，把行李鋪好，把房門鎖上，他出來步到河隄上看。只見那黃河從西南上下來，到此卻正是個灣子，過此便向正東去了。河面不甚寬，兩岸相距不到二里。若以此刻河水而論，也不過百把丈寬的光景。只是面前的冰，插得重重疊疊的，高出水面有七、八寸厚。

再望上游走了一、二百步，只見那上游的冰，還一塊一塊地慢慢價來，到此地被前頭的冰攔住，走不動，就站住了。那後來的冰趕上他，只擠得嗤嗤價響。後冰被這溜水逼得緊了，就竄到前冰上頭去。前冰被壓，就漸漸低下去了。看那河身，不過百十丈寬，當中大溜，約莫不過二、三十丈。兩邊俱是平水，這平水之上，早已有冰結滿。冰面卻是平的，被吹來的塵土蓋住，卻像沙灘一般。中間的大道大溜，卻仍然奔騰澎湃，有聲有勢，將那走不過去的冰，擠得兩邊亂竄。那兩邊平水上的冰，被當中亂冰擠破了，往岸上跑，那冰能擠到岸上有五、六尺遠。許多碎冰被擠得站起來，像個小插屏似的。看了有點把鐘工夫，這一截子的冰，又擠死不動了。

這是《老殘遊記》的兩段文字。作者在頭一段，先寫整個河道，再寫河面，然後縮小範圍，寫到河上之冰。而後一段，則先承上段之末，寫河上之冰，再寫大溜、平水，然後擴大到兩岸。十分明顯地，這是用「大、小、大」的次序來安排的。

㈢屬於事理者

屬於事理的變化，本該有本末、淺深、貴賤、親疏等多種，但其中淺深、貴賤、親疏三種極罕見，常見的只有本末一種，如：

古之欲明明德於天下者，先治其國。欲治其國者，先齊其家。欲齊其家者，先脩其身。欲脩其身者，先正其心。欲正其心者，先誠其意。欲誠其意者，先致其知，致知在格物。物格而后知至，知至而后意誠，意誠而后心正，心正而后身脩，身脩而后家齊，家齊而后國治，國治而后天下平。

這是《禮記・大學》的一節經文，論的是《大學》八條目的先後次序。它共含兩個部分：頭一部分自起句至「致知在格物」止，就出發點，由「明明德於天下」（即平天下）而治國、齊家、修身、正心、誠意，依序遞寫，以至於致知、格物，用的是由末而本的逆推手段；第二個部分自「物格而後知至」至末，就終極處，由物格、知至而意誠、心正、身修、家齊、國治，層層遞寫，以至於天下平，用的則是由本而末的順推工夫。將這順逆兩個部分合起來，就形成了「末、本、末」的結構。又如：

天命之謂性，率性之謂道，修道之謂教。道也者，不可須臾離也。可離，非道也。是故君子戒慎乎其所不睹，恐懼乎其所不聞。莫見乎隱，莫顯乎微，故君子慎其獨也。喜怒哀樂之未發，謂之中。發而皆中節，謂之和。中也者，天下之大本也。和也者，天下之達道也。致中和，天地位焉，萬物育焉。

這是《禮記・中庸》的首章（依朱子《章句》）文字，論的是《中庸》的綱領和修道要領、目標。首先是「天命之謂性」三句，指明《中庸》一書的綱領所在，這是依「由本而末」的順序來交代的。接著是「道也者」至「故君子愼其獨也」止，指出修道的要領，這是就「修道之謂教」來說的；然後是「喜怒哀樂之未發」八句，指出修道之內在目標，這是就「率性之謂道」來說的；末了是「致中和」三句，指出修道之終極目標，這是就「天命之謂性」來說的。由此看來，由「道也者」至「萬物育焉」止，乃按「由末而本」的順序來交代，而《中庸》這一章也就形成了「本、末、本」的結構。

此外，以插敘或補敍的方法來寫也可以使文章產生變化。其中插敍是爲了表達上的需要將緊接的部分加以提開來夾敍一些文字的方法，既可用以解釋事理、抒發感想、具寫景物，也可藉以提出主旨或綱領。如：

鄒忌脩八尺有餘，身體昳麗。朝服衣冠窺鏡，謂其妻曰：「我孰與城北徐公美？」其妻曰：「君美甚，徐公何能及也！」城北徐公，齊國之美麗者也。忌不自信，而復問其妾曰：「吾孰與徐公美？」妾曰：「徐公何能及君也！」旦日，客從外來，與坐談，問之客曰：「吾與徐公孰美？」客曰：「徐公不若君之美也！」

這是《戰國策・鄒忌諫齊王》的一段文字。作者在此，先描述鄒忌形貌的軒昂美麗，再記述鄒忌與妻、妾、客之間的問答。就在問妻之後、問妾之前，特地插入「城北徐公」兩句，以交代鄒忌所以一問再問而不自信的原因。如果沒有這兩句屬於解釋性的插敍，就會令人一頭霧水，不明所以了。而補敍是對上文所遺漏或語焉不詳者加以補充敍述的方法，通常可藉以補記事情發生的時間、緣由及有關人物的身分、姓名、情意等，如：

> 侍行者，幼子筠，孫章金，外孫候㝡。六日前，子至（作者長子）方應侍北方，不得與同遊。賦詩紀事，悵然久之。

這是宋犖〈姑蘇臺記〉的末段文字。它除補敍侍行者是誰外，又補敍其長子應試北方，不得同遊的事，以表出對他的無限懷念，令人讀後也爲之「悵然」。

四、銜接原則

銜接原則，也稱爲銜接律。而所謂的銜接，是就材料先後的接榫或聯絡來說的。它的方式，大體而言，可別爲基本與藝術兩類：

㈠屬於基本者

屬於基本的銜接單位，有聯詞、聯語、關聯句子與關聯節段等四種，茲分述如次：

1、聯詞

聯詞約可分爲直承聯詞、轉折聯詞、推展聯詞、總括聯詞等四類。其中常用作上下文接榫的直承聯詞，有因、因之、因爲、乃、遂、故、是以、是故、所以、於是等，如：

管仲曰：「老馬之智可用也。」乃放馬而隨之，遂得道。

這是《韓非子・說林上》的一節文字，用了「乃」與「遂」兩個聯詞將上下文聯成一體。又常用作上下文接榫的轉折聯詞，有而、卻、然、然而、然則、但、但是、第、顧、否則、不過等，如：

上行出中渭橋，有一人從橋下走出，乘輿馬驚。於是使騎捕，屬之廷尉。

這是《史記・張釋之列傳》的一節文字，用「於是」這個聯詞將上下文連接起來。而常用作上下文接榫的推展(含假設)聯詞,有也、又、亦、或、而、而或、尤其、至於、至若、若夫、若是、如、如果、假如、例如、譬如、甚至、並且、還有、苟或、也許等,如:

岸芷汀蘭,郁郁青青。而或長煙一空,皓月千里,浮光耀金,靜影沈璧。

這是范仲淹〈岳陽樓記〉的一節文字,用聯詞「而或」將文意加以推展,使上下文能銜接在一起。至於常用作上下文接榫的總括聯詞,有這、這樣、都、皆、總之、凡此、總此、如此等,如:

凡此瑣瑣,雖為陳跡,然我一日未死,則一日不能忘。

這是袁枚〈祭妹文〉的一節文字,用聯詞「凡此」將上下文聯成一體。

2、聯語

聯語指聯詞以外的詞語,而所謂「語」,其實也是詞,只不過是爲了與聯詞有所區別,所以稱爲「語」罷了。如:

縣人來，聞蹕，匿橋下。久之，以為行已過。

這是《史記・張釋之列傳》的一節文字，用聯語「久之」作時間上的聯絡，使上下文連接在一起。又如：

苟或不然，人爭非之，以為鄙吝。故不隨俗靡者蓋鮮矣。嗟乎！風俗頹敝如是，居位者雖不能禁，忍助之乎！

這是司馬光〈訓儉示康〉的一節文字，以「嗟呼」發出感歎，在發揮積極修辭功用的同時，也充當了上下文的橋樑。

3、**關聯句子**

如果關接詞語已不夠用了，那就要用到關接句子來作上下文的橋樑。如：

心之所向，則或千或百，果然鶴也。昂首觀之，項為之強。

這是沈復《浮生六記》中的一節文字，用「昂首觀之」一句將上面寫細察紋理之部分與下面寫物外之趣的部分連接在一起。又如：

漁歌互答，此樂何極！登斯樓也，則有心曠神怡、寵辱偕忘、把酒臨風，其喜洋洋者矣。

這是范仲淹〈岳陽樓記〉的一節文字，用「登斯樓也」一句將上面寫晴景的部分過渡到寫喜情的部分。

4、關聯節段

作者在行文時，往往會用一節或一段文字來作上下文的橋樑，以補關聯詞語或句子之不足。如：

嗟呼子卿！人之相知，貴相知心。前書倉卒，未盡所懷，故復略而言之。

這是李陵〈與蘇武書〉的一節文字，由此承上文對北方苦寒景象及自身「久辱於外之苦」的描寫，以啓下段對當年不得已投降之經過與用心的追敘，十足地發揮了銜接的作用。又如：

其（孟子）後有騶子之屬，齊有三騶子：其前騶忌，以鼓琴干威王，因及國政，封為成侯，而受相印，先孟子。其次騶衍，後孟子。

這是《史記・孟荀列傳》的一段文字，它的前一段敍的是孟子，而後一段敍的是鄒衍，所以這一段的敍述，顯然是作爲橋樑用的。

二屬於藝術者

屬於藝術的銜接，大體而言，有兩類：一是屬於材料的連接或呼應，二是屬於方法的連接或呼應。茲分述如左：

1、屬於材料者

材料可分爲物材與事材兩種，一般說來，作者運用物材或事材都會使它們彼此間相互連接或呼應，以凸顯所要表達的思想情意。其中用物材以連接或呼應的，如：

剖竹守滄海，枉帆過舊山。山行窮登頓，水涉盡洄沿。巖峭嶺稠疊。洲縈渚連線。白雲抱幽石，綠篠媚清漣。葺宇臨迴江，築觀基曾巔。

這是謝靈運〈過始寧墅〉詩的一節文字。其中二、三、五、七、十等句，用以寫山；一、四、六、八、九等句，用以寫水，使得山與山、水與水，甚至山和水之間，都形成了呼應而銜接成一體。又如：

夔府孤城落日斜，每依北斗望京華。聽猿實下三聲淚，奉使虛隨八月槎。畫省香爐違伏枕，山樓粉堞隱悲笳。請看石上藤蘿月，已映洲前蘆荻花。

這是杜甫〈秋興〉詩之二。對這首詩，楊仲弘《杜甫心法》（收於《詩學指南》）在結聯下有注云：「首言『落日斜』，此言『月映洲前』，日月相催，起結相應，當時之興何如哉？」他指出了此詩用相關聯的景色形成了首尾呼應的效果。用事材以連接或呼應的，如：

世皆稱孟嘗君能得士，士以故歸之，而卒賴其力，以脫於虎豹之秦。嗟呼！孟嘗君特雞鳴狗盜之雄耳，豈足以言得士！不然，擅齊之強，得一士焉，宜可以南面而制秦，尚何取雞鳴狗盜之力哉！雞鳴狗盜之出其門，此士所以不至也。

這是王安石〈讀孟嘗君傳〉的全文，是針對孟嘗君是「得士」抑或「特雞鳴狗盜之雄」來加以論述的。其中「世皆稱孟嘗君能得士」二句與「豈足以言得士」、「得一士焉」、「此士之所以不至也」等句，或正或反，彼此相互呼應；而「特雞鳴狗盜之雄」也和「尚何取雞鳴狗盜之力哉」、「雞鳴狗盜之出其門」等句，先後呼應，以表出孟嘗君始終不能得士的一篇旨意來，手法極爲高明。又如：

天地有正氣，雜然賦流形：下則為河嶽，上則為日星，於人曰浩然，沛乎塞蒼冥。皇路當清夷，含和吐明庭；時窮節乃見，一一垂丹青：在齊太史簡，在晉董狐筆，在秦張良椎，在漢蘇武節；為嚴將軍頭，為嵇侍中血，為張睢陽齒，為顏常山舌；或為遼東帽，清操厲冰雪；或為出師表，鬼神泣壯烈；或為渡江楫，慷慨呑胡、羯；或為擊賊笏，逆豎頭破裂。是氣所磅礴，凜列萬古存。當其貫日月，生死安足論？地維賴以立，天柱賴以尊。三綱實繫命，道義為之根。

嗟予遘陽九，隸也實不力。楚囚纓其冠，傳車送窮北。鼎鑊甘如飴，求之不可得。陰房闃鬼火，春院閟天黑。牛驥同一皁，雞棲鳳凰食。一朝蒙霧露，分作溝中瘠。如此再寒暑，百沴自辟易。哀哉沮洳場，為我安樂國！豈有他繆巧？陰陽不能賊。顧此耿耿在，仰視浮雲白，悠悠我心悲，蒼天曷有極！哲人日已遠，典型在夙

> 昔，風簷展書讀，古道照顏色。

這是文天祥〈正氣歌〉的四段文字。其中首段「一一垂丹青」，是說古哲的忠烈事蹟，一一遺留於史冊，而次段寫的就是十二件古哲的忠烈事蹟，這自然是彼此銜接呼應的，而且這又與末段結尾的「哲人日已遠」四句形成了呼應，所以林西仲說：「『哲人』、『典型』指上文十二事；古人雖遠而書存，應上『一一垂丹青』句」（《古文析義初編》卷六），可見此文前後照應之周密。

2、屬於方法者

使上下文得以形成呼應而銜接在一起，除了可藉所用材料達成外，又可用方法來竟功。這種方法，較著的有賓主、虛實、正反、抑揚、立破、問答、平側、凡目、縱收、因果等。以賓主而言，凡直接運用主要材料的，爲「主」，而間接運用輔助材料的，爲「賓」。如：

> 水陸草木之花，可愛者甚蕃；晉陶淵明愛菊。自李唐以來，世人盛愛牡丹。予獨愛蓮之出淤泥而不染，濯清漣而不妖；中通外直，不蔓不枝；香遠益清，亭亭淨植，可遠觀而不可褻玩焉。
>
> 予謂：菊，花之隱逸者也；牡丹，花之富貴者也；蓮，花之君子者也。噫！菊之

愛，陶後鮮有聞，蓮之愛，同予者何人？牡丹之愛，宜乎眾矣。

這是周敦頤〈愛蓮說〉的全文。它主要是寫蓮與愛蓮者——作者自己，這是「主」的部分。爲了這個「主」的部分更形突出，並蘊含諷喻之意，便又不得不寫牡丹、菊和愛菊、愛牡丹的人，這是「賓」的部分。有了這個「賓」的部分作陪襯，那麼作者愛蓮與諷喻的意思——「主」便格外的清楚了。以虛實而言，凡運用當時所見、所聞、所爲的實際材料者，爲「實」，而運用憑著個人內心的感覺或想像所捕捉、製造的抽象材料者，爲「虛」。如：

懷君屬秋夜，散步詠涼天。山空松子落，幽人應未眠。

這是韋應物的〈秋夜寄邱二十二員外〉詩，爲秋夜懷人之作。上聯藉涼天散步，實寫自己秋夜「懷君」的情懷；下聯憑藉想像，虛寫空山友人「未眠」的情景，將自己對邱二十二員外的懷念，寫得極爲動人。以正反而言，凡著眼於正面來寫的，爲「正」，著眼於反面來寫的，爲「反」。如：

天下事有難易乎？為之，則難者亦易矣；不為，則易者亦難矣。人之為學有難易乎？學之，則難者亦易矣；不學，則易者亦難矣。

這是彭端淑〈爲學一首示子姪〉的首段文字。它由做事之難易談到爲學之難易，其中說「爲之」、「學之」的是「正」，說「不爲」、「不學」的爲「反」，就這樣正反相形，使表達的意思更爲清晰。其實，此文全篇都用正反法來寫，也就自然造成了往而復返、迴環不已的對照效果。以抑揚而言，抑就是貶抑、收束，揚就是稱揚、振發。這種方法相當常見，如：

愈始聞而惑之；又從而思之，蓋賢者也。蓋所謂獨善其身者也。然吾有譏焉；謂其自為也過多，其為人也過少。其學楊朱之道者耶？楊之道，不肯拔我一毛而利天下，而夫人以有家為勞心，不肯一動其心以畜妻子，其肯勞其心以為人乎哉？雖然，其賢於世之患不得之而患失之者，以濟其生之欲，貪邪而亡道以喪其身者，其亦遠矣。又其言，有可以警余者，故為之傳而自鑑焉。

這是韓愈〈圬者王承福傳〉的末段文字。作者在此，首先以「愈始聞而惑之」一句一抑，接著以「又從而思之」三句一揚，繼而用「然吾有譏焉」一句一轉，引出「謂其自爲也過多」八句，再予一抑，然後以「雖然」五句，又予一揚。就這樣在一抑一揚間，將規世的意思懇切地表示出來。以立破而言，立就是立案，破就是駁正，通常都先立而後破，以形成呼應。如：

> 杞子自鄭使告於秦曰：「鄭人使我掌其北門之管，若潛師以來，國可得也。」穆公訪諸蹇叔。蹇叔曰：「勞師以襲遠，非所聞也，師勞力竭，遠主備之，無乃不可乎？師之所為，鄭必知之；勤而無所，必有悖心。且行千里，其誰不知？」

這是《左傳・蹇叔哭師》的一節文字。其中杞子之言等於立了一案，而蹇叔之語則針對此案一一辨明，所以在「無乃不可乎」之下，林西仲詳云：「已上破他『國可得』三字。」（《古文析義初編》卷一）在「師之所爲」二句之下，又評云：「二句破他『潛師』二字。」（同上）在「其誰不知」之下，再評云：「以上又從鄭不可得、師不可潛二意推出。」（同上）可見這是用「先立後破」的結構寫成的。以問答而言，用得極早而且也最普遍，如：

> 問何以戰？公曰：「衣食所安，弗敢專也，必以分人。」對曰：「小惠未徧，民弗從也。」公曰：「犧牲玉帛，弗敢加也，必以信。」對曰：「小信未孚，神弗福也。」公曰：「小大之獄，雖不能察，必以情。」對曰：「忠之屬也，可以一戰。戰

則請從。」

這是《左傳・曹劌論戰》的一段文字。此段文字借曹劌之一「問」三「對」，與莊公之三「曰」，敍明魯國抗敵的憑藉，很自然地形成了呼應而使上下文銜接起來。以平側而言，平指平提，側指側注，這種方法也常見，如：

《五代史・馮道傳論》曰：「『禮、義、廉、恥，國之四維；四維不張，國乃滅亡。』善乎管生之能言也！禮、義，治人之大法；廉、恥，立人之大節。蓋不廉則無所不取，不恥則無所不為。人而如此，則禍敗亂亡，亦無所不至。況為大臣而無所不取，無所不為，則天下其有不亂，國家其有不亡者乎？」

然而四者之中，恥尤為要，故夫子之論士曰：「行己有恥。」孟子曰：「人不可以無恥。無恥之恥，無恥矣！」又曰：「恥之於人大矣！為機變之巧者，無所用恥焉！」所以然者，人之不廉而至於悖禮犯義，其原皆生於無恥也。故士大夫之無恥，是謂國恥。

這是顧炎武〈廉恥〉一文的兩段文字。作者在首段先平提「禮、義、廉、恥」，再側注到

「廉、恥」之上；又在次段進一步地側注於「恥」之上。先平提而後側注，極有章法。以凡目而言，凡指總括，目指條分，兩者孰先孰後，都一樣形成呼應、銜接的關係。如：

君人者，誠能見可欲，則思知足以自戒；將有所作，則思知止以安人；念高危，則思謙沖而自牧；懼滿溢，則思江海而下百川；樂盤遊，則思三驅以為度；憂懈怠，則思慎始而敬終；慮壅蔽，則思虛心以納下；想讒邪，則思正身以黜惡；恩所加，則思無因喜以謬賞；罰所及，則思無因怒而濫刑。總此十思，弘茲九德。

這是魏徵〈諫太宗十思疏〉的一段文字。它依次以「思知足」、「思知止」、「思謙沖」、「思江海」、「思三驅」、「思慎始」、「思虛心」、「思正身」、「思無因喜而謬賞」、「思無因怒而濫刑」，分述十思，然後以「總此十思」兩句作個總括，把立德建業的要領由目而凡地論述得有條不紊，使前後文彼此呼應，緊密地連鎖在一起。以縱收而言，縱是放開，收是擒住，也叫擒。文章一縱一收，自然形成呼應，如：

吾從弟少游，常哀吾慷慨多大志，曰：士生一世，但取衣食裁足，乘下澤車，御款段馬，為郡掾吏，守墳墓，鄉里稱善人，斯可矣，致求盈餘，但自苦耳。當吾在浪泊西里間，虜未滅之時，下潦上霧，毒氣重蒸，仰視飛鳶，跕跕墮水中，臥念少游平生時語，何可得也。今賴士大夫之力，被蒙大恩，猥先諸君紆佩金紫，且喜且慚。

這是馬援〈示官屬〉的一則文字。此則文字的前半，縱離題旨，寫求盈餘；到了後半，才擒回題旨，寫得官。所以林景亮《評注古文讀本》評注說：「首句至『自苦耳』，述弟勸勉之語，為下文『臥念』二句伏案，實則立志好勇之反面耳。馬援志固不在求盈餘也，故爲欲擒先縱法。」可見此文以一縱一收形成了呼應，使上下文得以銜接無縫。以因果而言，無論是由因而果或由果而因，都可以使文章銜接起來，如：

余憶童稚時，能張目對日，明察秋毫，見藐小微物，必細察其紋理，故時有物外之趣。

這是沈復《浮生六記》中的一段文字。其中「能張目對日」二句是因，「見藐小微物」二句是果；又由此轉果爲因，帶出「故時有物外之趣」一句——果來，這很明顯地形成兩層因果的緊密關係。

五、統一原則

統一原則，又稱為統一律。而所謂的統一，是就材料情意的統一來說的。一般而言，文章要達成統一，必須注意到主旨的安置與綱領的貫注。其中主旨之安置，既有安置於篇內或篇外的不同，而綱領的貫注，也往往涉及軌數的多寡。茲分述如次：

㈠主旨的安置

主旨安置於篇內的，不外三種。

其一是安置於篇首的，如：

人閑桂花落，夜靜春山空。月出驚山鳥，時鳴春澗中。

這是王維的〈鳥鳴澗〉詩。它的上聯首先拈出主旨——「人閑」，再藉花落、山空的景致，以寫「夜靜」，將「人閑」兩字作初步的烘托；下聯則寫月出鳥鳴、清聽盈耳的景象，所謂「蟬噪林逾靜」、「鳥鳴山更幽」，進一步地把皇甫嶽雲溪別墅的夜景描摹得更為幽靜悅人，而主旨「人閑」也就因而充分地顯現出來了。

其二是安置於篇腹的，如：

劍外忽傳收薊北，初聞涕淚滿衣裳。卻看妻子愁何在？漫卷詩書喜欲狂。白日放歌須縱酒，青春作伴好還鄉。即從巴峽穿巫峽，便下襄陽向洛陽。

這是杜甫的〈聞官軍收河南河北〉詩，旨在寫聞官軍收河南河北時「喜欲狂」之情。而這「喜欲狂」三字正置於篇腹，由此以上收實寫作者自身與妻子「喜欲狂」的部分，並下啓就「還鄉」的打算與經過的路程，以虛寫「喜欲狂」的部分，使得全詩句句都充盈著「喜欲狂」之情，可見這首詩是以「喜欲狂」來統一全篇的。

其三是安置於篇末的，如：

楚莊王賜羣臣酒。日暮，酒酣，燈燭滅，乃有人引美人之衣者。美人援絕其冠纓，告王曰：「今者燭滅，有引妾衣者，妾援得其冠纓持之。趣火來上，視絕纓者！」王曰：「賜人酒，使醉失禮，奈何欲顯婦人之節而辱士乎！」乃命左右曰：「今日與寡人飲，不絕冠纓者不懽。」羣臣百有餘人，皆絕去其冠纓而上火，卒盡懽而罷。

居二年，晉與楚戰。有一臣常在前，五合五獲，首卻敵，卒得勝之。莊王怪而問曰：「寡人德薄，又未嘗異子，子何故出死不疑如是？」對曰：「臣當死！往者醉失禮，王隱忍不暴而誅也。臣終不敢以蔭蔽之德而不顯報王也，常願肝腦塗地，用頭血湔敵久矣。臣乃夜絕纓者也。」遂敗晉軍，楚得以強。

此有陰德者必有陽報也。

這是《說苑．復恩》的一則文字，共三段。其首段記在楚莊王的賜宴席上，有一臣子因醉失禮，而楚莊王卻代爲掩飾，不予罪誅，使得羣臣都能盡歡而散，以見楚莊王是位「有陰德」的君主。而次段乃記楚、晉作戰之際，楚莊王時時見到有一臣子「常在前」，奮勇殺敵，終於使楚國打了次勝仗，後經探問，原來就是從前因醉失禮、「隱忍不暴而誅」的人，以見楚莊王是位「有陽報」的君子。到了末段則以「此有陰德者必有陽報也」一句，總結上兩段之意，拈出一篇主旨作收，使通篇維持一致的意思。

至於**安置於篇外的**，如：

鄭人有欲買履者，先自度其足，而置之其坐。至之市，而忘操之；已得履，乃曰：「吾忘持度。」反歸取之。及反，市罷，遂不得履。人曰：「何不試之以足？」

曰：「寧信度，無自信也。」

這是《韓非子．外儲說左上》的一則文字。作者在這兒，特藉一個鄭人想要買履，卻只相信自己所量尺寸，而不相信自己雙腳，以致買不成履的虛構故事，以喻世人逐末忘本之非。通篇只用以記事，而把所要表達的意旨置於篇外，以統一全文，與《列子》的〈愚公移山〉一文，可說出自同一機杼。

(二)綱領的軌數

綱領所形成的軌數，有一個、二個、三個，或三個以上的。

單軌的，如：

出處從來自不齊。後車方載太公歸；誰知寂寞空山裡，卻有高人賦采薇。　黃菊嫩，晚香枝，一般同是採花時。蜂兒辛苦多官府，蝴蝶花間自在飛。

這是辛棄疾的〈鷓鴣天〉詞，是藉慨歎出處不齊，以抒發廢退後憤懣之情的作品。作者在一開始，就先用「出處從來不齊」一句，作為一篇綱領，形成單軌，以統一全詞，然後依此綱領，分別舉出三樣「出處不齊」的例證來。在第一個例證裡，太公望相周，是「出」；伯夷、叔齊隱於首陽山，采薇而食，是「處」，這是就人類的「不齊」來說的。在第二個例證裡，黃菊始開，是「出」；晚香將殘，是「處」，這是就植物的「不齊」來說的。在第三個例證裡，蜂兒辛苦，是「出」；蝴蝶自在，是「處」，這是就昆蟲的「不齊」來說的。如此以單軌來貫穿，使作品始終維持一致的意思。

雙軌的，如：

獨有宦遊人，偏驚物候新。雲霞出海曙，梅柳渡江春。淑氣催黃鳥，晴光轉綠蘋。忽聞歌古調，歸思欲霑巾。

這是杜審言的〈和晉陵陸丞早春遊望〉詩。作者首先在起聯，由因而果，將一篇之綱領「偏驚物候新」提明，其中「偏驚」是一軌，「物候新」為另一軌；接著藉頷、頸兩聯，承「物候新」一軌，寫早春遊望所看到的景象；然後藉結聯，承「偏驚」一軌，另收題中的「和」字，寫讀了陸丞詩後的悠悠別恨。這樣以雙軌來統一全詩，使主旨——歸恨更形突出。

三軌的，如：

古之學者必有師。師者，所以傳道，受業，解惑也。人非生而知之者，孰能無惑？惑而不從師，其為惑也終不解矣！

生乎吾前，其聞道也，固先乎吾，吾從而師之；生乎吾後，其聞道也，亦先乎吾，吾從而師之。吾師道也，夫庸知其年之先後生於吾乎？是故無貴、無賤，無長、無少，道之所存，師之所存也。

嗟乎！師道之不傳也久矣！欲人之無惑也難矣！古之聖人，其出人也遠矣，猶且從師而問焉；今之眾人，其下聖人也亦遠矣，而恥學於師。是故聖益聖，愚益愚，聖人之所以為聖，愚人之所以為愚，其皆出於此乎？

愛其子，擇師而教之，於其身也則恥師焉，惑矣！彼童子之師，授之書而習其句讀者也，非吾所謂傳其道、解其惑者也。句讀之不知，惑之不解，或師焉，或不焉，小學而大遺，吾未見其明也。

巫、醫、樂師、百工之人，不恥相師；士大夫之族，曰師、曰弟子云者，則羣聚而笑之，問之，則曰：「彼與彼年相若也，道相似也。位卑則足羞，官盛則近諛。」嗚呼！師道之不復可知矣！巫、醫、樂師、百工之人，君子不齒，今其智乃反不能及，其可怪也歟！

聖人無常師：孔子師郯子、萇弘、師襄、老聃。郯子之徒，其賢不及孔子。孔子曰：「三人行，則必有我師。」是故弟子不必不如師，師不必賢於弟子。聞道有先後，術業有專攻，如是而已。

李氏子蟠，年十七，好古文，六藝經傳，皆通習之。不拘於時，請學於余，余嘉其能行古道，作〈師說〉以貽之。

這是韓愈〈師說〉的全文。此文在一開端就提明「古之學者必有師。師者，所以傳道、受業、解惑也」，其中傳道、受業、解惑就形成了三軌，所以李東陽說：「第一段先立傳道、受業、解惑三大綱。」（《文章規範》引）。接著由「人非生而知之者」至「其惑也終不解矣」，論「解惑」，這是一軌；繼而以古聖（明智）與今人（不明不智）作成強烈的對比，依序先在第二、三兩段論「傳道」，這是另一軌；再在第四、五兩段論「受業」，這又是一軌；然後以第六段將二、三、四、五等段之意作一總括；到了末段才敍明作此文之因由作結。李東陽說：「此篇最是結得段段有力，中間三段自有三意，然大概意思相承，都不失師道本意。」（同上）他所謂的「三段」就是三軌，以三軌來貫穿全文，脈絡格外清晰。三軌以上的，如：

國有四維：一維絕，則傾；二維絕，則危；三維絕，則覆；四維絕，則滅。傾，可正也；危，可安也；覆，可起也；滅，不可復錯也。

何謂四維？一曰禮，二曰義，三曰廉，四曰恥。禮，不踰節；義，不自進；廉，不蔽惡；恥，不從枉。故不踰節，則上位安；不自進，則民無巧詐；不蔽惡，則行自全；不從枉，則邪事不生。

這是《管子．牧民》的〈四維〉章。它的篇幅雖短，而綱領卻形成了四軌，其中禮爲一軌、義爲二軌、廉爲三軌、恥爲四軌。作者就針對這四軌，依次論其重要性、名目、要義與功效，不但秩序井然，銜接緊密，也造成了統一的效果。又如：

崔子作亂於齊，太史以直筆死，其弟嗣書而死者二人，書者又不輟，遂舍之。崔子豈能舍書己者哉？人心是非之天，終不可奪；而亂臣賊子之暴，亦遂以窮。當檜用事時，受密旨以私意行乎國中，簸弄威福之柄，以鉗制人之七情，而杜其口。胡公以封事貶，王公送之詩，陳公送之啟俱貶。檜之窮凶極惡，自謂無誰何者矣。而翠微劉公，猶作罪言以顯刺之，公固自處以有罪，而檜卒無以加於公。噫！彼豈舍公哉？當其垂歿，凡一時不附和議者，猶將甘心焉。公之罪言，直未見爾。由此觀之，賊檜之逆，猶浮於崔；而公得為太史氏之最後者。祖宗教化之深，人心義理之正，檜獨如之何哉？公之孫方大，出遺藁示予，因感而書。

這是文天祥的〈跋劉翠微罪言藁〉一文，共兩段，各以六軌來呼應，形成統一。其中首段的「崔子作亂於齊」句與二段的「當檜用事時」五句相呼應，爲第一軌；首段的「太史以直筆死」句與二段的「胡公以封事貶」句相呼應，爲第二軌；首段的「其弟嗣書而死者二人」句與二段的「王公送之詩」二句相呼應，爲第三軌；首段的「書者又不輟」二句與二段的「檜之窮凶極惡」六句相呼應，爲第四軌；首段的「崔子豈能舍書己者哉」句與二段的「噫彼豈舍公哉」六句相呼應，爲第五軌；首段的「人心是非之天」四句與二段的「由此觀之」七句相呼應，爲第六軌。如此以六軌前後映照，不但條理清晰，而全文也收到統一的效果。

六、結語

經由上述，可以概知詞章章法的主要內容與架構。筆者就以這種內容與架構，指導國立臺灣師範大學國文研究所的碩士班研究生仇小屏同學，從古今文論與文評名著中去爬羅剔抉，尋得理論依據與批評實例，撰成《中國辭章章法析論》的碩士論文，共六十多萬字。雖然還是難免會有疏漏，但在各家理論與實例的印證下，已充分可以看出章法內容的豐富與多樣來了。

（原載民國八十六、七年十二、一月《國文天地》十三卷七、八期，頁八十四～九十三，一〇五～一一七）

章法分析與國文教學

一、前言

所謂的章法，是指文章構成的型態而言，也就是將句子組合成節、段，由節、段再組合成篇的一種方式。這種方式雖然不免隨著作者經營手段的不同，而呈現多樣的變化，使得我們很不容易用幾個固定的格式來牢籠它們。但是由於每個作家在謀篇布局之際，都會不知不覺地受到人類共通理則的支配，以致寫成的作品，在各式各樣的枝葉底下，都無可例外地藏著有一些基本的、共通的幹身。這基本的、共通的幹身，可以用三個原則來概括，那就是：秩序、聯貫與統一。對這三個原則，在教學時如能好好加以掌握，作必要的說明，那麼不僅可以幫助學生對課文文義的了解，從而提高他們的閱讀能力；也可以爲習作教學搭起橋樑，藉以增進他們的寫作技巧。現在就針對這三個原則，依序舉國、高中的課文為例來說明，以見它們在國文教學上的重要性。

二、秩序原則與課文分析

秩序是就材料次第的配排來說的。通常作者係依時間、空間或事理展演的自然過程作適當的安排。這種安排的方式，最常見的，以時間而言，有「由昔而今」、「由今而昔」、「由今而昔而今」等；以空間而言，有「由近而遠」、「由遠而近」、「由遠而近而遠」、「由大而小」、「由小而大」、「由大而小而大」等；以事理而言，有「由本而末」、「由末而本」、「由輕而重」、「由重而輕」、「由正而反」、「由反而正」、「由實而虛」、「由虛而實」、「由凡而目」、「由目而凡」等。如：

木蘭詩（國中國文四冊十五課）　佚　名

唧唧復唧唧，木蘭當戶織。不聞機杼聲，惟聞女嘆息。問女何所思？問女何所憶？「女亦無所思，女亦無所憶。昨夜見軍帖，可汗大點兵；軍書十二卷，卷卷有爺名。阿爺無大兒，木蘭無長兄，願為市鞍馬，從此替爺征。」

東市買駿馬，西市買鞍韉，南市買轡頭，北市買長鞭。朝辭爺孃去，暮宿黃河邊；不聞爺孃喚女聲，但聞黃河流水鳴濺濺。旦辭黃河去，暮至黑山頭；不聞爺孃喚女聲，但聞燕山胡騎聲啾啾。

萬里赴戎機，關山度若飛。朔氣傳金柝，寒光照鐵衣。將軍百戰死，壯士十年歸。

歸來見天子，天子坐明堂。策勳十二轉，賞賜百千強。可汗問所欲，「木蘭不用尚書郎，願借明駝千里足，送兒還故鄉。」

爺孃聞女來，出郭相扶將。阿姊聞妹來，當戶理紅妝。小弟聞姊來，磨刀霍霍向豬羊。開我東閣門，坐我西閣牀。脫我戰時袍，著我舊時裳。當窗理雲鬢，對鏡貼花黃。出門看火伴，火伴皆驚惶；「同行十二年，不知木蘭是女郎。」

雄兔腳撲朔，雌兔眼迷離。兩兔傍地走，安能辨我是雄雌？

從整體上看，此詩是採「由昔而今」的形式，也就是按照時間展演的順序來寫的。首段以設問、插敘的方式敍明木蘭代父從軍的原因，這是整個故事的前奏，替後面的出征、凱旋作好鋪路的工作。尤其用「唧唧復唧唧」的歎息聲來開端，更能達到引人入勝的效果。次段前半從多方面去描寫木蘭所買的軍用裝備，木蘭的英雄形象在此段形成，而和三、四段的征程、凱旋相呼應，也和五段的恢復女妝及末段的四句詩相對照。後半則從正面抒寫木蘭離開溫暖家庭的心情，傳神地流露出木蘭在征途中對雙親的懷念之情，這正和第五段返鄉時家人的喜悅描繪相呼應。然後木蘭離鄉背井越走越遠，終於引出第五段的「萬里赴戎機，關山度若飛」兩句詩來。第三段避開了木蘭在戰場上如何殺敵的經過，用六句詩概括了她十年的行伍生活：首二句寫出征的節節勝利，次二句寫在此地的征戍生活，最後用「將軍百戰死，壯士十年歸」寫她經歷長期征戰後，凱旋歸來的光榮結果。此段最是精練，全詩緊扣「木蘭是女郎」進行，故此處以最經濟之筆法加以剪裁，以配合此詩的主旨——歌詠一尋常女子因孝心而寫下的不凡事蹟。第四段緊接上段的「歸」字，用極誇張的手法寫天子對木蘭的厚賞，而把木蘭的英姿再度加以强調，故事情節順展而下，木蘭卻不受厚賞，只願早日還鄉。作者再度用問答的方式，把木蘭的孝心和保家衛國的崇高目的表明出來，此正和首段遙相呼應。第五段寫木蘭返鄉的喜悅及換上舊裝，同伴驚惶的情形，從「惟聞女歎息」、「不聞爺孃喚女聲」到「送兒還故鄉」是由別離到重聚的一大循環，本段緊承上面各段，爲重聚作一描述，愉快之筆調更予全故事喜劇的效果。如「脫我戰時袍，著我舊時裳，當窗理雲鬢，對鏡貼花黃」一則與「市馬鞍」對照，一則與「當戶織」呼應，此皆爲向讀者交代木蘭畢竟是女子，最後「火伴皆驚惶，同行十二年，不知木蘭是女郎」更直接的加以歌頌。末段乃木蘭的自豪語，亦是作者對木蘭的頌揚，以比喻的方式表現了木蘭的智慧，成功地爲整個故事作一結束。

很明顯地，此詩首段爲引子，末段爲結語，而中間四段則爲主體部分，依序寫離鄉、征程、封賞與榮歸的經過，是十分合於秩序原則的。又如：

西江月詞夜行黃沙道中（國中國文五冊十五課）　辛棄疾

明月別枝驚鵲，清風半夜鳴蟬。稻花香裡說豐年，聽取蛙聲一片。　七八個星天外，兩三點雨山前。舊時茆店社林邊，路轉溪橋忽見。

此闋詞分上下兩片：

㈠上片：主要是寫夜行黃沙道時所聽到的各種聲音，依次是：

1、別枝上的鵲聲

2、清風中的蟬聲

3、稻田裡的蛙聲

這是依「由小而大」的順序來寫的。

㈡下片：主要是寫夜行黃沙道中所見到的各種景物，依次是：

1、遙天外的疏星

2、山嶺前的雨點

3、溪橋後的茆店

這是依「由遠及近」的順序來寫的。

作者將自己在道中所聽到的聲音與見到的景物，就這樣很有次序地連綴起來，成爲一幅鄉村夜晚的恬靜畫面，以抒寫出自身的閒適心情來。在此必須一提的是：此詞上片的末兩句，與下片的末兩句一樣，是倒裝句，即「聽取蛙聲一片在『稻花香裡說豐年』」，也就是說「說豐年」的該是蛙，而非一般人所認爲的農夫或作者友朋。因爲農夫通常在黃昏時須往每個田隴去堵水，而在次日一大早又去放水，工作非常辛苦，在夜半時早已入睡，實不可能在那兒「說豐年」；還有，如果是作者友朋，則說話的聲音會破壞大自然的寧靜，更破壞詩歌的意境，絕對不可能像一些自然界的聲音，所謂「蟬噪林逾靜，鳥鳴山更幽」那樣增進寧靜和意境。所以「說豐年」的應是蛙，因爲有蛙就有水，有水就有收成，所以古代便以蛙鼓來卜豐年。作者這樣寫，只不過是將蛙擬人化而已。再如：

諫逐客書（高中國文四冊十一課）　李斯

臣聞吏議逐客，竊以為過矣。

昔繆公求士，西取由余於戎，東得百里奚於宛，迎蹇叔於宋，來丕豹、公孫支於晉。此五子者，不產於秦，繆公用之，并國二十，遂霸西戎。孝公用商鞅之法，移風易俗，民以殷盛，國以富彊，百姓樂用，諸侯親服，獲楚魏之師，舉地千里，至今治彊。惠王用張儀之計，拔三川之地，西并巴蜀，北收上郡，南取漢中，包九夷，制鄢郢，東據成皋之險，割膏腴之壤，遂散六國之從，使之西面事秦，功施到今。昭王得范雎，廢穰侯，逐華陽，彊公室，杜私門，蠶食諸侯，使秦成帝業。此四君者，皆以客之功。由此觀之，客何負於秦哉？向使四君卻客而不內，疏士而不用，是使國無富利之實，而秦無彊大之名也。

今陛下致昆山之玉，有隨和之寶，垂明月之珠，服太阿之劍，乘纖離之馬，建翠鳳之旗，樹靈鼉之鼓。此數寶者，秦不生一焉，而陛下說之何也？必秦國之所生然後可，則是夜光之璧，不飾朝廷；犀象之器，不為玩好；鄭衛之女，不充後宮；而駿良駃騠，不實外廄；江南金錫不為用，西蜀丹青不為采。所以飾後宮，充下陳，娛心意，說耳目者，必出於秦然後可，則是宛珠之簪，傅璣之珥，阿縞之衣，錦繡之飾，不進於前；而隨俗雅化，佳冶窈窕，趙女不立於側也。夫擊甕叩缶，彈箏搏髀，而歌呼嗚嗚快耳者，真秦之聲也。鄭、衛、桑間、韶虞、武象者，異國之樂也。今棄擊甕叩缶而就鄭衛，退彈箏而取韶虞，若是者何也？快意當前，適觀而已矣！今取人則不然，不問可否，不論曲直，非秦者去，為客者逐。然則是所重者在乎色樂珠玉，而所輕者在乎民人也！此非所以跨海內、制諸侯之術也！

臣聞地廣者粟多，國大者人衆，兵彊者則士勇。是以泰山不讓土壤，故能成其大；河海不擇細流，故能就其深；王者不卻衆庶，故能明其德。是以地無四方，民無異國，四時充美，鬼神降福。此五帝三王之所以無敵也。今乃棄黔首以資敵國，卻賓客以業諸侯，使天下之士，退而不敢西向，裹足不入秦，此所謂藉寇兵而齎盜糧者也。

夫物不產於秦，可寶者多；士不產於秦，而願忠者衆。今逐客以資敵國，損民以益讎，內自虛而外樹怨於諸侯，求國無危，不可得也。

此文旨在闡明逐客的過失，以說服秦王罷逐客之令。是採凡、目、凡的形式寫成的：「凡」的部分，即首段。作者先開門見山地將一篇主旨提明，以領出下文「目」、「凡」的部分。

「目」的部分，包括二、三、四等段。其中第二段含正、反兩節：「反」的一節，自「昔穆公求士」至「客何負於秦哉」止，先依時代先後，分述繆公、孝公、惠王、昭王等秦國君主用客以獲致成功的事例，再總括起來，得出「客何負於秦哉」的結語，從反面見出「逐客之過」來。「正」的一節，自「向使四君卻客而弗納」至「秦無彊大之名也」止，作者採假設的口氣，針對上面「反」的一節，說明秦國四朝君主如果卻客不用，必不能成就大名，大力地從正面提明「逐客之過」。第三段，含條分與總括兩節：「條分」一節自「今陛下致昆山之玉」至「適觀而已矣」止，依次以秦王所珍愛的外國珠玉、器物、美色與音樂爲例，兼顧正、反兩面的意思，說明這些「娛心意、悅耳目」的人與物，不「必出於秦然後可」的道理；「總括」一節，自「今取人則不然」至「制諸侯之術也」止，把上面「條分」一節的意思作個總括，指出看重「色樂珠玉」而輕忽「人民」（客），至爲失計，實非跨海內、制諸侯的方法，以進一層地表出「逐客之過」。第四段則又分正、反兩節來論述，「反」的一節，自「臣聞地廣者粟多」至「此五帝三王之所以無敵也」止，指明古代帝王「兼收」以獲取益處，才是跨海內、制諸侯之術，再從反面見出「逐客之過」；「正」的一節，自「今乃棄黔首以資敵國」至「此所謂藉寇兵而齎盜糧者也」止，說明客既被逐，必爭爲敵國所用，資爲抗秦之具，又從正面表出「逐客之過」。「凡」的部分，即末段。這個部分，先以「夫物不產於秦」二句，收束第三段的意思；再以「士不產於秦」二句，收束第二段的意思；這是就「反」的一面來說的。然後以「今逐客以資敵國」五句，收束第四段的意思，完滿地將「逐客之過」的一篇主旨發揮出來，這是就「正」的一面來說的。

從上文所作簡析中，不難看出這篇文章，除了首段由正面提出一篇主旨外，其他各段都主要以「由反而正」的順序來闡明主旨，敍次非常分明。

三、聯貫原則與課文分析

聯貫是就材料前後的接榫來說的。這種材料前後的接榫，方式頗多，其中屬於基本性質的，有聯詞、聯語、關聯句子與關聯節段等四種；屬藝術層面的，則有就局部而言的前呼後應，與就整體而言的一路照應等。由於受篇幅限制，在這裡僅以關聯節段與局部性之前呼後應爲例，略作說明如左：

以一節文字作上下文接榫的，如：

岳陽樓記（高中國文二册七課）　范仲淹

慶曆四年春，滕子京謫守巴陵郡。越明年，政通人和，百廢具興，乃重修岳陽樓，增其舊制，刻唐賢今人詩賦於其上，屬予作文以記之。

予觀夫巴陵勝狀，在洞庭一湖。銜遠山，吞長江，浩浩湯湯，橫無際涯；朝暉夕陰，氣象萬千；此則岳陽樓之大觀也，前人之述備矣。然則北通巫峽，南極瀟湘，遷客騷人，多會於此，覽物之情，得無異乎？

若夫霪雨霏霏，連月不開；陰風怒號，濁浪排空；日星隱耀，山岳潛形；商旅不行，檣傾楫摧；薄暮冥冥，虎嘯猿啼；登斯樓也，則有去國懷鄉、憂讒畏譏、滿目蕭然，感極而悲者矣。

至若春和景明，波瀾不驚，上下天光，一碧萬頃；沙鷗翔集，錦鱗游泳，岸芷汀蘭，郁郁青青。而或長煙一空，皓月千里，浮光躍金，靜影沈璧，漁歌互答，此樂何極！登斯樓也，則有心曠神怡、寵辱偕忘、把酒臨風，其喜洋洋者矣。

嗟夫！予嘗求古仁人之心，或異二者之為，何哉？不以物喜，不以己悲，居廟堂之高，則憂其民；處江湖之遠，則憂其君。是進亦憂，退亦憂；然則何時而樂耶？其必曰：先天下之憂而憂，後天下之樂而樂乎！噫！微斯人，吾誰與歸！時六年九月十五日。

范文正公的這篇文章，依其結構，可分為如下兩個部分：

㈠記敍記分：包括一、二、三、四等段。這個部分又可別為如下兩截：

1、敍作記因由：此截僅一段，即起段。由滕子京之謫守巴陵郡與重修岳陽樓，寫到囑己作記的情事，預為下文對樓外景觀的敍寫鋪路。

2、敍樓外景觀：此截也可析分為二：

⑴常景：自次段開頭至「前人之述備矣」句止，依先條分（全湖、湖面、氣象）後總括的方式，寫岳陽樓的不變景觀。

⑵變景：包括三、四兩段。採對照的手法，先寫雨景悲情（覽物異情之一），再寫晴景喜情（覽物異情之二），以生發末段的感慨。

㈡抒感部分：僅一段，即末段。先應變景部分，寫古仁人之心，不同於一般的遷客騷人，既不會以物而喜，也不會因己而悲，從而逼出「先天下之憂而憂，後天下之樂而樂」的一篇主旨，然後表出無比的嚮往之情，以自抒懷抱，並勉知己於遷謫之中。

〈岳陽樓記〉一文的結構，大致是如此，而其中負責把常景一截過到變景一截的，是「然則北通巫峽，南極瀟湘，遷客騷人，多會於此，覽物之情，得無異乎」的一節文字。文中如果沒有這一節文字，藉「然則」這個聯詞作一轉折，引出「覽物異情」四字來，就不會有三、四段實寫「覽物異情」的文字；而末段也將失去有力的憑藉，以反照出古仁人的用心，並進而得出「先天下之憂而憂，後天下之樂而樂」的篇旨。所以這一節的文字雖短，卻是肩負著有聯貫和照應上下文的重大任務的。

以一段文字作上下接榫的，如：

我的母親（國中國文一冊四課）

胡　適

每天，天剛亮時，我母親便把我喊醒，叫我披衣坐起。我從不知道她醒來坐了多久了。她看我清醒了，便對我說昨天我作錯了什麼事，說錯了什麼話，要我認錯，要我用功讀書。有時候，她對我說父親的種種好處。她說：「你總要踏上你老子的腳步，我一生只曉得這一個完全的人，你要學他，不要跌他的股。」（跌股就是丟臉、出醜。）她說到傷心處，往往掉下淚來。到天大明時，她才把我的衣服穿好，催我去上早學。學堂門上的鎖匙放在先生家裡，我先到學堂門口一望，便跑到先生家裡去敲門。先生家裡有人把鎖匙從門縫裡遞出來，我拿了跑回去，開了門，坐下唸生書。十天之中，總有八、九天我是第一個去開學堂門的。等到先生來了，我背了生書，才回家吃早飯。

我母親管束我最嚴，她是慈母兼任嚴父。但她從來不在別人面前罵我一句，打我一下。我做錯了事，她只對我一望，我看見了她的嚴厲眼光，便嚇住了。犯的事小，她等到第二天早晨我睡醒時才教訓我。犯的事大，她等到晚上人靜時，關了房門，先責備我，然後行罰，或罰跪，或擰我的肉。無論怎樣重罰，總不許我哭出聲音來。她教訓兒子，不是借此出氣叫人聽的。

有一個初秋的傍晚，我吃了晚飯，在門口玩，身上只穿著一件單背心。這時候，我母親的妹子玉英姨母在我家住，她怕我冷了，拿了一件小衫出來叫我穿上。我不肯穿，她說：「穿上吧！涼了。」我隨口回答：「娘（涼）什麼！老子都不老子呀。」我剛說了這句話，一抬頭，看見母親從家裡走出，我趕快把小衫穿上。但她已聽見這句輕薄的話了。晚上人靜後，她罰我跪下，重重地責罰了一頓。她說：「你沒了老子，是多麼得意的事！好用來說嘴！」她氣得坐著發抖，也不許我上牀去睡。我跪著哭，用手擦眼淚，不知擦進了什麼黴菌，後來足足害了一年多的眼翳病，醫來醫去，總醫不好。我母親心裡又悔又急，聽說眼翳可以用舌頭舔去，有一夜她把我叫醒，真用舌頭舔我的病眼。這是我的嚴師，我的慈母。

我在我母親的教訓之下住了九年，受了極大極深的影響。我十四歲（其實只有十二歲零兩三個月）便離開她了。在這廣漠的人海裡，獨自混了二十多年，沒有一個人管束過我。如果我學得了一絲一毫的好脾氣，如果我學得了一點點待人接物的和氣，如果我能寬恕人，體諒人，我都得感謝我的慈母。

本文依其結構，也可析爲兩大部分：

㈠條分部分：包括一、二、三段：

1、首段：採泛寫的方式，從每天天剛亮到天大明，由喊醒、指錯寫到催上學，以寫出他母親關心他學業，並在晨間於他犯事小時訓誨自己的情形。

2、次段：全段作爲上下文的接榫。

3、三段：採實寫的方式，記一個夜晚，因自己穿衣說了輕薄話而受到母親重罰，以致生病的經過，寫出了他母親關心他健康，並在夜裡於他犯事大時訓誨自己的情形。

(二)總括部分：僅一段，即末段。在這一段裡，作者先用「我在我母親的教訓之下住了九年……沒有一個人管束過我」等句，寫自己三十多年來，除了母親外，沒有受過任何人的管束，以見他母親對自己影響之大；然後以三個假設句作橋樑，領出「我都得感謝我的慈母」的一篇主旨，謙虛的表示，如果自己有一些成就，都得歸功於他的慈母，以見他母親的偉大。

通觀此文，有寫「嚴」的部分，也有寫「慈」的部分；不過，顯而易見地，寫「慈」是主，而寫「嚴」則爲賓；而且從實際上來說，作者在寫這篇文章的時候，早就把從前的「嚴」化成了如今的「慈」了。所以用來貫穿全文的，可以說僅是一個「慈」字。爲了要具體的寫出這個「慈」，作者便特地安排了一、三兩段；但由於這兩段，一寫清晨，一寫夜晚；一寫犯事小，一寫犯事大，都各自獨立，無法連成一體；於是又安排了第三段，以作爲承上啓下之用。十分明顯地，這一段自首句起至「便嚇住了」句止，是同時照應一、三兩段的；「犯的事小」兩句，是上應起段來寫的；自「犯的事大」起至段末，是下應第三段來寫的。這樣，一面收起段，一面啓後段，十足的發揮了聯貫的作用。

以局部性的前呼後應使上下文聯貫成一體的，如：

念奴嬌赤壁懷古（高中國文四冊十五課）　蘇　軾

大江東去，浪淘盡、千古風流人物。故壘西邊，人道是、三國周郎赤壁。亂石崩雲，驚濤裂岸，捲起千堆雪。江山如畫，一時多少豪傑。　遙想公瑾當年，小喬初嫁了，雄姿英發。羽扇綸巾，談笑間、檣櫓灰飛煙滅，故國神遊，多情應笑我，早生華髮。人間如夢，一尊還酹江月。

此為懷古感遇之作，是作者在謫居黃州時所寫的。全詞共分三個部分：頭一部分，自篇首至「一時多少豪傑」止，寫赤壁如畫的江山勝景，並由景而及於三國當年破曹的英雄豪傑，作歷史的追溯，以暗含古今興亡的感慨，預為篇末的主旨——「多情」鋪路。第二部分自「遙想公瑾當年」至「檣櫓灰飛煙滅」止，承上個部分的「豪傑」，用「遙想」領入，寫「三國周郎」當年的少年英氣、功業事蹟和不可一世的雄風，隱約地表出自己無比的仰慕之情，以逼出下個部分的「多情」來。第三部分自「故國神遊」至篇末，首先以「故國神遊」一句，將上兩個部分的敍寫作一收束，然後以「多情應笑我」四句，由古代的周郎拍向自己身上，藉自身年老、一事無成的衰頹形象，有意與周郎的「雄姿」作成尖銳的對比，以表出年華虛度、人生如夢的深切感慨——「多情」來，寫得眞是「感慨雄壯」到了極點，誠如王元美所說的「果令銅將軍於大江奏之，必能使江波鼎沸」（《弇州山人詞評》）啊！如果特就聯貫（呼應）的技巧而論，此詞約分三組來先後呼應：一是就「水」上呼應，先以「大江東去」一呼，後由「浪」、「驚濤裂岸，捲起千堆雪」、「江」回應；二是就「山」上呼應，先以「故壘西邊」、「赤壁」一呼，後由「三國周郎」、「多少豪傑」爲應，從而領出下半闋來敍寫「人」事，成功的將年老華白、一事無成的自己與當年雄姿英發、建立不朽功業的周瑜，作成尖銳的對照，以寫年華虛度、「人間如夢」的深切感慨來。這樣由「江」（含人）、「山」（含人）而折到「人」事，彼此前後呼應，章法是相當綿密的。

四、統一原則與課文分析

統一是就材料、情意的統整來說的。大家都知道，使文章從頭到尾都維持一致的思想情意，是每個作家所努力以求的。因此每個作家在寫一篇文章時，都會立好明確的綱領或主旨，而此綱領或主旨，無論是安置在篇首、篇腹、篇末或篇外，都可用以貫穿全文，以使文章產生最大的說服力與感染力。如：

兒時記趣（國中國文一冊十一課）

沈復

余憶童稚時，能張目對日，明察秋毫。見藐小微物，必細察其紋理，故時有物外之趣。

夏蚊成雷，私擬作羣鶴舞空，心之所向，則或千或百，果然鶴也；昂首觀之，項為之強。又留蚊於素帳中，徐噴以煙，使之沖煙飛鳴，作青雲白鶴觀；果如鶴唳雲端，為之怡然稱快。

又常於土牆凹凸處，花臺小草叢雜處，蹲其身，使與臺齊；定神細視，以叢草為林，蟲蟻為獸，以土礫凸者為丘，凹者為壑，神遊其中，怡然自得。

一日，見二蟲鬥草間，觀之，興正濃，忽有龐然大物，拔山倒樹而來，蓋一癩蝦蟆也。舌一吐而二蟲盡為所吞。余年幼，方出神，不覺呀然驚恐。神定，捉蝦蟆，鞭數十，驅之別院。

這篇文章是用先總括、後條分的方式寫成的：

㈠總括部分：僅一段，即首段。直接用回憶之筆，由因而果，拈出「物外之趣」四字，作爲一篇的綱領。

㈡條分部分：包括二、三、四等段：

1、條分一：即第二段，以一羣蚊子爲例，細察牠們的紋理，把牠們擬作「羣鶴舞空」、「鶴唳雲端」，寫出作者獲得「項爲之强」、「怡然稱快」的這種「物外之趣」的情形。就在寫「羣鶴舞空」的一節裡，「夏蚊成雷」寫的是「物內」；「羣鶴舞空」至「果然鶴也」，寫的是「物外」；而以「私擬作」作橋樑，這是「細察紋理」的部分。至於寫「物外之趣」的部分裡，「昂首觀之」爲聯貫的句子，而「項爲之强」寫的則是「物外之趣」。在寫「鶴唳雲端」的一節裡，「又留蚊於素帳中」至「使之沖煙飛鳴」，寫的是「物內」；「青雲白鶴觀」二句，寫的是「物外」；而以「作」作橋樑；這是「細察紋理」的部分。至於寫「物外之趣」的部分裡，「爲之」爲聯貫的詞語，而「怡然稱快」寫的則是「物外之趣」。

2、條分二：即第三段，以土牆凹凸處的叢草、蟲蟻爲例，細察它（牠）們的紋理，把叢草擬作樹林，蟲蟻擬作野獸，寫出作者獲得「怡然自得」的這種「物外之趣」的情形。就在寫「細察紋理」的部分裡，「又常於土牆凹凸處」至「使與臺齊」，寫的是「物內」；「以叢草爲林」至「凹者爲壑」，寫的是「物外」；而以「定神細視」爲橋樑。至於寫「物外之趣」的部分裡，「神遊其中」爲聯貫的句子，而「怡然稱快」寫的則是「物外之趣」。

3、條分三：即末段，以草間的二蟲與癩蝦蟆爲例，細察牠們的紋理，把癩蝦蟆擬作龐然大物，舌一吐，便盡吞二蟲，寫出作者獲得「捉蝦蟆，鞭數十，驅之別院」的這種「物外之趣」的情形。就在寫「細察紋理」的部分裡，「一日，見二蟲鬥草間」，寫的是「物外」；「觀之，興正濃」，是由「物內」過到「物外」的橋樑；「忽有龐然大物」至「不覺呀然驚恐」，寫的是「物外」；而特用「蓋一癩蝦蟆也」與「余年幼，方出神」等句插敍在中間，以作必要之說明。至於寫「物外之趣」的部分裡，「神定」爲聯貫的詞語，而「捉蝦蟆」三句，寫的則是「物外之趣」。很特別的是：這個「物外之趣」是回到「物內」初時的情形加以交代的。

很明顯地，全文以「物外之趣」一意貫串，自始至終無不針對著「趣」字來寫，使前後都維持著一致的意思。有的人以爲三段的「昂首觀之，項爲之强」，寫的不是「物外之趣」，這應是錯誤的看法；因爲「趣」，不只限於寫心理而已，用動作或姿態來寫，同樣也是可以的；而「昂首觀之，項爲之强」，正是作者獲致「物外之趣」的結果。又有人以爲篇末「神定，捉蝦蟆，鞭數十，驅之別院」數句，是寫作者主持正義的行爲，這也該是錯誤的看法；因爲作者要是主持正義的話，必然是一鞭就會把蝦蟆鞭死，怎麼可能在鞭數十下之後，竟然還活著，而又把牠趕到別院去呢？還有，果是如此，則寫的已不再是童心童趣，與前文也就不能維持一致的意思了。所以此數句，說是寫作者得到「物外之趣」的動作，該是不會太離譜才對。又如：

聞官軍收河南河北（國中國文二冊十五課） 杜甫

劍外忽傳收薊北，初聞涕淚滿衣裳。卻看妻子愁何在？漫卷詩書喜欲狂。白日放歌須縱酒，青春作伴好還鄉。即從巴峽穿巫峽，便下襄陽向洛陽。

這是一首抒寫喜情的作品。起聯也和首篇一樣，點題直起，以「初聞涕淚滿衣裳」把自己「聞官軍收河南河北後」「喜欲狂」的心情，先作具體的描述。然後於頷聯，由自身推及「妻子」身上，採設問的修辭技巧，藉妻子「漫卷詩書」的喜悅動作，帶出「喜欲狂」的一篇主旨來，以統一全篇。到頸聯以後，則改實寫爲虛寫，透過想像，先於頸聯寫春日結伴還鄉的打算，再於結聯寫還鄉的路程，藉「放歌」、「縱酒」、「即從」、「便下」等詞的輔助，將「聞官軍收河南河北」後「喜欲狂」的心情，作進一層的描述，使得全詩從頭到尾都洋溢著「喜欲狂」的熱烈情緒。一路照應如此，那就難怪王右仲要說「此詩句句有喜躍意，一氣流注而曲折盡情」（《歷代詩評解》引）了。再如：

留侯論（高中國文四冊五課） 蘇軾

古之所謂豪傑之士者，必有過人之節。人情有所不能忍者，匹夫見辱，拔劍而起，挺身而鬥，此不足為勇也。天下有大勇者，卒然臨之而不驚，無故加之而不怒。

此其所挾持者甚大，而其志甚遠也。

夫子房受書於圯上之老人也，其事甚怪；然亦安知其非秦之世，有隱君子者出而試之。觀其所以微見其意者，皆聖賢相與警戒之義；而世不察，以為鬼物，亦已過矣。且其意不在書。

當韓之亡，秦之方盛也，以刀鋸鼎鑊待天下之士。其平居無罪夷滅者，不可勝數。雖有賁、育，無所復施。夫持法太急者，其鋒不可犯，而其末可乘。子房不忍忿忿之心，以匹夫之力而逞於一擊之間；當此之時，子房之不死者，其間不能容髮，蓋亦已危矣。千金之子，不死於盜賊，何者？其身之可愛，而盜賊之不足以死也。子房以蓋世之才，不為伊尹、太公之謀，而特出於荊軻、聶政之計，以僥倖於不死，此圯上之老人所為深惜者也。是故倨傲鮮腆而深折之。彼其能有所忍也，然後可以就大事。故曰「孺子可教」也。

楚莊王伐鄭，鄭伯肉袒牽羊以逆；莊王曰：「其君能下人，必能信用其民矣。」—遂捨之。句踐之困於會稽，而歸臣妾於吳者，三年而不倦。且夫有報人之志，而不能下人者，是匹夫之剛也。夫老人者，以為子房才有餘；而憂其度量之不足，故深折其少年剛銳之氣，使之忍小忿而就大謀。何則？非有生平之素，卒然相遇於草野之間，而命以僕妾之役，油然而不怪者，此固秦皇之所不能驚，而項籍之所不能怒也。

> 觀夫高祖之所以勝，而項籍之所以敗者，在能忍與不能忍之間而已矣。項籍唯不能忍，是以百戰百勝，而輕用其鋒；高祖忍之，養其全鋒，以待其弊，此子房教之也。當淮陰破齊而欲自王，高祖發怒，見於詞色。由此觀之，猶有剛強不忍之氣，非子房其誰全之？
>
> 太史公疑子房以為魁梧奇偉，而其狀貌乃如婦人女子，不稱其志氣。嗚呼！此其所以為子房歟！

這篇文章是以「忍」為綱領來貫穿全文的。而此「忍」的綱領，作者在第一段即予提明，以統攝下文，這是總括（凡）的部分。第二段論圯上老人所以授書給子房，「其意不在書」，而是由於想試一試子房能不能「忍」，這是條分一（目一）的部分。第三段承第二段論述圯上老人所以「倨傲鮮腆」以深折子房的原因，在於深惜子房是個「蓋世之才」，要子房「忍」下博浪沙一擊的「忿忿之心」，以成就大事，這是條分二（目二）的部分。第四段承第二、三段，引歷史故事，進一步論說圯上老人所以要深折子房，使子房「忍小忿而就大謀」的用意所在，這是條分三（目三）的部分。第五段論高祖之所以致勝，是源自子房以「忍」輔佐的結果，這是條分四（目四）的部分。末段引太史公語，以子房狀貌有如「婦人女子」，扣緊「忍」字讚歎作收，這是條分五（目五）的部分。作者這樣採先總括、後條分的形式來寫，把「留侯之所以就大謀在於能忍」（課文題解）的一篇主旨表達得深刻、明白，有著無比的說服力。

五、結語

由上述可知，我們在從事國文教學時，如果能充分地就章法的三大原則來分析課文，則不但可以使學生深入課文的義蘊，以提高他們的理解程度，更可以從而掌握課文的篇章結構，以增進他們謀篇布局的能力。這樣，課文教學就與習作教學打成一片，對國文教學效果的提昇，將有莫大的助益，所以章法分析可以說是國文教學的極重要一環，是不可輕忽的。

（原載民國八十四年五月《台灣、大陸、香港、新加坡四地中學語文教學論文集》，頁三一～四八）

談課文結構分析的重要

以高中國文課文爲例

一、前言

所謂的結構，是指篇章構成的形式而言。這種形式，雖然會因作者匠心運用之不同，而在枝葉上呈現多種的變化，但在幹身上，卻依然存有著一些共通的地方。我們在上課時，如能逐篇掌握它的幹身與枝葉，則無論在課文的內容或形式上，都比較容易引領學生去從事深究，以收到教學的重大效果。以下就分成五項，舉高中國文課文爲例，分別說明這種效果，以見課文結構分析在國文教學上的重要性。

二、深入內容的底蘊

一般人以爲結構分析是屬於形式方面的事，與內容完全無關，這是錯誤的看法。因爲內容須藉形式而呈現，而形式又據內容而構成，兩者是無法斷然劃開的。所以要探求課文的內容，尤其是它的底蘊，往往非借助於結構分析不可。如：

師説（一册二課）　　韓愈

古之學者必有師。師者，所以傳道、受業、解惑也。人非生而知之者，孰能無惑？惑而不從師，其為惑也終不解矣！

生乎吾前，其聞道也，固先乎吾，吾從而師之；生乎吾後，其聞道也，亦先乎吾，吾從而師之。吾師道也，夫庸知其年之先後生於吾乎？是故無貴、無賤、無長、無少，道之所存，師之所存也。

嗟乎！師道之不傳也久矣！欲人之無惑也難矣！古之聖人，其出人也遠矣，猶且從師而問焉；今之衆人，其下聖人也亦遠矣，而恥學於師。是故，聖益聖，愚益愚，聖人之所以為聖，愚人之所以為愚，其皆出於此乎？

愛其子，擇師而教之，於其身也則恥師焉，惑矣！彼童子之師，授之書而習其句讀者也，非吾所謂傳其道、解其惑者也。句讀之不知，惑之不解，或師焉，或不焉，小學而大遺，吾未見其明也。

巫、醫、樂師、百工之人，不恥相師；士大夫之族，曰師、曰弟子云者，則羣聚而笑之，問之，則曰：「彼與彼年相若也，道相似也。位卑則足羞，官盛則近諛。」嗚呼！師道之不復可知矣！巫、醫、樂師、百工之人，君子不齒，今其智乃反不能及，其可怪也歟！

聖人無常師；孔子師郯子、萇弘、師襄、老聃。郯子之徒，其賢不及孔子。孔子曰：「三人行，則必有我師。」是故弟子不必不如師，師不必賢於弟子。聞道有先後，術業有專攻，如是而已。

李氏子蟠，年十七，好古文，六藝經傳，皆通習之。不拘於時，請學於余，余嘉其能行古道，作師說以貽之。

◆結構分析表如：附錄一

附錄一

說師

- 論（從師之重要）
  - 凡：「古之學者必有師。師者，所以傳道、受業、解惑也」
  - 目
    - 解惑
      - 人人皆有惑：「人非生而知之者，孰能無惑」
      - 解惑須從師：「惑而不從師，其爲惑也終不解矣」
    - 傳道受業
      - 目
        - 傳道
          - 師所以傳道
            - 目
              - 生乎吾前：「生乎吾前…吾從而師之」
              - 生乎吾後：「生乎吾後…吾從而師之」
            - 凡
              - 因：「吾師道也，夫庸知其年之先後生於吾乎」
              - 果：「是故無貴…師之所存也」
          - 師道已不傳（愚）
            - 凡：「嗟乎…欲人之無惑也難矣」
            - 目
              - 因
                - 古聖（反）：「古之聖人…猶且從師而問焉」
                - 今愚（正）：「今之衆人…而恥學於師」
              - 果：「是故…其皆出於此乎」
        - 受業
          - 令童子相師（不明）
            - 凡（擇師教童子）：「愛其子…惑矣」
            - 目
              - 習句讀（小學）：「彼童子之師，授之書而習其句讀者也」
              - 不傳道解惑（大遺）：「非吾所謂傳其道、解其惑者也」
            - 凡（小學而大遺）：「句讀之不知…吾未見其明也」
          - 笑巫醫樂師百工之人相師（不智）
            - 巫醫樂師百工之人相師：「巫、醫…不恥相師」
            - 士大夫羣聚而笑：「嗚呼…官盛則近諛」
            - 感歎師道不復：「嗚呼…其可怪也歟」
      - 凡
        - 聖人無常師（因）
          - 凡：「聖人無常師」
          - 目
            - 事例：「孔子師郯子…其賢不及孔子」
            - 垂訓：「孔子曰…則必有我師」
        - 道術所存師之所存（果）：「是故弟子不必不如師…如是而已」
- 敘（李蟠能從師）
  - 李蟠此人：「李氏子蟠…皆通習之」
  - 能從師：「不拘於時，請學於余」
  - 作文因由：「余嘉其能行古道，作師說以貽之」

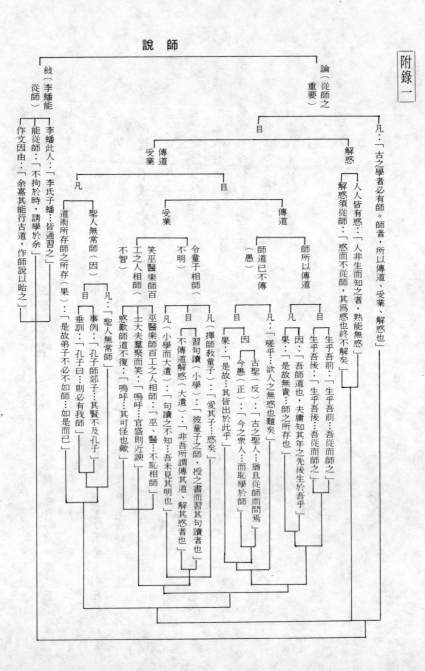

本文的結構，如表所列，可大別為兩截：

㈠論

這一截是本文的主體，主要在論述從師的重要。它含以下兩個部分：

㈠凡（總括）的部分：這個部分僅「古之學者必有師。師者所以傳道、受業、解惑也」兩句，是一篇綱領之所在。後文「目」（條分）的部分，即完全由此逐步加以闡釋的。

㈡目（條分）的部分：這個部分包括首段的後半及二、三、四、五、六等段。作者在這裡，先以「人非生而知之者」起至起段之末，說明人須「解惑」的原因，再以二、三、四、五、六等段，就「傳道」、「受業」作進一層的探討，以見從師的重要。就在探討「傳道」、「受業」的五段裡，作者採「先目後凡」的形式來論說，以「目」的部分而言，作者依次以第二段論述「吾師道也」的道理，以第三段感歎師道久已不傳的情形，以第四、五段指出只令童子相師而自己則否，並恥笑巫、醫、樂師、百工之人相師的不明與不智，對時人不重師道的現狀提出了嚴正的批評。以「凡」的部分來說，作者以第六段將上文分論「傳道」、「受業」的部分作個總結。這段文字，先以「聖人無常師」一句作一總冒，再分別列舉孔子「無常師」的事例與言論加以說明，然後得出「是故弟子不必不如師」的五句結語，以收束「論」的部分。

㈡敍

這一截是本文的附記，用以讚美李蟠能重師道的可貴，從而述明作文的因由作結。

從這種結構的分析來看這篇文章，可知在韓愈的眼裡，教師的終極任務在於「解惑」，但要「解惑」，卻非植基於「傳道」、「受業」兩者不可。所以作者在首段指明人必須從師以解惑之後，便以古聖（明智）與今愚（不明不智）作成强烈的對比，依序用二、三兩段來論「傳道」，四、五兩段來論「受業」，又以六段來作一總結，可以說用了五段的絕大篇幅來討論「傳道」與「受業」。尤其是在第五段裡，更强調了只「受業」學習句讀（小學），而不傳道（大遺）的缺失，有了這種缺失，卻想要「解惑」是絕對不可能的。而當時的士大夫則大都有這種缺失，了解了這一點，那麼作者會特別嘉許李蟠「能行古道」而作這篇文章，原因就不難明白了。因此這篇文章，既說明了從師的重要性，更凸顯了「受業」以「傳道」、「傳道」以「解惑」的道理。這種道理，如不經由結構分析，是很容易忽略過去的。

三、理清文意的脈絡

每篇文章都有藉以貫穿全文的思想情意。這個思想情意，通常稱之爲文眼或綱領。而這種文眼或綱領，以安置的部位來說，又有安置於篇首、篇腹、篇末與篇外等四種的不同，安置於篇首的，如〈留侯論〉的「忍」；安置於篇腹的，如〈陳情表〉的「孝」；安置於篇末的，如〈黃鶴樓〉詩的「愁」；安置於篇外的，如〈左忠毅公軼事〉的「忠毅」。讀講課文時，如能透過它結構的分析，掌握這些文眼或綱領，以貫穿全文，那麼文章的意脈便能辨得一清二楚。如：

項脊軒志（一冊十三課）　歸有光

項脊軒，舊南閤子也。室僅方丈，可容一人居。百年老屋，塵泥滲漉，雨澤下注，每移案，顧視無可置者。又北向，不能得日；日過午已昏。余稍為修葺，使不上漏。前闢四窗，垣牆周庭，以當南日。日影反照，室始洞然。又雜植蘭、桂、竹、木於庭，舊時欄楯，亦遂增勝。借書滿架，偃仰嘯歌，冥然兀坐，萬籟有聲。而庭階寂寂，小鳥時來啄食，人至不去。三五之夜，明月半牆，桂影斑駁，風移影動，珊珊可愛。

然余居此，多可喜，亦多可悲。先是，庭中通南北為一，迨諸父異爨，內外多置小門牆，往往而是。東犬西吠，客踰庖而宴，雞棲於廳。庭中始為籬，已為牆，凡再變矣。家有老嫗，嘗居於此。嫗，先大母婢也，乳二世，先妣撫之甚厚。室西連於中闈，先妣嘗一至。嫗每謂余曰：「某所，而母立於茲。」嫗又曰：「汝姊在吾懷，呱呱而泣；娘以指扣門扉曰：『兒寒乎？欲食乎？』吾從板外相為應答。」語未畢，余泣，嫗亦泣。余自束髮讀書軒中，一日，大母過余曰：「吾兒，久不見若影，何竟日默默在此，大類女郎也？」比去，以手闔門，自語曰：「吾家讀書久不效，兒之成，則可待乎！」頃之，持一象笏至，曰：「此吾祖太常公宣德間執此以朝，他日汝當用之。」瞻顧遺迹，如在昨日，令人長號不自禁。

軒東故嘗為廚，人往，從軒前過。余扃牖而居，久之，能以足音辨人。軒凡四遭火，得不焚，殆有神護者。

項脊生曰：「蜀清守丹穴，利甲天下，其後秦始皇築女懷清臺。劉玄德與曹操爭天下，諸葛孔明起隴中。方二人之昧昧於一隅也，世何足以知之？余區區處敗屋中，方揚眉瞬目，謂有奇景。人知之者，其謂與埳井之蛙何異？」

余既為此志，後五年，吾妻來歸，時至軒中，從余問古事，或憑几學書。吾妻歸寧，述諸小妹語曰：「聞姊家有閤子，且何謂閤子也？」其後六年，吾妻死，室壞不修。其後二年，余久臥病無聊，乃使人修葺南閤子，其制稍異於前。然自後余多在外，不常居。

庭有枇杷樹，吾妻死之年所手植也；今已亭亭如蓋矣。

◆結構分析表如：附錄二

附錄二

項脊軒志

- 正文（記軒之內外環境、發生事情及抒發懷抱）
  - 敘
    - 平敘（可喜）
      - 軒之規制：「項脊軒……可容一人居」
      - 軒之年歲：「百年老屋」
      - 軒之缺失
        - 滲漏：「塵泥滲漉……顧視無可置者」
        - 昏暗：「又北向……日過午已昏」
      - 軒之修葺
        - 補救
          - 補滲漏：「余稍爲……使不上漏」
          - 救昏暗：「前闢四窗……室始洞然」
        - 增勝：「又雜植……亦遂增勝」
      - 軒之情趣：「借書滿架……珊珊可愛」
    - 聯貫：「然余居於此，多可喜，亦多可悲」
    - 追敘（可悲）
      - 諸父異爨：「先是……凡再變矣」
      - 先妣一至：「家有老嫗……嫗亦泣」
      - 祖母期許：「余自束髮……長號不自禁」
      - 遭火不焚：「軒東故嘗爲廚……殆有神護者」
  - 論
    - 引古事（可喜）：「（項脊生曰）：蜀淸守丹穴……世何足以知之」
    - 抒己懷（可悲）：「余區區處敗屋中……其謂與埳井之蛙何異」
- 附記（懷念亡妻）
  - 可喜—寄深情於與亡妻在軒中之生活：「余既爲此志……且何謂閣子也」
  - 可悲
    - 敘妻之亡與軒之變遷：「其後六年……不常居」
    - 寄懷念於庭中妻所手植之枇杷樹：「庭有枇杷樹……亭亭如蓋矣」

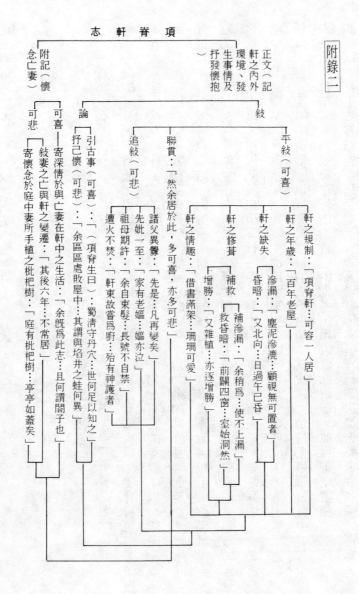

從附表可看出本文可分成「正文」與「附記」兩截：

㈠正文

包括一、二、三、四等段，其中又可分為「敍」與「論」兩部分：

㈠敍的部分：這個部分包括一、二、三等段，其中又可分為「平敍」與「追敍」兩部分。平敍的部分，即首段，用以記敍項脊軒內外的環境。作者依次以「項脊軒舊南閤子也」起至「可容一人居」，寫它的規制；以「百年老屋」一句，寫它的年歲；以「塵泥滲漉」起至「日過午已昏」，分滲漏與昏暗兩層寫它的缺失；以「余稍為修葺」起至「亦遂增勝」，分補救（補滲漏、救昏暗）與增勝兩層寫它的修葺；以「借書滿架」起至「珊珊可愛」，寫它的情趣，預為後文的「謂有奇景」搭好橋樑；這主要是就「可喜」來寫的。追敍的部分，包括二、三兩段，用以記敍在項脊軒內外所發生過的事情，首先以「先是庭中分南北為一」起至「凡再變矣」，寫諸父之異爨；次以「家有老嫗」起至「嫗亦泣」，透過老嫗之口，寫慈母「嘗一至」的情形，以抒發對亡母的哀悼之情；其次以「余自束髮讀書軒中」起至「令人長號不自禁」，寫祖母在軒內對自己的期勉，用以懷念祖母，並為下文議論的部分蓄勢；然後以「軒東故嘗為廚」起至「殆有神護者」，寫項脊軒四次遭火而未曾焚燬的靈異，為下文的「揚眉瞬目」預作鋪墊；這主要是就「可悲」來寫的。就在這兩個部分之間，作者又特地用「然余居於此，多可喜，亦多可悲」三句作上下文的接榫，除了收到承上啓下的效果外，更拈出「可喜」與「可悲」作爲這篇文章的綱領，以貫穿全文。

㈡**論的部分**：這個部分僅一段，即第四段。作者在此，借古爲喻，用「昧昧於一隅」的蜀清、孔明自比，抒發了兼濟天下的偉大抱負。然而作者空有抱負，卻始終沒有一展實學的機會，所以難免在自嘲（悲）中帶有自傲（喜），自喜之中帶有可悲，使意味顯得特別深長。到了這裡，上文的「借書滿架，偃仰嘯歌」、「兒之成，則可待乎」，「余扃牖而居」、「殆有神護者」等，便全有了著落了。

㈡附記

包括五、六兩段。在這裡，作者先以「余既爲此志」起至「且何謂閤子也」，敍亡妻在軒中的一段生活；再以「其後六年」起至「不常居」，敍妻之亡與項脊軒的變遷經過；然後以「庭有枇杷樹」起至篇末，記庭中亡妻當年所手植的枇杷樹，對亡妻寄予深切的懷念，這種懷念，正如此樹，年年歲歲，生生不已，所謂「以景結情」，情韻無限。

從上文的分析中，不難看出本文是以「多可喜，亦多可悲」爲綱領來貫穿全文的。有的人以爲這「可喜」與「可悲」只不過用作接榫，只能照應一、二、三等段而已。其實，仔細尋繹四、五、六等段，如同上述，又何嘗脫離「可喜」與「可悲」呢？當然，喜與悲是無法截然劃分的，因爲過去之「喜」適足以增添眼前之「悲」，所以寫「可喜」（賓），往往是爲了反襯「可悲」（主）。有了這種認識來看作者寫這篇文章，自始至終，他都以「可喜」爲賓、「可悲」爲主來組合各種材料。這樣，他以項脊軒爲核心，寫它的環境與變遷，寫在此出現過的親人（祖母、先妣、亡妻），更寫自己在此的種種，寫得實在很瑣細，甚至看來還有點凌亂，卻一直有一根無形的絲線把它們綰合在一起，使上下意脈得以貫暢，而這種貫暢上下文的意脈，不仰賴結構分析，是很難理清的。

四、辨明段落的價值

一篇文章是由各個節、段所組合而成的，而每個節、段對中心意旨都負有各自的任務、功能與價值。這就像一部機器一樣，要由每個機件提供不同的服務，才能好好運轉，發揮它整體的效用。因此要掌握一篇文章整體的功用，凸顯中心的意旨，便必須辨明各節、段所負的任務、功能與價值。教學時如要做得這一點，求助於結構分析，是最利便的，如：

過秦論（六冊十一課）　　賈誼

秦孝公據殽函之固，擁雍州之地，君臣固守，以窺周室；有席卷天下，包舉宇內，囊括四海之意，并吞八荒之心。當是時也，商君佐之，內立法度，務耕織，修守戰之具，外連衡而鬥諸侯。於是秦人拱手而取西河之外。

孝公既沒，惠文、武、昭襄，蒙故業，因遺策，南取漢中，西舉巴蜀，東割膏腴之地，北收要害之郡。諸侯恐懼，會盟而謀弱秦，不愛珍器重寶肥饒之地，以致天下之士，合從締交，相與為一。當此之時，齊有孟嘗，趙有平原，楚有春申，魏有信陵；此四君者，皆明智而忠信，寬厚而愛人，尊賢重士，約從離橫，兼韓、魏、燕、趙、齊、楚、宋、衛、中山之眾。於是六國之士，有寧越、徐尚、蘇秦、杜赫之屬為之謀；齊明、周最、陳軫、召滑、樓緩、翟景、蘇厲、樂毅之徒通其意；吳起、孫臏、帶佗、兒良、王廖、田忌、廉頗、趙奢之倫制其兵。嘗以十倍之地，百萬之眾，叩關而攻秦。秦人開關延敵，九國之師，逡巡遁逃而不敢進。秦無亡矢遺鏃之費，而天下諸侯已困矣。於是從散約解，爭割地而賂秦。秦有餘力而制其敝，追亡逐北，伏尸百萬，流血漂櫓；因利乘便，宰割天下，分裂河山，強國請服，弱國入朝。施及孝文王、莊襄王，享國日淺，國家無事。

及至始皇，奮六世之餘烈，振長策而馭宇內，吞二周而亡諸侯，履至尊而制六合，執捶拊以鞭笞天下，威振四海。南取百越之地，以為桂林、象郡；百越之君，俛首係頸，委命下吏；乃使蒙恬北築長城而守藩籬，卻匈奴七百餘里；胡人不敢南下而牧馬，士不敢彎弓而報怨。於是廢先王之道，燔百家之言，以愚黔首；隳名城，殺豪俊，收天下之兵，聚之咸陽，銷鋒鍉，鑄以為金人十二，以弱天下之民。然後踐華為城，因河為池，據億丈之城，臨不測之谿以為固。良將勁弩，守要害之處；信臣精卒，陳利兵而誰何？天下已定，始皇之心，自以為關中之固，金城千里，子孫帝王萬世之業也。

始皇既沒，餘威震於殊俗。然而陳涉，甕牖繩樞之子，甿隸之人，而遷徙之徒也，才能不及中人，非有仲尼、墨翟之賢，陶朱、猗頓之富，躡足行伍之間，倔起阡陌之中，率罷散之卒，將數百之眾，轉而攻秦；斬木為兵，揭竿為旗，天下雲集而響應，贏糧而景從。山東豪俊，遂並起而亡秦族矣。

且夫天下非小弱也，雍州之地，殽函之固，自若也；陳涉之位，非尊於齊、楚、燕、趙、韓、魏、宋、衛、中山之君也；鋤櫌棘矜，非銛於鉤戟長鎩也；謫戍之眾，非抗於九國之師也；深謀遠慮，行軍用兵之道，非及曩時之士也；然而成敗異變，功業相反也。試使山東之國，與陳涉度長絜大，比權量力，則不可同年而語矣；然秦以區區之地，致萬乘之權，招八州而朝同列，百有餘年矣；然後以六合為家，殽函為宮，一夫作難而七廟隳，身死人手，為天下笑者，何也？仁義不施，而攻守之勢異也。

◆結構分析表如：附錄三

這篇課文，如同分析表所列，由「敍」與「論」兩部分組成：

㈠敍

這個部分包括一、二、三、四等段，用以敍秦强之難與秦亡之速：

㈠**秦强之難**：包括一、二、三等段，其中第一段，用以寫秦强之初，在這裡，作者先以「秦孝公據殽函之固」起至「并吞八荒之心」，敍秦併吞天下的巨大野心；再以「當是時也」起至「外連横而鬥諸侯」，敍秦併吞天下的積極措施；然後以「於是秦人拱手而取西河之外」一句，敍秦併吞天下的具體成果：這是用簡筆從正面來寫秦國之强大的。它的第二段，用以敍秦强之漸，作者在此，先以「孝公既沒」起至「北收要害之郡」，承首段簡敍在惠、文、武、昭襄時「秦謀六國」的措施與成果；再以「諸侯恐懼」起至「叩關而攻秦」，繁敍六國抗秦的策略、人力與行動，其中又特別著重於人力上，分賢相、兵衆、謀士、使臣、將帥等方面，加以詳細的介紹；然後以「秦人開關延敵」起至「國家無事」，綜合上兩節，敍明秦謀六國與六國抗秦的結果，並簡略地交代孝文王、莊襄王時事；這是用繁筆從側面來寫秦國之强大的。它的第三段，用以寫秦强之最，在這段文字裡，作者先以「及至始皇」起至「委命下吏」，寫秦亡諸侯；再以「乃使蒙恬北築長城而守藩籬」起至「以弱天下

附錄三

論秦過

- 敘
  - 秦强
    - 始
      - 併吞天下野心：「秦孝公據殽函之固…并吞八荒之心」
      - 併吞天下措施：「當是時也…外連衡而鬥諸侯」
      - 併吞天下成果：「於是秦人拱手而取西河之外」
    - 漸
      - 秦謀六國
        - 措施：「孝公既沒…因遺策」
        - 成果：「南取漢中…北收要害之郡」
      - 六國抗秦
        - 凡：「諸侯恐懼，會盟而謀弱秦」
        - 目
          - 策略：「不愛珍器重寶肥饒之地…相與爲一」
          - 人力
            - 賢相：「當此之時…約從離橫」
            - 兵衆：「兼韓、魏、燕、趙、齊、楚、宋、衞、中山之衆」
            - 謀士：「於是六國之士…爲之謀」
            - 使臣：「齊明、周最…通其意」
            - 將師：「吳起、孫臏…制其兵」
          - 行動：「嘗以十倍之地…叩關而攻秦」
      - 結果：「秦人開關延敵…國家無事」
    - 最
      - 亡諸侯：「及至始皇…威振四海」
      - 弱天下：「南取百越之地…以弱天下之民」
      - 守要害：「然後踐華爲城…子孫帝王萬世之業也」
  - 秦亡
    - 陳涉首義：「始皇既沒…嬴糧而景從」
    - 豪傑並起：「山東豪俊遂並起」
    - 秦亡：「而亡秦族矣」
  - 秦與陳涉比較
    - 秦：「且夫天下非小弱…自若也」
    - 陳涉
      - 地位：「陳涉之位…宋、衞、中山之君也」
      - 武器：「鋤耰棘矜非銛於鉤戟長鎩也」
      - 兵衆：「謫戍之衆，非抗於九國之師也」

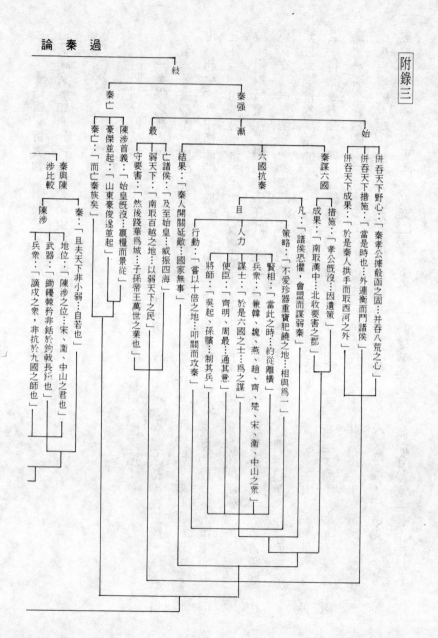

- 論
  - 比較權力與成敗
    - 一
      - 謀略：「深謀遠慮…非及曩時之士也」
      - 成敗異變：「然而成敗異變，功業相反也」
    - 二
      - 六國與陳涉比較：「試使山東之國…則不可同年而語矣」
      - 成敗異變（問）：「然秦以區區之地…爲天下笑者何也」
  - 結論（答）：「仁義不施，而攻守之勢異也」

之民」，寫秦弱天下；然後以「然後踐華爲城」起至「子孫帝王萬世之業也」，寫秦守要害；這是用繁筆從正面寫秦國之强大的。

㈡**秦亡之速**：僅一段，即第四段：作者在此，先以「始皇既沒」起至「嬴糧而景從」，寫陳涉首義；後以「山東豪俊，遂並起而亡秦族矣」二句，寫豪傑亡秦；這是用簡筆從正面來寫秦國之敗亡的。

㈡論

這個部分僅一段，即末段。在這裡，作者以「且夫天下非小弱也」起至「爲天下笑者何也」，用以上各段所提供的材料（其中於一、二、三、四等段直接提供秦的材料外，又分別於二、四等段從旁提供六國與陳涉的材料），將秦、六國與陳涉「比權量力」一番，認爲六國該勝秦、秦該勝陳涉，而結果卻正相反，即秦勝六國、陳涉勝秦；於是由此作一提問，逼出一篇的主旨「仁義不施而攻守之勢異也」十一字，以收束全篇。

總結起來看，此文旨在論秦之過在於「仁義不施而攻守之勢異」，爲了要論說這個主旨，作者特先以第一、二段及三段前半寫「攻」，第三段後半及四段寫「守」，以見「攻守之勢異」，而又於第三段中述明「仁義不施」的事實，於第四段交代「仁義不施」的結果；再以第五段利用前四段所陳列材料，將六國、秦與陳涉的權力加以比較，以見出「成敗異變、功業相反」的情形，進而逼出一篇的主旨來。透過這種結構分析，各節、段的地位、功能與價值，便能辨得明明白白了。

五、掌握聯絡的關鍵

文章的材料，無論是採今昔、遠近、大小、本末、輕重、虛實、正反或凡目的形式安排好次序，都必須進一步藉有形或無形的手段加以聯絡。它們的種類頗多，單以有形者而言，就有聯詞、聯語與關聯節、段等數種，在講授課文時，對這些聯絡的關鍵所在，都必須依靠課文結構的分析予以掌握，使學生不但能增進對課文的了解，更能進而靈活地應用到自己的寫作上。如：

岳陽樓記（二冊七課）　范仲淹

慶曆四年春，滕子京謫守巴陵郡。越明年，政通人和，百廢具興，乃重修岳陽樓，增其舊制，刻唐賢今人詩賦於其上；屬予作文以記之。

予觀夫巴陵勝狀，在洞庭一湖。銜遠山，吞長江，浩浩湯湯，橫無際涯；朝暉夕陰，氣象萬千；此則岳陽樓之大觀也，前人之述備矣！然則北通巫峽，南極瀟湘，遷客騷人，多會於此，覽物之情，得無異乎？

若夫霪雨霏霏，連月不開；陰風怒號，濁浪排空；日星隱耀，山岳潛形；商旅不行，檣傾楫摧；薄暮冥冥，虎嘯猿啼；登斯樓也，則有去國懷鄉、憂讒畏譏、滿目蕭然，感極而悲者矣！

至若春和景明，波瀾不驚，上下天光，一碧萬頃；沙鷗翔集，錦鱗游泳，岸芷汀蘭，郁郁菁菁。而或長煙一空，皓月千里，浮光躍金，靜影沈璧，漁歌互答，此樂何極！登斯樓也，則有心曠神怡，寵辱偕忘，把酒臨風，其喜洋洋者矣！

嗟夫！予嘗求古仁人之心，或異二者之為，何哉？不以物喜，不以己悲，居廟堂之高，則憂其民；處江湖之遠，則憂其君。是進亦憂，退亦憂；然則何時而樂耶？其必曰：「先天下之憂而憂，後天下之樂而樂」乎！噫！微斯人，吾誰與歸！時六年九月十五日。

◆結構分析表如：附錄四

附錄四

- 文本
  - 敍
    - 作記因由
      - 遠因
        - 時：慶曆四年春
        - 人：滕子京
        - 地：謫守巴陵郡
      - 近由
        - 時：越明年，政通人和，百廢俱興
        - 事
          - 修樓：乃重修岳陽樓，增其舊制
          - 刻詩：刻唐賢今人詩賦於其上
          - 作文：囑予作文以記之
    - 樓外景觀
      - 常景
        - 條述
          - 全湖：予觀夫巴陵勝狀，在洞庭一湖：銜遠山，吞長江
          - 湖面：浩浩湯湯，橫無際涯
          - 氣象：朝暉夕陰，氣象萬千
        - 總括：此則岳陽樓之大觀，前人之述備矣
      - 接榫：然則北通巫峽，南極瀟湘，遷客騷人，多會於此
      - 變景（異情）
        - 凡：覽物之情，得無異乎？
        - 覽物異情一（雨景悲情）
          - 雨景
            - 凡：若夫霪雨霏霏，連月不開
            - 目
              - 視覺
                - 湖面：陰風怒號，濁浪排空
                - 空中：日星隱耀
                - 湖邊：山岳潛形
                - 湖上：商旅不行，檣傾楫摧
              - 聽覺：薄暮冥冥，虎嘯猿啼
          - 悲情：登斯樓也，則有去國懷鄉，憂讒畏譏，滿目蕭然，感極而悲者矣

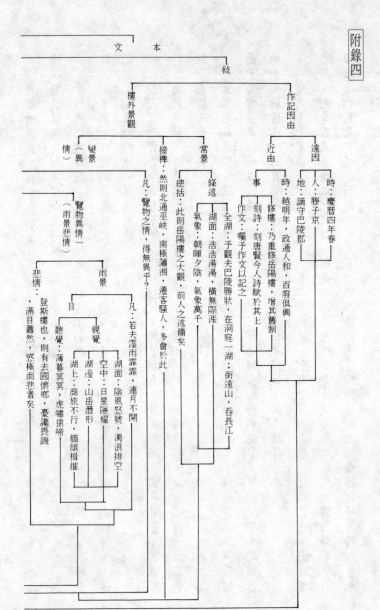

岳陽樓記

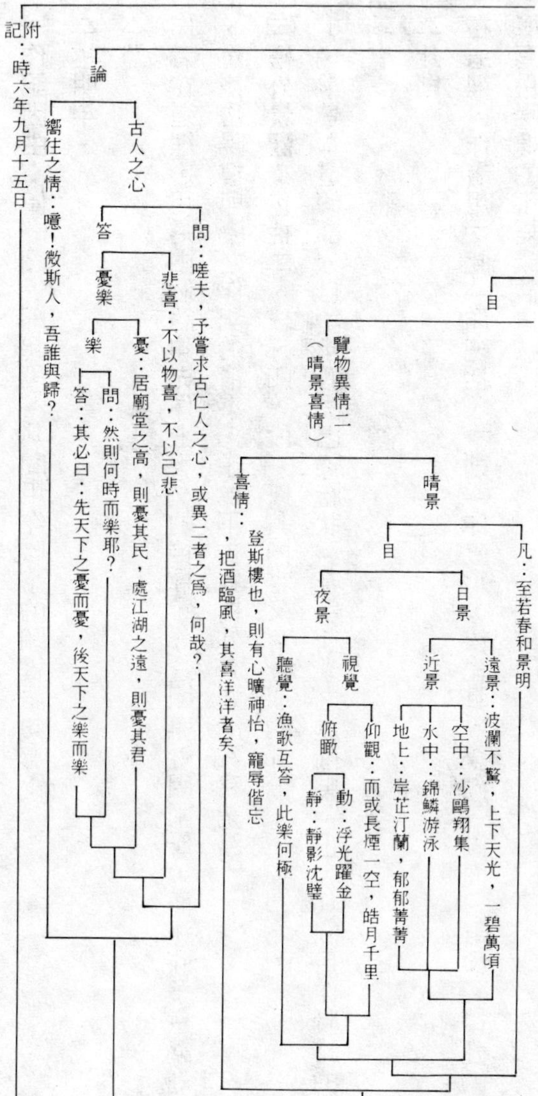
目
凡：至若春和景明
晴景
目
日景
遠景：波瀾不驚，上下天光，一碧萬頃
近景
空中：沙鷗翔集
水中：錦鱗游泳
地上：岸芷汀蘭，郁郁菁菁
夜景
視覺
仰觀：而或長煙一空，皓月千里
俯瞰
動：浮光躍金
靜：靜影沈璧
聽覺：漁歌互答，此樂何極
覽物異情二（晴景喜情）
喜情：登斯樓也，則有心曠神怡，寵辱偕忘，把酒臨風，其喜洋洋者矣
論
古人之心
問：嗟夫，予嘗求古仁人之心，或異二者之爲，何哉？
答
悲喜：不以物喜，不以己悲
憂樂
憂：居廟堂之高，則憂其民，處江湖之遠，則憂其君
樂
問：然則何時而樂耶？
答：其必曰：先天下之憂而憂，後天下之樂而樂
嚮往之情：噫！微斯人，吾誰與歸？
附記：時六年九月十五日

由附表可以看出，本篇在結構上可分爲「本文」與「附記」兩部分，而「本文」的部分又可析爲如下兩截：

㈠敍

包括一、二、三、四等段。作者在此，先敍作記因由，再寫樓外景觀：

㈠**作記因由**：僅一段，即起段。其間用作聯絡的關鍵語句有：

△越明年

△乃

作者在這裡，用這兩個語句充作上下文的接榫，分遠因與近因兩層，簡述滕子京謫守巴陵郡、重修岳陽樓與屬之作記的情事，預爲下文對樓外景觀的敍寫鋪路。

㈡**樓外景觀**：包括二、三、四等段。據其內容又可分成兩部分：

1、常景：這個部分自「予觀夫巴陵勝狀」至「前人之述備矣」止，其間用作聯絡的關鍵語詞有：

△此則

在這裡，作者用「此」作總括、「則」作直承，依先目（全湖、湖面、氣象）後凡的形式，概寫岳陽樓的不變景觀。

2、變景（異情）：這個部分包括二段後半及三、四兩段。其間用作聯絡的關鍵語詞或小節，依序有：

△然則北通巫峽，南極瀟湘，遷客騷人，多會於此

△若夫

△登斯樓也，則

△至若

△而或

△登斯樓也，則

作者在這個部分裡，先以「然則北通巫峽」四句作爲接榫，由常景過到變景（異情），領出「覽物之情，得無異乎」二句來統攝三、四兩段的文字；然後以「若夫」、「登斯樓也，則」、「至若」、「而或」等語詞或句子作爲聯絡，採對照的手法，先寫雨景悲情（覽物異情之一），再寫晴景喜情（覽物異情之二），以生發末段的議論。

㈡論

僅一段，即末段。其間用以聯絡的關鍵語詞有：

△嗟夫

△則
△然則
△噫

在此截，作者用上列語詞作爲上下文的接榫，先承變景（異情）部分，寫古仁人之心，不同於一般的遷客騷人，既不會以物而喜，也不會因己而悲，從而逼出「先天下之憂之憂，後天下之樂而樂」的一篇主旨，以自抒懷抱，並勉知己於遷謫之中。

以上這些用作聯絡的詞語、句子或小節，在文勢起、承、轉、合的時候，都適切地擔負了聯貫上下文的任務，使全文連綴成一體，功用是極大的。而這些功用極大的聯語、句或關聯小節，只要經由結構分析，攤開在表上，就更容易作全盤的掌握，使人一目了然。

六、指導布局的技巧

課文教學必須經由審題、立意、運材、布局、措辭等方面的探討，爲習作教學奠定基礎。其中布局的指導，就要靠課文的結構分析來完成。一直以來，有不少人把課文與習作的教學完全分開，講課文是一套，指導習作又是一套，這是十分不妥當的作法。因爲課文本來就是讀、寫的範文，應藉以使學生增進閱讀的能力外，又還要學得作文的種種方法。要做到這點，便要在形式上作深究，而透過結構分析來指導布局的技巧，便是其中的重要一環，如：

六國論（四冊七課）

蘇　洵

六國破滅，非兵不利，戰不善，弊在賂秦。賂秦而力虧，破滅之道也。或曰：「六國互喪，率賂秦耶？」曰：「不賂者以賂者喪。蓋失強援，不能獨完。故曰：弊在賂秦也。」

秦以攻取之外，小則獲邑，大則得城。較秦之所得，與戰勝而得者，其實百倍；諸侯之所亡，與戰敗而亡者，其實亦百倍；則秦之所大欲，諸侯之所大患，固不在戰矣。思厥先祖父，暴霜露，斬荊棘，以有尺寸之地。子孫視之不甚惜，舉以予人，如棄草芥。今日割五城，明日割十城，然後得一夕安寢；起視四境，而秦兵又至矣！然則諸侯之地有限，暴秦之欲無厭，奉之彌繁，侵之愈急，故不戰而強弱勝負已判矣。至於顛覆，理固宜然。古人云：「以地事秦，猶抱薪救火，薪不盡，火不滅。」此言得之。

齊人未嘗賂秦，終繼五國遷滅，何哉？與嬴而不助五國也。五國既喪，齊亦不免矣。燕、趙之君，始有遠略，能守其土，義不賂秦，是故燕雖小國而後亡，斯用兵之效也。至丹以荊卿為計，始速禍焉。趙嘗五戰於秦，二敗而三勝。後秦擊趙者再，李牧連卻之。洎牧以讒誅，邯鄲為郡，惜其用武而不終也。且燕、趙處秦革滅殆盡之際，可謂智力孤危，戰敗而亡，誠不得已。向使三國各愛其地，齊人勿附於秦，刺客不行，良將猶在，則勝負之數，存亡之理，與秦相較，或未易量。嗚呼！以賂秦之地，封天下之謀臣；以事秦之心，禮天下之奇才；並力西嚮，則吾恐秦人食之不得下咽也。悲夫！有如此之勢，而為秦人積威之所劫，日削月割，以趨於亡。為國者，無使為積威之所劫哉！

夫六國與秦皆諸侯，且勢弱於秦，而猶有可以不賂而勝之之勢；苟以天下之大，而從六國破亡之故事，是又在六國下矣。

◆結構分析表如：附錄五

附錄五

六國論

- 凡
  - 弊在賂秦：「六國破滅…破滅之道也」
  - 不賂者以賂者喪
    - 問：「或曰…率賂秦耶？」
    - 答：「曰…弊在賂秦也」
- 目
  - 弊在賂秦
    - 說理：「秦以攻取之外…固不在戰矣」
    - 舉證：「思厥先祖父…而秦兵又至矣」
    - 說理：「然則諸侯之地有限…此言得之」
  - 不賂者以賂者喪
    - 事實
      - 齊：「齊人未嘗賂秦…齊亦不免矣」
      - 燕趙
        - 凡：「燕趙之君…義不賂秦」
        - 目
          - 燕：「見故燕雖小國…始速禍焉」
          - 趙：「趙嘗五戰…惜其用武而不終也」
        - 凡：「且燕、趙…誠不得已」
    - 假設：「向使三國各愛其地…或未易量」
    - 感歎
      - 反：「嗚呼…食之不得下咽也」
      - 正：「悲夫…以趨於亡」
      - 反：「爲國者，無使爲積威之所劫哉」
- 凡
  - 結論（反）：「夫六國與秦皆諸侯…而猶有可以不賂而勝之勢」
  - 諷諭（正）：「苟以天下之大…是又在六國下矣」

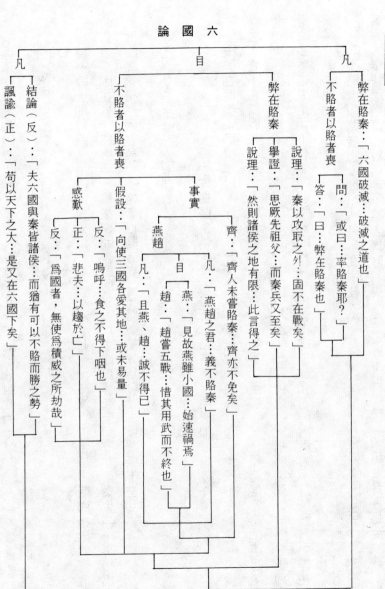

這篇文章，如附表所示，是由凡、目、凡等三個部分組成的：

㈠凡（引論）的部分

僅一段，即起段。這個部分先以「六國破滅」起至「破滅之道也」，明白指出六國敗亡的首要原因在於「賂秦」，然後採問答的方式，以「或曰」起至「弊在賂秦也」，再指出六國敗亡的連帶原因在於「不賂者以賂者喪」，將綱領分為雙軌，以統攝下文。

㈡目（申論）的部分

包括二、三段，分「弊在賂秦」、「不賂者以賂者喪」兩層加以論述：

㈠**弊在賂秦**：即第二段。作者在此，先以「秦以攻取之外」起至「固不在戰矣」，論諸侯之大喪不在於戰；再以「思厥先祖父」起至「而秦兵又至矣」，泛舉諸侯賂秦的事證，作進一步的說明；然後以「然則諸侯之地有限」起至「此言得之」，指明諸侯以有限之土地奉秦的必然結果是「不戰而强弱勝負已判」，並引古訓來加强它的說服力。這是針對「弊在賂秦」一軌來說的。

㈡**不賂者以賂者喪**：即第三段。在這裡，作者先以「齊人未嘗賂秦」起至「齊亦不免矣」，舉齊國為證，說明「不賂者以賂者喪」的道理；再以「燕、趙之君」起至「誠不得已」，採凡、目、凡的形式，舉燕、趙兩國爲證，將這種道理作進一步的說明；接著以「向使三國各愛其地」起至「或未易量」，用假設的方式，代六國籌畫一番，以見「不賂秦」的勝算所在，以帶出下文；然後以「嗚呼」起至「無使爲積威之所劫哉」，由六國擴大到所有「爲國者」，希望能「無爲積威之所劫」，發出深重之感歎，以伏下下文諷諭的意思。這是針對「不賂者以賂者喪」一軌來說的。

㈢凡（結論）的部分

僅一段，即末段。在此部分，作者先以「夫六國與秦皆諸侯」三句，從反面將上兩個部分（一、二段及三段前半）的意思作一總結；然後以「苟以天下之大」三句，回應第三段的後半，從正面提出諷諭的意思，以暗諷當時（北宋）賂敵（契丹）的退怯政策作收。這樣借六國以諷宋，用心可謂良苦。

這種由凡而目而凡的布局技巧，對初學作文的人來說，是有相當指導作用的。這種布局，就論說文而言，可仿這篇〈六國論〉，分成四段：首先是「凡」，置於首段，用以提出論點，這是引論的部分；其次是「目」，置於二、三段，可採一正一反的方式組合，也可一段用以說理，一段用以舉例，針對論點加以闡釋，這是申論的部分；最後爲「凡」，用以回抱全文收結，這是結論的部分。這可以說是寫論說文最好的布局之一。至於記敘文，則以採先敍後論的形式來組合材料，最爲合適，也最易於掌握，如上舉的〈岳陽樓記〉便是著例。這樣藉著課文結構的分析來指導學生作文的布局技巧，效果是最好不過的。

七、結語

綜上所述，可知課文的結構分析有多重的功用，不僅可藉以深入內容、理清意脈，更可因而辨明段落價值、聯絡關鍵，並指導布局技巧，所以在國文教學上扮演著極爲重要的角色。不過，課文的結構分析是沒有絕對的是非可言的，因爲切入的角度不同，所呈現的面貌便不一樣，又何況另有見仁見智或見淺見深的差異呢？雖然如此，力求凸顯課文在內容與形式上的特色，是我們該努力以赴的，這樣配以分析表，才能發揮它最大的教學效果。

（原載民國八十四年六月《兩岸及港新中小學國語文教學國際研討會論文集》，頁十三～四一）

談〈與宋元思書〉與〈溪頭的竹子〉二文在結構上的異同

一

在現行的國中《國文》課本裡，吳均的〈與宋元思書〉被選入第五冊第八課、張騰蛟的〈溪頭的竹子〉被選入第一冊第十八課，這兩篇課文本來很難扯在一起，但不久前，卻接到這麼一個問題：

〈與宋元思書〉就內容看，它是一篇記遊類的記敘文兼抒情文，而記敘的方法是否屬於倒敘？為什麼？與第一冊第十八課〈溪頭的竹子〉，寫法是否相同？

對於這個問題，當時我曾作回答。但是對於它們的寫法和結構，回答得太簡略了，實有進一步解釋的必要，所以便藉此作補充的說明。

二

先以〈與宋元思書〉來說，它的第一段是這樣寫的：

風煙俱淨，天山共色，從流飄蕩，任意東西。自富陽至桐廬，一百許里，奇山異水，天下獨絕。

其中「風煙俱淨」四句，用以敍事兼寫景，爲引子，藉以引出「自富陽至桐廬」四句，以交代地點，並拈出「奇山異水」四字，分兩軌來統括下文，這是「凡」（總括）的部分。

作者在第二段寫的是：

水皆縹碧，千丈見底，游魚細石，直視無礙。急湍甚箭，猛浪若奔。

這一段針對起段的「異水」具寫「水」的異景，他先寫水色之異，再寫水中魚石之異，然後寫湍浪之異，這是第一軌，爲「目（條分）一」的部分。

在第三、四段則爲：

> 夾岸高山，皆生寒樹。負勢競上，互相軒邈，爭高直指，千百成峯。泉水激石，泠泠作響；好鳥相鳴，嚶嚶成韻。蟬則千轉不窮，猿則百叫無絕。鳶飛戾天者，望峯息心；經綸世務者，窺谷忘返。橫柯上蔽，在晝猶昏；疏條交映，有時見日。

作者在這兩段裡，先以「夾岸高山」六句，寫山峯之奇。次以「泉水激石」六句，依次用泉水激石、好鳥相鳴和蟬噪猿啼來寫山聲之異；其中「泉水激石」二句，雖涉及了「水」，但仍以「山」（石）爲主，所以還是用以寫山聲。接著以「鳶飛戾天者」四句，寫自己對著「奇山異水」所激生的感觸，這雖屬抒情的性質，透露出作者隱逸的思想，但就作法而論，卻屬插敍；其中前二句就「奇山」而寫，後二句就「異水」而寫，照應得極其周到。然後以「橫柯上蔽」四句，寫山樹（柯條）之奇，以回應「夾岸高山，皆生寒樹」的「寒樹」作收。這是第二軌，乃針對起段之「奇山」來寫的，爲「目（條分）二」的部分。

由此可見這篇文章是採先凡後目的雙軌結構寫成的，它可用如下簡式來表示：

AB → A、B

◆附：〈與宋元思書〉結構分析表：

△
- 凡
  - 引子：「風煙俱淨…任意東西」
  - 奇山異水：「自富陽…天下獨絕」
- 目
  - 異水
    - 碧水：「水皆縹碧，千丈見底」
    - 魚石：「游魚細石，直視無礙」
    - 湍浪：「急湍甚箭，猛浪若奔」
    - 山峯：「夾岸高山…千百成峯」
  - 奇山
    - 山聲
      - 泉水激石：「泉水激石，泠泠作響」
      - 好鳥相鳴：「好鳥相鳴，嚶嚶成韻」
      - 蟬噪猿啼：「蟬則…無絕」
    - （插敘）：「鳶飛…忘返」
    - 山樹（柯條）：「橫柯…見日」

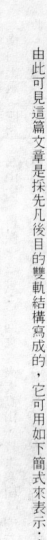

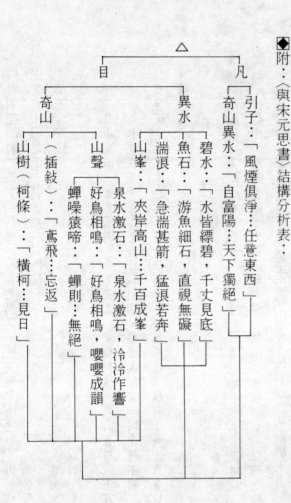

再以〈溪頭的竹子〉而言，它的首段寫：

溪頭是一簇迷人的風景，而叢聚在這裡的那些茂密的竹林，乃是風景中的風景。

此段採包孕的寫作方式，先寫溪頭公園整個風景之迷人，再縮寫到竹林風景之迷人，拈出「迷人」二字作爲綱領，以單軌貫穿全文。這是「凡」(總括)的部分。

它的二、三段寫：

竹子是喜歡跑到山頭去聚居的，但是我從來沒有看過像溪頭的竹子這樣的稠密，這樣的擁擠，以及這樣的具有個性。我總認為，溪頭的竹子是它們這種植物中的另一種族類，它有意跑到這片山野裡來製造風景。

這裡的竹子，是以占領者的姿態去盤踞著山頭。它們不僅僅是為這片山野織起了一片青翠，重要的是，它們在這裡創造了一種罕見的姿態。記得當我第一眼觸及這裡的竹沐時，曾經為之愕然良久，難道竹子是在這裡進行一項爬高的比賽?每一棵竹子都在不顧一切地往上鑽挺，看起來就好像要去捕星星，摘月亮，也好像是大家一起去搶奪那片藍藍的天空。

在這裡，作者從竹子本身如何「迷」人這一面，交代了溪頭的竹子所以迷人的原因。他先在第二段寫竹子因「稠密」而「製造風景」；再在第三段寫竹子因「鑽挺」而使人「爲之愕然」（著迷的另一說法）；這是「目（條分）一」的部分。

它的四、五、六等段寫：

我面對著這麼一羣生氣勃勃的青竹，不自主地便鑽進它們的行列裡去，去親近它們，去觸及它們，看它們如何用根鬚去抓緊泥土，如何用青翠去染綠山野。當然，還有一個更重要的理由，就是讓自己去站到一棵竹子的身邊，然後，昂起頭來向上望，看看它以一種什麼樣子的姿勢挺拔起來的；希望能從它的身上，學一點點如何才能挺拔的祕訣，如何才能昂然而立的本領。記得過去曾經在颱風過後的山林中，看到了不少的斷枝殘幹，為什麼這片竹林中沒有這種景象呢？我想，該不是颱風不來南投罷，恐怕是這些茂密的竹子，不允許它進入這片山林的。假如真是這樣，就更值得向它們學習了。

我站在竹林的邊緣，發現到這裡的竹子是很講究秩序的，它們有它們的領域，它們有它們的地盤；它們絕對不會獨個兒走向其他林木叢裡去，也不會讓其他的林木走進它的行列裡來。竹林就是竹林，純得很，除了竹子，別無其他，就是一棵野花、野草什麼的，要想在這些竹林中立足，也是很不容易的。

正因為這裡的竹子創造了它們獨特的風格，創造了它們獨特的姿態，所以，喜歡這些竹林的人是很多的，我就發現到一羣羣的遊人佇立在竹林的外面，用一種癡癡的眼神去凝視那些竹林的深處。我想，他們一定也是被這些竹子吸引住了。

作者在此，從人對竹子入迷這一面，交代了溪頭的竹子「迷人」的結果。他先在第四、五段，寫人們對它的親近與欣賞，看它如何抓緊泥土、如何染綠山野、如何挺拔姿勢、如何保持茂密，及如何講究秩序，以回應第二、三段，並加以擴大，以見竹子所以迷人之處；然後在第六段，寫人們對它的喜愛；這是「目（條分）二」的部分。

它的末段則寫：

溪頭公園的風景是夠迷人的，而這裡的竹子，和竹子所構建起來的世界，更是迷人。賞景的人羣自四面八方不斷地向這裡湧來，他們來看大學池，來看神木，而其中有不少的人，是特地來看竹子的，像我就是。

這裡採由因而果的形式來寫。它先寫竹子的迷人，再寫人對它的欣賞、喜愛，以回抱前文作結，這分明又是「凡」（總括）的部分。

縱觀此文，先寫竹子的迷人，再寫它迷人的原因與結果，然後又回到「迷人」上來收拾全文，使首尾圓合無間，這顯然是採由凡而目而凡的單軌結構寫成的，它可用如下簡式來表示：

$$A \longrightarrow A_1 \cdot A_2 \longrightarrow A$$

◆附〈溪頭的竹子〉結構分析表：

△

- 凡（迷人）
  - 全園：「溪頭是一簇迷人的風景」
  - 竹子：「而叢聚在⋯風景中的風景」
- 目
  - 竹子迷人的原因
    - 稠密
      - 因：「竹子是喜歡⋯有個性」
      - 果：「我總認爲⋯製造風景」
    - 鑽挺
      - 創造姿態：「這裡的竹子⋯罕見的姿態」
      - 爬高比賽：「記得當我⋯藍藍的天空」
  - 竹子迷人的結果
    - 令人親近：「我面對⋯去觸及它們」
    - 令人欣賞
      - 如何抓緊泥土⋯「看它們⋯染綠山野」
      - 如何染綠山野
      - 如何挺拔姿勢⋯「當然⋯立的本領」
      - 如何維持茂密⋯「記得過去⋯學習了」
      - 如何講究秩序⋯「我站在⋯很不容易的」
    - 令人喜愛
      - 因：「正因爲⋯獨特的姿態」
      - 果：「所以⋯吸引住了」
- 凡（迷人）
  - 因：「溪頭公園⋯更是迷人」
  - 果：「賞景的⋯像我就是」

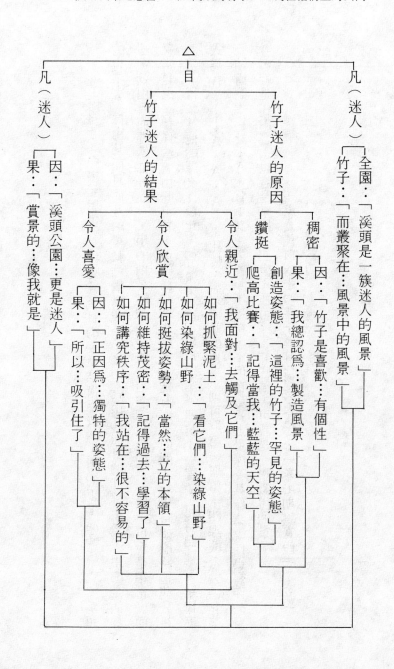

三

綜上所述，〈與宋元思書〉是採先凡後目的雙軌結構寫成的，用的正屬演繹法；而〈溪頭的竹子〉是採由凡而目而凡的單軌結構寫成的，其中就由凡而目的部分來說，用的是演繹法，就由目而凡的部分而言，用的則是歸納法，這樣冶演繹與歸納爲一爐，可說是相當好而又常見的一種作法。由此可知，這兩篇文章在結構上是有所異同的。教學時如能將這些分析清楚，再拿其他的課文作類比，如〈與宋元思書〉可取第一冊第十一課的〈兒時記趣〉（結構簡式爲$A \longrightarrow A_1 \cdot A_2 \cdot A_3$）來比較，而〈溪頭的竹子〉則可取第一冊第十四課的〈從今天起〉（結構簡式爲$AB \rightarrow A_1 \cdot B_1 \rightarrow AB$）來對照，這樣，不但在形式上可深究其作法，作爲寫作的參考，就是在內容上也容易掌握、記憶，並可深入其底蘊，可說是一舉數得的事。

（原載民國八十四年十二月《國文天地》十一卷七期，頁四六～五一）

凡目法在高中國文課文裡的運用

前言

所謂的「凡」，是總括的意思；而「目」，指的則是條分。以總括、條分的方式來安排詞章材料，可說由來已久，且極爲普遍。就以民國七十八年版高中國文課文而言，就有不少是採這種方式來組合材料的。以下就分「先凡後目」、「先目後凡」與「由凡而目而凡」三種，舉例略予說明如左。

一、先凡後目者

這是將主旨或綱領以開門見山的方法安排在前端，作個總括，然後針對主旨或綱領，條分爲若干部分，以依次敍寫的一種形式。這種形式，在古時稱爲外簡，今則通稱演繹。由於它有直截了當的特色，所以在古今人的各類作品裡，都相當常見。就以選入民國七十八年版高中國文課本裡的教材來說，也不例外。用於節段者，如：

吾性不喜華靡，自為乳兒，長者加以金銀華美之服，輒羞赧棄去之。二十忝科名，「聞喜宴」獨不戴花。同年曰：「君賜不可違也。」乃簪一花。（〈訓儉示康〉，一冊十一課）

在這節文字裡，作者首先以「吾性不喜華靡」一句，作個總括，然後舉穿衣、戴花爲例，條分爲二，予以說明。先凡而後目，敍次井然。次如：

今君實所以見教者，以為侵官、生事、征利、拒諫，以致天下怨謗也。某則以為受命於人主，議法度而修之於朝廷，以授之於有司，不為侵官；舉先王之政，以興利除弊，不為生事；為天下理財，不為征利；闢邪說，難壬人，不為拒諫。至於怨誹之多，則固前知其如此也。（〈答司馬諫議書〉，三冊九課）

作者在這節文字裡，先總括地舉出司馬君實所指「致天下怨謗」的「侵官、生事、征利、拒諫」四事，再依序條述這四事，以反駁司馬君實的指責。敍次和上例一樣，也極其清楚。再如：

古之君子，其責己也重以周，其待人也輕以約。重以周，故不怠；輕以約，故人樂為善。聞古之人有舜者，其為人也，仁義人也。求其所以為舜者，責於己曰：「彼人也，予人也；彼能是，而我乃不能是。」早夜以思，去其不如舜者，就其如舜者。聞古之人有周公者，其為人也，多才與藝人也。求其所以為周公者，責於己曰：「彼人也，予人也；彼能是，而我乃不能是。」早夜以思，去其不如周公者，就其如周公者。舜，大聖人也，後世無及焉；周公，大聖人也，後世無及焉。是人也，乃曰：「不如舜，不如周公，吾之病也。」是不亦責於身者重以周乎？其於人也，曰：「彼人也，能有是，是足為良人矣；能善是，是足為藝人矣。」取其一，不責其二；即其新，不究其舊。恐恐然惟懼其人之不得為善之利。一善易修也，一藝易能也，其於人也，乃曰：「能有是，是亦足矣。」曰：「能善是，是亦足矣。」不亦待於人者輕以約乎？（〈原毀〉，五冊十一課）

這是課文的首段文字。作者在此，以「古之君子，其責己也重以周，其待人也輕以約。重以周，故不怠；輕以約，故人樂爲善」七句先作一總括，再析爲兩節，以效法帝舜與周公爲例，依次說明「責己也重以周」、「待人也輕以約」的道理。所謂「綱舉目張」，條理極其分明。又如：

孝有三：大孝不匱，中孝用勞，小孝用力。博施備物，可謂不匱矣；尊仁安義，可謂用勞矣；慈愛忘勞，可謂用力矣。（〈曾子大孝〉，六冊八課）

作者在這兒，先總述「孝有三」，再以「不匱」、「用勞」、「用力」依次條述大、中、小三孝，然後又依序解釋「不匱」、「用勞」、「用力」，採的正是先凡後目的方法。末如：

今功臣名將，雁行有序。佩紫懷黃，讚帷幄之謀；乘軺建節，奉疆埸之任。

（〈與陳伯之書〉，六冊十課）

這節文字，先以「功臣名將，雁行有序」作一總括，然後條分爲二，依次以「佩紫懷黃」兩句，敍朝中「功臣」之「雁行有序」；以「乘軺建節」兩句，敍朝外「名將」之「雁行有序」。由凡而目，敍來脈絡十分清楚。用於全篇者，如：

在中國人的心目中，一切萬有莫不互相涵蓋，互相呼應。人生是藝術，而藝術也是人生。人與自然之間，並沒有什麼隔膜。所以說：「好鳥枝頭亦朋友，落花水面皆文章。」各種藝術之間，也互相貫通。所以「詩中有畫，畫中有詩」。就像蔣夫人說：「在全世界的藝術中，中國畫是獨一無二的，因為畫與詩融為一體，兩者使中國文化更為豐富。」

王摩詰的「江流天地外，山色有無中」，不是詩中有畫的一個好例子嗎？又如王勃的：「抱琴開野室，攜酒對情人。林塘花月夜，別是一家春。」這是多麼叩人心絃的一幅圖畫啊！至於畫中有詩，我也要舉幾個例子。八大山人的〈老樹鸜鴿〉，令人聯想到「獨立蒼茫自詠詩」的杜少陵。馬遠的〈秋江漁隱圖〉，簡直是把詩情畫意融合無間。我認為這都是心物合一的妙果。因為中國的上品藝術都是從心靈的活泉中流湧出來的，所以能在藝術世界中成為「別是一家春」。

在中國藝術中，書法的地位比繪畫還要高，這也是世界上所絕無僅有的。大家都會承認，王右軍的〈蘭亭集序〉，為千古絕品。即使添注塗改，也成為自然點綴，反增全幅之美。當時他的心境，一定與大自然融成一體了。有詩為證：

「仰視碧天際，俯瞰淥水濱。寥闃無涯觀，寓目理自陳。大矣造化功，萬殊莫不均。羣籟雖參差，適我無非新。」

沈德潛對這首詩，下個評語說：「不但序佳，詩亦清越超俗，寓目理自陳，適我無非新，非學道有得者，不能言也。」可見右軍的書法，也是淵源於道心。中國的一切上品藝術作品，除了平素研究功夫以外，莫不由於學道有得。希望我們的藝術，以後還要朝著這個方向努力發展。

中國的戲劇也大有發展的前程。在西洋，喜劇是喜劇，悲劇是悲劇。一個是甜瓜徹蒂甜，一個是苦瓜連根苦。可是，中國的悲劇中，結局往往令人得到彷彿來自天上的慰悅。這是因為我們心底裡覺得「成仁」比「成功」更為可貴。我還記得七、八年前，我在紐約一個電影院，觀賞〈梁山伯與祝英臺〉的電影劇。我覺得在技術上那齣戲固然可以與西洋的作品並駕齊驅，而在情節上比它們更富於人情味，更夠意思。使我深深地感到成仁之樂遠超乎成功之樂，好像人間的悲劇，忽然昇華而為一個神聖的喜劇。

當時我還連帶的想起，憑什麼遠在海外的我，竟得在銀幕上享受到這個發源於我故鄉的美妙故事呢？我對自己說：「如果沒有西方的科學，我今天在這裡怎能看到中國的戲劇，聽到中國的音樂呢？」這就是科學與藝術合作的一個小小的例子，但是「此言雖小，可以喻大。」（〈藝術與人生〉，二冊八課）

此文首先以起段指明人生即藝術、藝術即人生，以及各藝術間相互貫通的道理，作個總括，然後依次舉詩、畫（第二段）、書法（第三段）、戲劇（第四、五段）爲例，條分爲二，針對總括的部分（第一段）加以說明，以見藝術與人生的關係。先凡後目，敍次井井。

次如：

古之所謂豪傑之士者，必有過人之節。人情有所不能忍者，匹夫見辱，拔劍而起，挺身而鬥，此不足為勇也。天下有大勇者，卒然臨之而不驚，無故加之而不怒。此其所挾持者甚大，而其志甚遠也。

夫子房受書於圯上之老人也，其事甚怪；然亦安知其非秦之世，有隱君子者出而試之。觀其所以微見其意者，皆聖賢相與警戒之義；而世不察，以為鬼物，亦已過矣。且其意不在書。

當韓之亡，秦之方盛也，以刀鋸鼎鑊待天下之士。其平居無罪夷滅者，不可勝數。雖有賁、育，無所復施。夫持法太急者，其鋒不可犯，而其末可乘。子房不忍忿忿之心，以匹夫之力而逞於一擊之間；當此之時，子房之不死者，其間不能容髮，蓋亦已危矣。千金之子，不死於盜賊，何者？其身之可愛，而盜賊之不足以死也。子房以蓋世之才，不為伊尹、太公之謀，而特出於荊軻、聶政之計，以僥倖於不死，此圯上之老人所為深惜者也。是故倨傲鮮腆而深折之。彼其能有所忍也，然後可以就大事。故曰「孺子可教」也。

楚莊王伐鄭，鄭伯肉袒牽羊以逆；莊王曰：「其君能下人，必能信用其民矣。」遂捨之。句踐之困於會稽，而歸臣妾於吳者，三年而不倦。且夫有報人之志，而不能下人者，是匹夫之剛也。夫老人者，以為子房才有餘；而憂其度量之不足，故深折其少年剛銳之氣，使之忍小忿而就大謀。何則？非有生平之素，卒然相遇於草野之間，而命以僕妾之役，油然而不怪者，此固秦皇之所不能驚，而項籍之所不能怒也。

觀夫高祖之所以勝，而項籍之所以敗者，在能忍與不能忍之間而已矣。項籍唯不能忍，是以百戰百勝，而輕用其鋒；高祖忍之，養其全鋒，以待其弊，此子房教之也。當淮陰破齊而欲自王，高祖發怒，見於詞色。由此觀之，猶有剛強不忍之氣，非子房其誰全之？

太史公疑子房以為魁梧奇偉，而其狀貌乃如婦人女子，不稱其志氣。嗚呼！此其所以為子房歟！（〈留侯論〉，四冊六課）

這篇文章是以「忍」爲綱領來貫穿全文的。而此「忍」的鋼領，作者在第一段即予提明，以統攝下文，這是總括（凡）的部分。第二段論圯上老人所以授書給子房，「其意不在書」，而是由於想試一試子房能不能「忍」，這是條分一（目一）的部分。第三段承第二段論述圯上老人所以「倨傲鮮腆」以深折子房的原因，在於深惜子房是個「蓋世之才」，要子房「忍」下博浪沙一擊的「忿忿之心」，以成就大事，這是條分二（目二）的部分。第四段承第二、三段，引歷史故事，進一步論說圯上老人所以要深折子房，使子房「忍小忿而就大謀」的用意所在，這是條分三（目三）的部分。第五段論高祖之所以致勝，是源自子房以「忍」輔佐的結果，這是條分四（目四）的部分。末段引太史公語，以子房狀貌有如「婦人女子」，叩緊「忍」字讚歎作收，這是條分五（目五）的部分。作者這樣採先總括、後條分的形式來寫，把「留侯之所以就大謀在於能忍」（課文題解）的一篇主旨表達得深刻、明白，有著無比的說服力。又如：

春深雨過西湖好，百卉爭妍，蝶亂蜂喧，晴日催花暖欲然。　蘭橈畫舸悠悠去，疑是神仙。返照波間，水闊風高颺管絃。（〈採桑子〉，四冊十六課）

這是首雙調詞，旨在寫雨過春深的潁州西湖好景，以襯托作者閒適的心情。作者在此，先以起句「春深雨過西湖好」作一總敍，再以「百卉爭妍」三句，藉花卉、蜂蝶、晴日等自然景物，寫西湖堤上的春深好景（西湖好之一——目一），然後以「蘭橈畫舸悠悠去」四句，以畫船、返照、水闊、風高與管絃等糅合自然與人事的景物，寫西湖水上的春深好景（西湖好之二——目二），敍次由凡而目，將西湖的春深好景，描寫得異常生動。

二、先目後凡者

這是針對主旨或綱領，先條分爲若干部分，依次敍寫於前，然後才用畫龍點睛的方法將主旨或綱領提明於後的一種形式。這種形式，古時稱爲內籀，今則通稱歸納。由於它具有逐步引人入勝的優點，所以在古今人的作品裡，也是相當常見的。用於節段者，如：

昔正考父饘粥以餬口，孟僖子知其後必有達人。季文子相三君，妾不衣帛，馬不食粟，君子以為忠。管仲鏤簋朱紘，山楶藻梲，孔子鄙其小器。公叔文子享衛靈公，史鰌知其及禍；及戌，果以富得罪出亡。何曾日食萬錢，至孫以驕溢傾家。石崇以奢靡誇人，卒以此死東市。近世寇萊公豪侈冠一時，然以功業大，人莫之非，子孫習其家風，今多窮困。

其餘以儉立名，以侈自敗者多矣，不可徧數，聊舉數人以訓汝。（〈訓儉示康〉，一冊十一課）

作者在這段文字裡，先以正考父、季文子爲例，指出他們「以儉立名」，再以管仲、公叔文子、何曾與寇萊公爲例，指出他們「以侈自敗」然後以「其餘以儉立名，以侈自敗者多矣，不可徧數，聊舉數人以訓汝」四句作個總括。敍次由目而凡，雖與先凡後目者相反，但同樣地饒有條理。次如：

生乎吾前，其聞道也，固先乎吾，吾從而師之；生乎吾後，其聞道也，亦先乎吾，吾從而師之。吾師道也，夫庸知其年之先後生於吾乎？（〈師說〉，一冊十二課）

此節文字依序就年長與年幼，條分爲二，論所師者爲道，無關年齡大小的道理，然後以

「吾師道也，夫庸知其年先後生於吾乎」兩句作一總括。這和上例一樣，採的是先目後凡的方法。再如：

君人者，誠能見可欲，則思知足以自戒；將有所作，則思知止以安人；念高危，則思謙沖而自牧；懼滿溢，則思江海而下百川；樂盤遊，則思三驅以為度；憂懈怠，則思慎始而敬終；慮壅蔽，則思虛心以納下；想讒邪，則思正身以黜惡；恩所加，則思無因喜以謬賞；罰所及，則思無因怒而濫刑。總此十思，弘茲九德。（〈諫太宗十思疏〉，五冊十課）

這一節文字敍十思。作者在此，先依次以「思知足」、「思知止」、「思謙沖」、「思江海」、「思三驅」、「思愼始」、「思虛心」、「思正身」、「思無因喜而謬賞」、「思無因怒而濫刑」，分述十思，然後以「總此十思」兩句作個總括，把立德建業的要領論述得有條不紊，說服力是極强的。又如：

父母愛之，喜而不忘；父母惡之，懼而無怨；父母有過，諫而不逆；父母既歿，以哀祀之；加之如此，則禮終矣。（〈曾子大孝〉，六冊八課）

這段文字先以父母「愛之」、「惡之」、「有過」、「既歿」等條分爲四，分別敍述爲人子女所應盡的孝道，然後以「加之如此，則禮終矣」兩句，總括條分的部分作收，條理也十分分明。末如：

夫以慕容超之強，身送東市；姚泓之盛，面縛西都。故知霜露所均，不育異類；姬漢舊邦，無取雜種。（〈與陳伯之書〉，六冊十課）

作者在這節文字裡，先舉慕容超之「身死東市」與姚泓之「面縛西都」等兩個歷史故實，再以「霜露所均」四句作一總括。所用的，顯然也是先目後凡的方法。用於全篇者如：

臣密言：

臣以險釁，夙遭閔凶。生孩六月，慈父見背。行年四歲，舅奪母志。祖母劉愍臣孤弱，躬親撫養。臣少多疾病，九歲不行；零丁孤苦，至於成立。既無叔伯，終鮮兄弟；門衰祚薄，晚有兒息。外無期功彊近之親，內無應門五尺之僮；煢煢獨立，形影相弔。而劉夙嬰疾病，常在牀蓐；臣侍湯藥，未曾廢離。

逮奉聖朝，沐浴清化。前太守臣逵，察臣孝廉；後刺史臣榮，舉臣秀才；臣以供養無主，辭不赴命。詔書特下，拜臣郎中；尋蒙國恩，除臣洗馬。猥以微賤，當侍東宮，非臣隕首，所能上報。臣具以表聞，辭不就職。詔書切峻，責臣逋慢。郡縣逼迫，催臣上道；州司臨門，急於星火。臣欲奉詔奔馳，則劉病日篤；欲苟順私情，則告訴不許；臣之進退，實為狼狽。

伏惟聖朝以孝治天下，凡在故老，猶蒙矜育；況臣孤苦，特為尤甚。且臣少事偽朝，歷職郎署，本圖宦達，不矜名節。今臣亡國賤俘，至微至陋，過蒙拔擢，寵命優渥；豈敢盤桓，有所希冀！但以劉日薄西山，氣息奄奄，人命危淺，朝不慮夕。臣無祖母，無以至今日；祖母無臣，無以終餘年。母孫二人，更相為命；是以區區，不能廢遠。臣密今年四十有四，祖母劉今年九十有六，是臣盡節於陛下之日長，報養劉之日短也。烏鳥私情，願乞終養！

臣之辛苦，非獨蜀之人士，及二州牧伯，所見明知；皇天后土，實所共鑒。願陛下矜愍愚誠，聽臣微志；庶劉僥倖，保卒餘年。臣生當隕首，死當結草。

臣不勝犬馬怖懼之情，謹拜表以聞。（〈陳情表〉，三冊十二課）

這篇文章捨去奏表所需起首語（「臣密言」）、申恩語（「臣生當隕首，死當結草」）與收尾語（「臣不勝犬馬怖懼之情，謹拜表以聞」），就其正文部分而言，是以先目後凡的形式所寫成的。在這個正文的部分裡，作者先在第一段就「私」敍述自己「辛苦共鑑」的事實；再在第二段就「公」敍述自己「辛苦共鑑」的情形；接著在第三段合「私」與「公」，敍明自己所以如此「辛苦」的原因，並作緩急的比較，以進一層見出「辛苦」之所在；然後於第四段，以「臣之辛苦」六句，將上文的意思作個總括，爲「願乞終養」提供充足的理由；以「願陛下矜愍愚誠」四句，提明一篇之主旨作結。所謂「一筆兜裹」，寫得極爲「悲惻動人」（吳楚材評，見《評註古文觀止》卷七）。次如：

昔人已乘黃鶴去，此地空餘黃鶴樓。黃鶴一去不復返，白雲千載空悠悠。晴川歷歷漢陽樹，芳草萋萋鸚鵡洲。日暮鄉關何處是，煙波江上使人愁。（〈黃鶴樓〉，三冊十六課）

這是懷古思鄉的一首詩。作者先將題目叩緊，透過想像，在起、頷兩聯，就黃鶴樓虛寫它的來歷，而由黃鶴之一去不還與白雲千載之悠悠，預爲結句的「愁」字蓄力；這是條分一（目一）的部分。接著在頸聯，實爲登樓所見的空闊景物，而由歷歷之晴川、樹與萋萋之芳草，正如所謂的「水流無限似儂愁」（劉禹錫〈竹枝詞〉）、「河橋不相送，江樹遠含情」（宋之問〈送別杜審言〉）、「王孫遊兮不歸，春草生兮萋萋」（《楚辭・招隱士》），帶著無限愁恨，再爲結句的「愁」字助勢；這是條分二(目二)的部分。然後在尾聯，由自問自答中，承上聯，把空間從漢陽、鸚鵡洲推拓出去，伸向遙遠的故園，且在其上抹上一望無際的渺渺輕煙，從而逼出一篇的主旨「鄉愁」作結；這是總括(凡)的部分。作者就這樣採先條分(目)、後總括(凡)的形式來寫，有著無盡的韻味。再如：

秦孝公據殽函之固，擁雍州之地，君臣固守，以窺周室；有席卷天下，包舉宇內，囊括四海之意，并吞八荒之心。當是時也，商君佐之，內立法度，務耕織，修守戰之具，外連衡而鬥諸侯。於是秦人拱手而取西河之外。

孝公既沒，惠文、武、昭襄，蒙故業，因遺策，南取漢中，西舉巴蜀，東割膏腴之地，北收要害之郡。諸侯恐懼，會盟而謀弱秦，不愛珍器重寶肥饒之地，以致天下之士，合從締交，相與為一。當此之時，齊有孟嘗，趙有平原，楚有春申，魏有信陵；此四君者，皆明智而忠信，寬厚而愛人，尊賢重士，約從離橫，兼韓、魏、燕、趙、齊、楚、宋、衛、中山之眾。於是六國之士，有甯越、徐尚、蘇秦、杜赫之屬為之謀；齊明、周最、陳軫、召滑、樓緩、翟景、蘇厲、樂毅之徒通其意；吳起、孫臏、帶佗、兒良、王廖、田忌、廉頗、趙奢之倫制其兵。嘗以十倍之地，百萬之眾，叩關而攻秦。秦人開關延敵，九國之師，逡巡遁逃而不敢進。秦無亡矢遺鏃之費，而天下諸侯已困矣。於是從散約解，爭割地而賂秦。秦有餘力而制其敝，追亡逐北，伏尸百萬，流血漂櫓；因利乘便，宰割天下，分裂河山，強國請服，弱國入朝。施及孝文王、莊襄王，享國日淺，國家無事。

及至始皇，奮六世之餘烈，振長策而馭宇內，吞二周而亡諸侯，履至尊而制六合，執捶拊以鞭笞天下，威振四海。南取百越之地，以為桂林、象郡；百越之君，俛首係頸，委命下吏；乃使蒙恬北築長城而守藩籬，卻匈奴七百餘里；胡人不敢南下而牧馬，士不敢彎弓而報怨。於是廢先王之道，燔百家之言，以愚黔首；隳名城，殺豪俊，收天下之兵，聚之咸陽，銷鋒鍉，鑄以為金人十二，以弱天下之民。然後踐華為城，因河為池，據億丈之城，臨不測之谿以為固。良將勁弩，守要害之處；信臣精卒，陳利兵而誰何？天下已定，始皇之心，自以為關中之固，金城千里，子孫帝王萬世之業也。

始皇既沒，餘威震於殊俗。然而陳涉，甕牖繩樞之子，甿隸之人，而遷徙之徒也，才能不及中人，非有仲尼、墨翟之賢，陶朱、猗頓之富，躡足行伍之間，倔起阡陌之中，率罷散之卒，將數百之眾，轉而攻秦；斬木為兵，揭竿為旗，天下雲集而響應，贏糧而景從。山東豪俊，遂並起而亡秦族矣。

且夫天下非小弱也，雍州之地，殽函之固，自若也；陳涉之位，非尊於齊、楚、燕、趙、韓、魏、宋、衛、中山之君也；鋤耰棘矜，非銛於鉤戟長鎩也；謫戍之眾，非抗於九國之師也；深謀遠慮，行軍用兵之道，非及曩時之士也；然而成敗異變，功業相反也。試使山東之國，與陳涉度長絜大，比權量力，則不可同年而語矣；然秦以區區之地，致萬乘之權，招八州而朝同列，百有餘年矣；然後以六合為家，殽函為宮，一夫作難而七廟隳，身死人手，為天下笑者，何也？仁義不施，而攻守之勢異也。（〈過秦論〉，六冊十一課）

此文旨在論秦之過在於「仁義不施，攻守之勢異」，爲了要論說這個主旨，作者特先以第一、二段寫「攻」，第三、四段寫「守」，以見「攻守之勢異」，而又於第三段中述「仁義不施」的事實，於第四段述「仁義不施」的結果；再以第五段利用前四段所陳列材料，將六國、秦與陳涉，比權量力一番，以見出「成敗異變，功業相反」的情形，進而逼出一篇的主旨來。林西仲說：「秦之過，止在結語『仁義不施，而攻守之勢異』二句，通篇全不提破，千迴萬轉之後，方徐徐說出便住。從來古文無此作法，尤妙在論秦之强處，重重疊疊，說了無數，纔轉入陳涉；又將陳涉之弱處，重重疊疊，說了無數，再轉入六國（案：六國之强已述於第二段）；然後以秦之能攻不能守處，作一問難，迫出正意。段段看來，都是到水窮山盡之際，得絕處逢生之妙。」（《古文析義》卷三）由此可概見此文運用「先目後凡」法的奧妙。

三、由凡而目而凡者

這是將上述「先凡後目」與「先目後凡」兩法加以疊用，形成「合、分、合」或「整、零、整」結構的一種敍寫形式。這種形式因合「點題」、「分述」、「總結」的一般寫作要求，所以被採用得最爲普遍。用於節段者，如：

大匠畫成這個「靜湖」，用的全是藍色。第一筆用淡藍畫出湖水；第二筆加了一些顏色，用深藍畫出山峯；第三筆又減去一些顏色，用淺藍畫出天空來。三筆的靜靜畫幅中，斜躺著一個下工後疲倦不堪的動物。（〈哲學家皇帝〉，一冊八課）

作者在這節文字裡，先以「大匠畫成這個『靜湖』，用的全是藍色」兩句，概括地述明大匠畫成「靜湖」所用的色彩；再條分爲三，依序運用藍色的淡、深、淺來畫出湖水、山峯與天空的情形；然後以「三筆的靜靜畫幅中」兩句，又作個總括，帶自己入畫。這樣以「凡、目、凡」的形式來寫，將「靜湖」的環境描摹得極爲分明、優美。次如：

聖人無常師，孔子師郯子、萇弘、師襄、老聃。郯子之徒，其賢不及孔子。孔子曰：「三人行，則必有我師。」是故弟子不必不如師，師不必賢於弟子。聞道有先後，術業有專攻，如是而已。（〈師說〉，一冊十二課）

這是〈師說〉一課的第六段。這段文字，先以「聖人無常師」一句作一總冒；再分別舉孔子「無常師」的事實與言論爲例，加以說明；然後由此得出「是故弟子不必不如師」五句結論。這顯然也是採「凡、目、凡」的形式寫成的。再如：

諸君要嘗學問的趣味嗎？據我所經歷過的，有下列幾條路應走：

第一、無所為——趣味主義最重要的條件是「無所為而為」。凡有所為而為的事，都是以別一件事為目的而以這一件事為手段，為達目的起見，勉強用手段；目的達到時，手段便拋卻。例如：學生為畢業證書而做學問，著作家為版權而做學問，這種做法，便是以學問為手段，便是有所為；有所為雖然有時也可以為引起趣味的一種方便，但到了趣味真發生時，必定要和「所為者」脫離關係。你問我：「為什麼做學問？」我便答道：「不為什麼。」再問，我便答道：「為學問而學問。」或者答道：「為我的趣味。」諸君切勿以為我這些話是掉弄玄虛，人類合理的生活本來如此。小孩子為什麼遊戲？為遊戲而遊戲。人為什麼生活？為生活而生活。為遊戲而遊戲，遊戲便有趣；為體操分數而遊戲，遊戲便無趣。

第二、不息——「鴉片煙怎樣會上癮？」「天天喫。」「上癮」這兩個字，和「天天」這兩個字是離不開的。凡人類的本能，只要那部分擱久了不用，他便會麻木會生鏽。十年不跑路，兩條腿一定會廢了；每天跑一點鐘，跑上幾個月，一天不跑時，腿便發癢。人類為理性的動物，「學問慾」原是固有本能之一種；只怕你出了學校便和學問告辭，把所有經管學問的器官一齊打落冷宮，把學問的胃口弄壞了，便山珍海味擺在面前也不願意動筷子。諸君啊！諸君倘若現在從事教育事業或將來想從事教育事業，自然沒有問題，很多機會來培養你的學問胃口。若是做別的職業呢？我勸你每日除本業正當勞作之外，最少總要騰出一點鐘，研究你所嗜好的學問。一點鐘那裡不消耗了，千萬不要錯過，鬧成「學問胃弱」的症候，白白自己剝奪了一種人類應享之特權啊！

第三、深入的研究——趣味總是慢慢的來，越引越多；像倒吃甘蔗，越往下纔越得好處。假如你雖然每天定有一點鐘做學問，但不過拏來消遣消遣，不帶有研究精神，趣味便引不起來。或者今天研究這樣，明天研究那樣，趣味還是引不起來。趣味總是藏在深處，你想得著，便要入去。這個門穿一穿，那個窗戶張一張，再不會看見

「宗廟之美，百官之富」，如何能有趣味？我方纔說：「研究你所嗜好的學問。」嗜好兩字很要緊。一個人受過相當的教育之後，無論如何，總有一兩門學問和自己脾胃相合，而已經懂得大概，可以作加工研究之預備的。請你就選定一門作為終身正業（指從事學者生活的人說），或作為本業勞作以外的副業（指從事其他職業的人說）。不怕範圍窄，越窄越便於聚精神；不怕問題難，越難越便於鼓勇氣。你只要肯一層一層的往裡面追，我保你一定被他引到「欲罷不能」的地步。

第四、找朋友——趣味比方電，越摩擦越出。前兩段所說，是靠我本身和學問本身相摩擦；但仍恐怕我本身有時會停擺，發電力便弱了。所以常常要仰賴別人幫助。一個人總要有幾位共事的朋友，同時還要有幾位共學的朋友。共事的朋友，用來扶持我的職業；共學的朋友和共玩的朋友同一性質，都是用來摩擦我的趣味。這類朋友，能夠和我同嗜好一種學問的自然最好，我便和他搭夥研究。即或不然——他有他的嗜好，我有我的嗜好只要彼此都有研究精神，我和他常常在一塊或常常通信，便不知不覺把彼此趣味都摩擦出來了。得著一兩位這種朋友，便算人生大幸福之一。我想只要你肯找，斷不會找不出來。

我說這四件事，雖然像是老生常談，但恐怕大多數人都不曾這樣做。（〈學問的趣味〉，一冊十三課）

這數段文字，從整體看，可分為三個部分。其中「諸君要嘗學問的趣味嗎」三句，是總括（凡）的部分；「第一、無所為」、「第二、不息」、「第三、深入的研究」、「第四、找朋友」等四段，是分述（目）的部分；而「我說這四件事」三句，則又是總括（凡）的部分。這三個部分以「凡、目、凡」的形式組合，篇幅雖長，卻使人一目了然，很容易掌握要旨。又如：

予觀夫巴陵勝狀，在洞庭一湖。銜遠山，吞長江，浩浩湯湯，橫無際涯，朝暉夕陰，氣象萬千；此則岳陽樓之大觀也，前人之述備矣。（〈岳陽樓記〉，二冊七課）

在這節文字裡，作者先以「巴陵勝狀」兩句，泛述巴陵郡的「勝狀」全集中於「洞庭一湖」上，這是「凡」的部分；然後依次就形勢（目一）、水面（目二）與氣象（目三），分別具寫它的「勝狀」，這是「目」的部分；繼而以「此則岳陽樓之大觀也」一句加以總括，從而領出「前人之述備矣」一句，交代自己撇開「大觀」（即勝狀）不一一細寫的原因，這是「凡」的部分。敍次由凡而目而凡，把這節文字照應得非常周到。末如：

我以為曲有四弊：頹廢、鄙陋、荒唐、纖佻。頹廢與鄙陋如上所述。荒唐是由頹廢生出來的。人一頹廢了，就把是非真偽都不當回事，胡天胡帝，信口雌黃。這種情形，在散曲裡較少，在劇曲裡較多。試把元人雜劇及有名的幾種南戲傳奇翻閱一遍，就可以發現許多荒唐謬悠的地方，如關目結構之無情無理，時代地理人物官爵之顛倒錯亂。這不完全是作者的知識不夠，而是他們根本不想去注意這些事。纖佻則是淫靡風氣的反映，是從抒寫男女之情上生出來的毛病。古今中外的文學，沒有不寫男女之情的，這是正當而優美的人類情感，無可非議。但在寫出來的時候，要寫得蘊藉深厚，若寫得太露太盡而流於纖佻輕薄，那就失去其正當優美。元明曲裡邊，每涉到男女之情，常是容易犯這種毛病，於是連累到整個的曲。近代戲曲小說專家馬隅卿先生，就曾自名其藏書室為「不登大雅之堂」。這四弊，儘夠說明曲所表現的是中國文化衰落時期一般文人對於現實的反應。這四弊使曲的氣質駁雜，而不免成為一個惡少。（〈詞曲的特質〉，六冊十三課）

作者在此，先直接泛指曲之「四弊」在於「頹廢、鄙陋、荒唐、纖佻」，再依次分述這「四弊」發生的實情，然後綜合這「四弊」，進一層指出這是使曲不免成爲「惡少」的原因。而在分述的部分裡，由於「頹廢」與「鄙陋」，在這節文字前已經以「政治的黑暗情形，社會的畸形狀態、暴君之昏虐，特權階級如元之蒙古人，明之藩王及豪紳，與一部分疆臣吏胥之貪縱不法，使有心之士，對於現實生出一種厭惡恐怖與悲憫交織而成的苦悶。它們受不了這種苦悶，而又打不開它，於是頹廢下去。頹廢的結果便是淫靡。同時又有一般人，很熱中而又不得志。於是或者假撇清，滿心功名富貴，滿口山林泉石；或者怨天尤人，大發牢騷。旁人看去，則只見其鄙陋無聊」等句加以敍述，因此在這兒，僅分述「頹廢與鄙陋如上所述」一句即予撇開。至於荒唐、纖佻，則是作者新提出的觀點，所以各作了相當程度的說明，使讀者能對「四弊」有所了解，進而認清曲的本質，以免受「四弊」之毒而不自知，用心可謂良苦。用於全篇者，如：

人之行為，循一定之標準，而不至彼此互相衝突，前後判若兩人者，恃乎其有所信。顧信亦有別：曰理信，曰迷信。差以毫釐，失之千里，不可不察也。

種瓜得瓜，種豆得豆；有是因而後有是果，盡人所能信也。昧理之人，於事理之較為複雜者，輒不能瞭然於其因果之相關，則妄歸其因於不可知之神，而一切倚賴之。其屬於幸福者，曰是神之喜而佑我也；其屬於不幸福者，曰是神之怒而禍我也。於是求所以喜神而免其怒者：祈禱也，祭告也，懺悔也，立種種事神之儀式，而於其所求之果，渺不相涉也。然而人顧信之，是迷信也。

礎潤而雨，徵諸溼也；履霜堅冰至，驗諸寒也；敬人者人恆敬之，愛人者人恆愛之，符諸情也。見是因而知其有是果，亦盡人所能信也。昧理之人，既歸其一切之因於神，而神之情不可得而實測也。於是不勝其徼幸之心，而欲得一神人間之媒介，以為窺測之機關，遂有巫覡、卜人、星士之屬，承其乏而自欺以欺人：或託為天使，或誇為先知，或卜以龜蓍，或占諸星象，或說以夢兆，或觀其氣色，或推其誕生年月日時，或相其先人之墳墓，要皆為種種預言之準備，而於其所求果之真因，又渺不相涉也。然而人顧信之，是亦迷信也。

理信則不然。其所見為因果相關者，常積無數之實驗，而歸納以得之，故恆足以破往昔之迷信。例如：日食、月食，昔人所謂天之警告也；今則知為月影、地影之偶蔽，而可以預定其再見之時。疫癘，昔人所視為神譴者也；今則知為微生物之傳染，而可以預防。人類之所以首出萬物者，昔人以為天神創造之時，賦畀獨厚也；今則知人類為生物進化中之一級，以其觀察自然之能力，同類互相之感情，均視他種生物為進步，故程度特高也。是皆理性之證也。

人能袪迷信而持理信，則可以省無謂之營求及希冀，以專力於有益社會之事業，而日有進步矣。（〈理信與迷信〉，二冊三課）

此文於第一段直接破題，指明理性與迷信有別，不可差以毫釐，失之千里，以引發下文的論述，這是總括（凡）的部分。於第二、三段，先以衆人直接媚神、求神的行爲，指爲迷信；再以間接問、求「神人間之媒介」——巫覡、卜人、星士的行爲，指爲迷信；這是條分一（目一）的部分。於第四段論得自實驗與歸納的理性，足以破除古今的種種迷信，促進人類的進步，這是條分二（目二）的部分。於末段總括上文，點明「祛迷信而持理信」以謀全人類幸福的主旨，這是總括（凡）的部分。全文由凡而目而凡，結構至爲嚴謹。次如：

六國破滅，非兵不利，戰不善，弊在賂秦。賂秦而力虧，破滅之道也。或曰：「六國互喪，率賂秦耶？」曰：「不賂者以賂者喪。蓋失強援，不能獨完。故曰，弊在賂秦也。」

秦以攻取之外，小則獲邑，大則得城。較秦之所得，與戰勝而得者，其實百倍；諸侯之所亡，與戰敗而亡者，其實亦百倍；則秦之所大欲，諸侯之所大患，固不在戰矣。思厥先祖父，暴霜露，斬荊棘，以有尺寸之地。子孫視之不甚惜，舉以予人，如棄草芥。今日割五城，明日割十城，然後得一夕安寢；起視四境，而秦兵又至矣！然則諸侯之地有限，暴秦之欲無厭，奉之彌繁，侵之愈急，故不戰而強弱勝負已判矣。至於顛覆，理固宜然。古人云：「以地事秦，猶抱薪救火，薪不盡，火不滅。」此言得之。

齊人未嘗賂秦，終繼五國遷滅，何哉？與嬴而不助五國也。五國既喪，齊亦不免矣。燕、趙之君，始有遠略，能守其土，義不賂秦。是故燕雖小國而後亡，斯用兵之效也。至丹以荊卿為計，始速禍焉。趙嘗五戰於秦，二敗而三勝。後秦擊趙者再，李牧連卻之。洎牧以讒誅，邯鄲為郡；惜其用武而不終也。且燕、趙處秦革滅殆盡之際，可謂智力孤危，戰敗而亡，誠不得已。向使三國各愛其地，齊人勿附於秦，刺客不行，良將猶在，則勝負之數，存亡之理，與秦相較，或未易量。嗚呼！以賂秦之地，封天下之謀臣；以事秦之心，禮天下之奇才；並力西嚮，則吾恐秦人食之不得下咽也。悲夫！有如此之勢，而為秦人積威之所劫，日削月割，以趨於亡。為國者，無使為積威之所劫哉！

夫六國與秦皆諸侯，其勢弱於秦，而猶有可以不賂而勝之勢；苟以天下之大，而從六國破亡之故事，是又在六國下矣。（〈六國論〉，四冊八課）

作者在這篇文章裡，首先以起段指明六國敗亡的原因在於「賂秦」，而「不賂者以賂者喪」，以統攝下文，這是「凡」的部分；接著以第二段承起段，論諸侯之大喪在於「賂秦」，以第三段承起段，論「不賂者以賂者喪」，且代六國籌畫一番，為末段伏脈，這是「目」的部分；然後以末段總結上文，認為六國有「可以不賂而勝之勢」，從反面作收，逼出一篇主旨，以諷當時（北宋）賂敵（契丹）的退怯政策，這是「凡」的部分。過商侯說：「前幅推原事秦之弊，後幅爲六國籌畫一番，歸到正旨作結。蓋宋是時歲輸弊以賂契丹。老泉全是借六國以諷宋。」（《古文評註》卷十一）看法極爲正確。又如：

臣聞吏議逐客，竊以為過矣。

昔繆公求士，西取由余於戎，東得百里奚於宛，迎蹇叔於宋，來丕豹、公孫支於晉。此五子者，不產於秦，繆公用之，並國二十，遂霸西戎。孝公用商鞅之法，移風易俗，民以殷盛，國以富彊，百姓樂用，諸侯親服，獲楚魏之師，舉地千里，至今治彊。惠王用張儀之計，拔三川之地，西并巴蜀，北收上郡，南取漢中，包九夷，制鄢郢，東據成皐之險，割膏腴之壤，遂散六國之從，使之西面事秦，功施到今。昭王得范雎，廢穰侯，逐華陽，彊公室，杜私門，蠶食諸侯，使秦成帝業。此四君者，皆以客之功。由此觀之，客何負於秦哉？向使四君卻客而不內，疏士而不用，是使國無富利之實，而秦無彊大之名也。

今陛下致昆山之玉，有隨和之寶，垂明月之珠，服太阿之劍，乘纖離之馬，建翠鳳之旗，樹靈鼉之鼓。此數寶者，秦不生一焉，而陛下說之何也？必秦國之所生然後可，則是夜光之璧，不飾朝廷；犀象之器，不為玩好；鄭衛之女，不充後宮；而駿良駃騠，不實外廏；江南金錫不為用，西蜀丹青不為采。所以飾後宮，充下陳，娛心意，說耳目者，必出於秦然後可，則是宛珠之簪，傅璣之珥，阿縞之衣，錦繡之飾，不進於前；而隨俗雅化，佳冶窈窕，趙女不立於側也。夫擊甕叩缶，彈箏搏髀，而歌呼嗚嗚快耳者，真秦之聲也。鄭、衛、桑間、韶虞、武象者，異國之樂也。今棄擊甕叩缶而就鄭衛，退彈箏而取韶虞，若是者何也？快意當前，適觀而已矣！今取人則不然，不問可否，不論曲直，非秦者去，為客者逐。然則是所重者在乎色樂珠玉，而所輕者在乎民人也！此非所以跨海內，制諸侯之術也！

臣聞地廣者粟多，國大者人眾，兵彊者則士勇。是以泰山不讓土壤，故能成其大；河海不擇細流，故能就其深；王者不卻眾庶，故能明其德。是以地無四方，民無異國，四時充美，鬼神降福。此五帝三王之所以無敵也。今乃棄黔首以資敵國，卻賓客以業諸侯，使天下之士，退而不敢西向，裹足不入秦，此所謂藉寇兵而齎盜糧者也。

夫物不產於秦，可寶者多；士不產於秦，而願忠者眾。今逐客以資敵國，損民以益讎，內自虛而外樹怨於諸侯，求國無危，不可得也。（〈諫逐客書〉，四冊十二課）

這一篇文章，自古以來，即被公認爲是演繹（先凡後目）作法的代表作。其實，只要稍予分析，便可曉得它是採「由凡而目而凡」的形式所寫成的。因爲在此文的末尾九句裡，「夫物不產於秦，可寶者多」兩句，是用以上收「今陛下致昆山之玉」一段的；「士不產於秦，而願忠者衆」，是用以上收「昔繆公求士」一段的；「今逐客以資敵國」五句，是用以上收「臣聞地廣者粟多」一段的。這與篇首「吏議逐客，竊以爲過矣」兩句話，可說一啓一收，首尾圓合，就結構來說，都屬於「凡」的部分。至於它的中間部分，則先以「昔繆公求士」一段，舉秦古來所用客卿爲例，列出史實，從反面見出逐客之非；再以「今陛下致昆山之玉」一段，舉秦所用「物產」——珠寶、美女、良馬與音樂爲例，進一步說明「不論曲直，非秦者去，爲客者逐」的錯誤；繼而以「臣聞地廣者粟多」一段，舉五帝三王之所以無敵爲例，指出逐客將有「棄黔首以資敵國」的嚴重後果，再進一步證出逐客之非；這是「目」的部分。這樣以「凡、目、凡」來看此文形式，似乎比「先凡後目」來得妥當些。

結語

綜上所述，可知無論是節段或全篇，在組織思想材料時，都常用到最爲基本的凡目法，以使文章條理化。而運用起來，雖有單軌如上舉的〈採桑子〉、雙軌如上舉的〈過秦論〉、多軌如上舉〈答司馬諫議書〉的一節，種種不同，但其巧妙是一樣的。假使教師在上課時，能隨文提示學生，以此爲基礎，進而全盤掌握文章的脈絡、結構，那麼，不但可深入課文的內容，提高他們的閱讀能力，也可以運用在寫作上，增進他們的寫作本領。這樣說，該不會太過誇張吧！

（原載民國八十一年四月《第一屆臺灣地區國語文教學學術研討會論文集》，頁二二九～二五四）

凡目法在國中國文課文裡的運用

所謂的「凡」，指的是「總括」；而「目」則是「條分」的意思。以凡（總括）目（條分）法來組合詞章材料，可說由來已久，且極其普遍。即以現行國中國文課本所選的課文而言，便有不少是採用這個方法來組合材料的。以下就分「先凡後目」、「先目後凡」、「由凡而目而凡」三種，舉例略作說明如左。

一、先凡後目者

這是將主旨或綱領安置在前端，作個總括，然後條分為若干部分，以敍明主旨或綱領的一種寫作形式。這種形式，在古時稱為外籀，今則通稱演繹。由於它有開門見山的好處，因此在古今人的作品裡，都相當常見。就以現行國中國文課文來說，也不例外。其中用於節段的，如：

水陸草木之花，可愛者甚蕃。晉陶淵明獨愛菊。自李唐來，世人盛愛牡丹。予獨愛蓮之出淤泥而不染，濯清漣而不妖；中通外直，不蔓不枝；香遠益清，亭亭淨植，可遠觀而不可褻玩焉。（〈愛蓮說〉，第二冊）

這是〈愛蓮說〉一文的首段。作者在此，首先以開端兩句作一總括，然後由賓而主地舉出可愛的菊、牡丹與蓮三種花，以說明自己與衆人喜愛之不同。敍次由凡而目，非常明晰。又如：

差不多先生的相貌，和你和我都差不多。他有一雙眼，但看的不很清楚；有兩隻耳朵，但聽的不很分明；有鼻子和嘴，但他對於氣味和口味都不很講究；他的腦子也不小，但他的記性卻不很精明，他的思想也不細密。（〈差不多先生傳〉，第三冊）

在這段文字裡，作者先以「差不多先生的相貌，和你和我都差不多」兩句作一泛述，再依次就眼睛、耳朵、鼻子和嘴、腦子，來細寫他的相貌。用的正是先凡後目的方法。再如：

無如人之常情，惡勞而好逸，甘食褕衣，玩日愒歲。以之為農，則不能深耕而易耨；以之為工，則不能計日而效功；以之為商，則不能乘時而趨利；以之為士，則不能篤志而力行；徒然食息於天地之間，是一蠹耳。（〈勤訓〉，第五冊）

作者在這段文字裡，先說「惡勞而好逸，甘食褕衣，玩日愒歲」為人之常情，這是「凡」的部分；然後依次就農、工、商、士四民，分別作進一步的說明，這是「目」的部分。這樣以先凡後目的形式來寫，條理格外清晰。末如：

我們翻開歷史來看，古今中外，幾多聖賢豪傑，那一個不是從吃苦中磨鍊出來的？佛世尊身為王子，多福多樂，獨願捨家入山，苦修六年，睡在曠野中、樹林下，穿著死人遺下的衣服，每日僅吃幾粒豆子、幾粒芝麻，維持生命；這是多麼苦惱，而他獨處之泰然，所以成為教主。孔子一車兩馬，周遊天下，寧受天下揶揄，而救世之心終不稍減，奔波之苦，迄未掛懷。這種吃苦的精神，尤其是我們應該效法的。再看晉朝名臣陶侃，他怕生活過於鬆散，每天要搬磚頭；英國名相格蘭斯頓，每日午飯後要劈一點鐘的柴。難道他們一個要做瓦匠，一個要做火夫嗎？笑話，笑話，他們決不是的。他們不過借此鍛鍊吃苦的精神，恐怕身體安逸了，將來不能做事。他們的用心

是很深遠的。(〈享福與吃苦〉，第六冊)

這段文字，先泛論古今中外的聖賢豪傑，沒有一個不是從吃苦中磨鍊出來的，再舉佛世尊、孔子、陶侃和格蘭斯頓等中外的聖賢豪傑爲例，依次作具體的說明。敍次和上舉數例一樣，也極清楚。用於全篇者，如：

余憶童稚時，能張目對日，明察秋毫。見藐小微物，必細察其紋理，故時有物外之趣。

夏蚊成雷，私擬作羣鶴舞空，心之所向，則或千或百，果然鶴也；昂首觀之，項為之強。又留蚊於素帳中，徐噴以煙，使之沖煙飛鳴，作青雲白鶴觀；果如鶴唳雲端，為之怡然稱快。

又常於土牆凹凸處，花臺小草叢雜處，蹲其身，使與臺齊；定神細視，以叢草為林，蟲蟻為獸，以土礫凸者為丘，凹者為壑，神遊其中，怡然自得。

一日，見二蟲鬥草間，觀之，興正濃，忽有龐然大物，拔山倒樹而來，蓋一癩蝦蟆也。舌一吐而二蟲盡為所吞。余年幼，方出神，不覺呀然驚恐。神定，捉蝦蟆，鞭數十，驅之別院。(〈兒時記趣〉，第一冊)

這篇文章共分四段：首段直接用回憶之筆，由因而果，拈出「物外之趣」四字，作爲一篇之綱領，這是「凡」的部分。次段以一羣蚊子爲例，細察牠們的紋理，把牠們擬作「羣鶴舞空」、「鶴唳雲端」，寫出作者獲得「項爲之强」、「怡然稱快」的這種「物外之趣」的情形，這是「目」一的部分。三段以土牆凹凸處的叢草、蟲蟻爲例，細察它（牠）們的紋理，把叢草擬作樹林、蟲蟻擬作野獸，寫出作者獲得「怡然自得」的這種「物外之趣」的情形，這是「目」二的部分。末段以草間的二蟲與癩蝦蟆爲例，細察牠們的紋理，把癩蝦蟆擬作龐然大物，舌一吐，便盡吞二蟲，寫出作者獲得「捉蝦蟆，鞭數十，驅之別院」的這種「物外之趣」的情形，這是「目」三的部分。很明顯地，這是採先凡後目的形式所寫成的作品。又如：

> 講到中國固有的道德，中國人至今不能忘記的，首是「忠孝」，次是「仁愛」，其次是「信義」，再其次是「和平」。這些舊道德，中國人至今還是常講的。但是現在受外來民族的壓迫，侵入了「新文化」，那些新文化的勢力，此刻横行中國。一般醉心新文化的人，便排斥舊道德，以為有了新文化，便可以不要舊道德。不知道我們固有的東西，如果是好的，當然是要保存，不好的才可以放棄。此刻中國正是新舊潮流相衝突的時候，一般國民都無所適從。前幾天我到鄉下，進了一所祠堂，看見廳堂

右邊有一個「孝」字，左邊便一無所有，我想從前必定有一個「忠」字，所折的痕迹還很新鮮。由此便可見現在一般人民的思想，以為到了民國，便可以不講「忠」字。以為從前講「忠」字，是對於君的，所謂「忠君」；現在沒有君主，「忠」字便可以不用，所以便把它折去。這種理論，實在是誤解。因為在國家之內，君主可以不要，「忠」字是不能不要的。我們做一件事，總要始終不渝，做到成功；如果做不成功，就是把性命去犧牲，亦所不惜，這便是「忠」。所以古人講「忠」字，推到極點便是一死。我們在民國之內，照道理上說，還是要盡忠。不忠於君，要忠於國，要忠於民，要為四萬萬人去效忠。為四萬萬人效忠，比較為一人效忠，自然是高尚得多；故「忠」字的好道德，還是要保存。講到「孝」字，我們中國尤為特長，比世界各國進步更多。孝經所講「孝」字，幾乎無所不包，無所不至。現在世界中最文明的國家，講到「孝」字，還沒有像中國講到這麼完全，所以「孝」字更是不能不要的。國民在民國之內，要能把「忠孝」二字講到極點，國家便自然可以強盛。

「仁愛」也是中國的好道德。古時最講「愛」字的，莫過於墨子，墨子所講的「兼愛」，與耶穌所講的「博愛」是一樣的。古時在政治一方面所講「愛」的道德，有所謂「愛民如子」，有所謂「仁民愛物」，無論對於什麼事，都是用「愛」字去包括。所以古人對於仁愛，究竟是怎麼樣實行，便可以知道。中外交通之後，一般人便以為中國人所講的仁愛，不及外國人，因為外國人在中國設立學校，開辦醫院，來教育中國人，救濟中國人，都是實行仁愛的。照這樣實行一方面講起來，仁愛的好道德，中國現在似乎不如外國。中國所以不如的緣故，不過是中國人對於仁愛沒有外國人那樣實行，但是仁愛還是中國的舊道德。我們要學外國，祇要學他們那樣實行，把仁愛恢復起來，再去發揚光大，便是中國固有的精神。

講到「信義」，中國古時對於鄰國和對於朋友，都是講信義的。依我看來，就「信」字一方面的道德說，中國人實在比外國人好得多。在什麼地方可以看得出來呢？在商業的交易上，便可以看得出。中國人交易，沒有什麼契約，祇要彼此口頭說一句話，便有很大的信用。比方外國人和中國人訂一批貨，彼此不必立合同；祇要記入帳簿便算了事。但是中國人和外國人訂一批貨，彼此便要訂立很詳細的合同；如果在沒有律師和沒有外交官的地方，外國人也有學中國人一樣記入帳簿便算了事的。譬如訂貨的時候，那批貨價訂明是一萬元，在交貨的時候，只值五千元；若是收受那批貨便要損失五千元。推到當初訂貨的時候，沒有合同，中國人本來把所訂的貨，可以辭卻不要；但是中國人為履行信用起見，寧可自己損失五千元，不情願辭去那批貨。所以外國在中國內地做生意很久的人，常常讚美中國人，說中國人講一句話，比外國人立了合同的，還要守信用得多。至於講到「義」字，中國人在很強盛的時候，也沒有完全去滅人國家，比方從前的高麗，名義上是中國的藩屬，實在是一個獨立國家。就是在二十年以前，高麗還是獨立；到了近來一、二十年，高麗才失去自由。對於高麗的獨立，日本和中國立過馬關條約，是日本所發起、所要求，且以兵力脅迫而成的。結果日本食言而肥，何信義之有呢？中國強了幾千年，而高麗猶在；日本強了不過二十年，便把高麗滅了。由此便可見日本的信義不如中國，中國所講的信義，比外國要進步得多。

中國更有一種好的道德，是愛「和平」。現在世界上的國家和民族，祇有中國是講和平，外國都是講戰爭，主張帝國主義，去滅人的國家。近年因為經過許多大戰，殘殺太大，才主張免去戰爭，開了好幾次和平會議。像從前的海牙會議，歐戰之後的華賽爾會議、金那瓦會議、華盛頓會議，最近的洛桑會議。但這些會議，各國人士共同去講和平，是因為怕戰爭，出於勉強而然的，不是出於一般國民的天性。中國人幾千年酷愛和平，都是出於天性。論到個人，便重謙讓；論到政治，便說「不嗜殺人者能一之」，和外國人便有大大的不同。所以中國從前的忠孝、仁愛、信義種種的舊道德，固然是駕乎外國人，說到和平的道德，更是駕乎外國人。這種特別的好道德，便是我們民族的精神。我們以後對於這種精神，不但是要保存，並且要發揚光大，然後我們民族的地位才可以恢復。(三〈恢復中國固有道德〉，第三冊)

此文凡分五段，作者首先在起段指明中國固有的道德是忠孝、仁愛、信義、和平；然後於二、三、四、五等段，分就忠孝、仁愛、信義、和平，詳細說明它們的意義與踐行的方法，以期能一一把它們發揚光大，恢復我們民族的地位。所謂「綱擧目張」，條理極爲清晰。

二、先目後凡者

這是將思想材料先條分爲若干部分，依次敍寫於前，然後才將主旨或綱領提明於後的一種寫作形式。這種形式，古時稱爲內籀，今則通稱歸納。由於它有逐步引人入勝的優點，所以在古今人的作品裡，也可以時常見到。用於節段的，如：

吾資之昏，不逮人也；吾材之庸，不逮人也。旦旦而學之，久而不怠焉；迄乎成，而亦不知其昏與庸也。吾資之聰，倍人也；吾材之敏，倍人也。屏棄而不用，其昏與庸無以異也。然則昏庸聰敏之用，豈有常哉？（〈為學一首示子姪〉，第三冊）

在這段文字裡，作者先論昏與庸「旦旦而學」的結果，再論聰與敏「屏棄不用」的後果，然後將昏庸、聰敏總括起來加以論述，指出昏庸、聰敏是無常的，不可恃的，以見「爲學」的重要。敘次由目而凡，雖與先凡後目者相反，但同樣地，都富於條理。又如：

庭中紫豆一叢，作花甚繁；芭蕉展葉，綠滿窗戶，紫薇久花，離離散紅。每晴晝晚陰，徙倚其下，此亦余之三友也。（〈越縵堂日記〉，第三冊）

作者在這則文字裡，先寫紫豆，次寫芭蕉，再寫紫薇，然後以「余之三友」作一總括。所謂「一筆兜裹」，手法極佳。再如：

賢於己者，問焉以破其疑，所謂「就有道而正」也。不如己者，問焉以求一得，所謂「以能問於不能，以多問於寡」也。等於己者，問焉以資切磋，所謂交相問難，審問而明辨之也。書不云乎？「好問則裕。」（〈問說〉，第四冊）

這是〈問說〉一文的第二段。作者在此，先分「賢於己者」、「不如己者」、「等於己者」來談「好問」，然後以《書經》「好問則裕」作一總結，以見「好問」的重要。這樣以先目後凡的形式來寫，將「好問則裕」的道理，說明得極其簡要，有著無比的說服力。末如：

孟子曰：「舜發於畎畝之中，傅說舉於版築之間，膠鬲舉於魚鹽之中，管夷吾舉於士，孫叔敖舉於海，百里奚舉於市。故天將降大任於斯人也，必先苦其心志，勞其筋骨，餓其體膚，空乏其身，行拂亂其所為：所以動心忍性，曾益其所不能。」（〈生於憂患死於安樂〉，第四冊）

孟子在這節文字裡，先以開端六句，列舉舜、傅說、膠鬲、管夷吾、孫叔敖與百里奚「生於憂患」的事蹟，再以「故天將降大任於斯人也」八句，說明人「生於憂患」的道理。這和上例一樣，採的是先目後凡的方法。用於全篇者，如：

每天，天剛亮時，我母親便把我喊醒，叫我披衣坐起。我從不知道她醒來坐了多久了。她看我清醒了，便對我說昨天我做錯了什麼事，說錯了什麼話，要我認錯，要我用功讀書。有時候，她對我說父親的種種好處。她說：「你總要踏上你老子的腳步，我一生只曉得這一個完全的人，你要學他，不要跌他的股。」她說到傷心處，往往掉下淚來。到天大明時，她才把我的衣服穿好，催我去上早學。學堂門上的鎖匙放在先生家裡，我先到學堂門口一望，便跑到先生家裡去敲門；先生家裡有人把鎖匙從門縫裡遞出來，我拿了跑回去，開了門，坐下念生書。十天之中，總有八、九天我是第一個去開學堂門的。等到先生來了，我背了生書，才回家吃早飯。

我母親管束我最嚴。她是慈母兼任嚴父。但她從來不在別人面前罵我一句，打我一下。我做錯了事，她只對我一望。我看見了她的嚴厲眼光，便嚇住了。犯的事小，她等到第二天早晨我睡醒時才教訓我。犯的事大，她等到晚上人靜時，關了房門，先責備我，然後行罰，或罰跪，或擰我的肉。無論怎樣重罰，總不許我哭出聲音來。她教訓兒子，不是借此出氣叫別人聽的。

有一個初秋的傍晚，我吃了晚飯，在門口玩，身上只穿著一件單背心。這時候，我母親的妹子玉英姨母在我家住，她怕我冷了，拿了一件小衫出來叫我穿上。我不肯穿，她說：「穿了吧！涼了。」我隨口回答：「娘（涼）什麼！老子都不老子呀。」我剛說了這句話，一抬頭，看見母親從家裡走出，我趕快把小衫穿上。但她已聽見這句輕薄的話了。晚上人靜後，她罰我跪下，重重地責罰了一頓。她說：「你沒有老子，是多麼得意的事！好用來說嘴！」她氣得坐著發抖，也不許我上牀去睡。我跪著哭，用手擦眼淚，不知擦進了什麼黴菌，後來足足害了一年多的眼翳病，醫來醫去，總醫不好。我母親心裡又悔又急，聽說眼翳可以用舌頭舔去，有一夜她把我叫醒，真用舌頭舔我的病眼。這是我的嚴師，我的慈母。

我在我母親的教訓之下住了九年，受了極大極深的影響。我十四歲（其實只有十二歲零兩三個月）便離開她了。在這廣漠的人海裡，獨自混了二十多年，沒有一個人管束過我。如果我學得了一絲一毫的好脾氣，如果我學得了一點點待人接物的和氣，如果我能寬恕人，體諒人，——我都得感謝我的慈母。（〈母親的教誨〉，第一冊）

本文凡分四段：起段採泛寫的方式，從每天天剛亮寫到天大明，由喊醒、指錯寫到催上學，以寫出他母親關心他學業，並在晨間於他犯事小時訓誨自己的情形，這是「目」一的部分。次段寫他母親是慈母兼嚴父的情形，以一面收起段，一面啓下段，充分地發揮接榫的作用。三段採具寫的方式，記一個夜晚，因自己穿衣說了輕薄話而受到重罰，以致生病的經過，寫出了他母親關心他健康，並在夜裡於他犯事大時訓誨自己的情形，這是「目」二的部分。末段爲「凡」的部分，作者在此，先用「我在母親的教訓之下住了九年」六句，寫自己三十多年來，除了母親之外，沒有受過任何人的管束，以見他母親的教誨對自己影響之大；然後以三個假設句作橋樑，領出「我都得感謝我的慈母」的一篇主旨，謙虛地表示，如果自己在做人方面有一些成就，都得歸功於他的慈母，以見他母親的偉大。又如：

人生什麼事最苦呢？貧嗎？不是。失意嗎？不是。老嗎？死嗎？都不是。我說人生最苦的事，莫若身上背著一種未了的責任。人若能知足，雖貧不苦；若能安分（不多作分外希望)，雖失意不苦；老、死乃人生難免的事，達觀的人看得很平常，也不算什麼苦。獨是凡人生在世間一天，便有應該做的事。該做的事沒有做完，便像是有幾千斤重擔子壓在肩頭，再苦是沒有的了。為什麼呢？因為受那良心責備不過，要逃躲也沒處逃躲呀！

答應人作一件事沒有辦，欠了人家錢沒有還，受了人家的恩惠沒有報答，得罪了人沒有賠禮，這就連這個人的面也幾乎不敢見他；縱然不見他的面，睡在夢裡，都像有他的影子來纏著我。為什麼呢？因為覺得對不住他呀！因為自己對他的責任，還沒有解除呀！不獨是對於一個人如此，就是對於家庭、對於社會、對於國家，乃至對於自己，都是如此。凡屬我受過他好處的人，我對於他便有了責任。凡屬我應該做的事，而且力量能夠做得到的，我對於這件事便有了責任。凡屬我自己打主意要做一件事，便是現在的自己和將來的自己立了一種契約，便是自己對於自己加一層責任。有了這責任，那良心便時時刻刻監督在後頭，一日應盡的責任沒有盡，到夜裡頭便是過的苦痛日子；一生應盡的責任沒有盡，便死也帶著苦痛往墳墓裡去。這種苦痛卻比不得普通的貧困老死，可以達觀排解得來。所以我說人生沒有苦痛便罷；若有苦痛，當然沒有比這個加重的了。

翻過來看，什麼事最快樂呢？自然責任完了，算是人生第一件樂事。古語說得好：「如釋重負」；俗語亦說是：「心上一塊石頭落了地」。人到這個時候，那種輕鬆愉快，真是不可以言語形容。責任越重大，負責的日子越久長，到責任完了時，海闊天空，心安理得，那快樂還要加幾倍哩！大抵天下事從苦中得來的樂才算真樂。人生須知道有負責任的苦處，才能知道有盡責任的樂處。這種苦樂循環，便是這有活力的人間一種趣味。卻是不盡責任，受良心責備，這些苦都是自己找來的。一翻過來，處處盡責任，便處處快樂；時時盡責任，便時時快樂。快樂之權，操之在己。孔子所以說：「無入而不自得」，正是這種作用。

然則為什麼孟子又說「君子有終身之憂」呢？因為越是聖賢豪傑，他負的責任越是重大；而且他常要把種種責任來攬在身上，肩頭的擔子從沒有放下的時節。曾子還說哩：「任重而道遠」，「死而後已，不亦遠乎？」那仁人志士的憂民憂國，那諸聖諸佛的悲天憫人，雖說他是一輩子感受苦痛，也都可以。但是他日日在那裡盡責任，便日日在那裡得苦中真樂，所以他到底還是樂，不是苦呀！

有人說：「既然這苦是從負責任而生的，我若是將責任卸卻，豈不是就永遠沒有苦了嗎？」這卻不然，責任是要解除了才沒有，並不是卸了就沒有。人生若能永遠像兩三歲小孩，本來沒有責任，那就本來沒有苦。到了長成，責任自然壓在你的肩頭上，如何能逃躲？不過有大小的分別罷了。盡得大的責任，就得大快樂；盡得小的責

任，就得小快樂。你若是要逃躲，反而是自投苦海，永遠不能解除了。（〈最苦與最樂〉，第二冊）

這篇文章共分五段，前兩段用以論「最苦」，從各個角度說明世上最苦的事莫過於身上背著未了的責任，這是「目」一的部分；三、四兩段用以論「最樂」，由常人說到聖賢豪傑，指出世上最樂的事莫過於繼續盡各種責任，這是「目」二的部分；末段為「凡」的部分，總括上面兩個條分（目）的部分，論「最苦與最樂」，認為「盡得大的責任，就得大快樂；盡得小的責任，就得小快樂。你若是要逃躲，反而是自投苦海，永遠不能解除」，以勉勵大家勇於不斷盡責，做個永遠快樂的人。這和上篇一樣，都是採先目後凡的形式所寫成的作品。

三、由凡而目而凡者

這是將上述「先凡後目」與「先目後凡」兩法加以疊用，形成「凡、目、凡」結構的一種寫作形式。這種形式因含「點題」、「分述（論）」、「總結」的一般寫作要求，所以被採用得最為普遍。用於節段者，如：

我所想的，是我在小學時代的幾個好朋友。吳村，是一個勤學的農家子。陳兆熊，是一家很大的鐘錶行的小老闆。李文虎，他父親是一位書法家。黃士雄，他父親是教育局長。胡漢傑，他家開的是雞蛋店。還有林湖，他父親是警員。一想到他們，我就覺得人生充滿了意義。我的那些朋友，使我的童年成為一篇動人的故事，永遠忘不了的。（〈父親的信〉，第一冊）

作者在這段文字裡，先總括地說：「我所想的，是我在小學時代的幾個好朋友」，以作爲引子，再分別提吳村、陳兆熊、李文虎、黃士雄、胡漢傑、林湖等六個朋友，然後以「一想到他們」五句，又作一總括，表出對他們的想念之情。敍次由凡而目而凡，十分分明。又如：

「數大」便是美，碧綠的山坡前幾千隻綿羊，挨成一片的雪絨，是美；一天的繁星，千萬隻閃亮的神眼，從無極的藍空中下窺大地，是美；泰山頂上的雲海，巨萬的雲峯在晨光裡靜定著，是美；大海萬頃的波浪，戴著各式的白帽，在日光裡動盪著，起落著，是美；愛爾蘭附近的那個「羽毛島」上棲著幾千萬的飛禽，夕陽西沈時只見一個「羽化」的大空，只是萬鳥齊鳴的大聲，是美……數大便是美。數大了似乎按照著一種自然律，自然地會有一種特別的排列，一種特別的節奏，一種特殊的式樣，激動我們審美的本能，激發我們審美的情緒。（〈志摩日記〉，第二冊）

在這段文字裡，作者先以「數大便是美」一句作一總冒，再依次以綿羊、繁星、雲峯、大海與飛禽等所形成之「美」，說明「數大便是美」，然後以「數大便是美」一句作一收束；這顯然是用「凡、目、凡」的形式所寫成的。再如：

第一次的感覺真奇妙。第一次去露營，第一次自己動手做飯，第一次坐火車，第一次坐噴射機，第一次看見雪，第一次看到自己的作品用鉛字印出來……。第一次的經驗不一定都愉快，但卻新鮮而刺激，使人回味無窮。（〈第一次真好〉，第一冊）

此段文字，先以「第一次的感覺眞奇妙」作個總括，再分別舉出「去露營」、「自己動手做飯」、「坐火車」、「坐噴射機」、「看見雪」、「看到自己的作品用鉛字印出來」的第一次經驗作例子，加以說明，然後以「第一次的經驗不一定都愉快」三句，又作個總括，所用的，當然也是「凡、目、凡」的方法。末如：

要知報紙論說稱為輿論，或稱為代表輿論，須得輿論自身的健全。

健全的條件，第一是動機純潔：凡因私的愛憎、私的利害、私的信仰而發為言論，無論所言所論的實質萬難動中事理，即使勉強自圓其說，民眾必因鄙其私而並惡其所圓之說。只有大智大慧才能不以人廢言；大眾的眼光裡，只以大公為好，以「便私」為壞。壞人說話，嗤之以鼻；好人說話，洗耳恭聽。從事言論的人，能大公無私，便是動機純潔。

第二條件是識見卓越：因為只有純潔的動機，而沒有豐富的學養、敏銳的觀察，則對於各種隱約的朕兆或昭著的事實，無論它的關係如何遠大，竟不知其為問題，或知其為問題，而不能理解其內蘊，不能判斷其是非，不能察知民意向背，不能供給解決方案。搖筆為文，泛泛論說，價值毫無，怎稱輿論？

第三條件是文才暢達：文字不過是工具，似乎不成為主要條件，但同樣的識見，有的寫來莫名其妙，使人沈沈欲睡；有的寫來沈著活潑，使人有「劍及履及」的情緒；有的限於文才，放馬後砲；有的一氣呵成，做急先鋒。如此說來，怎得菲薄工具？當然，只有才而沒有「第一」、「第二」條件的人，也不配主持筆政。

第四條件是膽氣橫逸：一篇極有價值可以傳之後世的論文，假使沒有發表的膽氣，則只有藏諸名山。藏諸名山那成輿論？退一步說，既不許藏諸名山，又不敢暢所欲言，於是含渾籠統，敷衍點綴，那不能完成輿論使命，更何待言？

總而言之，輿論自身的健全，必須具備上述四條件。動機純潔，然後才能黑白分明，正氣凜然。識見卓越，然後才能指導朝野，利國福民。文才暢達，然後才能鞭辟入裡，針針見血。膽氣橫逸，然後才能申張公道，不屈不撓。（〈報紙的言論〉，第六冊）

作者在這幾段文字裡，首先泛論報紙的言論需健全，這是「凡」的部分；接著分論健全的四個條件；首先是動機純潔，其次是識見卓越，再其次是文才暢達，末了是膽氣橫逸，這是「目」的部分；然後以「總而言之」三句作一總括，並領出「動機純潔」十二句，分別就健全的四個條件，論述它們的功效，這是「凡」的部分。敍次由凡而目而凡，和上三例是一樣的。用於全篇者，如：

「從今天起」這一句話，有兩層意思：一是我們認為不正當的事，不應當做的事，從今天起，就決定不再去做。二是我們認為正當的事，應當做的事，從今天起，便開始去做。

假如我們有一種不良的習慣，想要把它改了，而我們不下極大的決心，那不良的習慣，便時時刻刻會來引誘我們去做不正當的事，我們不去做，就要覺得十二分的不舒服，十二分的難過。如果我們因為不良習慣的引誘和驅使，而轉了一個念頭：「今天姑且做一次，明天不做了。」這「姑且做一次」的念頭，就是惡習慣戰勝我們的好機會，也便是惡習慣的根。古人說：「去惡，如農夫之務去草焉。」俗語說：「斬草不除根，春風吹又生。」所以我們要革除一種惡習慣，便須下一個極大的決心，從今天起，就不再做。那麼這種惡習慣就可以永久不再發生了。

反過來說，我們想要做一件正當的事，也要從今天起，便開始去做，莫存「今天過了還有明天」的心。為什麼呢？因為因循怠惰，是一條綑住手腳的繩子，它能使我們的事業永遠不能成功。假如我們要做一件正當的事，而不立刻去做，以為「將來做的時候多得很，今天不做，還有明天可做呢！」這樣一來，一次，二次，三次……就被因循怠惰的習慣所誤了。今天的事推到明天，明天又推到後天，一天一天的推下去，我們還有做成功的時候嗎？所以我們應當做的事，要從今天起，就開始去做。

古人說：「從前種種，譬如昨日死；以後種種，譬如今日生。」這句話中間，我們應當注意「昨日死」、「今日生」六個字。壞的我，在昨天已經死了，從今天起，便不再做壞事；好的我，今天才生，從今天起，就要做好事。佛家說：「放下屠刀，立地成佛。」假使想要成佛，而不能立刻放下屠刀，那成佛的希望，不過是幻想罷

了。（〈從今天起〉，第一冊）

這篇文章共分四段：首段提明「從今天起」的兩層意思，即㈠不應當做的事，從今天起，就不再去做。㈡應當做的事，從今天起，便開始去做，這是「凡」的部分；二、三兩段，分別就這兩層意思，加以詳細論說，其中二段用以論說第一層意思，三段用以論說第二層意思，這是「目」的部分；末段引古人的說法，就這兩層意思作一總括，勸人「放下屠刀（第一層意思），立地成佛（第二層意思）」，這是「凡」的部分。這樣以「凡、目、凡」的形式來寫，結構自然就特別嚴謹。又如：

我們常常聽見有人說，現今的世界是科學的世界。這句話的意思，是說現今的世界不但讓電燈、電話、輪船、火車、無線電、飛機——這些都是科學的發明——把我們的生活情形改變了；就是我們的一言一動，思想行為，也免不了受到科學的支配。換一句話說，做現今世界的人，必須具有科學的頭腦，不管你是科學家不是科學家。

怎樣才可以養成科學的頭腦呢？第一要注重事實。平常的人總是以耳為目，人云亦云。有科學頭腦的人便不然，他必定要考查一件事情的實在。如古書說：「燕太子丹朝於秦，秦王留之，與之誓曰：『使日再中，天雨粟，烏白頭，馬生角，乃得歸。』

當此之時，天地佑之，日為再中，天為雨粟，烏頭白，馬角生。」這一類的話，顯非事實，若不加考查，信以為真，便是沒有科學的頭腦。現今社會上還有許多奇怪的傳說，如鬼可以照相，孔子、耶穌可以降乩，甚至義和拳的法術可以使槍砲不能傷身之類，只要拿事實來考查一下，便可以不攻自破。事實是科學的根基，注重事實，便是養成科學的頭腦的第一條件。

第二要了解關係。天地間事物，總有一個因果的關係；不明白這個關係，要求無因之果，或是因果錯誤，便是迷信。俗語說：「種瓜得瓜，種豆得豆」，這種因果的關係是很明白的。不過在稍稍複雜的情形之下，我們就往往不容易明白關係的所在。譬如有了疾病，不請醫生而求祐於神道；希望後嗣繁榮，不注意教育而乞靈於風水。殊不知神道與疾病，風水與後嗣的繁榮，都沒有什麼關係的。科學是尋出事物關係的學問，能事事求出一個真正的關係，便是養成科學的頭腦的第二條件。

第三要精密正確。平常的人敘述一件事情，最喜歡用「大概」、「差不多」一類的詞語。有科學頭腦的人，則必用一定的數字來代表確實的量度。問你現在是什麼時候，你必須看一看銀，說現在是十二點三十分——如能說秒更好——不能說大概是十二點吧。問你的身長幾何，你必須回答一公尺五十二公分——如能說點幾更好——不能說大概一百五十公分吧。正確是一步不能放鬆的。許多科學的發明，都是從細微的比較中得來。所以精密與正確，也是養成科學的頭腦的必要條件。

第四是力求透徹。凡做一件事，必須考慮周詳；研究一種學問，必要尋根究柢，這就是所謂透徹。淺嘗輒止，或者半途自畫，都是成功的蟊賊，更不能算科學的頭腦。

以上四點，僅僅是個人日常生活上的幾種習慣，平淡無奇的，沒有什麼大了不起，可是它們卻是養成科學頭腦的必要條件。從來大科學家研究科學，沒有不是依賴它們而成功的。（〈科學的頭腦〉，第三冊）

此文凡分六段：起段直接破題，泛論現今世界的人必須具有科學的頭腦，這是「凡」的部分；二段至五段分論養成科學頭腦的四個必要條件，其中二段論「要注重事實」，三段論「要了解關係」，四段論「要精密正確」，五段論要「力求透徹」，這是「目」的部分；末段總括全篇的意思作結，認爲不僅一般的人需具備養成科學頭腦的必要條件，就是大科學家研究科學，也要依據它們才能成功，這是「凡」的部分。這與上一篇一樣，是採「凡、目、凡」的形式所寫成的。

經由上述，可知詞章家在組織思想材料時，無論是節段或全篇，都時常用到最爲基本的凡目法。如果教師在上課之際，能注意這種方法，隨文提示，並以此爲基礎，進而全盤掌握課文的脈絡、結構，那麼藉此以提高學生的讀寫能力，當是可預期的事。

（原載民國八十二年一月《國文天地》八卷八期，頁六九～八一）

從軌數的多寡看凡目法在詞章裡的運用

以國、高中國文課文爲例

一、前言

作者在創作詞章之際，如果決定採凡（總括）目（條分）的結構來寫，無論是先凡而後目，或是先目而後凡，都會涉及軌數多寡的問題，既可以將主要內容定爲一軌，也可以析爲雙軌或多軌，來統一「凡」和「目」。茲以國、高中國文課文爲例，分軌說明如次。

二、單軌者

這是將主要內容凝爲一軌，以貫穿節、段或全文的一種方式。它的結構最常見的有先凡後目與先目後凡兩種。先凡後目的，如歐陽修的〈採桑子〉（高中四冊十五課）：

春深雨過西湖好，百卉爭妍，蝶亂蜂喧，晴日催花暖欲然。

蘭橈畫舸悠悠去，疑是神仙。返照波間，水闊風高颺管絃。

這首詞旨在寫雨過春深的穎州西湖好景，以襯托作者恬適的心情。它先以起句「春深雨過西湖好」作一總敍，這是「凡」的部分；再以「百卉爭妍」三句，藉花卉、蜂蝶、晴日等自然景物，寫西湖堤上的春深好景，這是「目一」的部分，然後以「蘭橈畫舸悠悠去」四句，用畫船、返照、水闊、風高與管絃等糅合自然與人事的景物，寫西湖水上的春深好景，這是「目二」的部分。敍次由凡而目，單用一軌就將西湖好景，描寫得異常生動。先目後凡的，如關漢卿的〈四塊玉〉（國中六冊五課）：

舊酒沒，新醅潑。老瓦盆邊笑呵呵，共山僧野叟閒吟和，他出一對雞，我出一個鵝，閒快活。

此曲題爲「閒適」，已道出了它的主旨。作者在此，首先以「舊酒沒」兩句，寫有「新醅」，以表出一份「閒快活」之意，這是「目一」的部分；接著以「老瓦盆邊笑呵呵」兩句，寫有喝酒的閒友，以表出另一份「閒快活」之意，這是「目二」的部分；然後以「他出一對雞」兩句，寫有佐酒的菜肴，以表出又一份「閒快活」之意，這是「目三」的部分；末了以「閒快活」一句，將上面的意思作個總結，把自己「閒適」之情作了「畫龍點睛」式的表達，這是「凡」的部分。這和上例一樣，雖然只用一軌，但敍次卻由目而凡，是有所不同的。

二、雙軌者

這是將平列或有主從關係的重要內容析爲兩軌，以貫穿節、段或全文的一個方式。它的結構最常見的也有先凡後目與先目後凡兩種。先凡後目的，如韓非子的〈老馬識途〉（國中三冊二課）：

管仲、隰朋從於桓公而伐孤竹，春往冬反。迷惑失道，管仲曰：「老馬之智可用也。」乃放老馬而隨之，遂得道。行山中，無水；隰朋曰：「蟻冬居山之陽，夏居山之陰，蟻壤一寸而仞有水。」乃掘地，遂得水。

這段文字，先以「管仲、隰朋從於桓公」兩句，泛敍管仲和隰朋伐孤竹而春往冬返的事實，這是「凡」的部分；再以「迷惑失道」五句，具寫由於部隊「失道」，管仲借重「老馬之智」找到出路的經過，這是「目一」的部分；末以「行山中」八句，具寫由於「無水」，隰朋利用「蟻壤」找到水源的經過，這是「目二」的部分。就這樣，以管仲和隰朋各成一軌，採先凡後目的形式，將二人用智的故事交代得一清二楚。先目後凡的，如劉蓉的〈習慣說〉（國中五冊四課）：

蓉少時，讀書養晦堂之西偏一室。俛而讀，仰而思；思而弗得，輒起，繞室以旋。室有窪徑尺，浸淫日廣。每履之，足苦躓焉；既久而遂安之。

一日，父來室中，顧而笑曰：「一室之不治，何以天下國家為？」命童子取土平之。

後蓉履其地，蹴然以驚，如土忽隆起者；俯視地，坦然則既平矣。已而復然；又久而後安之。

噫！習之中人甚矣哉！足履平地，不與窪適也；及其久，而窪者若平。至使久而即乎其故，則反窒焉而不寧。故君子之學貴慎始。

此文旨在說明習慣對人影響之大，藉以讓人體會「學貴慎始」的道理。它就結構而言，可大別爲敍與論兩截，其中敍爲「目」的部分，論爲「凡」的部分。只要稍加注意，就可發現：首段之敍是爲末段「足履平地，不與窪適也；及其久，而窪者若平」等四句之論而寫的，這是第一軌；而次段之敍是爲末段「至使久而即乎其故，則反窒焉而不寧」等兩句之論而寫的，這是第二軌。如此以雙軌來貫穿「凡」和「目」，使「習之中人甚矣」和「學貴慎始」的一篇主意，在兩相對應之下，更富於說服力。

四、三軌者

這是將平列或有主從關係的重要內容分爲三軌，以貫穿節、段或全文的一個方式。它和上舉一軌、雙軌一樣，以先凡後目與先目後凡等兩種結構最爲常見。先凡後目的，如袁宏道的〈晚遊六橋待月記〉（高中三冊十二課）：

西湖最盛，為春為月。一日之盛，為朝煙，為夕嵐。

今歲春雪甚盛，梅花為寒所勒，與杏桃相次開發，尤為奇觀。石簣數為余言：「傅金吾園中梅，張功甫玉照堂故物也，急往觀之。」余時為桃花所戀，竟不忍去湖

> 上。
>
> 由斷橋至蘇隄一帶，綠煙紅霧，彌漫二十餘里。歌吹為風，粉汗為雨，羅紈之盛，多於隄畔之草，豔冶極矣。
>
> 然杭人遊湖，止午、未、申三時。其實湖光染翠之工，山嵐設色之妙，皆在朝日始出，夕舂未下，始極其濃媚。月景尤不可言，花態柳情，山容水意，別是一種趣味。此樂留與山僧遊客受用，安可為俗士道哉！

這篇文章旨在寫西湖六橋風光之盛。作者首先在起段即以開門見山的方式提明西湖六橋最盛的，是春景、是月景，而一日最盛的，是朝煙、夕嵐，這是「凡」的部分；接著以二、三兩段，透過梅、桃、杏之「相次開發」與「歌吹」、「羅紈」之盛來具寫春景，這是「目一」的部分；然後以末段「然杭人遊湖」等七句，取湖光、山色作陪襯，來具寫朝煙和夕嵐，這是「目二」的部分；末了以「月景尤不可言」等六句，拿花柳、山水作點綴，來具寫月景，這是「目三」的部分。這樣以春爲一軌、月爲二軌、朝煙和夕嵐爲三軌，採由凡而目的形式來寫，層次極爲分明。先目後凡的，如陶淵明的〈五柳先生傳〉（國中二冊十一課）：

> 先生不知何許人也，亦不詳其姓字。宅邊有五柳樹，因以為號焉。

閒靜少言，不慕榮利。好讀書，不求甚解；每有會意，便欣然忘食。性嗜酒，家貧不能常得；親舊知其如此，或置酒而招之，造飲輒盡，期在必醉；既醉而退，曾不吝情去留。環堵蕭然，不蔽風日；短褐穿結，簞瓢屢空。——晏如也。常著文章自娛，頗示己志。忘懷得失，以此自終。

贊曰：黔婁之妻有言：「不戚戚於貧賤，不汲汲於富貴。」味其言，茲若人之儔乎？啣觴賦詩，以樂其志。無懷氏之民歟！葛天氏之民歟！

本文共分三段，前兩段爲敍，是「目」的部分；末段爲贊，是「凡」的部分。其中二段的「閒靜少言」等六句與「環堵蕭然」等五句之敍，是爲末段的「黔婁之妻有言」等五句之贊來寫的，這是一軌；二段的「性嗜酒」等八句和「常著文章」等四句之敍，是爲末段「啣觴賦詩，以樂其志」兩句之贊而寫的，這是二軌；而起段之敍，是爲末段「無懷氏之民歟！葛天氏之民歟！」兩句之贊來助勢的，這是三軌。敍次雖和上例相反，而條理卻一樣清晰。

五、四軌者

這是將平列或有主從關係的重要內容分爲四軌，以貫穿節、段或全文的一種方式。它的結構最常見的，也不外先凡後目與先目後凡兩種。先凡後目的，如　國父孫中山先生的〈恢復中國固有道德〉（舊國中三冊一課）：

講到中國固有道德，中國人至今不能忘記的，首是「忠孝」，次是「仁愛」，其次是「信義」，再其次是「和平」。這些舊道德，中國人至今還是常講的。……此刻中國正是新舊潮流相衝突的時候，一般國民都無所適從。前幾天我到鄉下，進了一所祠堂，看見廳堂右邊有一個「孝」字，左邊便一無所有，我想從前必定有一個「忠」字，所折的痕跡還很新鮮。……國民在民國之內，要能把「忠孝」二字講到極點，國家便自然可以強盛。

「仁愛」也是中國的好道德。……仁愛的好道德。中國現在似乎不如外國。中國所以不如的緣故，不過是中國人對於仁愛沒有外國人那樣實行，但是仁愛還是中國的舊道德。我們要學外國，祇要學他們那樣實行，把仁愛恢復起來，再去發揚光大，便是中國固有的精神。

講到「信義」，中國古時對於鄰國和對於朋友，都是講信義的。……中國強了幾千年，而高麗猶在；日本強了不過二十年，便把高麗滅了。由此便可見日本的信義不如中國，中國所講的信義，比外國要進步得多。

中國更有一種好的道德，是愛「和平」。現在世界上的國家和民族，祇有中國是講和平，外國都是講戰爭，主張帝國主義，去滅人的國家。……這種特別的好道德，便是我們民族的精神。我們以後對於這種精神，不但是要保存，並且要發揚光大，然後我們民族的地位才可以恢復。

此文凡分五段，作者首先在起段，指明中國固有的道德是忠孝、仁愛、信義、和平，其中忠孝是一軌，仁愛爲二軌，信義是三軌，和平爲四軌；然後於二、三、四、五等段，分應各軌，依次就忠孝、仁愛、信義、和平，詳細說明它們的意義與踐行的方法，以期能把它們一一發揚光大。很顯然地，這是分成四軌，採先凡後目的形式所寫成的作品。先目後凡的，如潘公弼的〈報紙的言論〉（國中六冊九課）：

健全的條件，第一是動機純潔：凡因私的愛憎、私的利害、私的信仰而發為言論，無論所言所論的實質萬難動中事理，即使勉強自圓其說，民眾必因鄙其私而並惡其所圓之說。只有大智大慧才能不以人廢言；大眾的眼光裡，只以大公為好，以「便私」為壞。壞人說話，嗤之以鼻；好人說話，洗耳恭聽。從事言論的人，能大公無私，便是動機純潔。

第二條件是識見卓越：因為只有純潔的動機，而沒有豐富的學養、敏銳的觀察，則對於各種隱約的徵兆或昭著的事實，無論它的關係如何遠大，竟不知其為問題，或知其為問題，而不能理解其內蘊，不能判斷其是非，不能察知民意向背，不能供給解決方案。搖筆為文，泛泛論說，價值毫無，怎稱輿論？

第三條件是文才暢達：文字不過是工具，似乎不成為主要條件，但同樣的識見，有的寫來莫名其妙，使人沈沈欲睡；有的寫來沈著活潑，使人有「劍及履及」的情緒；有的限於文才，放馬後炮；有的一氣呵成，做急先鋒。如此說來，怎得菲薄工具？當然，只有文才而沒有「第一」、「第二」條件的人，也不配主持筆政。

第四條件是膽氣橫逸：一篇極有價值可以傳之後世的論文，假使沒有發表的膽氣，則只有藏諸名山。藏諸名山那成輿論？退一步說，既不許藏諸名山，又不敢暢所欲言，於是含渾籠統，敷衍點綴，那不能完成輿論使命，更何待言？

總而言之，輿論自身的健全，必須具備上述四條件。動機純潔，然後才能黑白分明，正氣凜然。識見卓越，然後才能指導朝野，利國福民。文才暢達，然後才能鞭辟入裡，針針見血。膽氣橫逸，然後才能伸張公道，不屈不撓。若因圖謀私利，而以報紙為攻訐阿諛的工具，這是輿論的罪人。

在這幾段文字裡，作者先以起段一論輿論健全的條件在於「動機純潔」，這是第一軌，也是「目一」的部分；次以次段二論輿論健全的條件在於「識見卓越」，這是第二軌，也是「目二」的部分；其次以第三段三論輿論健全的條件在於「文才暢達」，這是第三軌，也是「目三」的部分；再其次以第四段四論輿論健全的條件在於「膽氣橫逸」，這是第四軌，也是「目四」的部分；而最後以末段，回應各軌、各目，作一總括，這是「凡」的部分。敍次由目而凡，一目了然。

六、五軌及五軌以上者

這是將平列或有主從關係的重要內容分爲五軌或五軌以上，來貫穿節、段或全文的方式。由於軌數愈多，愈不容易納入短小的篇章裡，以致在國、高中的國文課文中甚少見到。因此僅就五軌和六軌各舉一例，以概其餘。五軌的，如王安石的〈司馬諫議書〉（舊高中三册八課）：

> 蓋儒者所爭，尤在於名實；名實已明，而天下之理得矣！今君實所以見教者，以為侵官、生事、征利、拒諫，以致天下怨謗也。某則以為受命於人主，議法度而修之

於朝廷，以授之於有司，不為侵官；舉先王之政，以興利除弊，不為生事；為天下理財，不為征利；闢邪說，難壬人，不為拒諫。至於怨誹之多，則固前知其如此也。人習於苟且非一日，士大夫多以不恤國事，同俗自媚於眾為善。上乃欲變此；而某不量敵之眾寡，欲出力助上以抗之，則眾何為而不洶洶然？

作者在這節文字裡，先總括地舉出司馬君實所指「致天下怨謗」的「侵官、生事、征利、拒諫」四事，這是「凡」的部分；然後依序條述這些引起「怨謗」的四件事，以反駁司馬君實的指責，這是「目」的部分。而其中「侵官」爲一軌，「生事」爲二軌，「征利」爲三軌，「拒諫」爲四軌，「怨謗」爲五軌。以五軌來貫穿「凡」和「目」，結構十分嚴謹。六軌的，如林良的〈父親的信〉（國中一冊七課）：

我所想的，是我在小學時代的幾個好朋友。吳村，是一個勤學的農家子。陳兆熊，是一家很大的鐘錶行的小老闆。李文虎，他父親是一位書法家。黃士雄，他父親是教育局長。胡漢傑，他家開的是雞蛋店。還有林湖，他父親是警員。一想到他們，我就覺得人生充滿了意義。……

我到吳村的家去住過一夜，農家的生活給我很深的印象。我愛大自然景色，大半是因為在吳村家的那一天，看到山、小溪、橋、木船、竹林，深深受了感動的緣故。我在陳兆熊家，學會了修理鬧鐘。我在李文虎家，看到書法家寫毛筆字的莊嚴神情。在胡漢傑家，我看到雞蛋買賣是怎麼進行，並且後來常常幫母親去買雞蛋。我和林湖，有一次遠遠地跟在他父親背後，看他怎麼執行警員的勤務。他父親有一次還讓我看他的手槍。

這兩段文字，前一段採泛敘的方式，寫作者小學時代幾個好朋友的家業，這是「凡」的部分；後一段採具寫的方式，寫作者到他們家中看到的實際情況，這是「目」的部分。而其中吳村是一軌，陳兆熊是二軌，李文虎是三軌，黃士雄是四軌，胡漢傑是五軌，林湖是六軌。不過，在「目」的部分裡，不曉得是什麼原因，竟略去了第四軌，使得「凡」和「目」不能軌軌相應，形成了殘缺，這是相當可惜的事。

七、結語

綜上所述，可知詞章同樣是用凡目法寫成的，卻有軌數或多或寡的不同，變化可謂多端。如果我們在從事讀寫或教學時，能掌握這些變化，則相信可以或多或少地提高讀寫的能力與教學的效果。

（原載民國八十四年十月《國文天地》十一卷五期，頁五〇～五七）

談三疊法在詞章裡的運用

一、前言

所謂的「三疊法」，是順逆法的一種，乃將思想材料分成三個層次來敍寫的特殊方法。這個方法所以特殊並受到重視，是因爲它疊得恰到好處，既不多，也不少，很容易形成「一、二、三」、「一、二、三」的層次感與節奏感。如果換作是二疊，由於它大都以正反、賓主、虛實、因果、抑揚、今昔、遠近、大小等形式出現，以收到映襯的效果，所以很少人會注意到「疊」的存在，至於四疊或四疊以上，則成疊較爲困難，雖然仍在古今人的作品中可以見到，但爲數不多，因此三疊法便受到特殊的重視。茲分單用、雙用與多用三者，分別舉例予以說明。

二、單用者

單用是指僅疊一次者而言，它雖無明顯的節奏感，卻有氣足神完的優點。如：

問何以戰？公曰：「衣食所安，弗敢專也，必以分人。」對曰：「小惠未徧，民弗從也。」（一疊）公曰：「犧牲玉帛，弗敢加也，必以信。」對曰：「小信未孚，神弗福也。」（二疊）公曰：「小大之獄，雖不能察，必以情。」對曰：「忠之屬也，可以一戰。戰則請從。」（三疊）

這是《左傳・曹劌論戰》中的一段文字，作者借曹劌之一問作爲總冒，領出三「曰」、三「對」，由「小惠未偏」遞至「小信未孚」，進而逼出「忠之屬也」的論斷，先後以「曰」、「對」形成三疊，充分敍明了魯國抗齊的憑藉，以見曹劌能「遠謀」於未戰之前的才能。所謂「未戰以考君德」（見吳楚材編選《古文觀止》卷一評語），左丘明把這件事處理得很富有層次感與說服力。又如：

> 余讀孔氏書，想見其為人；適魯，觀仲尼廟堂，車服、禮器，諸生以時習禮其家，余低回留之，不能去云（一疊）。天下君王，至于賢人，衆矣；當時則榮，沒則已焉。孔子布衣傳十餘世，學者宗之（二疊）。自天子王侯，中國言六藝者，折中於夫子（三疊）。可謂至聖矣。

這是《史記・孔子世家贊》中的一段文字。作者在此，承本贊開篇的「鄉（嚮）往」二字，先現身說法，敍自己讀孔子遺書、弔其遺跡的情況，而以「想見其爲人」、「低回留之，不能去云」表出自己對孔子「鄉往」之情，這是第一疊。其次敍孔子布衣傳十餘世的影響，和一般「君王」與「賢人」之榮止其身作一對比，以暗示孔子列入世家的原因，而以「宗之」表出孔門學者對孔子「鄉往」之情，這是第二疊。接著敍孔子之道爲「天下王侯」、「中國言六藝者」（全中國的讀書人）截長補短的偉大，而以「折中」表出他們對孔子「鄉往」之情，這是第三疊。有了這三疊由小而大地敍明了人們對孔子「鄉往」之情，那自然就可以得出「可謂至聖矣」的結語了。又如：

> 客有歌於郢中者，其始曰下里巴人，國中屬而和者數千人；其為陽阿薤露，國中屬而和者數百人；其為陽春白雪，國中屬而和者，不過數十人；引商刻羽，雜以流

徵，國中屬而和者，不過數人而已；是其曲彌高，其和彌寡（一疊）。故鳥有鳳而魚有鯤。鳳凰上擊九千里，絕雲霓，負蒼天，翱翔乎杳冥之上；夫蕃籬之鷃，豈能與之料天地之高哉（二疊）鯤魚朝發崑崙之墟，暴鬐於碣石，暮宿於孟諸，夫尺澤之鯢，豈能與之量江海之大哉（三疊）？

這是《楚辭・宋玉・對楚王問》中的一段文字。這段文字，就全文而言，屬「賓」。由開端至「其和彌寡」止，爲一疊，以曲爲喻，依和曲者人數之遞減，條分爲四層來說明，以得出「其曲彌高，其和彌寡」的結語，初步爲「主」的部分蓄勢。由「故鳥有鳳」至「豈能與之料天地之高哉」止，爲二疊，以鳥爲喻，將鳳凰和藩籬之鷃作個比較，以得出藩籬之鷃不足以「料天地之高」的結語，進一步爲「主」的部分蓄勢。由「鯤魚朝發」句起至「豈能與之量江海之大哉」止，爲三疊，以魚爲喻，拿鯤魚和尺澤之鯢作個比較，以得出尺澤之鯢不足以「量江海之大」的結語，又再一次地爲「主」的部分蓄勢。經由這三疊的「賓」逐步蓄勢，終於逼出「夫聖人瑰意琦行，超然獨處，夫世俗之民，又安知臣之所爲哉」的結論（主）來，林西仲說：「三喻中不但高自位置，且把一班俗人伎倆見識盡情罵殺，豈不快心。」（見《古文析義初編》卷三）寥寥數語便已道出此三疊之妙處。

二、雙用者

雙用則是指疊兩次者而言，由於這種用法比起單用來，不僅會有較明顯的節奏感，而且也會先後形成對襯或呼應，所以自來受到詞章家的喜愛，可以在各類作品中見到它的蹤影。如：

臣之所好者，道也；進乎技矣。始臣之解牛之時，所見無非牛者（一疊）；三年之後，未嘗見全牛也（二疊）。方今之時，臣以神遇而不以目視，官知止而神欲行。依乎天理，批大郤，導大窾，因其固然，技經肯綮之未嘗，而況大軱乎（三疊）。良庖歲更刀，割也（一疊）；族庖月更刀，折也（二疊）；今臣之刀十九年矣，所解數千牛矣，而刀刃若新發於硎。彼節者有間，而刀刃者無厚；以無厚入有間，恢恢乎其於游刃必有餘地矣！是以十九年而刀刃若新發於硎（三疊）。

這是《莊子・養生主・庖丁解牛》的一段文字。在這兒，庖丁說明了自己「所好者道也，進乎技矣」的道理，首先是自「始臣之解牛之時」起至「而況大軱乎」止，說明的是自己由

「目視」而臻於「神遇」的進境，其中「始臣之解牛之時」二句爲一疊，「三年之後」二句爲二疊，「方今之時」九句爲三疊。然後是自「良庖歲更刀」起至「是以十九年而刀刃若新發於硎」止，說明的是自己所用刀已十九年卻完好如初的事實與理由。在此，庖丁拿良庖、族庖和自己作了比較，有意與前三疊作呼應，其中「良庖歲更刀」二句爲一疊，與前「三年之後」一疊相呼應；「族庖月更刀」二句爲二疊，與前「始臣之解牛之時」一疊相呼應；「今臣之刀十九年矣」八句爲三疊，與前「方今之時」一疊相呼應。這樣以三疊前後呼應，把「所好者道也，進乎技矣」的道理說明得極爲明白。又如：

太史公讀秦、楚之際，曰：初作難，發於陳涉（一疊）；虐戾滅秦，自項氏（二疊）；撥亂誅暴，平定海內，卒踐帝祚，成於漢家（三疊）。五年之間，號令三嬗。自生民以來，未始有受命若斯之亟也。

昔虞、夏之興，積善累功數十年，德洽百姓，攝行政事，考之於天，然后在位（一疊）。湯、武之王，乃由契、后稷，修仁行義，十餘世，不期而會孟津八百諸侯，猶以為未可；其後乃放弒（二疊）。秦起襄公，章於文、繆；獻、孝之後，稍以蠶食六國，百有餘載，至始皇乃能並冠帶之倫（三疊）。以德若彼，用力如此，蓋一統若斯之難也！

這是《史記．秦楚之際月表序》中的兩段文字。作者在此，以一正一反的對照寫法，記高祖受命之快速與先王一統之艱難事實。其中起段爲「正」的部分，它先從秦楚之際天下號令的遞嬗情形說起，用三疊的手法，順次以「初作難」二句爲一疊、「虐戾滅秦」二句爲二疊、「撥亂誅暴」四句爲三疊，來簡述號令三嬗的過程，然後用「五年之間」二句作一總括，並領出「自生民以來」兩句贊語，預爲下段鋪路。而次段爲「反」的部分，這個部分承上段「自生民以來」句，用「昔」字統攝全段，依次以「虞夏之興」、「湯武之王」、「秦起襄公」等句領頭，採三疊的形式，簡述虞夏、湯武及秦國統一天下的過程，以見一統的困難，並由此引出「以德若彼」等三句結語，從反面回應首段，以振起末段之意。吳楚材編選《古文觀止》卷五評云：「前三段一正，後三段一反，而歸功於漢」。這所謂的「三段」，指的就是「三疊」。又如：

> 今教童子，惟當以孝弟忠信、禮義廉恥為專務。其栽培涵養之方，則宜誘之歌詩，以發其志意（一疊）；導之習禮，以肅其威儀（二疊）；諷之讀書，以開其知覺（三疊）。……今教童子，必使其趨向鼓舞，中心喜悅，則其進自不能已。譬之時雨春風，霑被卉木，莫不萌動發越，自然日長月化；若冰霜剝落，則生意蕭索，日就枯槁矣。故凡誘之歌詩者，非但發其志意而已，亦所以洩其跳號呼嘯於詠歌，宣其幽抑

結滯於音節也（一疊）。導之習禮者，非但肅其威儀而已，亦所以周旋揖讓而動蕩其血脈，拜起屈伸而固束其筋骸也（二疊）。諷之讀書者，非但開其知覺而已，亦所以沈潛反復而存其心，抑揚諷誦以宣其志也（三疊）。

這是王守仁〈訓蒙大意〉中的一段文字。這段文字自「其栽培之方」起至「以開其知覺」止，以歌詩、習禮、讀書形成三疊，就理論上，指明了如今蒙童的施教形式與內容，這是前一個「三疊」。而從「故凡誘之歌詩者」起至「抑揚諷誦以宣其志也」止，特地回應前三疊，就歌詩、習禮、讀書三者，在實際上，提出了如今蒙童的施教方法與目的，這是後一個「三疊」。顯而易見地，此前後三疊是很有層次地彼此呼應的。張仁健評析云：「文章的中心意旨在於從兒童『樂嬉遊而憚拘檢』的天性出發，强調地主張『誘之歌詩』和『導之習禮』作爲啓蒙教育的重要內容。從字面上看，詩、禮、書，並沒有突破傳統教育的內容框範，但作者對此三者的施教目的、作用及其方法的闡發，卻對傳統的觀點有所突破，有所創新」（見《古文觀止續編・陸》）。評析所說的就是這前後呼應的三疊文字，經此一呼一應，文旨便格外清晰地凸顯出來了。

四、多用者

多用是指疊三次或三次以上者而言。一般說來，疊的次數愈多，則所造成的層次感與節奏感也愈加顯著，而文章的說服力與感染力更因而增強了。如：

水陸草木之花，可愛者甚蕃；晉陶淵明獨愛菊（一疊）。自李唐以來，世人盛愛牡丹（三疊）。予獨愛蓮之出於淤泥而不染，濯清漣而不妖；中通外直，不蔓不枝；香遠益清，亭亭淨植，可遠觀而不可褻玩焉（二疊）。

予謂：菊，花之隱逸者也（一疊）；牡丹，花之富貴者也（二疊）；蓮，花之君子者也（三疊）。噫！菊之愛，陶後鮮有聞（一疊）；蓮之愛，同予者何人（三疊）王？牡丹之愛，宜乎眾矣（二疊）。

這是周敦頤〈愛蓮說〉的全文，是採先敍後論的形式寫成的。在「敍」的部分裡，作者先以開篇兩句作一總括，指出世上有許多「水陸草木之花」，然後以「晉陶淵明獨愛菊」十句，依序分寫衆多草木之花中的菊、牡丹、蓮和愛這三種花的人。而在「論」的部分裡，作者首就菊、牡丹、蓮等三種花的品格加以衡定，其次論及愛這三種花的人，發出感慨作結。很明顯地，此文以愛菊、愛牡丹，愛蓮爲第一個「三疊」，以菊之隱逸、牡丹之富貴、蓮之君子爲第二個「三疊」，以「菊之愛」、「蓮之愛」、「牡丹之愛」爲第三個「三疊」。這樣以三疊前後互相對應，吞吐有致地表達了作者愛蓮與諷喻的意思。鄒曉麗評析說：「自古吟菊、誦牡丹、詠蓮的佳作極多，但很少有人將三者並提、對比，並評論其短長的。周敦頤的〈愛蓮說〉卻別出心裁，把菊花、牡丹、淸蓮並提、褒貶。他緊緊扣住三種花卉的特點，以秋菊比隱逸、以淸蓮比君子、以牡丹比富貴，不僅別開生面，而且寓意深刻」（見《古文觀止續編・伍》），這種以三疊來互相比較的手法，的確令人激賞。又如：

外平不書，此何以書？大其平乎己也。何大其平乎己？莊王圍宋，軍有七日之糧爾。盡此不勝，將去而歸爾。於是使司馬子反乘堙而闚宋城，宋華元亦乘堙而出見之。

司馬子反曰：「子之國何如？」華元曰：「憊矣（一疊）。」曰：「何如？」曰：「易子而食之，析骸而炊之。」司馬子反曰：「嘻！甚矣憊（二疊）。雖然（1疊），吾聞之也，圍著柑馬而秣之，使肥者應客。是何子之情也？」華元曰：「吾聞之，君子見人之厄則矜之，小人見人之厄則幸之。吾見子之君子也，是以告情于子也。」司馬子反曰：「諾（三疊），勉之矣！吾軍亦有七日之糧爾，盡此不勝，將去而歸爾。」揖而去之。

反于莊王。莊王曰：「何如？」司馬子反曰：「憊矣（一疊）」！曰：「何如？」曰：「易子而食之，析骸而炊之。」莊王曰：「嘻！甚矣憊（二疊）。雖然（2疊），吾今取此，然後而歸爾。」司馬子反曰：「不可，臣已告之矣，軍有七日之糧爾。」莊王怒曰：「吾使子往視之，子曷為告之？」司馬子反曰：「以區區之宋，猶有不欺人之臣。可以楚而無乎？是以告之也。」莊王曰：「諾（三疊），舍而止。雖然（3疊），吾猶取此，然後歸爾（一疊）。」司馬子反曰：「然則君請處于此，臣請歸爾（二疊）。」莊王曰：「子去我而歸，吾孰與處于此？吾亦從子而歸爾（三疊）。」引師而去之。

故君子大其平乎己也。此皆大夫也，其稱人何？貶。曷為貶？平者在下也。

這是《公羊傳・宣公十五年》的四段文字，一般選本題爲〈宋人及楚人平〉。此文記宋華元與楚司馬子反以「情」（不欺）坦誠相對而使兩國息戰的故事。這個故事由問答緊連的方式加以交代，就在華元與司馬子反的對話當中，依序出現了「憊矣」、「甚矣憊」、「諾」等語，形成了第一個「三疊」。而在莊王與司馬子反的對話當中，也先後出現了「憊矣」、

「甚矣憊」、「諾」等語，相應地形成了第二個「三疊」；又於此同時，更先後出現了「吾猶取此然後歸爾」、「臣請歸爾」、「吾亦從子而歸爾」等語，顯然地形成了第三個「三疊」。此外，「雖然」一詞，既出現在司馬子反的口裡一次，又出現在莊王口裡二次，似可視為第四個「三疊」。關於這點，吳楚材編選《古文觀止》卷三有評云：「通篇純用複筆，曰：『憊矣！』、曰：『甚矣憊！』曰：『諾！』、曰『雖然』，愈複愈變，愈複愈韻；末段曰：『吾猶取此而歸』、曰：『臣請歸爾』、曰：『吾亦從子而歸爾』，尤妙絕解頤」。他所說的「複筆」，雖是指「類疊」的修辭格而言，但更細密地從「三疊」的特殊形式來看，無疑地更能突出本文之特色。又如：

鄒忌脩八尺有餘，而形貌昳麗。朝服衣冠窺鏡，謂其妻曰：「我孰與城北徐公美？」其妻曰：「君美甚，徐公何能及君也！」（一疊）城北徐公，齊國之美麗者也。忌不自信，而復問其妾曰：「吾孰與徐公美？」妾曰：「徐公何能及君也！」（二疊）旦日，客從外來，與坐談，問之：「吾與徐公孰美？」客曰：「徐公不若君之美也。」（三疊）明日，徐公來，熟視之，自以為不如（一疊）。窺鏡而自視，又弗如遠甚（二疊）。暮寢而思之，曰：「吾妻之美我者，私我也（1疊）；妾之美我者，畏我也（2疊）；客之美我者，欲有求於我也（3疊）。」（三疊）

於是入朝見威王，曰：「臣誠知不如徐公美。臣之妻私臣（一疊），臣之妾畏臣（二疊），臣之客有求於臣（三疊），皆以美於徐公。今齊地方千里，百二十城，宮婦左右，莫不私王（一疊）；朝廷之臣，莫不畏王（二疊）；四境之內，莫不有求於王（三疊）。由此觀之，王之蔽甚矣！」王曰：「善！」乃下令：「羣臣吏民，能面刺寡人之過者，受上賞（一疊）；上書諫寡人者，受中賞（二疊）；能謗譏於市朝，聞寡人之耳者，受下賞（三疊）。」令初下，羣臣進諫，門庭若市（一疊）；數月之後，時時而間進（二疊）；期年之後，雖欲言，無可進者（三疊）。燕、趙、韓、魏聞之，皆朝於齊，此所謂：「戰勝於朝廷」。

這是《戰國策・齊策・鄒忌諫齊王》的全文。此文從頭到尾都用三疊的手法來寫，首先直接從鄒忌身上寫起，用三疊的形式與歸納的方法，敍明鄒忌之妻、妾、客人所以對他讚美，乃是由於「私我」、「畏我」、「有求於我」的緣故；其次藉鄒忌之諷言，由自己推及於威王身上，依然用三疊的形式，將「私」、「畏」、「有求」等語盡情地翻弄，以生出「蔽甚」二字來。接著由此及於下令之詞及下令後國內的反應，也一樣形成三疊的關係；最後由國內而國外，終於逼出「戰勝於朝廷」的一句論斷，以收束全文。林西仲評說：「此篇專爲好奉承者說法，人苦不自知，自知則人莫能蔽。篇中所云『臣誠知不如徐公美』一句，便是去蔽主腦，威王下令，亦只是欲聞過耳；結言『戰勝』，即自克之意。其行文自首至尾俱用三疊法，《國策》中最昌明正大者」（見《古文析義初編》卷二），評得極爲精當，尤其指明所用的就是三疊法，已充分凸顯了三疊法的妙用。

五、結語

綜上所述，足以概見三疊法在詞章中運用的情形。雖然由於它有單用、雙用與多用的不同，以致所形成之層次、呼應、映襯與節奏效果各有差異，但比起其他的複疊方式來，還是易於達到「高報酬率」，這是毋庸置疑的。

（原載民國八十六年十月《國文天地》十三卷五期，頁一〇四～一一一）

插敍法在詞章裡的運用

作者在創作詞章之際，大都按著遠近、大小、本末、輕重等先後次序來運用材料，以求達於層次分明的效果。不過，爲了實際的需要或講求便利、變化，也往往有拉開緊接的部分，採插敍的手法來處理材料的時候。大抵說來，作者多用插敍的方式來解釋、追述、具寫景物或拈出主旨（綱領）。

解釋的，如《戰國策・齊策》：

鄒忌脩八尺有餘，身體昳麗。朝服衣冠窺鏡，謂其妻曰：「我孰與城北徐公美？」其妻曰：「君美甚，徐公何能及公也！」城北徐公，齊國之美麗者也。忌不自信，而復問其妾曰：「吾孰與徐公美？」妾曰：「徐公何能及君也！」旦日，客從外來，與坐談，問之客曰：「吾與徐公孰美？」客曰：「徐公不若君之美也！」

在這段文字裡，作者先描述鄒忌形貌的軒昂美麗，再記述鄒忌與妻、妾、客之間的問答。就在鄒忌妻子的答話下，特地插入「城北徐公，齊國之美麗者也」兩句，以承上扣緊鄒忌之問，敍明城北徐公之美麗，並探下交代鄒忌不自信而復問其妾與客之原因。如果在這兒沒有這兩句屬於解釋性的插敍，就會令人滿頭霧水，不明所以了。次如《史記・項羽本紀》：

項王留沛公與飲。項王項伯東嚮坐。亞父南嚮坐，亞父者，范增也。沛公北嚮坐，張良西嚮侍。范增數目項王，舉所佩玉玦以示之者三。項王黙然不應。

司馬遷寫鴻門之宴，以這段文字來介紹項王、范增、沛公與張良的座侍之位，其中「亞父者，范增也」兩句，正爲「亞父南嚮坐」作注，不這樣，讀者便不知道「亞父」是何許人，而「范增數目項王，舉所佩玉玦以示之者三」也就前無所頂，顯得突兀了。再如全祖望〈梅花嶺記〉：

至是，德威求公之骨不可得，乃以衣冠葬之。或曰：「城之破也，有親見忠烈青衣烏帽，乘白馬，出天寧門投江死者，未嘗殞於城中也。」自有是言，大江南北，遂謂忠烈未死。已而英、霍山師大起，皆託忠烈之名，彷彿陳涉之稱項燕。

這節文字，顯然地是以「已而英、霍山師大起」接「乃以衣冠葬之」句，而全祖望卻插以「或曰城之破也」八句，解釋「求公之骨不可得，乃以衣冠葬之」的可能情況，並交代「英、霍山師大起」所以「皆託忠烈之名」的直接原因，使讀者對前後文的文意了解得更爲透徹。又如沈復〈兒時記趣〉：

一日，見二蟲鬥草間，觀之，興正濃，忽有龐然大物，拔山倒樹而來，蓋一癩蝦蟆也。舌一吐而二蟲盡為所吞。

照一般順序來寫，在「拔山倒樹而來」句後，緊接的是「舌一吐而二蟲盡爲所吞」句，而作者卻在中間插入「蓋一癩蝦蟆也」一句，以解釋「龐然大物」究爲何物。而作者覺察「龐然大物」爲「一癩蝦蟆」，原是「神定」以後之事，結果卻先在這裡點明，既可以節省文字，又得以適時指明「龐然大物」爲何物，以增強文章的感染力，是很富於技巧的。

追述的，如全祖望〈梅花嶺記〉：

及諸將劉都督肇基等皆死。忠烈乃瞠目曰：「我史閣部也！」被執至南門，和碩豫親王以先生呼之，勸之降，忠烈大罵而死。初，忠烈遺言：「我死，當葬梅花嶺上。」至是，德威求公之骨不可得，乃以衣冠葬之。

作者在此，記敍的是忠烈之死與葬，而於死之後、葬之前，追述忠烈之遺言，將葬於梅花嶺上的原因作一交代，安排極爲妥當。次如林覺民〈與妻訣別書〉：

汝憶否？四、五年前某夕，吾嘗語曰：「與其使我先死也，無寧汝先吾而死。」汝初聞言而怒；後經吾婉解，雖不謂吾言為是，而亦無辭相答。吾之意，蓋謂以汝之弱，必不能禁失吾之悲。吾先死，留苦與汝，吾心不忍，故寧請汝先死，吾擔悲也。

嗟夫！誰知吾卒先汝而死乎！

吾真真不能忘汝也。回憶後街之屋，入門穿廊，過前後廳，又三、四折，有小廳，廳旁一室，為吾與汝雙棲之所。初婚三、四個月，適冬之望日前後，窗外疏梅篩月影，依稀掩映。吾與汝並肩攜手，低低切切，何事不語？何情不訴？及今思之，空餘淚痕。又回憶六、七年前，吾之逃家復歸也，汝泣告我：「望今後有遠行，必以見告，我願隨君行。」吾亦既許汝矣。前十餘日回家，即欲乘便以此行之事語汝；及與汝對，又不能啟口。且以汝之有身也，更恐不勝悲，故惟日日呼酒買醉。嗟乎！當時余心之悲，蓋不能以寸管形容之。

這兩段文字，作者首先用「汝憶否」作引，領出「四、五年前某夕」等十七句，追述當年某夕發生的事情，而由「嗟夫！誰知吾卒先汝而死乎！吾眞眞不能忘汝也」等句，拉回到「現在」；其次用「回憶」爲引，由「現在」帶回過去，以「後街之屋」等十四句，追述初婚三、四個月的情景，而由「及今思之」兩句，再拉回「現在」；再其次用「又回憶」爲引，又由「現在」帶回過去，追述「六、七年前」逃家後歸與「前十餘日」回家的情況，而以「嗟夫，當時余心之悲，蓋不能以寸管形容之」等句，重新拉回到「現在」。如此一再地將今昔相間，寫來格外動人。再如韋莊〈菩薩蠻〉：

> 如今卻憶江南樂，當時年少春衫薄。騎馬倚斜橋，滿樓紅袖招。　翠屏金屈曲，醉入花叢宿。此度見花枝，白頭誓不歸。

此詞直接以回憶之筆，採先泛寫、後具寫的方式，追述「當時年少」在「江南」的「樂」事，而以「此度見花枝，白頭誓不歸」兩句，回應篇首，由「當年」拉回「如今」，以反襯作者「未老莫還鄉，還鄉須斷腸」（韋莊〈菩薩蠻〉）的痛苦。這樣由「如今」而「當時」而「此度」，序次先逆後順，是饒有變化的。又如辛棄疾〈瑞鷓鴣〉：

> 膠膠擾擾幾時休？一出山來不自由。秋水觀中山月夜，停雲堂下菊花秋。隨緣道理應須會，過分功名莫強求。先自一身愁不了，那堪愁上更添愁。

這是稼軒晚年起廢帥浙東後的一首作品。他先敍這回出山生活的不自由，再回筆寫過去留連於秋水觀和停雲堂（稼軒瓢泉居第內的兩大建築）的優遊歲月，然後將時間由過去拉回「現在」，抒發感想，並點出一篇的主旨——「愁」作結。很明顯地，作者有意把過去與眼前作成強烈的對比，以凸顯出主旨來。插敍的功用，由此可見出一、二。

具寫景物的，如蔣士銓〈鳴機夜課圖記〉：

> 既而摩銓頂曰：「好兒子！爾他日何以報爾母？」銓稚不能答，投母懷，淚涔涔下，母亦抱兒而悲。簷風几燭，若愀然助人以哀者。記母教銓時，組紃績紡之具，畢置左右；膝置書，令銓坐膝下讀之。母手任操作，口授句讀，咿唔之聲，與軋軋相間。

這截文字，主要在敍事，而作者在「母亦抱兒而悲」與「記母教銓時」之間，插入「簷風几燭，若愀然助人以哀者」兩句，以外景襯托內情，使得抽象的情感得以具象化，更何況作者又把這個「風燭」的外景加以譬喻、擬人化呢！這就越發增强了文章的感染力了。次如劉鶚〈黃河結冰記〉：

老殘洗完了臉，把行李鋪好，把房門鎖上，也出來步到河隄上看。只見那黃河從西南上下來，到此卻正是個灣子，過此便向正東去了。河面不甚寬，兩岸相距不到二里。若以此刻河水而論，也不過百把丈寬的光景。只是面前的冰，插得重重疊疊的，高出水面有七、八寸厚。

再望上游走了一、二百步，只見那上游的冰，還一塊一塊地慢慢價來，到此地被前頭的冰攔住，走不動，就站住了。那後來的冰趕上他，只擠得嗤嗤價響。後冰被這溜水逼得緊了，就竄到前冰上頭去。前冰被壓，就漸漸低下去了。看那河身，不過百十丈寬，當中大溜，約莫不過二、三十丈。兩邊俱是平水，這平水之上，早已有冰結滿。冰面卻是平的，被吹來的塵土蓋住，卻像沙灘一般。中間的大道大溜，卻仍然奔騰澎湃，有聲有勢，將那走不過去的冰，擠得兩邊亂竄。那兩邊平水上的冰，被當中亂冰擠破了，往岸上跑，那冰能擠到岸上有五、六尺遠。許多碎冰被擠得站起來，像個小插屏似的。看了有點把鐘工夫，這一截子的冰，又擠死不動了。

老殘復行望下游走去，過了原來的地方，再望下走。只見兩隻船，船上有十來個人，都拿著木杵打冰。望前打些時，又望後打。河的對岸，也有兩隻船，也是這們打。

這是〈黃河結冰記〉一文的第一、二、三段文字。在這三段文字裡，作者依次以「老殘洗完了臉，把行李鋪好，把房門鎖上，也出來步到河隄上看」、「再望上游走了一、二百步」、「老殘復行望下游走去，過了原來的地方，再望下走」等敍事的句子，先後緊相聯貫，並各以「只見」一語作爲接榫，分別插入黃河結冰、擠冰、打冰的寫景部分，爲第四段更進一層的寫景與末段的抒情鋪路，脈絡是十分明晰的。再如杜審言〈和晉陵陸丞早春遊望〉：

獨有宦遊人，偏驚物候新。雲霞出海曙，梅柳渡江春。淑氣催黃鳥，晴光轉綠蘋。忽聞歌古調，歸思欲霑巾。

這是即景抒情的一首詩。起、尾兩聯爲抒情的部分，這個部分本是先後相連的，而作者卻把它撐開，空出中間兩聯，針對「物候新」來具寫景物，其中「雲霞」、「梅柳」、「黃鳥」、「綠蘋」爲「物」，「曙」、「春」、「淑氣」、「晴光」爲「候」，而「出海」、「渡江」、「催」、「轉」則用以寫「新」，就這樣，將初春的景物描摹得極爲具體、生動，充分地襯出無限的「歸思」來，手法堪稱高妙。又如韋莊〈菩薩蠻〉：

人人盡說江南好，遊人只合江南老。春水碧於天，畫船聽雨眠。 壚邊人似月，皓腕凝霜雪。未老莫還鄉，還鄉須斷腸。

這也是藉景以抒情的作品。首、尾四句是彼此銜接的，主要用以抒情，中間四句爲插敍的部分，用以具寫「江南好」。其中「春水碧於天」兩句，寫的是「江南好」景之一——物；「壚邊人似月」兩句，寫的是「江南好」景之二——人。有了這個插敍的部分，便足以化抽象爲具體，從而反襯出作者有家歸不得的悲哀了。

拈出主旨（綱領）的，如劉鶚〈黃河結冰記〉：

……月光照到山上，被那山上的雪反射過來，所以先是兩樣子的。然只稍近的地方如此，那山往東去，越望越遠，漸漸地天也是白的，山也是白的，雲也是白的，就分辨不出什麼來了。老殘就著雪月交輝的景致，想起謝靈運的詩：「明月照積雪，北風勁且哀」兩句，若非經歷北方苦寒景象，那裏知道「北風勁且哀」的一個「哀」字下得好呢？

這時月光照得滿地灼光，擡起頭來，天上的星，一個也看不見。只有北邊北斗七星，開陽、搖光……像幾個淡白點子一樣，還看得清楚。……

右引文字，節自〈黃河結冰記〉的第四、五、六等段（依國中國文課本第三册）。其中第四段，寫的是黃河遠近雪月交輝的景致，正好與第六段緊緊相接，而作者卻插入第五段，引用謝靈運的詩句，拈出「哀」字，以上收前面四段所寫之景，下啓末段所抒之情，使全文維持一致的情意──哀，以表出作者深刻的家國之痛，寫來感人異常。這是藉插敍以拈出主旨（綱領）的一個好例子。次如韋莊〈菩薩蠻〉：

勸君今夜須沈醉，尊前莫話明朝事。珍重主人心，酒深情亦深。　須愁春漏短，莫訴金盃滿。遇酒且呵呵，人生能幾何。

此詞上片起首兩句與下片四句，敍的是主人勸客的言詞，是前後聯貫的。就在這聯貫的句子中間，作者特地插入「珍重主人心，酒深情亦深」兩句，以統括全詞，將「情深」的主旨從容拈出，使人讀後有著無盡的「情深」意味。再如歐陽修〈踏莎行〉：

候館梅殘，溪橋柳細。草薰風暖搖征轡。離愁漸遠漸無窮，迢迢不斷如春水。
寸寸柔腸，盈盈粉淚。樓高莫近危闌倚。平蕪盡處是春山，行人更在春山外。

這闋詞是抒發「離愁」的作品，含兩大部分：一爲寫景部分，即上片開端三句與下片收尾兩句，是就「行者」來寫的；一爲抒情部分，自「離愁漸遠漸無窮」句起至「樓高莫近危闌倚」句止，是就「送行者」來寫的。其中寫景的部分，依序寫候館、溪橋、草原、青山，以至於青山之外，本就由近及遠，先後緊相連接，而作者卻選在草原的地方，一筆割開，插入抒情的部分，首以「離愁漸遠漸無窮」句，點明主旨，再以「迢迢不斷如春水」等四句，化虛爲實地加以渲染，使內情與外景，相揉相襯，臻於融合無間的境界，確是一闋不可多得的傑作。又如柳永〈雨霖鈴〉：

寒蟬淒切，對長亭晚，驟雨初歇。都門帳飲無緒，方留戀處，蘭舟催發。執手相看淚眼，竟無語凝噎。念去去、千里煙波，暮靄沈沈楚天闊。　多情自古傷離別，更那堪、冷落清秋節。今宵酒醒何處？楊柳岸、曉風殘月。此去經年，應是良辰好景虛設。便縱有、千種風情，更與何人說？

這是採先實後虛的形式寫成的作品。實的部分，自篇首至「竟無語凝噎」句止，具寫主客雙方「留戀」，不捨分離的情景；虛的部分，自「念去去」至篇末，分三節依序透過設想，虛寫「蘭舟」離開當時、當夜及次日以後漫長歲月的孤寂情景，而特於一、二節間，插入「多情自古傷離別，更那堪、冷落清秋節」兩句，帶出主旨，以貫穿全詞，布置得像是行雲流水般，了無窒礙。

類似上引插敘的例子，可說隨處可見，只要稍予留意並探討，無論對閱讀或創作，甚至教學來說，相信都將收到更好的效果。

（原載民國八十年九月《國文天地》七卷四期，頁一〇一～一〇五）

談補敘法在詞章裡的運用

詞章要求合乎秩序、聯貫、統一的原則，是衆所周知的事。但在平鋪直敘之餘，加一點變化，也是大家所肯定的。而求詞章產生變化，主要是靠追敘、插敘與補敘的手段來達成，其中追敘與插敘，由於多年前已併在一起談過（見《國文天地》七卷四期），所以在這裡撇開不談，只談補敘，以見它在詞章裡的運用情形。

所謂補敘，是對前文所漏敘或語焉不詳者加以補充敘述的意思。它的功用有多種，首先是補敘事情發生的時間，這種最常見，皆置於篇末，如柳宗元〈始得西山宴遊記〉說：

> 遊於是乎始，故為之文以為誌。是歲元和四年也。

這補敘了作記的年份。又如白居易〈冷泉亭記〉說：

長慶三年八月十三日記。

這補敍了作記的年、月、日。又如歐陽炯〈花間集序〉說：

時大蜀廣政三年夏四月日敘。

這補敍了作序的年、月。又如范仲淹〈岳陽樓記〉說：

時六年九月十五日。

這補敍了作記的年、月、日，因篇首云「慶曆四年春」，所以在此省略了「慶曆」的年號。又如歐陽脩〈偃虹隄記〉說：

以三宜書，不可以不書，乃為之書。慶曆六年月日記。

這補敍了作記的年份。又如曾鞏〈宜黃縣學記〉說：

縣之士來請曰願有記，故記之。十二月某日也。

這補敘了月份，因爲前文曾記「皇祐元年」，故知此「十二月」乃指皇祐元年的十二月而言。又如曾鞏〈墨池記〉說：

慶曆八年九月十二日，曾鞏記。

這補敘了作記的年、月、日與作記人的姓名。又如李淸照〈金石錄後序〉說：

所以區區記其終始者，亦欲為後世好古博雅者之戒云。紹興二年玄黓歲壯月朔甲寅易安室題。

這補敍了作序的年、月、日與作序的場所。又如孟元老〈東京夢華錄序〉說：

紹興丁卯歲除日，幽蘭居士孟元老序。

這補敍了作序的年、月、日與作序人的姓名、別號，不過作者以「除日」代替「十二月三十日」。又如朱熹〈送郭拱辰序〉說：

> 因其告行，書以為贈。淳熙元年九月庚子，晦翁書。

這補敍了作序的年、月、日與作序之人。

其次是補敍事情形成的緣由，這也相當常見，也都置於篇末。如《左傳・莊公十年》的〈曹劌論戰〉說：

> 既克，公問其故，對曰：「夫戰，勇氣也。一鼓作氣，再而衰，三而竭；彼竭我盈，故克之。夫大國難測也，懼有伏焉；吾視其轍亂，望其旗靡，故逐之。」

這顯然是針對上一段文字加以補敍的，補敍的是曹劌於齊人三鼓而後鼓（養士氣），視轍登軾而後馳（察敵情）的理由。這理由是沒辦法在爭勝於分秒之際所能說明的，所以補敍於後，以見曹劌能「遠謀」於方戰之時與既勝之後。又如李斯〈會稽刻石〉說：

從臣頌烈，請刻此石，光垂休銘。

這補敍了刻石的原因。又如元結〈右溪記〉說：

為溪在州右，遂命之曰右溪。刻銘石上，彰示來者。

這補敍了「刻銘石上」與「右溪」命名的因由。又如韓愈〈燕喜亭記〉說：

吾知其（王弘中）去是而羽儀于天朝也不遠矣，遂刻石以記。

這補敍了刻石作記的原因。又如柳宗元〈袁家渴記〉說：

永之人未嘗游焉，余得之不敢專也，出而傳於世。其地世主袁氏，故以名焉。

這補敍了命名為「袁家渴」並作記以「表而出之」的理由。又如元稹〈鶯鶯傳〉說：

員元歲九月，執事李公垂宿於予靖安里第，語及於是，公垂卓然稱異，遂為〈鶯鶯歌〉以傳之。崔氏小名鶯鶯，公垂以命篇。

這補敘了李公垂作〈鶯鶯歌〉並以「鶯鶯」名篇的原因。又如蘇軾〈日喻說〉說：

渤海吳君彥律，有志於學者也。方求舉於禮部，作〈日喻〉以告之。

這補敘了作〈日喻說〉以贈吳彥律的緣由。又如歸有光〈思子亭記〉說：

因作思子之亭。徘徊四望，長天寥廓，極目於雲煙杳靄之間，當必有一日見吾兒翩然來歸者，於是刻石亭中。

這補敘了刻石於思子亭中的因由。又如張煌言〈奇零草自序〉說：

然則何以名《奇零草》？是帙零落凋亡，已非全豹，譬猶兵家握奇之餘，亦云余行間之作也。時在永曆十六年，歲在壬寅端陽後五日，張煌言自識。

這除了補敍作序之人及時間外，又補敍了把詩集命名爲《奇零草》的原因。又如方苞〈左忠毅公軼事〉說：

余宗老塗山，左公甥也，與先君善，謂獄中語，乃親得之於史公云。

這補敍了方苞父親得知「軼事」的由來，清楚地爲篇首的「先君子嘗言」作一交代。又其次是補敍人名或追懷親友、舊遊，其中補敍人名的，還算普遍；而追懷親友或舊遊的，則不多見。如歐陽脩〈醉翁亭記〉於篇末說：

醉能同其樂，醒能述以文者，太守也。太守謂誰？廬陵歐陽脩也。

這補敍了作者的身分與姓名。又如王安石〈遊褒禪山記〉於篇末說：

四人者：廬陵蕭君圭君玉，長樂王回深父，余弟安國平父、安上純父。至和元年七月某日，臨川王某記。

這除了補敍作記之人與時間外，又補敍了「四人」的姓名，以交代前文「余與四人擁火以入」的「四人」。又如謝翶〈登西台慟哭記〉於篇末說：

時，先君登台後二十六年也。先君諱某、字某。登台之歲在乙丑云。

這除了補敍登台的時間外，也補敍了作者父親的名諱。又如李孝光〈大龍湫記〉於篇末說：

老先生，謂南山公也。

這補敍了前文所提「老先生」這個人，這個人是蒙人泰不華，因在當時爲大家所熟知，所以在此只用「尊稱」而已。又如譚元春〈再遊烏龍潭記〉於篇末說：

招客者為洞庭吳子凝甫，而冒子伯麟、許子無念、宋子獻儒、洪子仲章，及予與止生為六客，合凝甫而七。

這補敍了前文「客七人」的七客姓名。又如張溥〈五人墓碑記〉於篇腹說：

按誅五人，曰：顏佩韋、楊念如、馬杰、沈揚、周文元，即今之傫然在墓者也。

又於篇末說：

賢士大夫者，冏卿因之吳公、太史文起文公、孟長姚公也。

這補敍了篇首所謂「五人」及「郡之賢士大夫」的姓名。又如汪琬〈遊馬駕山記〉於篇末說：

馬駕山，不載郡志，或又謂之朱華山云。同遊者，劉天敘、潘悏、門人句容王介石及兒子筠。

這除了補敍馬駕山有關之事外，又補敍了前文「諸子」的姓名。又如晁補之〈新城遊北山記〉於篇末說：

既還家數日，猶恍惚若有遇，因追記之。後不得到，然往往想見其事也。

這除補敍作記因由外，又補敍了對舊遊的追念。又如歸有光〈項脊軒志〉於篇末說：

庭有枇杷樹，吾妻死之年所手植也；今已亭亭如蓋矣。

這補敍了庭中的枇杷樹，表達了對亡妻深切的懷念之情，使文章的韻味更爲深長。又如宋犖〈遊姑蘇臺記〉於篇末說：

侍行者，幼子筠，孫章金，外孫侯晸。六日前，子至（作者長子）方應侍北方，不得與同遊。賦詩紀事，悵然久之。

這除補敍侍行者是誰外，又補敍其長子應試北方，不得同遊的事，以表出對他的無限懷念，令人讀後也爲之「悵然」。

綜上所述，可知作者爲了藝術的要求或實際的需要，往往採用補敍的手法來寫，使文章除具秩序、聯貫、統一之美外，更具變化之美，其功用之大，實在不下於追敍、插敍，是我們在閱讀、創作或教學時所不可輕忽的。

（原載民國八十五年十一月《國文天地》十二卷六期，頁三八～四三）

叁、鑑賞教學類

如何進行鑑賞教學

一、前言

鑑賞是使讀者與作者產生共鳴的一種心理活動。這種活動主要是由教師帶領學生對課文的種種，由「觀之」而「玩之」，讓學生發揮各自的想像力與體會力去深入作品，從而獲致强烈的美感，以收到教學的最大效果。要達到這種效果，通常都要利用讀講課文後的一段時間，主要對作者的眼力、手法與作品的風格等，配合著內容與形式之深究來進行鑑賞教學。以下就以此爲範圍，各別舉例，並略作說明，以見鑑賞教學之一斑。

二、眼力的鑑賞

眼力是一種「搜尋的敏感」（見章師微穎《中學國文教學法》）。教學時，主要是看作者究竟搜尋到什麼情意來抒發，而又搜尋到什麼材料來作充分的表達。前者是立意的問題，後者是取材的問題。茲分述如下：

㈠立意之美

立意是建立文章內容的意思。而文章的內容，就像樹木一樣，有幹身，也有枝葉。幹身是全文中心所在的主旨，而枝條則是用以表現主旨的各個部分的意思。教學時，教師就要掌握主旨與各個部分的意思加以發揮，使學生能領略它的好處。譬如梁啓超的〈最苦與最樂〉一文，它的主旨置於末段，即：

> 盡得大的責任，就得大快樂；盡得小的責任，就得小快樂。你若是要逃躲，反而是自投苦海，永遠不能解除了。

作者爲了要使這個主旨產生巨大的說服力，特地安排了第一、二段來專論「最苦」，第三、四段來專論「最樂」，而一以「責任」爲綱領來貫穿、統合。說實在的，在種種苦、樂之中，作者能尋出「責任」來一以貫之，是十分不容易的，是具備了特殊的「眼力」的。因爲每一個人，無論他是教師、律師、醫師、工程師、會計師或工人、軍人、學生，甚至於是做人子女、兄弟、姊妹、父母的，如果要演好自己的角色，獲得快樂，就得盡自己這個角色的「責任」，否則便要沈淪苦海。所以每個人的苦與樂都逃不脫「責任」的影響與支配，這就可看出作者對事理的高度洞察力，尤其是作者說：

曾子還說哩：「任重而道遠」，「死而後已，不亦遠乎？」那仁人志士的憂民憂國，那諸聖諸佛的悲天憫人，雖說他是一輩子感受苦痛，也都可以。但是他日日在那裡盡責任，便日日在那裡得苦中真樂，所以他到底還是樂，不是苦呀！

在這裡，作者把苦樂間那種一而二、二而一的密切關係探討得一清二楚，若非深得苦樂三昧者怎麼能說得出這些話呢？我們讀了這篇文章，對作者這種「眼力」，是不得不大加佩服的。

又如范仲淹的〈岳陽樓記〉，此文一開頭就說：

慶曆四年春，滕子京謫守巴陵郡。越明年，政通人和，百廢具興，乃重修岳陽樓，增其舊制，刻唐賢今人詩賦於其上，屬予作文以記之。

作者在這兒，約略誇讚了滕子京謫守巴陵郡後的政績，一方面帶有替滕氏申冤的意思，一方面也交代了寫作本文的緣由，似乎這就是「作文」的眞正目的了。其實，這只是就表面來說的，它的眞正目的是想藉此以寬慰、激勵滕子京這個朋友，要做到這一點，所用來寬慰、激勵的話，既不能說得過於瑣細，又不能太過冠冕堂皇，於是作者幾經搜尋之後，終於找到《孟子・梁惠王》下「樂以天下，憂以天下」兩句話，並將它衍爲如下十四個字：

先天下之憂而憂，後天下之樂而樂。

這是扣緊人的仁心、胸襟來說的。由於它透入生命裡層，不但足以寬慰、激勵滕子京個人，更足以寬慰、激勵天下所有的讀書人，也包括作者在內。不僅如此，甚且又可以寬慰、激勵未來世世代代的人。這樣把當代與後世的仁人志士，連同作者自己，來爲滕子京作陪襯，所產生的效果當然是非常巨大的。不過，這種主旨要按在岳陽樓上，是有困難的，於是作者又設法打通關節，特別從主旨的十四個字中抽出核心的「憂」與「樂」二字，將古仁人的憂樂，與一般騷人墨客面對岳陽樓畔不同異物所產生的憂樂之情（覽物異情），形成强烈對比，如此一來，先憂後樂的主旨便與岳陽樓融成一體，而作者所以在第三、四兩大段，針對著「覽物之情，得無異乎」大寫特寫，預爲末段「古仁人之心，或異二者之爲」作鋪墊，以帶出一篇主旨，其原因也就不難明白了。由此看來，作者寫這篇文章，是有著非凡的「眼力」的。

㈡取材之美

詞章的義旨是抽象的，非靠搜尋而得的具體材料來加以表達不可。而搜尋得來的材料，是否能充分地表達義旨，則影響到一篇詞章的好壞，所以教學時，教師必須對作者所取材料作一探討，以使學生能領略其取材之美。譬如列子的〈愚公移山〉一文，旨在闡發「有志竟成」、「人助天助」的道理。這種道理，作者完全籍由一個寓言故事來表示，而這個寓言故事，分四段加以敍述：首先在起段記敍愚公鑒於太行、王屋兩山阻礙了南北交通，便決意要剷平它們並獲得家人贊同的情事；其次在二段記敍愚公選定投置土石的地點，並率領子孫實際從事移山工作的經過；接著在三段記敍智叟笑阻愚公，而愚公卻不爲所動，以爲只要堅定信心，努力不懈，便能成功的一番對話；最後在末段記敍愚公的堅毅精神，終於感動了天地，獲得神助，完成了移山願望的圓滿結局。顯而易見地，一、二、三等段，是針對著「有志」、「人助」來寫的，而末段則寫的是「天助」、「竟成」。作者就這樣用一個簡單的故事，使人在趣味盎然中領悟出做人、做事的道理和天、人間的密切關係，這不能不歸功於作者「搜尋的敏感」；也就是說，這些事材恰如其分地發揮了它們最大的功能，把置於篇外的義旨表達得明明白白。對此，我們不能不豎起大拇指來加以讚賞。

又如崔顥的〈黃鶴樓〉詩，乃抒發鄉愁之作。為了具寫這種鄉愁，作者依序用了黃鶴之去、悠悠白雲、歷歷晴川、漢陽樹、萋萋芳草和江上煙波等事材與物材。他先以黃鶴之去，一則由「黃鶴」交代題目，一則用「去」預為結聯之「鄉愁」鋪路。次以悠悠白雲，既針對黃鶴之去表出「物是人非」的感慨，又象徵著遊子，以加強「鄉愁」，這種象徵寫法很常見，如李白〈送友人〉詩說：

浮雲遊子意，落日故人情。

便是個著例。又其次，以歷歷晴川，進一步襯出「鄉愁」之無盡，這種寫法也很常見，如李白〈黃鶴樓送孟浩然之廣陵〉詩說：

孤帆遠影碧空盡，惟見長江天際流。

這種用流入天際之長江襯出無窮別情的作用，和「晴川歷歷」是相同的。再其次，以漢陽樹和萋萋芳草，又將「鄉愁」推深一層，因爲樹和草一樣，常一望無際，都會時時入人眼目，以增添無邊的傷離意緒，所以自來詞章家都喜歡用樹或草表襯托離情，如孟浩然〈宿建德江〉詩說：

移舟泊煙渚，日暮客愁新。野曠天低樹，江清月近人。

如盧倫〈送李端〉詩說：

故園衰草遍，離別正堪愁。

這種例子，隨處可見。末了以江上煙波，在殘陽之下，重重網住欲歸眼，將「鄉愁」拓遠至極處，後來的柳永〈雨霖鈴〉詞說：

念去去、千里煙波，暮靄沈沈楚天闊。

不也是以「煙波」來襯出愁之多嗎？如此組合了上述的事材與物材來寫「鄉愁」，那就無怪會使李白見了歎說：「眼前有景道不得，崔顥題詩在上頭」而爲之擱筆了。

三、手法的鑑賞

手法是一種「控制的力量」（見章師微穎《中學國文教學法》）。教學時，主要是看作者究竟選用什麼語句來表達，而又運用什麼章法來經營，以有效控制所尋得的材料，成功地組成一篇文章。這種帶領學生領略作者修辭與結構之美的活動，做得越好，越能爲習作教學架起堅固的橋樑，是不能稍予輕忽的。茲分述如下：

(一)修辭之美

大致說來，修辭就其消極面而言，須做到「明確」；就其積極面而言，須做到「生動」。我們在教學時，最要注意的是「生動」的積極面修辭，不僅要針對一篇課文歸納出作者所用重要修辭方式，也要和其他的課文多作類比，以探明其作用。譬如佚名的〈木蘭詩〉，主要用了設問、頂眞、倒裝與對偶等修辭方式，其中設問的，如問女何所思？問女何所憶？

藉此以承上啓下，並提振文章精神。頂眞的，如

軍書十二卷，卷卷有爺名。

藉此以聯貫句子，使神旺氣足。倒裝的，如

萬里赴戎機，關山度若飛。

藉此以喚起注意，增加文章的波瀾。對偶的，如

將軍百戰死，壯士十年歸。

藉此以形成對襯美，使意思更爲凸顯。除此之外，見於本課文的積極修辭方式，尚有排比、鑲嵌、誇飾、示現、跳脫等，在時間許可的範圍內，也要引領學生去欣賞。

另如張可久的〈折桂令〉（對青山强整烏紗）曲，它主要用了借代、譬喻、對偶、引用等修辭技巧，其中最值得令人注意的是引用，首先是：

對青山強整烏紗。

在這兒，作者用了晋代孟嘉於重陽節參加恆溫龍山宴會而風吹落帽的故事（詳見《晋書・孟嘉傳》），也用了杜甫〈九日藍田崔氏莊〉詩「羞將短髮還吹帽，笑倩旁人爲正冠」的語句，以表現宦情闌珊與虛應故事的無奈之苦。其次是：

蝶愁來明日黃花。

這引用了蘇軾〈南鄉子〉「萬事到頭都是夢，休休，明日黃花蝶也愁」的詞句，以寓遲暮不遇之意。最後是：

回首天涯，一抹斜陽，數點寒鴉。

作者在這裡，顯然用了秦觀〈滿庭芳〉「多少蓬萊舊事，空回首、煙靄紛紛。斜陽外，寒雅數點，流水遶孤村」的詞句，以寥落的暮景襯托出無限之愁思。這三處的「引用」，都用得極為自然，不露痕迹，即使不知出處，也能了解曲意，如曉得出處，就更豐富了曲意，增添無比的情韻，這是「引用」的最高的技巧，是必須帶領學生好好欣賞的。

以上所舉兩課文修辭方式去欣賞，一著眼於「全」，一置重於「偏」，可說各有各的好處。我們在上課時都不妨採用，以增進教學效果。

(二)結構之美

結構是指文章構成的型態，也就是將句子連綴成節段，由節段連綴成全篇的一種組織。在教學時，教師必須對課文的結構作一分析，使學生能將各個部分對中心意旨的地位、價值與作用分辨得淸淸楚楚，以領略它的美。譬如甘績瑞的〈從今天起〉，此文共分四段，作者在首段即開門見山地說：

「從今天起」這一句話，有兩層意思：一是我們認為不正當的事，不應當做的事，從今天起，就決定不再去做。二是我們認為正當的事，應當做的事，從今天起，便開始去做。

由此提明一篇的綱領，即「從今天起」的兩層意思，一是消極的，一是積極的，這是「凡」（總括）的部分。而二、三兩段，就分別依此兩層意思，加以詳細論說，其中二段用以論說第一層（消極）的意思，三段用以論說第二層（積極）的意思，這是「目」（條分）的部分。至於末段則引古人的話說：

從前種種，譬如昨日死；以後種種，譬如今日生。

這種以「昨日死」收第一層（消極）的意思，以「今日生」收第二層（積極）的意思，進而勸人「放下屠刀（第一層意思），立地成佛（第二層意思）」，回抱全文作結，這又是「凡」（總括）的部分，無疑地，這是用「凡目凡」的結構寫成的，結構嚴謹到這樣，自然會令人擊掌叫好。

又如蘇軾的〈留侯論〉，它的首段說：

古之所謂豪傑之士者，必有過人之節。人情有所不能忍者，匹夫見辱，拔劍而起，挺身而鬥，此不足為勇也。天下有大勇者，卒然臨之而不驚，無故加之而不怒。此其所挾持者甚大，而其志甚遠也。

作者在此，採泛論的形式，很技巧地拈出一個「忍」字作為綱領來統攝下文，這是「凡」的部分。第二段論圯上老人所以授書給子房，「其意不在書」，而是由於想試一試子房能不能「忍」，這是「目一」的部分。第三段承第二段論述圯上老人所以「倨傲鮮腆」以深折子房的原因，在於深惜子房是個「蓋世之才」，要子房「忍」下博浪沙一擊的「忿忿之心」，以成就大事，這是「目二」的部分。第四段承第二、三段，引歷史故事，進一步論說圯上老人所以要深折子房，使子房「忍小忿而就大謀」的用意所在，這是「目三」的部分。第五段論高祖之所以致勝，是源自子房以「忍」輔佐的結果，這是「目四」的部分。末段引太史公語，以子房狀貌有如「婦人女子」，扣緊「忍」字贊歎作收，這是「目五」的部分。作者如此以先凡後目的結構來寫，把「留侯之所以就大謀在於能忍」的一篇主旨表達得極為深刻，有著無比的說服力。

由凡目關係組成的結構，除上述的「先凡後目」（另如沈復〈兒時記趣〉）與「凡目凡」（另如蘇洵〈六國論〉）外，尚有「先目後凡」（如賈誼〈過秦論〉）與「目凡目」（如杜甫〈聞官軍收河南河北〉）兩種。當然，也有其他由敍與論、虛與實、正與反、大與小、遠與近等關係組成的結構。對於這些，在上課時如能一一分析清楚，並作類比，那麼一定可以增進學生對課文的了解、應用與欣賞能力。

四、風格的鑑賞

所謂的風格，含義與「體類」差不多（說見夏丏尊《文心》）。陳企德在《修辭學直指》裡就稱作「體性上的分類」，並將它分為四組八種：一組由內容和形式的比例，分為簡約、繁豐；二組由氣象的剛强與柔和，分為剛健、柔婉；三組由於話裡詞藻的多少，分為平淡、絢爛；四組由於檢點工夫的多少，分為嚴謹、疏放。茲依此四組，配合教學，分述如下：

㈠繁約之美

繁，指繁豐，即《文心雕龍・體性》所說「繁縟者，博喻釀采，煒燁枝派者也」；約，指簡約，即《文心雕龍・體性》所說「精約者覈字省句，剖析毫釐者也」。兩者各有所適，是不能藉以判定優劣的。教學時，我們可拿兩篇課文作比較，如舉徐志摩的〈我所知道的康橋〉，可說它「描寫康橋的景致，縷縷而言，多達數千言」（黃師錦鋐《中學國文教材教法》）；另舉李慈銘的〈越縵堂日記三則〉，說它每則都不超過七十字，卻「都能充分顯示出恬適自得的樂趣」（課本「題解」）。不過，最好在篇與篇的比較外，還要就篇內來探討比較，以見節段間繁約之美。譬如周敦頤的〈愛蓮說〉，此文就整體來看，是用簡筆寫成的。它由「敍」與

「論」兩段所組成，就在「敍」的部分裡，作者採「先凡後目」的形式來組合材料。「凡」的部分是篇首「水陸草木之花，可愛者甚蕃」兩句，而「目」的部分是：

晉陶淵明獨愛菊。自李唐以來，世人盛愛牡丹。予獨愛蓮之出淤泥而不染，濯清漣而不妖；中通外直，不蔓不枝；香遠益清，亭亭淨植，可遠觀而不可褻玩焉。

作者在這兒，從衆多的「草木之花」中挑選了三種，其中菊和牡丹是「賓」、蓮是「主」，作者所以挑選菊與牡丹（賓）來陪襯蓮（主），是因爲它們足以象徵「隱逸者」與「富貴者」，而這是世人皆知的，所以作者僅僅簡述其事實，卻不說明理由，至於蓮，作者是特地要用它來象徵「君子」的，而這點，正屬作者個人的看法，非作進一步的說明不可，因此不厭其煩地用「出淤泥而不染」七句，寫出蓮花與衆不同的特質，藉以象徵君子高潔的品格，爲下段「蓮，花之君子者也」的一句論斷，預作充分的準備。可見要繁要約，是由「需要」決定的。

另如賈誼的〈過秦論〉，它就全篇而言，是用繁筆寫成的。它由「目」與「凡」兩個部分所組成，就在「目」的部分裡，作者用了四段來敍秦國之強大與敗亡，其中第一段，用以寫「秦强之初」：

秦孝公據殽函之固，擁雍州之地，君臣固守，以窺周室；有席卷天下，包舉宇內，囊括四海之意，併吞八荒之心。當是時也，商君佐之，內立法度，務耕織，修守戰之具，外連衡而鬥諸侯。於是秦人拱手而取西河之外。

此段比起二、三段寫秦强之漸、最的部分，雖然簡約了許多，但單就本段而論，也有繁有約。本來要敍明秦孝公時商鞅變法與併吞六國的成果，是用幾千，甚至幾萬字，都不爲過的，但作者在這裡所著重的，只在於簡略的事實，而非其內容與過程，因此只用了幾句話來交代而已。而在敍併吞天下的野心時，則一連用了「席卷天下」等句意相同的四句話，這顯然是因爲要特別强調秦國君臣有併吞天下的强烈意願，這當然要比一句帶過好得很多。所謂「多說不嫌其繁蕪，少說不嫌其不足」（黃師錦鋐《中學國文教材教法》），可以從這裡約略體會出來。所以單從這一段來看，也各有其繁、約，各有其好處。

㈡剛柔之美

剛，指剛健；它大抵氣勢浩瀚，聲音堅强重濁，腔調急促。柔，指柔婉；它大抵韻味深美，聲音柔和清平，腔調舒緩。教學時，可指導學生反覆吟誦，仔細體味。譬如岳飛的〈滿江紅〉詞：

怒髮衝冠，憑闌處、瀟瀟雨歇。抬望眼、仰天長嘯，壯懷激烈。三十功名塵與土，八千里路雲和月。莫等閒、白了少年頭，空悲切。靖康恥，猶未雪。臣子恨，何時滅。駕長車、踏破賀蘭山缺。壯志飢餐胡虜肉，笑談渴飲匈奴血。待從頭、收拾舊山河，朝天闕。

此詞氣勢浩瀚，寫出了作者的滿腔忠憤。開端四句，藉憑闌所見「瀟瀟雨歇」的外在景致與當時「怒髮衝冠」、「仰天長嘯」的本身形態，以具寫壯懷之激烈。「三十」兩句，由果而因，就過去，分敘「壯懷激烈」的頭一個原因在於征戰南北，勛業未成。「莫等閒」兩句，承上兩句，就未來，分敘「壯懷激烈」的另一個原因在於時日已無多，深悲自已會「等閒白了少年頭」。換頭四句，承上片的「壯懷激烈」，總括了上兩個分敘的部分，寫國恥未雪的憾恨，拈明一篇主旨，大力地將一片壯懷，噴薄傾吐。「駕長車」三句，則由實而轉虛，透過設想，虛寫驅車滅敵、湔雪國恥的情景，眞可謂「氣欲凌雲，聲可裂石」。結尾兩句，依然以虛寫的手法，進一層寫雪恥後朝見天子的理想結局，以反襯主旨作收。詠來眞可令人起頑振懦。陳廷焯說此詞「千載後讀之，凜凜有生氣焉」（《白雨齋詞話》），的確是如此，這是呈現剛健之美的最好例子。

另如李煜的〈清平樂〉詞：

別來春半，觸目愁腸斷，砌下落梅如雪亂，拂了一身還滿。雁來音信無憑，路遙歸夢難成。離恨恰如春草，更行更遠還生。

這首詞的韻味極爲深美，乃詠離恨之作。作者首先以起句點明別離的時間。其次以次句，用「觸目」作一泛寫，以領出後面具寫「觸目」所見之各種景物，用愁腸斷，爲主旨「離恨」，初就本身作形象之表出。繼而以「砌下」兩句，承次句之「觸目」，寫落花之多與佇立之久，進一步地就外物與本身，表出無限之「離恨」來。接著以「雁來」兩句，用「雁來」與「路遙」，承次句，寫「觸目」所見；用「音信無憑」與「歸夢難成」，直接地再將「離恨」推深一層。最後以結二句，藉「春草」之「更行更遠還生」，承次句，寫「觸目」所見，並拈出「離恨」以統攝全詞。唐圭璋說：「眼前景，心中恨，打並一起，意味深長」（《唐宋詞簡釋》），說得一點也不錯。這是呈現柔婉之美的典型作品。

㈢濃淡之美

濃，指絢爛；淡，指平淡、質實。章師微穎說：「質實的宜於敷陳敍說，絢爛的足以動情興感」（《中學國文教學法》），這是一般的說法，既可就全篇來看，也可就節段來看。黃師錦鋐甚至說：「一篇文章不可能純粹是平淡體，或純粹是絢爛體，大都是兩者揉合而成的，如最平淡的科學語辭，也往往會用上幾個比喩。而最尙絢爛的詩詞，也不見得句句都用辭藻。這是指引學生欣賞時最要注意的。」（《中國國文教材教學法》）茲各舉一段爲例，以見一斑。絢爛的，如吳均〈與宋元思書〉的第四段：

泉水激石，泠泠作響；好鳥相鳴，嚶嚶成韻。蟬則千轉不窮，猿則百叫無絕。鳶飛戾天者，望峯息心；經綸世務者，窺谷忘返。橫柯上蔽，在晝猶昏；疏條交映，有時見日。

平淡的，如韓愈〈祭十二郎文〉的第二段：

嗚呼！吾少孤，及長，不省所怙，惟兄嫂是依。中年，兄歿南方，吾與汝俱幼，從嫂歸葬河陽；既又與汝就食江南。零丁孤苦，未嘗一日相離也。吾上有三兄，皆不幸早世。承先人後者，在孫惟汝，在子惟吾；兩世一身，形單影隻。嫂嘗撫汝指吾而言曰：「韓氏兩世，惟此而已！」汝時尤小，當不復記憶；吾時雖能記憶，亦未知其言之悲也。

其實，不僅是這兩段而已，以吳均的〈與宋元思書〉而言，全篇藉景以抒感，大都呈現出絢爛之美；而韓愈的〈祭十二郎文〉，則藉事以抒情，全篇大都呈現出平淡之美。對這些，可讓學生細細體味。

㈣疏密之美

所謂的疏，是指疏放；而所謂的密，則指嚴謹。章師微穎說：「嚴謹的句斟字酌，疏放的輕鬆自然」（《中學國文教學法》），以此標準來看詞章家，以詩而言，杜甫屬嚴謹，李白屬疏放；以詞而言，周邦彥屬嚴謹，蘇軾屬疏放；以文而言，韓愈屬嚴謹，柳宗元屬疏放。無論是疏放或嚴謹，都有各自之美，教學時都值得引領學生去欣賞。茲舉課文為例，以概見其餘。譬如歸有光的〈項脊軒志〉，全文寫得輕鬆自然，今錄其第五段：

> 余既為此志，後五年，吾妻來歸，時至軒中，從余問古事，或憑几學書。吾妻歸寧，述諸小妹語曰：「聞姊家有閣子，且何謂閣子也？」其後六年，吾妻死，室壞不修。其後二年，余久臥病無聊，乃使人修葺南閣子，其制稍異於前。然自後余多在外，不常居。

又如彭端淑的〈爲學一首示子姪〉，全文經句斟字酌寫成，今錄其第二段：

吾資之昏，不逮人也；吾材之庸，不逮人也。旦旦而學之，久而不怠焉；迄乎成，而亦不知其昏與庸也。吾資之聰，倍人也；吾材之敏，倍人也。屏棄而不用，其昏與庸無以異也。然則昏庸聰敏之用，豈有常哉？

這兩段文字，一疏放，一嚴謹，恰成一個對照。

五、結語

以上所述眼力與手法兩項屬藝術之鑑賞，而風格一項則爲作風之鑑賞。教師在授課時，如能好好地把握它們，指引學生細加辨識，潛心欣賞，則浸淫日久，必可提昇學生的思辨力與鑑賞力，而收到教學之最佳效果。

（原載民國八十五年六月《如何進行國文教學》，頁一四七～一六〇）

談文章作法賞析

以國中國文課文爲例

賞析文章的作法，在國文教學的整個活動裡，佔有非常重要的地位。透過它，不僅可培養學生文藝欣賞的能力，更可增進他們寫作的技巧。這項活動可做的雖然很多，但主要的還是放在安排主旨的方式、運用材料的手段與布置格局的技巧之上。以下就分這三項，與各位探討它的賞析方法。

一、安排主旨的方式

每個作家在運用文字抒發他思想情意之際，首先接遇的問題，便是主旨的安排。這種安排，雖然由於作者的意度心營，巧妙各有不同，而呈現多樣的面貌，但就其安排的部位而論，卻有如下四種共通的基本形式：

㈠安置於篇首者

這是先以開門見山的方式，將主旨安排於篇首，作一總括，然後針對主旨條分爲若干部分，以依次敍寫的一種形式。如三册一課的〈恢復中國固有道德〉，全文共分五段，作者首先在起段，指明中國固有的道德是忠孝、仁愛、信義、和平。然後在二、三、四、五等段，分就忠孝、仁愛、信義與和平，詳細說明它們的意義與踐行的方法，以期能一一把它們發揚光大，恢復我們固有的道德。所謂「綱擧目張」，條理極爲淸晰。

㈡安置於篇腹者

這是將主旨安排在文章的中央部分，以統括全篇文義的一種形式。如二册十五課的〈聞官軍收河南河北〉，這是抒寫喜情的一首詩，作者首先在起聯，針對題目，寫「聞官軍收河南河北」時自己喜極而泣的情形，藉「忽傳」、「初聞」寫事出突然，藉「涕淚滿衣裳」反照出喜悅，全爲下聯之「喜欲狂」三字蓄勢。接著在頷聯，用一問一答之形式，由自身移到妻子身上，寫妻子聞後狂喜的情狀，以「卻看」作接榫，藉「愁何在」逼出一篇的主旨「喜欲狂」，並以「漫卷詩書」作具體之襯托。繼而在頸聯，由實轉虛，以「放歌縱酒」上承「喜欲狂」，以「好還鄉」上承「妻子」，寫春日攜手還鄉的打算。最後在結聯，緊承上聯

「還鄉」的打算，一口氣虛寫「還鄉」所經過的路程，將「喜欲狂」作充分的渲染。就這樣，由「忽傳」而「初聞」、「卻看」而「漫卷」、「即從」而「便下」，一氣奔注，把自己與妻子「喜欲狂」的心情，描摹得眞是生動極了。王右仲《歷代詩評解》以爲「此詩句句有喜躍意，一氣流注而曲折盡情，絕無粧點，愈樸愈眞，他人絕不能道」，簡單幾句話便道出了此詩的好處。

㈢安置於篇末者

這是針對主旨先條分爲若干部分，以依次敍寫，然後才畫龍點睛地將主旨點明於篇末的一種形式。如二冊六課的〈最苦與最樂〉，全文共分五段，前兩段用以論「最苦」，從各個角度說明世上最苦的事莫過於身上背著未了的責任，這是條分一的部分。三、四兩段，用以論「最樂」，由常人說到聖賢豪傑，指出世上最樂的事莫過盡各種責任，這是條分二的部分。末段爲總括的部分，總括上面兩個條分的部分，論「最苦與最樂」，認爲「盡得大的責任，就得大快樂；盡得小的責任，就得小快樂。你若是要逃躲，反而是自投苦海，永遠不能解除」，以勉勵大家勇於不斷盡責，做個永遠快樂的人。很明顯地，這是採先條分、後總括的形式所寫成的。

㈣安排於篇外者

這是將主旨蘊藏起來，不直接在篇內點明，而讓人由篇外去意會的一種形式。如一册十五課的〈黃鶴樓送孟浩然之廣陵〉，這是一首春日送別的詩。全詩分爲兩個部分：一是敍事的部分，即起二句，敍的是故人西辭武昌前往揚州的事實；二是寫景的部分，即結二句，寫的是故人乘船遠去，消失於天際的景象。作者就單單透過「事」與「景」，從篇外表出無限的離情來。唐汝詢在《唐詩解》裡說：「黃鶴樓，分別之地；揚州，所往之鄉。煙花，敍別之景；三月，紀別之時。帆影盡則目力已極，江水長則離思無涯。悵望之情，具在言外。」所謂「悵望之情，具在言外」，正指明了本詩的最大特色。

二、運用材料的手段

一個作家經過構思立意，使文章的骨骼粗具以後，便須從平日所儲存的各種材料中去選取最適切的部分，加以靈活運用，以有效地將所建立的意思，具體地展示出來，成爲一個完整而有系統的組織。從表面上看，這種運用材料的手段，雖然常隨著作者的匠心與所寫文章性質的不同，而有許多的變化，令人不免覺得它們是各自有別，是無法相通的。然而如仔細地由根本上去探看，則將不難發現人與人、文與文之間實有著一些「不謀而合」的地方。這種不謀而合的方法，最常見的，約有下列三種：

㈠賓主

一般說來，作者想要具體地表出文章的義旨，除了要直接運用主要材料外，往往也間接地需要藉著輔助材料來使義旨凸顯，以增强它的感染或說服力量。直接運用主要材料的，即所謂的「主」，而間接運用輔助材料的，則是「賓」。一篇文章裡，如有主有賓，便很容易將它的義旨充分地表達出來。如二冊十三課的〈愛蓮說〉，全文分兩大部分：一爲「敍」的部分，即起段。在這個部分裡，作者先以開端兩句作個總括，提明世上有許多「水陸草木之花」；然後以「晋陶淵明獨愛菊」十句，依次分寫衆花中的菊、牡丹、蓮和愛這三種花的人。由於陶淵明愛菊，世人愛牡丹，是人所共知的事實，所以只須交代這個事實，卻不必作進一步的解釋；至於愛蓮，則是作者個人的喜好，當然須把自己愛蓮的理由加以說明，因此作者便用「出淤泥而不染」七句，寫出蓮花與衆不同的特質，藉以象徵君子的高潔品格，以充分支持下文「蓮，花之君子者也」的一句論斷。二爲「論」的部分，即次段，也是末段。在這個部分裡，作者先就菊、牡丹與蓮等三種花的品格加以衡定，然後論及愛這三種花的人，發出感慨收結。在衡定花品的一節裡，敍述菊、牡丹和蓮的次序，完全和起段一樣，而在論及人物的一節裡，卻將牡丹和蓮的次序加以對調，作者作了這樣的安排，無疑地，對世人只知追求富貴，而缺少道德理想的情形，是有著貶責的意思的，不過在語氣上卻力求委婉罷了。十分明顯地，作者在這篇文章裡，主要的是寫蓮與愛蓮的自己，這是「主」的部分。為了使這「主」的部分更為突出，便又不得不寫菊、牡丹和愛菊、愛牡丹的人，這就是「賓」的部分。有了這「賓」的部分作陪襯，那麼「主」的部分，也就是作者愛蓮和諷喻的意思，便格外清楚了。這是借賓以喻主的一個好例子。

(二)虛實

所謂的「虛」，指的是「無」，是抽象；所謂的「實」，指的是「有」，是具體。通常一個作家在創作之際，在運材上，往往從兩方面著手：一是就「有」，運用當時所見、所聞、所為的實際材料；一是就「無」，運用憑著個人內心的感覺或想像所捕捉或製造的抽象材料。兩者在一篇文章裡，往往是並用的。其中有就情景而言的，情是虛，而景是實；有就空間而言的，凡窮目力，寫眼前所見的，是實，而透過設想，寫遠方情況的，則是虛；有就時間而言的，凡是敍事、寫景或抒情，只限於過去或當前的，是實，透過想像，伸向未來的，則是虛。如五册十五課的〈滿江紅〉詞，此詞筆力雄奇，寫出了作者的滿腔忠憤。開端四句，藉憑闌所見「瀟瀟雨歇」的外在景致與當時「怒髮衝冠」、「仰天長嘯」的本身形象，以具寫壯懷之激烈。「三十功名塵與土」兩句，由果而因，先就過去，分敘「壯懷激烈」的頭一個原因，在於征戰南北，功業未成。「莫等閒」兩句，承上兩句，再就未來，分敘「壯懷激烈」的另一個原因，在於時日已無多，深悲自已會「白了少年頭」。換頭四句，承上片的「壯懷激烈」，總括上兩個分敍的部分，寫國恥未雪的憾恨，拈明一篇主旨，大力地將一腔壯懷，噴薄傾吐。「駕長車」三句，則由實而轉虛，透過設想，採示現的修辭技巧，虛寫驅車滅敵、湔雪國恥的情景，眞可謂「氣欲凌雲，聲可裂石」。結尾兩句，依然以虛寫的形式，進一層寫湔雪國恥後，朝覲天子的理想結局，以收拾全詞，神完而氣足，誦來足以令人起頑振懦。經由上面的分析，可看出這是採先實後虛的形式所寫成的作品。

㈢正反

正反可說是最常見的一種運材手段。在運材之際，作者旣可全著眼於「正」的一面，也可專著眼於「反」的一面。前者如蘇軾的〈記承天寺夜遊〉，從頭到尾全著眼於正面的閒時、閒人、閒景與閒情，卻未雜以任何反面的材料；後者如李斯的「諫逐客書」，從頭到尾專著眼於反面的「用客之利」，卻很少雜以正面「逐客之害」的材料。除此之外，作者當然也可以部分用「正」、部分用「反」，使一正一反，兩兩對照，以充分地將文章的義旨顯現出來。這在古今人的作品裡，是經常見到的，如三册十一課的〈爲學一首示子姪〉，這篇文章是作者寫來勉勵子姪「力學不倦」的。全文分泛論、事證與結論三大部分，一路採正反對照的形式寫成：在泛論的部分裡，包含一、二兩段。其中首段先從做事談起，而及於爲學，指出做事與爲學的難易，並不在於「學」與「事」的本身，而在於做與不做、學與不學的行動上，以預爲下段更進一層的議論打開路子。二段先承首段的學與不學，配合資質的昏與敏，作更廣泛而徹底的說明，認爲人的資質、才能，雖有昏庸與聰敏的分別，但若努力去學，昏庸的自可趕上聰敏的；不努力去學，則聰敏的便和昏庸的沒什麼兩樣。然後以「然則昏庸聰敏之用」兩句，作一總括，指出昏庸、聰敏是無常的，不可恃的，以見學的重要，全力爲末段的結論搭好橋樑。在事證的部分裡，僅含一段，即第三段。這一段特舉蜀僧一去南海、一不去南海的事例，證明肯努力的終能成功，不肯努力的終將失敗。作者在這個部分裡，先用段首三句，提明蜀之鄙有一富、一貧的和尚；次藉二問二答，敍明毫無所恃的貧者願往南海，而富者則否的情事；接著以「越明年」作時間上的聯絡，並引出「貧者自南海還」三句，交代貧者成功、富者羞慚的結果；然後以「西蜀之去南海」六句，將貧者與富者、至與不至作一比較，從而發出人須立志，不能不如蜀僧的感慨，以逗出下段結論的部分。在結論的部分裡，也僅含一段，即末段。作者在這一段裡，首先承上文的「不爲」、「不學」、「聰」、「敏」、「屏棄不用」與「富者不能至」，用「是故聰與敏」四句，從反面指明人若自恃聰敏而不去學習，則必然會走上失敗之路；然後承上文的「爲之」、「學之」、

「昏」、「庸」、「旦旦而學之」與「貧者至」，從正面指出人若不自限昏庸而力學不已，則必會走上成功之路，以點明主旨作收。從形式上看來，本文是最整齊不過的。所以能如此，除了作者用排比的手法來寫之外，和材料的運用也有著密切的關係。通常在運用正、反的材料時，作者大都喜歡以段落作爲單元，將正、反兩個部分明顯割開，而本文的作者卻從頭到尾，以對等、交替的方式運用一正一反的材料，把前後串聯成一個整體，造成往而復返、迴環不已的對比效果，這是值得我們去注意、去學習的。

二、布置格局的技巧

文章格局的布置，正如構組一部機器一樣，必須使每個機件，按照各自所擔任的作用與應處的部位，一一予以配置妥當，才能構成一個整體，以發揮它最大的功能。這種格局的布置，雖然不免隨著作者設計經營手段的不同，而呈現多樣的變化，使得我們很難用幾個固定的格式來牢籠它們。不過，每個作家在謀篇布局之際，無疑地，都會不知不覺地受到人類共通理則的支配，以致寫成的作品，在各式各樣的枝葉底下，都無可例外地藏著有一些基本的、共通的幹身。這種基本的、共通的幹身，可以用三個原則來加以概括，那就是秩序、聯貫、統一。

㈠秩序原則

這是就材料次第的配排來說的。通常，作者係依空間、時間或事理展演的自然過程作適當的安排。這種安排的方式，最常見的，以空間而言，有「由近及遠」、「由遠及近」、「由大而小」、「由小而大」等；以時間而言，有「由昔及今」、「由今及昔」、「由今而昔而今」等；以事理而言，有「由本及末」、「由末及本」、「由輕及重」、「由重及輕」、「先實後虛」、「先虛後實」、「先凡後目」、「先目後凡」等。如五冊十五課的〈西江月〉詞，此詞分上下兩片，上片主要是寫夜行黃沙道時所聽到的各種聲音，先是別枝上的鵲聲，其次是清風中的蟬聲，最後是稻田裡的蛙聲，這是依「由小及大」的順序來寫的。而下片主要是寫夜行黃沙道中所見到的各種景物，先是遙天外的疏星，其次是山嶺前的雨點，最後是溪橋後的茆店，這是依「由遠及近」的順序來寫的。作者就這樣，先由小而大，再由遠而近地將自己在道中所聽到的聲音與見到的景物，很有次序地連綴起來，成爲一幅鄉村夜晚的恬靜畫面，以抒寫出自身的閒適心情來，就格局的布置而言，是極爲成功的。

㈡聯貫原則

這是就材料前後的接榫來說的。這種材料前後的接榫，方式頗多，其中屬於基本性質的，有聯詞、聯語、關聯句子與關聯節段等四種；屬於藝術層面的，則有就局部而言的前呼後應，與就整體而言的一路照應等。由於時間所限，僅就基本的部分，舉例於後，以供參考：

1、用聯詞作上下文接榫者

這是詞章最基本的聯絡方式，其中以直承聯詞作上下文接榫的，如二冊七課〈記承天寺夜遊〉：

念無與樂者，遂步至承天寺，尋張懷民。

以轉折聯詞作上下文接榫的，如三冊七課〈差不多先生傳〉：

他有一雙眼，但看的不很清楚。

以推展聯詞作上下文接榫的，如三冊六課〈品泉〉：

人們可以拿茶杯在井中舀水，絕不需繩索等工具。甚至用一支筷子往地下一扎，拔起來便是一線清泉。

以總括聯詞作上下文接榫的，如一册二課〈我們的校訓〉：

個個學生能愛清潔，尚整齊，身體強，精神好，這樣一定可以成為一個健全的國民。

2、用聯語作上下文接榫者

聯貫文章的上下文，通常只用一般聯詞是不夠的，必須另用一些上學聯詞以外的詞語來擴充，才能應付裕如。而所謂的「語」，其實也是詞，只不過爲了與上學的聯詞有所區別，所以稱爲「語」罷了。如一册十二課〈孤雁〉：

忽然間，看見蘆叢後火光一閃，一會兒，又一閃。

3、用關聯句子作上下文接榫者

聯貫上下文，有時除了聯詞、聯語之外，還要用到關聯句子來達成任務。如二册十一課

〈五柳先生傳〉：

黔婁之妻有言：「不戚戚於貧賤，不汲汲於富貴。」味其言，茲若人之儔乎？

4、用關聯節段作上下文接榫者

作者在行文的時候，往往也會用一節或一段文字來作上下文的接榫。如三冊十九課的〈黃河結冰記〉，它的第二段，主要是用以描寫黃河水面上擠冰的情景，而第三段則主要是用以描寫黃河水面上打冰的情景。就在這兩者中間，作者寫道：

老殘復行望下游走去，過了原來的地方，再望下走，只見……

這就是以一節文字作上下文接榫的例子。又如一冊四課的〈母親的教誨〉，它的起段，寫他母親在他犯事小時，在早上訓誨他的情形，而第三段則寫他母親在他犯事大時，在夜晚訓誨他的情形。就在這兩段中間，作者安排了第二段文字，以一面收起段，一面啓後段，十足地發揮了承上啓下的作用。這就是以一段文字作上下文接榫的例子。

㈢統一原則

這是就材料情意的統一來說的。我們都知道，使文章從頭到尾都維持一致的思想情意，是每個作家所努力以求的。因此每個作家在寫一篇文章時，都會立好明確的主旨或綱領，用以貫串全文，這樣才能使文章產生最大的說服力或感染力。如一冊十一課的〈兒時記趣〉，這篇文章是採先總括、後條分的形式寫成的：總括的部分，僅一段，即首段。作者直接用回憶之筆，由因而果，拈出「物外之趣」四字，作為一篇的主旨與綱領。條分的部分，包括第二、三、四等段，其中第二段，以一羣蚊子為例，細察牠們的「紋理」，分別把牠們擬作「羣鶴舞空」、「鶴唳雲端」，寫出作者獲得「項為之强」、「怡然稱快」的這種「物外之趣」的情形。第三段，以土牆凹凸處的叢草、蟲蟻為例，細察它（牠）們的「紋理」，把叢草擬作樹林、蟲蟻擬作野獸，寫出作者獲得「怡然自得」的這種「物外之趣」的情形。第四段以草間之二蟲與癩蝦蟆為例；細察牠們的「紋理」，把癩蝦蟆擬作龐然大物，舌一吐便盡吞二蟲，寫出作者獲得「捉蝦蟆，鞭數十，驅之別院」的這種「物外之趣」的情形，很明顯地，全文以「物外之趣」一意貫穿，首尾無不針對著「物外之趣」來寫，使前後都維持一致的意思。有人以為第二段的「項為之强」，寫的不是「物外之趣」，這該是不太正確的看法，因為「趣」，不只限於寫心理而已，用動作或姿態來寫，更為具體而富變化。又有人以爲篇末「捉蝦蟆，鞭數十，驅之別院」，是寫作者主持正義的行爲，這也該是錯誤的看法，因爲作者要是主持正義的話，必然是一鞭就把癩蝦蟆鞭死，怎麼可能在鞭數十下之後，竟然活得好好的，而又把牠趕到別院去呢？所以此三句，寫的該是作者得到「物外之趣」後的動作，這樣，全文的意思就得以「一以貫之」了。

如果我們在瞭解課文意義之後，能夠進一步地從上擧主旨安排、材料運用、格局布置等方面，對文章的作法作一賞析，那麼一定可以爲作文教學與課外讀寫指導，架好一座堅固的橋樑，使我們的國文教學達到完美的境地。

（原載民國八十二年九月《國文天地》九卷四期，頁七六～八二）

談近體詩的欣賞

以國中國文課本所選作品爲例

一、前言

兩年多以前，邱燮友教授和筆者，曾應國立臺灣師範大學人文教育中心之約，編寫過〈古典詩歌〉（絕句篇與律詩篇）的腳本，製成了兩卷錄影帶，這兩卷錄影帶推出後，頗受一些國中國文教師的歡迎，但其中有部分關鍵性的語句，因爲沒打上字幕，不容易聽得清楚，所以有些教師便要求提供腳本，以助了解。由於腳本太繁瑣了，因此在這兒，特以〈談近體詩的欣賞〉爲題，將它改寫成一般文章的形式發表，以供大家參考。

衆所周知，我國古典詩歌，從其形式結構而言，齊言的詩，可分爲三大類：一是古體詩，二是樂府詩，三是近體詩。其中古體詩，只求押韻，句數既不受限制，而平仄也不必考究，如《昭明文選》中的〈古詩十九首〉和陶淵明的〈詠荊軻〉就是。而樂府詩除了要押韻、句數也不受限制外，又必須合樂，以供歌唱，如漢樂府的〈飲馬長城窟行〉和元代翁森的〈四時讀書樂〉便是。至於近體詩，則脫胎於六朝的短詩，至唐代始形成，形成後即與古體詩相對待。它有一定的句法、字數，每字的平仄既要受限制，用韻也比古體詩嚴格，而且律詩還要講求對仗。依其形式，它又可分爲三類：絕句、律詩與排律。在國中國文課本中，只選了絕句和律詩。以下就分絕句與律詩，分別談談欣賞它們時所應曉得的常識與注意的一些事項。

二、絕句

絕句共有四句，每句五個字的，稱爲五言絕句；每句七個字的，稱爲七言絕句。絕句的格律，有平起和仄起的變化，在用韻和平仄上，也有嚴格的限制。例如唐人王之渙的〈登鸛鵲樓詩〉，便是一首仄起平韻的五言絕句，它的格律是這樣子的：

白日依山盡，黃河入海流（韻）。
欲窮千里目，更上一層樓（韻）。

又如唐人張繼的〈楓橋夜泊〉，是一首仄起平韻的七言絕句，它的格律是：

月落烏啼霜滿天（韻），
江楓漁火對愁眠（韻）。
姑蘇城外寒山寺，
夜半鐘聲到客船（韻）。

由於絕句是由四句構成的小詩，所以它正好具有起、承、轉、合的結構。它以兩句爲一單元，稱爲一聯。起、承爲一聯，轉、合爲一聯。其中起、承，意義要一貫；而轉、合，則要靈活，也是一首詩的精華所在。就以唐人盧綸的〈塞下曲〉來說吧：

月黑雁飛高（起），單于夜遁逃（承）。
欲將輕騎逐（轉），大雪滿弓刀（合）。

這是一首邊塞詩，描寫的是塞外官軍夜晚英勇追敵的情景。頭兩句爲一聯，寫敵軍的潰逃：首句「月黑雁飛高」爲起句，形容氣候的惡劣，其中「月黑」表示無光，「雁飛高」表示無聲，是潛逃的最好時機。次句「單于夜遁逃」爲承句，形容敵軍趁夜脫逃。前句是因，後句是果，因果意義一貫，不可拆開。三、四兩句又自成一聯，寫我軍逐敵的情景：第三句「欲將輕騎逐」爲轉句，敍我軍想要用輕騎去追敵；第四句「大雪滿弓刀」爲合句，敍追敵時，弓刀上都沾滿了雪花，表現出我軍的英武氣概，把詩的張力拓到極處，以收束全詩。

我國的短詩或小詩，都用以捕捉詩人瞬間的感受，如五言絕句共二十個字，七言絕句共二十八個字，用這樣短小的篇幅，卻要容納極其複雜的情景，從而做到「言有盡而意無窮」的地步，確是不容易的。一般說來，詩人的感受是特別靈敏的，他往往受外界情景的刺激，引發感觸，而有寫詩的衝動，也就是一般人所謂的靈感。詩人就抓住這瞬間的感受，將外在的情景加以濃縮、挑選，取得最具代表性的景物或事物，與自己內在的情意相應合，再透過藝術的技巧來表達，便構成一首詩了。例如王之渙的〈登鸛鵲樓〉詩，在作者登上鸛鵲樓時，所看到的景象很多，結果他只挑選「依山盡」的「白日」、「入海流」的「黃河」作爲代表，而把其他登樓所見的景色都捨去不談了。而這種「白日依山盡」、「黃河入海流」的景象，深深地引發了詩人無限的感觸。他面對如此壯闊的景色、雄渾的氣勢，自然地使他有了深一層的感受，從而開拓了高大遠矚的胸襟，並激發出向上進取的精神，於是寫下「欲窮千里目，更上一層樓」的佳聯。如今「更上層樓」便成了勸人不斷向上、向善提昇的一句成語了。所以詩的含義該是多樣性的，詩人往往將日常生活的種種事實，轉化爲人生境界的了悟。「欲窮千里目，更上一層樓」，在字面上，只是敍明登樓的現象，而實際上，卻藉以說明人生境界的提昇，因而這兩句詩的含義是多樣的、深遠的，特別耐人尋味。這樣在文字上既極精美，在意義上也含蓄而不露，有著無盡的韻味。所以短詩或小詩要做到「言有盡而意無窮」的地步，才能顯現出它的特色。

由於字數的不同，七言是要比五言在內容上更豐富一些的。因為在文字上，每句多了兩個字，使得它在內容上所能包羅的意象和情意也更為擴大而寬廣了。例如李白的〈黃鶴樓送孟浩然之廣陵〉詩：

故人西辭黃鶴樓，煙花三月下揚州。
孤帆遠影碧山盡，惟見長江天際流。

這是一首送別的詩。這類的詩，通常都要把送別的地點、時間和所要去的地方交代清楚。最主要的，當然是要把送別的情意表達出來。就以這首詩來說，第一句「故人西辭黃鶴樓」，已將送別的人和送別的地點敍述明白；第二句「煙花三月下揚州」，承起句，敍出送別的時間和友人擬前往的地方。就這樣由一、二兩句，將詩題「黃鶴樓送孟浩然之廣陵」交代得一清二楚。末兩句，描寫的是送友人所見的景象。作者在黃鶴樓上送別友人，等到友人坐船走後所見到的景物很多，而他卻只用「孤帆遠影碧山盡，惟見長江天際流」之景，襯托出自己在友人離去後的孤寂和思念的情意。其中「孤帆」的「孤」，寫出友人走後的孤寂；「遠影碧山盡」的「遠」和「盡」，暗示作者久立遠眺、依依不捨的心情；而「惟見長江天際流」，則進一步地襯托出別情之綿綿不盡，所謂「融情於景」，已分不清何者是景、何者爲情了。這樣的一首七言詩，如果每句減少兩字，改成如下五言詩：

客辭黃鶴樓，三月下揚州。
帆影碧山盡，長江天際流。

那麼，它無論在意象、情意或韻味上來說，都顯然要比原詩遜色許多，可見每句多出兩字，是會更有迴旋餘地的。

談了字數對詩境、詩意的影響後，我們來談談詩趣。南宋嚴羽在《滄浪詩話》裡說：「詩者，吟詠情性也。盛唐諸人，惟在興趣。」也就是說：詩歌以抒寫情性爲主，而它的表達方式是重趣味的。這種詩趣，很早就受到人的重視，譬如在《東坡志林》裡便特別提到了「奇趣」，而清人吳喬在《圍爐詩話》裡更分析詩趣的產生，是由於詩人常寫些「反常而合道」的話的結果。因此「獨釣寒江雪」、「月落烏啼霜滿天」、「朝辭白帝彩雲間」是詩；而「獨釣寒江魚」、「月落烏啼霜滿地」、「朝辭白帝碼頭間」，便是徒具詩的形式，而缺乏「反常而合道」的詩趣，這樣就不是詩，而是散文了。

如以詩趣來看張繼的〈楓橋夜泊〉，它從頭到尾所呈現的是一幅畫趣。畫趣要靠各種景物來構成，而外在的景物又必須和內在的情感相結合。由於詩題是「楓橋夜泊」，作者便從夜泊楓橋時之所見所聞著筆。他特地選「月落」、「烏啼」、「霜滿天」、「江楓」、「漁火」、「鐘聲」等入詩。詩中提到「月落」，便有思鄉之情；提到「烏啼」，便有分離的暗示；「霜滿天」的「霜」，具有別後的淒寒；而江邊的楓樹與漁船上捕魚的火炬，則將前句白色的色調轉變爲次句紅色的色調，除顏色上形成對比外，又與作者徹夜未眠、眼絲泛紅的樣子相互映照，使作者思鄉之情更趨濃烈。接著透過姑蘇城外寒山寺的鐘聲，讓作者一夜盈繞耳際，把不眠的客愁，隨著寒夜的鐘聲迴蕩心頭。作者就這樣用視覺意象與聽覺意象，一動一靜，構成了動人的詩趣。

談過了絕句的字數、平仄、結構、意境與趣味後，讓我們來談談它的用韻與對仗，作爲結束。絕句的用韻是這樣的：在第二句及第四句的末字，必定要押韻；有時在第一句的末字，也可以押韻，以使聲韻更趨和諧。僅在二、四句用韻的，如王之渙的〈登鸛鵲樓〉詩，韻字爲「流」、「樓」二字。除了二、四句用韻外，首句也有用韻的，如盧綸的〈塞下曲〉，韻字爲「高」、「逃」、「刀」；又如李白的〈黃鶴樓送孟浩然之廣陵〉詩，韻字是「樓」、

「州」、「流」；又如張繼的〈楓橋夜泊〉，韻字是「天」、「眠」、「船」。至於對仗，絕句是不講求的，但偶而一聯或兩聯對仗，也能形成詩歌的對稱之美。就以國中國文課本第一册所選的四首絕句來說，除〈登鸛鵲樓〉詩外，其他三首都由散句組成，而沒有對仗，惟有〈登鸛鵲樓〉詩一首，前後兩聯均兩兩對仗，相當工穩，可算是「律絕」了。

三、律詩

律詩與絕句一樣，都是小詩。但絕句只共四句，而律詩則多一倍，共有八句。律詩除了比絕句多四句外，還必須在中間兩聯加以對仗。因此律詩在我國的詩歌中，是最具形式和音韻之美的。

首先我們來看孟浩然的〈過故人莊〉詩：

故人具雞黍，邀我至田家。
綠樹村邊合，青山郭外斜。
開軒面場圃，把酒話桑麻。
待到重陽日，還來就菊花。

這首詩在二、三兩聯的部分，是構成對仗的。其中「綠樹村邊合」對「青山郭外斜」，「開軒面場圃」對「把酒話桑麻」。一般說來，構成對仗的首要條件是：上下兩句，字數相同，但平仄要相反。例如「綠樹」一聯，上句與下句，字數完全相同，而平仄却正好相反，是標準的對仗句。聽說從前有一位國中教師，讓學生練習做詞語的對仗，題目是「千里馬」（平仄仄），結果有的對「一個人」（仄仄平）、「三隻狗」（平仄仄），這些在平仄上都不合標準。因爲對仗的詞語必須是「仄平平」，所以有人對「一枝花」（仄平平）、「九秋霜」（仄平平），那就合乎對仗的要求了。

對仗除了對仗句的詞語在平仄上要相反外，其詞性也必須相同，如「開軒」的「開」和「把酒」的「把」、「面場圃」的「面」和「話桑麻」的「話」，都是動詞，而「軒」和「酒」、「場圃」和「桑麻」，都是名詞。除了詞性必須相同外，對仗句的詞語還要進一步地要求實字對實字、虛字對虛字、地名對地名、顏色字對顏色字、數目字對數目字等等。例如剛才所舉的「綠樹」一聯，便是實字對實字的例子。又如杜甫〈聞官軍收河南河北〉詩的「卻看妻子愁何在，漫卷詩書喜欲狂」一聯，其中「欲」與「漫」、「何」與「欲」相對，是虛字對虛字的例子。再如王維〈觀獵〉詩的「忽過新豐市，還歸細柳營」一聯，其中「新豐市」與「細柳營」，是地名對地名的例子。至於顏色字對顏色字、數目字對數目字的例子，隨處可見，在這裡就不再贅舉了。

由於律詩是由八句四聯所構成的，也合乎起、承、轉、合的條件，其中首聯（起）和尾聯（合），不必對仗，二（承）、三（轉）兩聯則必須對仗。就以王維的〈觀獵〉詩來說，便是一首五言律詩，它的格律是：

風勁角弓鳴（韻），將軍獵渭城（韻——起）。草枯鷹眼疾，雪盡馬蹄輕（韻——承——對仗）。忽過新豐市，還歸細柳營（韻——轉——對仗）。迴看射雕處，千里暮雲平（韻——合）

這是一首仄起格，首句押韻的五言律詩。其第二、四、六、八句末字，必須押韻，而且律詩只用平聲韻，沒有押仄聲韻的。還有必須說明的是：「迴看射雕處」一句的平仄爲「平平仄平仄」，而非「平平平仄仄」，屬單拗，以本句救，也算是合律的。

因爲詩的文字，比散文短而精鍊，所以在詩趣和詩境上的表現，要比散文的文境、文趣來得濃烈。由於詩趣在絕句的部分裡已談過了，所以我們在這兒只談詩境。所謂的詩境，是以詩人所表達的內在情意與外在景物爲範圍的，因此詩境，大致可分爲三類：即情境、物境與意境。王國維在《人間詞話》裡說：「境非獨謂景物也。喜怒哀樂，亦人心中之一境界，故能寫眞景物、眞感情者，謂之有境界，否則謂之無境界。」所以描寫人間喜怒哀樂等眞情感的詩歌，所呈現的便是「情境」。唐人杜甫的〈聞官軍收河南河北〉一詩，就是一個很好的例子：

劍外忽傳收薊北，初聞涕淚滿衣裳。
卻看妻子愁何在？漫卷詩書喜欲狂。
白日放歌須縱酒，青春作伴好還鄉。
即從巴峽穿巫峽，便下襄陽向洛陽。

這首詩寫作者聽到官軍收復河南河北後所湧生的「喜欲狂」的强烈情感。首聯緊扣詩題，用開門見山的技巧入題，寫自己聽到消息後，喜極而泣的情境。次聯寫妻子聽到消息後，滿懷愁緒頓然消散的情境，在這兒，特用「漫卷詩書」的動作，呼應上聯的「涕淚滿衣裳」，將「喜欲狂」作更具體的表達。以上兩聯，由作者本身推擴到妻子身上，具寫了兩人「喜欲狂」的情境。後兩聯，則由實而轉虛，進一層地虛寫「喜欲狂」的情境。其中第三聯，預想還鄉時的歡樂景象，表現的依然是「喜欲狂」的情境，成爲千古佳聯。最後一聯，緊接上聯對還鄉的預想，擬出還鄉的具體路線，以收束全詩，形成一氣奔注的輕快感，進一步地表達了「喜欲狂」的情境。這樣一實一虛，透過起、承、轉、合的結構，把「喜欲狂」的情境，表現得淋漓盡致。

由於詩人寫詩，往往以景托情，使作品達到情景交融的境地，所以在詩中，情境和物境經常交融在一起。就以孟浩然的〈過故人莊〉一詩來說，它以田園風光襯托出老朋友相見的情誼，使物境與情境交融在一起。所謂的物境，是由詩歌中的景物或事物所構成的一種境界。「故人具雞黍」一聯，以老朋友誠摯的邀約做爲開端，把題目「過故人莊」直接點明，這是就事物來寫的物境，但也含有無限的情誼在。「綠樹村邊合」一聯，寫的是赴約中所見到的景物，由田園明媚的風光襯托出心情的開朗與愉悅，這是就景物來寫的物境，而景中含情，詠來格外地生動，王國維在《人間詞話》裡說：「一切景語皆情語」，便是這個意思。「開軒面場圃」一聯，寫的是到田家後老朋友相會面、話家常的喜悅，這是就事物來寫的物境，很技巧地由物境襯托出情境來。「待到重陽日」一聯，預定了下次聚會的時間，由實轉虛，把朋友的情誼又推深一層，這是就事物來寫的物境，充分地將物境與情境疊合在一起。總結起來說，這首詩從邀約寫起，進而寫村景、寫對酌，最後又以重陽爲約，使得首尾圓合，把老朋友深厚的情誼，藉著景物和事物，表達得極爲生動自然，讓人百讀不厭。

在唐人的詩歌中，流露出大唐蓬勃氣象的，首推邊塞詩。邊塞詩在意境的表現上，往往很突出，它們多半藉著邊塞的景象和邊塞爭戰的畫面，烘托出奮發進取，以及宏偉壯闊的意境。就以王維的〈出塞作〉而言，在意境的表現上，便非常特出：

居延城外獵天驕，白草連天野火燒。
暮雲空磧時驅馬，秋日平原好射鵰。
護羌校尉朝乘障，破虜將軍夜渡遼。
玉靶角弓珠勒馬，漢家將賜霍嫖姚。

在還沒談這首詩的意境之前，我們來談談詩文的意境。它是由文人內在的意念與外在的事物或景物互相結合，藉詩文形式所表現的心靈中或理想中的世界。在「詩」方面，如李白的〈獨坐敬亭山〉、柳宗元的〈江雪〉，前者表現了物我合一、兩兩相忘的境界，後者表現了清峻孤絕的境界。在「文」方面，如陶淵明的〈桃花源記〉與列子的〈愚公移山〉，前者表現了一個人間淨土，人與人之間無憂無爭，一派和諧安樂的境界，後者表現了人類合作、人助天助、有志竟成的境界。至於這首〈出塞作〉，表現的則是青年靖邊報國、建功立業、樂觀進取、豪邁壯闊的境界。前四句寫居延城外，胡人出獵，準備侵犯邊境的情境，暗示了戰火將起的形勢。其中首二句寫城外白草遍野，獵火熊熊，胡人乘機出獵的景象；三、四兩句爲對仗句，寫秋日草原遼闊、胡人驅馬射鵰的場面，烘托出邊塞軍情緊急的氣氛。後四句寫官軍日夜冒險犯難、奮力守邊的英勇氣概，以及報國立功的英勇事蹟。其中五、六兩句爲對仗句，寫官軍戎馬倥傯，不畏困阻，奔走於碉堡與邊境之間，逐退強敵的英勇經過。七、八兩句則用漢代霍嫖姚立功邊塞，獲得朝廷賞賜的典故，來激勵並慰勞效命疆場的將士。就這樣，作者在這首詩裡，透過敵我雙方在邊塞上對壘爭戰，將遼闊的邊塞與將士豪邁、熱忱相結合，於是形成了雄奇壯闊的意境。這在欣賞時，是要特別留意的。

四、結語

如果我們能照上文所述的那樣，就格律（包括平仄、韻叶、對仗）、結構、義蘊、趣味、境界等方面，來欣賞近體詩，再對修辭的技巧加以探討，並配合媒體或吟唱，以加强效果，那麼，完整地體會出近體詩之美，便是可預期的事了。

（原載民國八十三年一月《國文天地》九卷八期，頁七八～八四）

談中國古典詩歌之美

以中等學校國文課文爲例

一、前言

所謂古典詩歌，就廣義而言，包含了詩、詞和曲。而詩、詞和曲，可說是我國最爲精緻、優美的三種文學體裁，它們在或短或長的篇幅中，寄寓了豐富而眞摯的情思，呈現出各種美，足以令人沈浸其中，百般玩味而不厭。本文就針對它們所呈現的美，分體製、格律、意旨、修辭、章法與風格等六方面，以中等學校國文課文爲例，作一番探討。

二、體製之美

我國的古典詩，從其形式結構而言，可分爲兩大類：一是古體，一是近體。古體又分古詩與樂府詩，而樂府詩之中又有所謂歌行體；近體則分絕句與律詩，而律詩之中又衍爲排律。茲以簡表列舉如下：

- 詩
  - 古體
    - 古詩
    - 樂府詩——歌行
  - 近體
    - 絕句
    - 律詩——排律

其中古詩，只求押韻，句數既不受限制，而平仄也不必考究，如《昭明文選》中的〈古詩十九首〉和陶淵明的〈詠荊軻〉就是。而樂府詩除了要押韻，句數也不受限制外，又必須合樂，以供歌唱，如漢樂府的〈飲馬長城窟行〉和元代翁森的〈四時讀書樂〉便是。至於近體詩，則脫胎於六朝的短詩，至唐代始形成，形成後即與古體詩相對峙。如以每句之字數而言，則有四言、五言、七言、雜言之不同，而近體也有五言與七言的分別。不過，無論是古體或近體，都以四言、五言與七言爲主。

詞的體製，可分三方面來說明，首先以字數的多寡來說，有小令、中調、長調之分。這樣地把詞調分成三種形式的，最早見於《草堂詩餘》，但未作任何說明。到了清朝，毛先舒說：「五十八字以內爲小令，五十九字至九十字爲中調，九十一字以外爲長調，古人定律也。」這種說法過於拘泥字數，也沒有足夠的依據，所以萬樹《詞律・發凡》說：「所謂定例，有何依據？若以少一字爲短，多一字爲長，必無是理。如〈七娘子〉有五十八字者，有六十字者，將名之曰小令乎？抑中調乎？如〈雪獅兒〉有八十九字者，有九十二字者，將名之曰中調乎？抑長調乎？」可見單以字數來分，是不十分妥當的。因此王了一先生說：「最初的詞，大約是由近體律絕增減而成。……凡是和律絕的字數相差不遠的詞，都可以稱爲小令。我們以爲詞只須分爲兩類：第一類是六十二字以內的小令，唐五代詞大致以這範圍爲限；第二類是六十三字以外的『慢詞』，包括《草堂詩餘》所謂的中調和長調，它們大致是宋代以後的產品。」（《漢語詩律學》）這種配合詞體發展順序加以區分的說法，似乎較爲可信。

其次以分段的情形來說，有單調、雙調、三疊、四疊之分。單調是指全篇僅一段者，如〈如夢令〉、〈憶江南〉便是；雙調是指全篇分成兩段者，如〈蝶戀花〉、〈菩薩蠻〉便是；三疊是指全篇分成三段者，如〈瑞龍吟〉、〈蘭陵王〉便是；四疊是指全篇分成四段者，如〈鶯啼序〉便是。

末了以結構方式來說，有換頭、不換頭、雙拽頭之分。換頭是說上下片首句字數不同，如〈滿江紅〉上片的首句是四字，下片的首句爲三字，各不相同；又如〈相見歡〉上片的首句作六字，下片的首句作三字，也各不相同，都是屬於換頭的調子。不換頭是指上下片的字數完全相同，如〈西江月〉上下片的首句均爲六字，就是很好的例子。至於雙拽頭，是說三疊詞的前兩疊較短，而句法相同，猶如第三疊的雙頭，如周邦彥的〈瑞龍吟〉：

章臺路，還見褪粉梅梢，試花桃樹。愔愔坊陌人家，定巢燕子，歸來舊處。

黯凝佇，因念箇人癡小，乍窺門戶。侵晨淺約宮黃，障風映袖，盈盈笑語。

前度劉郎重到，訪鄰尋里，同時歌舞，惟有舊家秋娘，聲價如故。吟箋賦筆，猶記燕臺句。知誰伴，名園露飲，東城閑步，事與孤鴻去。探春盡是、傷離意緒。宮柳低金縷，歸騎晚，纖纖池塘飛雨。斷腸院落，一簾風絮。

其中「章臺路」至「歸來舊處」是第一疊，「黯凝佇」至「盈盈笑語」爲第二疊，兩疊不但句法相同，字數也相同，合起來還沒第三疊字數多，恰好可以作爲第三疊的雙頭，因此

〈瑞龍吟〉可以說是用標準雙拽頭形式所構成的一個調子。茲以簡表列舉如下：

詞
- 就字數多寡分
  - 小令
  - 中調
  - 長調
- 就分段情形分
  - 單調
  - 雙調
  - 三疊
  - 四疊
- 就結構方式分
  - 換頭
  - 不換頭
  - 雙拽頭

至於曲的體製，賴橋本教授在其〈如何進行元曲教學〉一文中曾作這樣的說明：「元曲按照作用與體裁可分爲散曲與劇曲兩類：散曲是元曲詩歌的部分，它的作用在發抒作者的性靈，或抒情，或寫景；只有曲文，沒有對白及表情動作，只可清唱，不能表演故事。劇曲是

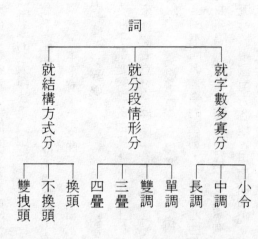

元曲戲劇的部分，它的作用在表演故事，所以除了曲文之外，還要有對白及表情動作，才能表演各種不同的劇情。元代的散曲依照體製大小分爲小令與散套兩類：小令是短小的歌曲，以一支爲單位，與詞的小令近似，除了少數曲牌如〈百字令〉外，大多不超過六十字。散套則是集合宮調或管色相同的若干支曲牌組合而成，是一成套的歌曲，有如長歌一般。《國中國文》所選的〈天淨沙〉、〈山坡羊〉、〈折桂令〉及《高中國文》所選的〈大德歌〉、〈沈醉東風〉、〈折桂令〉，都是以一首爲單位，或抒情，或寫景，所以都是小令。《高中國文》所選的馬致遠題西湖套，本來有十二支曲子——〈新水令〉、〈慶東原〉、〈棗鄉詞〉、〈掛玉鉤〉、〈石竹子〉、〈山石榴〉、〈醉娘子〉、〈一錠銀〉、〈駙馬還朝〉、〈胡十八〉、〈阿納忽〉、〈尾〉組合而成，這十二支曲子都是雙調的曲牌，同用小工的管色，調高相同，聲情相近，因此可以連下來歌唱，用來抒情或寫景，好像一首長歌一樣，所以稱爲散套。因爲篇幅過長，所以課本精選其中〈新水令〉、〈慶東原〉、〈棗鄉子〉、〈掛玉鉤〉、〈阿納忽〉、〈尾〉等六支曲子。元代的劇曲依照地區的不同與音樂的差別，可分爲北曲雜劇與南曲戲文：北曲雜劇流行於中國北方各地，用北曲演唱，如馬致遠〈漢宮秋〉、關漢卿〈竇娥冤〉，它的特點是一本四折，一人獨唱。南曲戲文流行於中國南方各地，用南曲演唱，一本三、四十齣，各個腳色都可以唱，如高明《琵琶記》、徐畛《殺狗記》。《高中國文》選了《琵琶記・糟糠自厭》，就是元末明初流行於南方的南曲戲文。南曲戲文後來演變爲明清傳奇，《琵琶記》被稱爲傳奇之祖。」茲據以簡表列舉如次：

- 曲
  - 散曲
    - 小令
    - 散套
  - 劇曲
    - 北曲雜劇
    - 南曲戲文

由此可見古典詩歌的體製，是多樣而富於變化的，而所呈現之美，自然也是多樣而富於變化的。

三、格律之美

古典詩歌的格律，可就其平仄、韻叶與對偶三端加以探討，茲分述如下：

㈠平仄

就詩來說，古體詩是不拘平仄的，而近體詩，則對此有嚴格的規定。以一句之中而言，無論是五言或七言，更無論是絕句或律詩，都必須守住兩個原則：其一是結字之外，同一聲調者非疊二即疊三，卻不可落單；其二是結字用同一聲調時非單用即疊二，卻不可疊三。以上下句的聯貫而言，則要守住「對」與「黏」的兩個原則；所謂「對」，是指一聯之中下句開頭的平仄與上句開頭的平仄要相反；所謂「黏」，是指兩聯之間，下聯出句開頭的平仄與上聯對句開頭的平仄要相同。例如平起首句不入韻的五絕，其平仄格律為：

+——||（句），+||——（韻）。+|——|（句），+——||—（叶）。

而仄起首句入韻的七絕，其平仄格律則為：

+|——||—（韻），+—+||——（叶）。+—+|——|（句），+|——|—（叶）。

其餘的五律、七律各式，皆可以此類推，是既整齊而又富於變化的。

就詞來說，對平仄也有嚴格的規定。不過它比起近體詩來更講求變化，以合於各詞牌之要求，因爲詞牌一不同，其平仄也隨之而異。如〈南鄉子〉詞這個詞牌，其平仄格律爲：

—｜｜（句），｜——（韻）。＋—＋｜｜——（叶）。＋｜＋——｜｜（換仄）。——｜（叶仄）。＋｜＋——｜｜（叶仄）。

而〈相見歡〉這個詞牌，它的平仄格律則是：

＋—＋｜——（韻）。｜——（叶）。＋｜＋——｜（豆）、｜——（叶）。　＋＋｜（換仄）。＋＋｜（叶仄）。｜——（叶平）。＋｜＋——｜（豆）、｜——（叶平）。

小令的平仄大抵如此，長調則變化更多。

就曲來說，對平仄的要求，比詞還來得嚴格，關於這點，賴橋本教授在其〈如何進行元曲教學〉一文中說：「每一曲牌有一定的平仄，雖有一些字的平仄可以通融，如七字句的第一、三字，五字句的第一字，某些四字句的第一、三字等，但大部分的字都要遵守平仄。甚至於緊要的字，仄聲還要分上去，平聲也要分陰陽，不可移易，比詩詞更要講究。特別是末句最爲嚴格，周德清《中原音韻・作詞十法》有末句定格一項，即說明每一曲牌末句必須要用的平仄。」就以〈天淨沙〉曲爲例，其平仄格律爲：

＋－＋｜－－（韻）。＋－＋｜－－（叶）。＋｜－－去⊥（叶）。＋－－去（叶）。＋－＋｜－－（叶）。

（以上聲調符號，平聲作－，仄聲作｜，可平可仄作＋，可平可上作⊥，去聲作去。）

可見詩、詞和曲，除古體詩外，對平仄都十分講究。它們音節之所以美，與此大有關係。

㈡韻叶

押韻是詩歌不可或缺的要素。以詩而言，在上古時，用韻極爲自由，有一句一韻者，有隔句一韻者，更有兩句或三四句一轉韻者，變化多端，不一而足。但自魏晉以後，則漸趨於統一，採隔句叶韻的一種方式。而此時《切韻》一系的韻書，發揮了很大的影響力。不過，由於它們分韻太細，唐宋人已不完全遵守，於是有《平水韻》的出現。它分平聲爲三十韻、上聲爲二十九韻、去聲爲三十韻、入聲爲十七韻，凡一〇六韻，成爲古典詩押韻之依據。如杜甫

〈聞官軍收河南河北〉詩，韻腳「裳」、「狂」、「鄉」、「陽」，是屬平聲「七陽」韻；又如李白〈送友人〉詩，韻腳「城」、「征」、「情」、「鳴」，是屬平聲「八庚」韻。

以詞而言，在晚唐五代，甚至北宋時，由於沒有正式的專用於塡詞的韻書作依據，所以詞人只好分合詩韻或雜以方音來塡詞。到了南宋以後，才有詞韻的專著出現，其中分韻分得最精當的，要推《詞林正韻》。該書合平、上、去爲十四部，入聲爲五部，共十九部。其中每一部的平聲韻和入聲韻皆須單押，而同一部內的上、去聲韻則可以通押。如朱敦儒的〈相見歡〉詞，平韻的部分，押的是第十二部的韻，韻字是「樓」、「秋」、「流」、「收」、「州」；仄韻的部分，押的是第七部的韻，韻字是「亂」、「散」。再如辛棄疾的〈西江月〉詞，平韻的部分，押的是第七部的韻，韻字是「蟬」、「年」、「前」、「邊」；仄韻的部份，押的是第七部的韻，韻字是「片」、「見」。

以曲而言，因北曲沒有入聲，而叶韻又往往較密，且「一首曲子可以平上去三聲通協，不像詩詞，平聲專立一部，不與仄聲叶韻，仄聲也不與平聲叶韻。所謂平上去三聲通協是指整首曲子而言，若就某一韻腳而言，則該平不能用仄，該仄不能用平，尤其末韻更是嚴格，必須遵守格律，不但平仄不能互易，甚至仄聲還要分上去。」（賴橋本教授《如何進行元曲教學》）所以較詩、詞更活潑而多變化。爲了適應這種需求，周德清編了《中原音韻》一書，以韻爲綱，包攝陰平、陽平、上聲、去聲同韻的字爲一部，共分十九部，普受大衆肯定。如關漢卿的〈四塊玉〉曲，押的是第二部的歌戈韻，韻字是「沒」、「潑」、「呵」、「和」、「鵝」、「活」。再如馬致遠的〈天淨沙〉曲，押的是第十三部的家麻韻，韻字是「鴉」、「沙」、「馬」、「下」、「涯」。

由此看來，詩、詞、曲的分韻情形和押韻方式是有所不同的，但就注重音韻和諧之美來說，卻是一致的。

㈢對偶

對偶是詩歌最常見的一種形式。古詩和樂府詩沒有對偶的要求，要求得最嚴格的是律詩，它規定在中間二聯皆須對仗。一般說來，對仗的主要條件是：首先求上下兩句字數相同，但平仄要相反；其次是對應詞語的詞性必須相同；末了要實字對實字、虛字對虛字、地名對地名、顏色字對顏色字等。譬如孟浩然〈過故人莊〉詩的中間二聯是：

綠樹村邊合，青山郭外斜。
開軒面場圃，把酒話桑麻。

其中「綠樹」一聯，上句與下句，字數完全相同，且平仄相反，而「綠」與「青」又顏色相對，可說是標準的對仗句。至於「開軒」的「開」和「把酒」的「把」、「面場圃」的「面」和「話桑麻」的「話」，都是動詞，而「軒」和「酒」、「場圃」和「桑麻」，都是名詞，而這也全是以實字對實字的例子。又如杜甫〈聞官軍收河南河北〉詩有一聯云：

卻看妻子愁何在，漫卷詩書喜欲狂。

其中「卻」與「漫」、「何」與「欲」，是虛字對虛字的例子。再如王維〈觀獵〉詩有一聯云：

忽過新豐市，還歸細柳營。

其中「新豐市」與「細柳營」，是地名對地名的例子。

這種對偶的嚴格要求，到了詞、曲，除了上下句字數必須相同外，其他就寬多了。通常要講求對仗的，有固定的詞牌或曲牌。詞如〈西江月〉、〈浣溪沙〉、〈踏莎行〉等，曲如〈天淨沙〉、〈折桂令〉、〈大德歌〉等。茲各舉一例，以見一斑：

明月別枝驚鵲，清風半夜鳴蟬。
七八箇星天外，兩三點雨山前。（辛棄疾〈西江月〉詞）

歸雁橫秋，倦客思家。
翠袖殷勤，金盃錯落，玉手琵琶。
人老去、西風白髮，蝶愁來、明日黃花。
一抹斜陽，數點寒鴉。（張可久〈折桂令〉曲）

從上舉二例中，可看出詞、曲的對偶十分自由，只要句法相同即可，不過，值得一提的是，詞、曲中往往有如「翠袖」三句所形成的「鼎足對」，這是詩所沒有的。

詩歌既然要講求對偶，那就必然造成對襯之美，這使詩歌格律之美的內容更豐富了。

四、意旨之美

意旨是詩歌的靈魂所在，詩歌如不能具備善美的意旨，那麼作品就如同失去生命一樣，是無法令人感動、喜歡的。通常它可從主旨（綱領）的安置、顯隱與材料的使用等方面加以探討，以捕捉它的美。

㈠主旨的安置

要欣賞詩歌意旨之美，首先要掌握它的主旨或綱領，這可從其安置的部位去尋找。一般說來，作者安置主旨或綱領的部位，不外篇首、篇腹、篇末與篇外四種。茲依序作簡要的說明：

首先是安置於篇首者，這是將主旨或綱領，以開門見山的形式，直接安置於一篇之首的一種方法。這種方法，大都形成「先凡後目」的格式，自來廣被詞章家所採用。如韋莊的〈菩薩蠻〉詞：

紅樓別夜堪惆悵，香燈半掩流蘇帳。殘月出門時，美人和淚辭。　琵琶金翠羽，絃上黃鶯語。勸我早歸家，綠窗人似花。

這首詞的主旨爲「別夜惆悵（即別恨）」，在起句就交代明白，這是「凡」的部分。接著先以「香燈」一句，就「紅樓」寫夜別的所在，爲夜別安排一個適當的環境；再以「殘月」兩句，藉「殘月」與「淚」，具體地寫在門外夜別的惆悵；這是「目一」的部分。然後於下片，承

「香燈」句，追敍在樓上夜別的情景，經由美人之琵琶與言語，將「別夜惆悵」再從中帶出來，這是「目二」的部分。作者用這種先總括、後條分的形式來寫，使人讀後，也不禁爲之惆悵不已。

其次是安置於篇腹者，這是將主旨或綱領特地安置在詞章的中央部位，以總括全篇文義的一種方法。這種方法，大都形成「目凡目」的格式，常用於詩歌，在散文中則較爲少見。如杜甫的〈聞官軍收河南河北〉詩：

劍外忽傳收薊北，初聞涕淚滿衣裳。卻看妻子愁何在？漫卷詩書喜欲狂。白日放歌須縱酒，青春作伴好還鄉。即從巴峽穿巫峽，便下襄陽向洛陽。

此詩旨在寫「聞官軍收河南河北」後「喜欲狂」的心情。作者首先在起聯，扣緊題目，寫「聞官軍收河南河北」時自己喜極而泣的情形，透過「忽傳」、「初聞」寫事出突然，並藉「涕淚滿衣裳」反照出喜悅，大力地爲下聯的「喜欲狂」三字蓄勢。接著在頷聯，採設問之技巧，將目標由自己移到妻子身上，寫妻子聞後狂喜的情狀，在這兒以「卻看」作接榫，藉「愁何在」逼出一篇之主旨「喜欲狂」，並以「漫卷詩書」作具體之襯托。繼而在頸聯，以「放歌縱酒」上承「喜欲狂」、「作伴」上承「妻子」，經由設想寫春日攜手還鄉的打算。

最後在尾聯，緊接上聯還鄉之打算，一口氣虛寫還鄉所經過的路程，將「喜欲狂」作充分的渲染。就這樣，由「忽傳」而「初聞」、「卻看」而「漫卷」、「即從」而「便下」，一氣奔注，把自己和妻子「喜欲狂」的心情，用先實後虛的手法，描摹得極其生動。顯而易見地，作者就以安置在篇腹的「喜欲狂」三字作爲綱領，既用以上收實寫「喜欲狂」的部分，又藉以下啓虛寫「喜欲狂」的四句話，形成「目、凡、目」的結構，手法之高，令人讚賞不止。

接著是安置於篇末者，這是先針對著主旨或綱領將內容條分爲若干部分，以依次敍寫，到最後才總括起來，將主旨或綱領點明於篇末的一種方法。這種方法，通常形成「先目後凡」的格式，也一樣廣被採用。如李白的〈登金陵鳳凰臺〉詩：

鳳凰臺上鳳凰遊，鳳去臺空江自流。吳宮花草埋幽徑，晉代衣冠成古邱。三山半落青天外，二水中分白鷺洲。總為浮雲能蔽日，長安不見使人愁。

這首詩首先以鳳凰之去與江之自流，讓人興起盛衰之感，爲尾句的「愁」字蓄力；再來以埋幽徑之吳宮花草和成古邱之晉代衣冠，承「鳳去臺空」作進一層的描寫，巧妙地透過了眼前的幽徑與古邱作歷史的追溯。大家都知道三國時的東吳和後來的東晉都先後建都於金陵，繁華可說盛極一時，然而吳國昔日的富麗宮廷卻已經荒蕪，埋於今日的幽徑；東晉從前的風流人物也早已逝世，埋於今日的丘墳；這些都使作者產生強烈的興亡之感，再爲尾句的「愁」字助勢。接著以半落青天外之三山與中分白鷺洲之二水，將目光由弔古而轉向若隱若現的三山與奔騰不息的長江，有意藉登臺所見的山水壯闊之景，和上聯所寫的衰颯之狀作成鮮明的對比，以寓人事已非、江山如故的深切感慨，進一步地爲尾句的「愁」字加强它的感染力量。最後以浮雲之蔽日，譬邪臣之蔽賢，一方面爲自己被排擠出京而憤懣，一方面又爲唐王朝重蹈六朝覆轍而憂慮，明白地爲結尾的「愁」交代了它形成的主因。就這樣以「先目後凡」的形式，將一篇之主旨「愁」巧妙地拈出，手法是極高明的。

末了是安置於篇外者，這是將主旨隱藏起來，不直接在篇內點明，而讓人由篇外去意會的一種方法。這種方法，由於可「不著一字，盡得風流」，所以被用得最爲普遍。如李白的〈黃鶴樓送孟浩然之廣陵〉詩：

故人西辭黃鶴樓，煙花三月下揚州。孤帆遠影碧空盡，惟見長江天際流。

此詩旨在敍別情。作者先以起二句敍事，敍的是故人西辭武昌前往揚州的事實；再以結二句寫景，寫的是故人乘船遠去，消失於天際的景象。作者就單單透過「事」與「景」，從篇外表達出無限的離情來。唐汝詢說：「黃鶴樓，分別之地；揚州，所往之鄉。煙花，敍別之景；三月，紀別之時。帆影盡則目力已極，江水長則離思無涯。悵望之情，具在言外。」（《唐詩解》）所謂「悵望之情，具在言外」，正指出了本詩主旨在篇外的特色。

㈡材料的使用

從安置的部位掌握了主旨或綱領之後，必須進一步地探討作者究竟使用了那些具體的物材或事材，來將抽象的主旨凸顯出來，使它發揮最大的感染力或說服力，以增添其意旨之美。

所謂的「物」，本來是沒什麼情意可言的，但詞章家卻偏偏賦予它們情意，使物產生了意象，和自己內在的情意結合起來，達於交融的境地。王國維說：「一切景語皆情語」（《人間詞話》），便是這個意思。其實，景語不僅是情語而已，也往往是理語，所以詞章家藉景物來抒情或說理的，便隨處可見。如李煜的〈清平樂〉詞：

別來春半，觸目愁腸斷，砌下落梅如雪亂，拂了一身還滿。　雁來音信無憑，路遙歸夢難成。離恨恰如春草，更行更遠還生。

此詞旨在寫「離恨」。而可用以寫離恨的材料卻很多，結果作者在這首詞裡卻挑選了眼前「觸目」所及的材料：首先是「落梅」，它的物象既可藉以表示作者的憐惜哀傷之情，而「梅」的本身更是離恨的象徵。相傳在南朝時，范曄有一個朋友叫陸凱的，曾托信差由江南帶一枝梅花，並附一首詩送給范曄，以表示對他的思念之情。詩是這樣寫的：

折梅逢驛使，寄與隴頭人。江南無所有，聊贈一枝春。

從此梅就和離情結了不解緣，並由朋友擴大到家人、男女身上，以表示對他（她）們的思念之情。如唐宋之問的：

明朝望鄉處，應見隴頭梅。（〈題大庾嶺北驛詩〉）

便是很好的例子。其次是「雁來」，用的是蘇武雁足繫書的故事，當然更與離情有關，如王灣的〈次北固山下詩〉說：

鄉書何處達？歸雁洛陽邊。

這不是明顯的例證嗎？又其次是「路遙」，可進一層地將空間拓遠，使離恨更變得無窮無盡，自然也產生了以景襯情的作用。最後是「春草」，則與離情，尤有關連。因爲草逢春而漫生無際，一方面既時時入人眼目，一方面又可藉以襯出離恨之多來，如王維〈送別詩〉說：

春草明年綠，王孫歸不歸？

諸如此類的例子，俯拾皆是。可見李煜選這些物材來寫「離恨」，是很有眼力的。

所謂的「事」，可以是事實，也可出自虛構。虛構的，以寓言最爲常見。至於事實，則以過去的事實（故事）被運用得最多，如辛棄疾的〈賀新郎〉詞：

綠樹聽鶗鴂。更那堪、鷓鴣聲住，杜鵑聲切。啼到春歸無尋處，苦恨芳菲都歇。算未抵、人間離別。馬上琵琶關塞黑，更長門、翠輦辭金闕。看燕燕，送歸妾。將軍百戰身名裂。向河梁、回頭萬里，故人長絕。易水蕭蕭西風冷，滿座衣冠似雪。正壯士、悲歌未徹。啼鳥還知如許恨，料不啼清淚長啼血。誰共我，醉明月。

此詞題作「別茂嘉十二弟。鶗鴂、杜鵑實兩種，見《離騷補注》」，可知爲贈別之作。它先由啼鳥之苦恨寫到人間的別恨，然後合人、鳥雙寫，帶出贈別之意作收。就在寫人間別恨的部分裡，作者臚列了古代有關送別的恨事，來表達難言之痛，從而推深眼前的送別之情。其中頭一件恨事爲漢王昭君別帝闕出塞，不過在此必須一提的是：「更長門」句，雖用漢陳皇后事，但「仍承上句意，謂王昭君自冷宮出而辭別漢闕」（鄧廣銘《稼軒詞編年箋注》），這是很合理的看法；第二件恨事爲衞莊姜送妾歸陳國；第三件恨事爲漢李陵送蘇武回中原；第四件恨事爲戰國末荊軻別燕太子丹入秦刺秦王。以上四件送別之恨事，前二者的主角爲女子，後二者的主角爲男子。這樣分開列舉，所謂「悲歌未徹」，一定和當日時事有所關連。如進一步加以推敲，前二者當與當時和番聯敵的政策相涉，用以表示諷喻之意；而後二者，則與滯留或喪生於淪陷區的愛國志士相關，用以抒發關切與哀悼之情。不然，送「茂嘉十二弟」，怎麼會恨到「不啼清淚長啼血」呢？這麼說，第一、三、四等件恨事，都不成問題，必須作一番說明的是第二件恨事。大家都知道，衞莊公夫人莊姜無子，以陳女戴嬀所生子完爲己子，莊公死後，完繼立爲君，卻被公子州吁所殺，於是莊姜送陳女戴嬀歸陳，並由石腊居間謀計，終於執州吁於濮而殺了他。這件事，從某個角度來看，跟當時聯敵的政策是不是有關連呢？答案是相當肯定的。由此說來，作者用這四件事材來寫，除了用以襯托送別茂嘉十二弟之情外，是別有一番「言外之意」的。靠事材來替作者說話，這是一個很好的例子。

㈢主旨的顯隱

詩歌的主旨，有的直接從詞面明白地表達出來，這就是所謂的「全顯」；有的除表面者外，又將深一層的部分隱藏起來，這就是所謂的「顯中有隱」；而有的則完全藏於篇外，這就是所謂的「全隱」。有了這些不同的表達方式，更凸顯了詩歌意旨之美。

全顯者，如李白的〈送友人〉詩：

青山橫北郭，白水繞東城。此地一為別，孤蓬萬里征。浮雲遊子意，落日故人情。揮手自茲去，蕭蕭班馬鳴。

這是一首送別的作品，全詩共分三個部分：起聯、頷頸聯和尾聯。其中起、尾兩聯都是用來寫景的：一是就送別的地方，寫送別時所見的靜態景物；一是就友人的離去，寫離去時所見到的動態景物。這兩個部分，本是緊緊相連的，而作者卻把它們提開，空出頷、頸兩聯來，插入抒情的部分。這個部分先以「此地」、「萬里」上接起聯，並下應尾聯，而巧妙地由此引出「別」字、「征」字，敍明離別；然後又以「浮雲」、「落日」，和起、尾兩聯的景物打成一片，並由此透過譬喻，帶出「遊子意」、「故人情」，點明客主雙方的離情別意。就這樣，一篇的主旨「離情別意」便明明白白地抒發出來了。

顯中有隱者，如崔顥的〈黃鶴樓〉詩：

昔人已乘黃鶴去，此地空餘黃鶴樓。黃鶴一去不復返，白雲千載空悠悠。晴川歷歷漢陽樹，芳草萋萋鸚鵡洲。日暮鄉關何處是，煙波江上使人愁。

此乃懷古思鄉之作。作者先將題目扣緊，透過想像，在起、頷二聯，就黃鶴樓虛寫它的來歷；而由黃鶴之一去不還與白雲千載之悠悠，預爲結句的「愁」字蓄力。接著在頸聯，仍針對著題目，實寫登樓所見的空闊景物；而由歷歷之晴川與萋萋的芳草，正如所謂的「水流無限似儂愁」（劉禹錫〈竹枝詞〉）、「王孫遊兮不歸，青草生兮萋萋」（《楚辭・招隱士》），帶著無限愁恨，再爲結句之「愁」字助勢。然後在結聯，由自問自答中，承上聯，把空間從漢陽、鸚鵡洲推拓出去，伸向遙遠的故園，且在其上抹上一望無際的渺渺輕煙，從而逼出一篇之主旨「鄉愁」作結。由此看來，說它旨在寫「鄉愁」是不會錯的。不過，我們萬不可遺漏了「鸚鵡洲」三字，因爲作者在此暗用了東漢末禰衡的典故。據《後漢書・文苑傳》所載，禰衡少有才辯，卻氣尚剛傲，且愛好矯時慢物，所以雖受到孔融的敬愛與推介，然而不但前後見斥於曹操、劉表，最後還死於江夏太守黃祖之手。禰衡死後，葬於一沙洲上，而此一沙洲，因產鸚鵡，且禰衡又曾爲此而作〈鸚鵡賦〉，於是後人便以「鸚鵡」爲名。這樣看來，作者在這裡，是暗用了禰衡的典故來抒感他懷才不遇之痛的啊！可見這首詩的主旨是顯中有隱的。

全隱者，如杜牧的〈山行〉詩：

遠上寒山石徑斜，白雲生處有人家。停車坐愛楓林晚，霜葉紅於二月花！

這是一秋日遊山之作，寫的是作者山行時所見清麗秋色。它的前二句，寫秋山之行，在這裡，作者以「遠」寫山之高，以石徑之「斜」寫路之曲折，而又以白雲中的人家作點綴，使得秋寒的高山顯得格外清幽安詳，而又令人感到溫暖，這是泛就山行所見清景來寫的。至於後二句，則用以寫紅豔的楓林。作者在此，採比較的手法，指明沐浴在斜陽之下的楓葉比二月花還來得紅，構成了一幅楓葉流丹、山林盡染的迷人畫面，這是特就山行時所見豔景來寫的。作者就這樣的以清、豔之景襯托出他玩賞秋山楓林時恬靜而愉悅的心情，而這種心情非得讀者從篇外去尋取、領會不可。

作者所呈現意旨之美，我們如能就上述主旨的安置、顯隱與材料的使用去加以探求，是可充分領略出來的。

五、修辭之美

每一文體都必須講究修辭的技巧，而詩歌則更要求得多，因爲在有限的篇幅中要含容無盡的情意，如不借助於此，是很難收到效果的。所以在詩歌裡，隨處就可以見到修辭的一些例子。譬如誇飾，白居易的〈琵琶行〉就以「千呼萬喚」作數量的誇大；又如類疊，崔顥的〈黃鶴樓〉詩就以「歷歷」、「萋萋」與「悠悠」，形成疊字的效用；又如借代，朱敦儒的〈相見歡〉詞就以「簪纓」借指達官顯要；又如倒裝，辛棄疾的〈西江月〉詞就以「稻花香裡說豐年，聽取蛙聲一片」與「舊時茆店社林邊，路轉溪橋忽見」，先後形成倒裝的形式；又如轉化，朱敦儒的〈相見歡〉詞就以「試倩悲風吹淚」，將風加以擬人化；又如摹寫，張養浩的〈水仙子〉曲（末句除外）與張可久的〈梧葉兒〉曲全篇，就摹寫了作者之所見、所聞。諸如此類，例子眞是不勝枚擧。

以上是針對著修辭的幾種技巧，隨意列擧的一些例子，以下特擧二首作品，以所用重要修辭技巧爲例，作進一步的說明。首先是佚名的〈木蘭詩〉，此詩主要用了設問、頂眞、倒裝與對偶等修辭方式，其中設問的，如問女何所思?問女何所憶?

藉此以承上啓下,並提振文章精神。頂眞的,如

軍書十二卷,卷卷有爺名。

藉此以聯貫句子,使神旺氣足。倒裝的,如

萬里赴戎機,關山度若飛。

藉此以喚起注意,增加文章的波瀾。對偶的,如

將軍百戰死,壯士十年歸。

藉此以形成對襯美,使意思更爲凸顯。除此之外,見於本詩的積極修辭方式,尚有排比、鑲嵌、誇飾、示現、跳脫等,更增添其修辭之美。

其次是張可久的〈折桂令〉，它主要用了借代、譬喻、對偶、引用等修辭技巧，其中最值得令人注意的是引用，首先是：

對青山強整烏紗。

在這兒，作者用了晋代孟嘉於重陽節參加桓溫龍山宴會而風吹落帽的故事，這個故事見於《晋書・孟嘉傳》：

〔嘉〕後為征西桓溫參軍，溫甚重之。九月九日，溫宴龍山，寮佐畢集。時佐吏並著戎服，有風至，吹嘉帽墮落，嘉不之覺。溫使左右勿言，欲觀其舉止。嘉良久如廁，溫令取還之，命孫盛作文嘲嘉，著嘉坐處。嘉還見，即答之，其文甚美，四坐嗟歎。

此外也用了杜甫〈九日藍田崔氏莊〉詩「羞將短髮還吹帽，笑倩旁人爲正冠」的語句，以表現宦情闌珊與虛應故事的無奈之苦。其次是：

蝶愁來明日黃花。

這引用了蘇軾〈南鄉子〉「萬事到頭都是夢，休休，明日黃花蝶也愁」的詞句，以寓遲暮不遇之意。最後是：

回首天涯，一抹斜陽，數點寒鴉。

作者在這裡，顯然用了秦觀〈滿庭芳〉「多少蓬萊舊事，空回首、煙靄紛紛。斜陽外，寒鴉數點，流水遶孤村」的詞句，以寥落的暮景襯托出無限之愁思。這三處的「引用」，都用得極爲自然，不露痕迹，即使不知出處，也能瞭解曲意，如曉得出處，就更豐富了曲意，增添無比的情韻，這是「引用」的最高的技巧，令人激賞不止。

這種修辭的技巧，可說散見於詩歌的每一作品裡，有如一顆顆亮麗的明珠，爲詩歌散發出無比的光輝。

六、章法之美

所謂的章法，是指文章構成的型態而言，也就是將句子組合成節、段，由節、段再組合成篇的一種方式。這種方式雖然不免隨著作者經營手段的不同，而呈現多樣的變化，使得我們很不容易用幾個固定的格式來牢籠它們。但是由於每個作家在謀篇布局之際，都會不知不覺地受到人類共通理則的支配，以致寫成的作品，在各式各樣的枝葉底下，都無可例外地藏著一些基本的、共通的幹身。這基本的、共通的幹身，可以用三個原則來概括，那就是：秩序、聯貫與統一。以下就據這三原則來探討詩歌章法之美。

(一)秩序

秩序是就材料次第的配排來說的。通常作者係依時間、空間或事理展演的自然過程作適當的安排。這種安排的方式，最常見的，以時間而言，有「由昔而今」、「由今而昔」、「由今而昔而今」等；以空間而言，有「由近而遠」、「由遠而近」、「由遠而近而遠」、「由大而小」、「由小而大」、「由大而小而大」等；以事理而言，有「由本而末」、「由末而本」、「由輕而重」、「由重而輕」、「由正而反」、「由反而正」、「由實而虛」、

「由虛而實」、「由凡而目」、「由目而凡」等。如辛棄疾的〈西江月〉詞：

明月別枝驚鵲，清風半夜鳴蟬。稻花香裡說豐年，聽取蛙聲一片。 七八箇星天外，兩三點雨山前。舊時茆店社林邊，路轉溪橋忽見。

此詞題作「夜行黃沙道中」，它的上片，寫的是作者「夜行黃沙道」時所聽到的各種聲音，先是別枝上的鵲聲，再來是清風中的蟬聲，最後是稻香裡的蛙聲；而下片寫的則是「夜行黃沙道」時所見到的各種景物，先是天外的疏星，再來是山前的雨點，最後是橋後的茆店；就這樣依「由小而大」（上片）、「由遠而近」（下片）的順序，將鄉村夜晚的一幅恬靜畫面描摹得極其生動，這當然是很合乎秩序的原則的。又如馬致遠的〈天淨沙〉曲：

枯藤老樹昏鴉。小橋流水人家。古道西風瘦馬。夕陽西下。斷腸人在天涯。

此曲先就空間，以「枯藤」兩句寫道旁所見，以「古道」句寫道中所見；再就時間，以「夕陽」句指出是黃昏，以增強它的情味力量；然後由景轉情，點明浪迹天涯者的悲痛——「斷腸」作結，這顯然也是很合乎秩序的原則的。

㈡聯貫

聯貫是就材料前後的接榫來說的。這種材料前後的接榫，方式頗多，其中屬於基本性質的，有聯詞、聯語、關聯句子與關聯節段等四種；屬藝術層面的，則有就局部而言的前呼後應，與就整體而言的一路照應等。由於受篇幅限制，在這裡僅就藝術的聯貫，分局部與整體兩種，各舉一例說明如左：

首先是局部性的前呼後應，如蘇軾的〈念奴嬌〉詞：

大江東去，浪淘盡、千古風流人物。故壘西邊，人道是、三國周郎赤壁，亂石崩雲，驚濤裂岸，捲起千堆雪。江山如畫，一時多少豪傑。遙想公瑾當年，小喬初嫁了，雄姿英發。羽扇綸巾，談笑間、檣櫓灰飛煙滅。故國神遊，多情應笑我，早生華髮。人間如夢，一尊還酹江月。

此詞題作「赤壁懷古」，是作者在謫居黃州時所寫的。全詞共分三個部分：頭一部分，自篇首至「一時多少豪傑」止，寫赤壁如畫的江山勝景，並由景而及於三國當年破曹的英雄豪傑，作歷史的追溯，以暗含古今興亡的感慨，預爲篇末的主旨——「多情」鋪路。第二部分自「遙想公瑾當年」至「檣櫓灰飛煙滅」止，承上個部分的「豪傑」，用「遙想」領入，寫「三國周郎」當年的少年英氣、功業事蹟和不可一世的雄風，隱約地表出自己無比的仰慕之情，以逼出下個部分的「多情」來。第三部分自「故國神遊」至篇末，首先以「故國神遊」一句，將上兩個部分的敍寫作一收束，然後以「多情應笑我」四句，由古代的周郎拍向自己身上，藉自身年老、一事無成的衰頹形象，有意與周郎的「雄姿」作成尖銳的對比，以表出年華虛度、人生如夢的深切感慨——「多情」來，寫得眞是「感慨雄壯」到了極點，誠如王元美所說的「果令銅將軍於大江奏之，必能使江波鼎沸」（《弇州山人詞評》）啊！如果特就聯貫（呼應）的技巧而論，此詞約分三組來先後呼應：一是就「水」上呼應，先以「大江東去」一呼，後由「浪」、「驚濤裂岸，捲起千堆雪」、「江」回應；二是就「山」上呼應，先以「故壘西邊」、「赤壁」一呼，後由「三國周郎」、「多少豪傑」爲應，從而領出下半闋來敍寫「人」事，成功的將年老華白、一事無成的自己與當年雄姿英發、建立不朽功業的周瑜，作成尖銳的對照，以寫年華虛度、「人間如夢」的深切感慨來。這樣由「江」（含人）、「山」（含人）而折到「人」事，彼此前後呼應，章法是相當綿密的。

接著是整體性的一路照應，如關漢卿的〈四塊玉〉曲：

舊酒沒。新醅潑。老瓦盆邊笑呵呵。共山僧野叟閒吟和。他出一對雞，我出一個鵝。閒快活。

此曲先提新酒，次提酒具，再提酒友，然後就友、我，提各自提供的下酒菜餚，就這樣由「笑呵呵」而「閒吟和」而「閒快活」，將全曲聯貫成一體，產生出最大之感染力來。

㈢統一

統一是就材料、情意的統整來說的。大家都知道，使詞章從頭到尾維持一致的思想情意，是每個詞章家所努力以赴的，因此每個詞章家在寫作之際，都會立好明確的綱領或主旨，以貫穿全篇，使詞章產生最大的說服力與感染力。如孟浩然的〈過故人莊〉詩：

故人具雞黍，邀我至田家。綠樹村邊合，青山郭外斜。開軒面場圃，把酒話桑麻。待到重陽日，還來就菊花。

此詩以田園風光襯托出老朋友相見的深切情誼，使篇內的物境與篇外的情境交融在一起。所謂的物境，是由詩歌中的景物或事物所構的一種境界。「故人具雞黍」一聯，以老朋友誠摯的邀約做為開端，把題目「過故人莊」直接點明，這是就事物來寫的物境，但也含有無限的情誼在。「綠樹村邊合」一聯，寫的是赴約途中所見到的景物，由田園明媚的風光襯托出心情的開朗與愉悅，這是就景物來寫的物境，而景中含情，詠來格外地生動，王國維在《人間詞話》裡說：「一切景語皆情語」，便是這個意思。「開軒面場圃」一聯，寫的是到田家後老朋友相會面、話家常的喜悅，這是就事物來寫的物境，很技巧地由物境襯托出情境來。「待到重陽日」一聯，預定了下次聚會的時間，由實轉虛，把朋友的情誼又推深一層，這是就事物來寫的物境，充分地將物境與情境疊合在一起。總結起來說，這首詩從邀約寫起，進而寫村景、寫對酌，最後又以重陽為約，使得首尾圓合，而老朋友深厚的情誼，就這樣由篇外貫穿篇內所寫的景物與事物，形成統一，讓人百讀不厭。又如張養浩的〈水仙子〉曲：

一江煙水照晴嵐。兩岸人家接畫檐。芰荷叢一段秋光淡。沙鷗舞再三。捲香風十里珠簾。畫船兒天邊至，酒旗兒風外颭。愛煞江南。

作者在此，先以「一江」兩句，分水上與陸上，寫「照晴嵐」的一江煙水與「接畫檐」的兩岸人家；再以「芰荷」三句，就水上寫江煙水中的秋荷與沙鷗，就陸上寫「畫檐」下迎著香風的十里珠簾；接著以「畫船兒」兩句，就水上寫來自天邊的畫船，就陸上寫風外飛舞的酒旗。就這樣一水一陸地將江南美好的景物鮮明地描繪出來，然後結以「愛煞江南」一句，以統一全曲。所謂「一筆包裹」，章法極爲嚴密。

詩歌須合於秩序、聯貫、統一等三大原則的要求，雖和其他的文體沒什麼兩樣，但爲字數所拘，要求得更爲細密，是自然而然的事，這樣，詩歌章法之美就更爲突出了。

七、風格之美

所謂的風格，是指詞章家在創作成果中所表現的格調特色。陳企德在《修辭學直指》裡就稱作「體性上的分類」，並將它分爲四組八種：一組由內容和形式的比例，分爲簡約、繁豐；二組由氣象的剛强與柔和，分爲剛健、柔婉；三組由於話裡詞藻的多少，分爲平淡、絢爛；四組由於檢點工夫的多少，分爲嚴謹、疏放。茲配合詩歌，特舉其中兩組四種，分述如下：

(一)剛柔之美

剛，指剛健：它大抵氣勢浩瀚，聲音堅强重濁，腔調急促。柔，指柔婉：它大抵韻味深美，聲音柔和清平，腔調舒緩。剛健的，如盧綸的〈塞下曲〉：

月黑雁飛高，單于夜遁逃。欲將輕騎逐，大雪滿弓刀。

這是一首邊塞詩，描寫的是塞外官軍夜晚英勇追敵的情景。頭兩句爲一聯，寫敵軍的潰逃：首句「月黑雁飛高」爲起句，形容氣候的惡劣，其中「月黑」表示無光，「雁飛高」表示無聲，是潛逃的最好時機。次句「單于夜遁逃」爲承句，形容敵軍趁夜脫逃。前句是因，後句是果，因果意義一貫，不可拆開。三、四兩句又自成一聯，寫我軍逐敵的情景；第三句「欲將輕騎逐」爲轉句，敍我軍想要用輕騎去追敵；第四句「大雪滿弓刀」爲合句，敍追敵時，弓刀上都沾滿了雪花，表現出我軍的英武氣概，把詩的張力拓到極處，以收束全詩。這是呈現剛健之美的好例子。又如岳飛的〈滿江紅〉詞：

怒髮衝冠，憑闌處、瀟瀟雨歇。抬望眼、仰天長嘯，壯懷激烈。三十功名塵與土，八千里路雲和月。莫等閒、白了少年頭，空悲切。　靖康恥，猶未雪。臣子恨，何時滅。駕長車、踏破賀蘭山缺。壯志饑餐胡虜肉，笑談渴飲匈奴血。待從頭、收拾舊山河，朝天闕。

此詞氣勢浩瀚，寫出了作者的滿腔忠憤。開端四句，藉憑欄所見「瀟瀟雨歇」的外在景致與當時「怒髮衝冠」、「仰天長嘯」的本身形態，以具寫壯懷之激烈。「三十」兩句，由果而因，就過去，分敍「壯懷激烈」的頭一個原因在於征戰南北，勛業未成。「莫等閒」兩句，承上兩句，就未來，分敍「壯懷激烈」的另一個原因在於時日已無多，深悲自己會「等閒白了少年頭」。換頭四句，承上片的「壯懷激烈」，總括了上兩個分敍的部分，寫國恥未雪的憾恨，括明一篇主旨，大力地將一片壯懷，噴薄傾吐。「駕長車」三句，則由實而轉虛，透過設想，虛寫驅車滅敵、湔雪國恥的情景，眞可謂「氣欲淩雲，聲可裂石」。結尾兩句，依然以虛寫的手法，進一層寫雪恥後朝見天子的理想結局，以反襯主旨作收。詠來眞可令人起頑振懦。陳廷焯說此詞「千載後讀之，凜凜有生氣焉」（《白雨齋詞話》），的確是如此，這是呈現剛健之美的另一佳例。

深美的，如李白的〈玉階怨〉：

玉階生白露，夜久侵羅襪。卻下水晶簾，玲瓏望秋月。

這是抒寫怨情的作品。寫的是美人玉階久立，露侵羅襪，猶下窗簾，望月思人的情景，從頭到尾所寫的僅僅是美人的動作或周遭的景物而已，卻從中透露出濃濃怨情來。蕭粹可評說：「無一字言怨，而隱然幽怨之意見於言外，晦菴所謂聖於詩者。」（《唐宋詩舉要》引）由於它「隱然幽怨之意見於言外」，因此韻味便特別深美，這無疑是呈現柔婉之美的一首傑作。

又如張可久的〈梧葉兒〉曲：

薔薇徑，芍藥闌。鶯燕語間關。小雨紅芳綻。新晴紫陌乾。日長繡窗閒。人立秋千畫板。

這首曲寫的是春日所見的景物，依序是「闌」、「徑」旁的薔薇與芍藥、「語間關」的鶯與燕、小雨後的紅芳與紫陌、閒靜的繡窗和站在秋千畫板上的人。作者就透過這些表出孤單之情來。而這種孤單之情，可由他所見之紅芳（含薔薇與芍藥）、鶯燕與秋千透出一些消息，因爲花除了象徵美好的時光外，也經常用以象徵所思念之人，而鶯燕，一由於金昌緒的〈春怨〉詩，一由於往往成雙，最適合用來反襯孤單，所以和離情都脫不了關係；至於秋千，見了自然會想起當年盪此秋千之人，更與人的相思分不開。因此這首曲雖未明說是「懷人」，而「懷人」之情卻流貫於字裡行間了。這也是一首呈現柔婉之美的作品。

㈡濃淡之美

濃，指絢爛；淡，指平淡、質實。章師微穎說：「質實的宜於敷陳敍說，絢爛的足以動情興感」（《中學國文教學法》），這是一般的說法，既可就全篇來看，也可就節段來看。黃師錦鋐甚至說：「一篇文章不可能純粹是平淡體，或純粹是絢爛體，大都是兩者揉合而成的，如最平淡的科學語辭，也往往會用上幾個比喻。而最尚絢爛的詩詞，也不見得句句都用辭藻。這是指引學生欣賞時最要注意的。」（《中學國文教材教法》）茲分絢爛與平淡，各舉二例，略予說明。絢爛的，如周邦彥的〈蘇幕遮〉詞：

燎沉香，消溽暑。鳥雀呼晴，侵曉窺檐語。葉上初陽乾宿雨，水面清圓，一一風荷舉。　故鄉遙，何日去？家住吳門，久作長安旅。五月漁郎相憶否？小楫輕舟，夢入芙蓉浦。

此詞旨在寫鄉心之切。它的上片，採由近及遠的形式來寫雨後的夏日晨景：首先以開端「燎沉香」二句，寫室內的爐香，並提明季節、時間；其次以「鳥雀呼晴」二句，由室內推擴到屋外，寫窺簷的鳥雀，並交代夜雨初晴；再其次以「葉上初陽乾宿雨」三句，又由屋外推遠到荷塘，寫初日照耀下既清又圓的荷葉與因風微顫的荷花。其中寫爐香，寫鳥雀，是賓；而寫風荷才是主。因爲經由此地（汴京）的風荷，作者就能和故鄉（錢塘）的芙蓉（荷花別名）浦相連在一起，預爲下片寫小楫輕舟的歸夢鋪好路子。到了下片，主要用以抒情。作者先以「故鄉遙」二句，寫鄉思，拈明一篇之作意，來統一全詞；次以「家在吳門」二句，指出自己旅居日久的所在地與故鄉，用以推深鄉思，並寓身世之感；末以「五月漁郎相憶否」三句，回應上片的「風荷」，藉小楫輕舟入芙蓉浦，來寫故鄉歸夢，將鄉思又推深一層，產生巨大的感染力。無疑地，這是一篇呈現絢爛之美的詞作。又如李珣的〈南鄉子〉詞：

乘綵舫，過蓮塘，棹歌驚起睡鴛鴦。帶香遊女偎伴笑，爭窈窕，競折團荷遮晚照。

這闋詞寫的是粵女遊湖時天眞活潑的畫面。全詞以遊女爲中心，由她們的「棹歌」、「偎伴笑」、「折圓荷」、「遮晚照」的動作，串成一線，而用「綵舫」、「蓮塘」、「鴛鴦」等物作點綴，構成一幅清新愉悅的地方風物圖，讀來令人賞心悅目。這又是呈現絢爛之美的一首作品。

平淡的，如王之渙的〈登鸛鵲樓〉詩：

白日依山盡，黃河入海流。欲窮千里目，更上一層樓。

這首詩藉作者登樓所見空闊景象，以表出自己高瞻遠矚的胸襟與向上進取的精神。本來在作者登上鸛鵲樓時，所看到的景象很多，結果他只挑選「依山盡」的「白日」、「入海流」的「黃河」作爲代表，而把其他登樓所見的景色都捨去不談了。而這種「白日依山盡」、「黃河入海流」的景象，深深地引發了詩人無限的感觸。他面對如此壯闊的景色、雄渾的氣勢，自然地使他有了深一層的感受，從而開拓了高大遠矚的胸襟，並激發出向上進取的精神，於是寫下「欲窮千里目，更上一層樓」的佳聯。試看這首詩，從頭到尾不用一點詞藻，全以骨力、境界勝，顯然是一篇呈現平淡之美的佳作。又如晏殊的〈浣溪沙〉詞：

一曲新詞酒一杯，去年天氣舊池臺，夕陽西下幾時回？　無可奈何花落去，似曾相識燕歸來，小園香徑獨徘徊。

這首詞是春日懷人的作品。上片用以寫眼前所見景象，而將「天氣」、「池臺」與「夕陽」和「去年」作一銜接，以暗中引出離索之感；下片則用以寫「花落」、「燕歸」、「小徑」、「徘徊」的情景，而藉「無可奈何」、「似曾相識」與「獨」字，以隱約表出抑鬱之情。唐圭璋說：「此首諧不鄰俗，婉不嫌弱。明爲懷人，而通體不著一懷人之語，但以景襯情。」（《唐宋詞簡釋》）所謂「諧不鄰俗」，不是指出了此詞出語平淡而不流於低俗的特點嗎？

八、結語

經由上述，我國的古典詩歌，無論是詩、詞或曲，在其體製、格律、意旨、修辭、章法與風格各方面，都呈現它的美來，使人很容易由「觀之」而「玩之」，從而深入作品，獲致强烈的美感。這樣說來，詩歌之所以讓人特別喜愛，百般玩味而不厭，是非常自然的事了。

（原載民國八十五年十月《人文及社會學科教學通訊》七卷三期，頁四一～六四）

肆、作文教學類

如何進行作文教學

一、前言

國文教學的範圍極廣，諸如範文、作文、書法等教學，以及課外讀寫、演講、辯論、吟唱等指導，無不包括在內；而其中作文教學可說介於範文教學與課外讀寫的指導之間，是一個非常重要的環節。它的主要內容包括了命題、指引與批改三大部分，如果能好好掌握這三大部分進行教學，則不但可有效地驗收範文教學的成果，並且也可為課外自由的讀寫架起堅固的橋樑，以收國文教學的最大效果。

一、命題

作文教學的活動，首先接遇的，便是命題的問題。本來，由學生自定題目，想要說什麼，就讓他們寫什麼，這是最能配合他們寫作興會的。但是如完全任由學生自定題目，則各走各的，難免會走偏，使得喜歡記敍文的人就一味地寫記敍文，喜歡論說文的就一味地寫論說文，這樣自然就不能兼顧整體，作均衡的發展，遺害可說是很大的，所以國、高中國文科的課程標準，一直都規定「以教師命題爲主」。當然，「以教師命題爲主」是很難迎合所有學生的能力與興趣的，不過爲了要達成均衡發展的教育目標，就非努力地去克服它不可，要做到這點，就必須從嚴守命題原則、活用命題方式等二方面去著手。以下就依序分爲二項，並舉一些例子來說明。

㈠嚴守命題原則

命題的好壞，關係到學生作文興會之有無。出了好的題目，能使學生有一吐爲快的發表欲望；出了不好的題目，則會弄得學生文思枯竭，興會全無。如果一再地使學生文思枯竭、興會全無，那麼，輕則將使學生敷衍了事，重則將使學生憎恨作文，視爲畏途，這是必須極力避免的。爲了避免造成這種後果，便要嚴守如下命題原則，以增强學生的創作欲望。

1、**切合學生的能力**——學生的能力，和他們的學習與生活經驗是息息相關的。如果學生的學習與生活經驗廣泛而充實，那麼他們的能力也相應地提高，因此在命題時，便要考慮一般學生的學習與生活經驗。譬如在國中二、三年級時，出〈談綠化〉或〈談環境保護〉的作文題目，由於它們一方面與學生日常生活有密切的關係，既能切合他們的生活經驗，一方面在國一課文裡選有〈行道樹〉、〈溪頭的竹子〉和〈植物園就在你身邊〉等三篇文章，又能和他們的學習經驗配合，所以這兩個題目，大致說來，是可以切合學生能力的。

2、**適合學生的需要**——爲使學生的作文能力能平衡發展，命題必須適應他們的需要，也就是說要針對他們的需要作全盤的規畫。就以內容來說，範圍不可侷限一隅，應力求廣泛，既要從自身、家庭、學校、鄉里或其人、事、物等方面來命題，也要就修養、學業、時事、歲時等方面來擬定題目，正如章師微穎先生所說的「題目的材料，則自吾人日常生活飲食居處交遊之微，直到社會的形形色色、宇宙的事事物物，都可讓我們盡量選用。」（《中學國文教學法》第五章）至於體裁，則可以參考國文課文所佔文體比例作合理的安排。譬如以國中二年級學生來說，規定一學期要作八到十篇作文，就可以要學生作記述文與論說文各三至四篇、抒情文一至二篇、應用文一篇。這樣配合體裁，再考慮內容來命題，自然就能使學生的作文能力有均衡發展的機會了。

3、**配合學生的興趣**——按理說，只要題目切合學生的能力，就會引起他們的寫作興趣才對，但由於作文更關係到學生內心的積蘊，所以所命的題目，除了切中學生的能力外，如果又能切中他們內心的積蘊，那麼所引發的興趣就將更大了。此外，也可以從題面的設計加以著手。這點比較容易做到，例如〈自述〉這個作文題目，大多數的學生看了都會大皺其眉頭，但如果將它改成〈自我素描〉或〈我的畫像〉，則一定會比原題目容易引起學生的寫作欲望；又如將〈中秋節感言〉這個題目改爲〈閒話中秋〉、〈月餅的自述〉或〈月到中秋分外明〉，相信也是使學生增多一些寫作興趣。這在命題的時候，是要多加費心的。

4、**範圍寬窄須合度**——一般說來，題目範圍如過大，則由於可寫的太多，往往不知選擇那個部分來寫的好，就是能夠選擇，也因爲毫不費力的緣故，無法好好地構思，激發創作的潛能，以至於使學生不容易寫出好的作品來，所以範圍太寬，是不十分合適的。至於範圍過窄，則可用以寫作的材料較少，容易使學生陷入無話可說的窘境，尤其是對作文程度較差的學生而言，這種情形更是嚴重，因此範圍過窄，也是不太合適的。如〈我的父親〉與〈我父親的嗜好〉，範圍就不寬不窄，比較合度。就一般中學生的程度來說，低年級的適合於寫〈我的父親〉，高年級的適合於寫〈我父親的嗜好〉。

5、**題面須力求簡明**——最好的題目，是能讓學生一目了然的。也就是說，學生看了以後，能直接了解它的意義，清楚地曉得這個題目要他寫什麼，既沒有含混不清之處，也不會有掌握不了重心的毛病。要做到這一點，題面就非清晰、簡短不可。譬如〈我最快樂的一天〉或〈談禮貌〉這兩個題目，詞義既淺易，字數又不多，能使學生一目了然，不會產生任何的迷惑或困擾，所以它的題面是極爲清晰、簡短的。

6、**題目不超過兩題**——作文時，只出一題，讓學生定下心來，克服種種的困難去寫作，以收到「山窮水盡疑無路，柳暗花明又一村」的效果，可以說是最理想的。但要它完全能切合學生的興趣與能力，卻往往不易做到，因此偶而多命一題，以求補救，是被容許的。但絕不宜超過兩題，因爲學生在作文時，多半會遇難而退，如果讓他們只換一題，還有足夠的時間來好好地寫，若換兩題或兩題以上，則時間必然會有所不足，以至於最後隨便換上一題，敷衍了事，這樣要他們在寫作上求得進步，是相當困難的。

除了上列六點外，他如要與時事、節令配合，與課外閱讀或文化基本教材（高中）聯繫（參見曾忠華先生《作文命題與批改》），都可以使命題作文所帶來的缺點降到最低的程度，以發揮它最大的功能，這是做教師的人該努力以赴的。

㈡活用命題方式

作文命題的方式，大體來說，可分爲兩類：一爲傳統式、一爲非傳統式。玆分述如左：

1、傳統式

這是命以簡單語句的一種方式。只要直接用詞語或句子作爲題目，讓學生照著去敍寫、論述即可。用單詞的，如〈我〉、〈雲〉、〈窗〉、〈橋〉等便是；用複詞的，如〈春雨〉、〈公車上〉、〈花的自述〉、〈那串晶瑩的日子〉等便是；用句子的，如〈我愛鄉村〉、〈談課外閱讀的重要〉、〈「知之爲知之，不知爲不知」說〉、〈看重自己，關心別人〉等便是。這種命題方式運用得最爲普遍，無論是平時的作文或學校裡的大小考，甚至各級學校的升學考試，大都加以採用，且廣爲大衆所肯定。

2、非傳統式

作文命題的方式，爲了讓它靈活而有變化，使學生能從多方面去練習寫作，以有效地提高學生寫作的興趣與能力，就非適度地走出傳統不可。以下就是幾種已被大衆肯定的非傳統命題方式：

⑴**擴充**：這是利用一段或一則短文，讓學生以此爲基礎，續寫或擴寫成一篇文章的一種命題方式。由於它一方面有一段或一則短文作基礎，使學生有基本的材料可依據，不致漫無範圍；一方面又留有相當的自主空間，使學生能馳騁他們的才情與想像力，所以是相當好的一種命題方式。它可分爲兩種：一爲續寫，二爲擴寫，都以「不走樣」爲首要要求。要做到這點，就得守住三個原則：①添加枝葉，只增不減；②擴展內容，豐富情節；③刻畫精細，描摹生動。

(2)濃縮：這是提供一篇長文，讓學生縮寫成一段或一則短文的一種命題方式。它與「擴充」正相反，要求的：①不是要添加枝葉，而是要掃除枝葉；②不是要豐富情節，而是要保留重點；③不是要精刻細處，而是要著眼大處。而且還要特別注意如下三點：①在內容上保留原文的中心思想與主要內容，②在形式上儘量保持原文的結構與語言風格，③在字數上符合要求。

(3)仿寫：這是提供一篇範文，讓學生運用自己所掌握的材料，寫成相似或有所創新之作的一種命題方式。由於它可以幫助學生練習寫作的各種技巧，爲獨立構思文章打下良好的基礎，所以也受到相當的重視。它要求準確地根據範文所提供的結構與寫作上的特點，運用自己所儲存的材料，加以仿寫，而在遣詞造句上，也須力求變化，以免犯上「東施效顰」的毛病。

(4)改寫：這是提供一篇文章，讓學生改變其形式或某些內容，以寫成與原作關係密切而又互不相同之作的一種命題方式。因爲這種方式，除了可提供題材資料，使學生有所依據外，更可藉以激發學生的想像力與創作力，所以同樣受到大家的重視。這裡所謂的「改」，是指多方面的：在形式方面可要求：①改體裁，如將詩歌改寫成散文、將記敍文改寫成論說文；②改作法，如將演繹式改爲歸納式；③改人稱，如將第三人稱改爲第一人稱。在內容方面可要求：①改主題思想，②改中心人物，③改故事情節的線索等。

(5)**組合**：這是提供若干詞語或文章，甚至限定某個範圍，讓學生依據所提供之詞語，自由選取文章或某限定範圍內的詞語，以組合成文的一種命題方式。由於這種方式最能與學生學習或生活的經驗作密切之配合，且可藉以訓練學生組織與運用詞語之能力，所以是值得大家推動的。

(6)**閱讀心得**：這是提供一篇文章或一本書，讓學生閱讀後，寫出心得感想的一種命題方式。所謂的「文章」，可以是課文，也可以是課文以外的詞章；而所謂的「書」，可以是指定的書，也可以是學生自己選定的書。一般說來，這類的文章，寫作時先要掌握原作的中心思想或主要精神，加以引述，再從中提煉出「感點」，與生活實際打成一片，寫出個人的心得感想，以啓發別人或引起共鳴，收到寫作的最大效果。

(7)**設定情境**：這是就社會的某一現況或虛擬的事件，設定一些情境，讓學生發表議論感想的一種命題方式。曾忠華教授在其《作文命題與批改》一書中說：「此種作文題目，或就社會現況，或虛擬事件，設定若干要項，令學生針對某事件，發表評論，以訓練學生對實際問題，或某種事件，能提出自己的意見，這是訓練學生習作論說文最實切的方法。」很扼要地說明了這種命題方式的特色與重要性。

以上幾種非傳統的命題方式，都值得去嘗試。近幾年來，我國高中、高職、五專聯招以及高中國文科資優生升學甄試的作文試題，在傳統之外，已顧及非傳統的命題方式；而第一次大學的入學甄試，也在傳統的命題作文之外，另出一題「縮寫」，可見「以傳統爲主、非傳統爲輔」已成了作文命題的一種趨勢。升學考試或甄試既如此，那麼，日常在學校的作文命題，是不是該跟進呢？

二、指引

學生的作文，是必須好好地加以指引的。這種指引約可分爲兩類：一是經常性的指引，一是臨時性的指引。經常性的指引，是要在課文讀講時一併進行的，也就是說，要在講授課文之際，仔細分析課文，對文中有關立意、運材、布局、措辭等工夫，一一予以深究，使學生對寫作的方法，能由點而面，由面而立體地加以掌握，形成一個系統，這是指導學生作文最重要的一環。有不少人以爲課文自課文、作文自作文，是兩碼子事，因此在指導學生作文時，往往另起爐灶，硬是將作文與課文拆開。這是本末倒置的作法，是十分不妥當的。至於臨時性的指引，則在出了作文題之後，要針對所出的題目，用極短的時間，對題目的意義、重心，可用的材料或章法，甚至措辭技巧等，給予必要的提示，以補經常性指引之不足。以下就分審題、立意、運材、布局等四項，依次舉例說明於後。

㈠審題

審題就是審辨題目的意義、重心、範圍與所用文體的意思，當然也附帶了作者自身立場的確定，以免學生患了誤解題義、背離重心、越出範圍、不合文體、立場不明的種種弊病。因此在讀講課文或讓學生作文時，都要加以指引。尤其是解釋課文題文之際，由於有部分題目是後人所加的，未必與內容完全切合，如〈黃河結冰記〉一課，節選自《老殘遊記》，文中寫結冰的少，寫雪月交輝景致的反而多，而作者便藉著這種雪月交輝的景致，引出謝靈運的〈歲暮詩〉，拈出一個「哀」字，以貫穿全文，表出作者深切的家國之哀來。嚴格地說，這種內容與題文是有距離的。另外如〈詩選〉、〈詞選〉、〈世說新語五則〉、〈水經江水注〉等這類題目，那就更不用說了。所以在處理這類題文時，便要特別費心，說明所以如此的原因，然後在讓學生作文時，再作必要的指引，那麼學生「文不切題」的毛病就可避免了。

1、明辨題目的意義——題目的意義，可分爲字面與內涵兩方面。在字面方面，須就題文逐字逐詞地分析它們的意義，如〈一本書的啓示〉這一作文題，要分析「一本書」與「啓示」兩個詞，其中「一本書」，指的是任何一本已經出版的作品，而非一篇文章、幾本書或未經出版的著作；而「啓示」，是對自身的思想行爲有所啓發或覺悟的意思，而不是指內容、形式或價值。所以寫一篇文章或兩本書的啓示，以及一篇文章或一本書的內容、形式與價值，或者以未經出版的作品、著作爲對象的，便都沒有把握到這個題目的意義。至於內涵方面，則要進一步地探究題目蘊含的意義有那幾個部分，而如何由各個部分組合成全題完整的意義，或從各種觀點去探索題目，看看這個題目該從何種觀點去寫，以使學生豁然打開他們寫作的靈感之門。對於這點，章師微穎先生學例說明說：「例如以〈知恥近乎勇〉爲題，除釋明字面的意義及指示其來源外，內含有『恥』、『知』及『知恥』各部分的意義；再就知恥及勇的關係而合成『知恥近乎勇』的全義，都須審辨周詳。」（《中學國文教學法》）

2、**把握題目的重心**——明辨題目的意義之後，就要把握題目的重心。學生能針對題目的重心加以發揮，才不會使內容無所依倚，而偏離了題目。如〈理想與現實〉這一題目，它的重心在一「與」字，也就是說，它的重心應放在理想與現實不可分的密切關係上，去探討只有理想而不切現實、只顧現實而沒有理想的不良後果，而不是置於兩者都重要的事理之上，否則理想自理想，現實自現實，兩者完全不相干，這樣談得再多，也不合題目的要求，只是徒費筆墨而已。

3、**認清題目的範圍**——把握了題目的重心之後，就要認清題目的範圍。學生能依這個範圍去搜尋材料，才不致漫無邊際，背離題目的要求。譬如民國七十五年大學聯考的作文題目是〈安和樂利社會的省思〉，如果單就「安和樂利社會」來說，可談的很多，但依據題目的要求，卻要以「省思」作範圍；又如果單談「省思」，可談的也很廣，但是它的範圍，卻必須限制在「安和樂利社會」之上。所以從頭到尾，只是歌頌社會的安和樂利，而不作「省思」，或一路透過「省思」而否定社會之安和樂利的，都越出了題目的範圍。

4、**決定寫作的體裁**——認清了題目的範圍之後，就要決定寫作的體裁。當然有的題目本身或明或暗地已提示該用什麼文體來寫，如「元宵記趣」、「登山記」、「談節約」、「論汚染」、「永久的懷念」、「師恩難忘」等，這些題目，一看就知道要用什麼體裁來寫作：前兩者是記敍體，中間兩者是論說體，後兩者是抒情體。凡是遇到這類題目，必須用題目所提示的體裁來創作，是不能隨意改變的。不然，論說體的寫成小說或詩歌，記敍體的寫成議論或說明，都是不合宜的。不過，有些題目是中性的，也就是說，題目本身並沒有提示採什麼體裁來寫，如〈週末〉這一題目，既可用記敍體來寫週末之所見所聞，也可用論說體論中西週末的同異，更可用抒情體來抒發親情或友情。隨你怎麼寫，都合於題目的要求。

5、**確定寫作的立場**——審辨了題目的意義、重心、範圍，並決定寫作的體裁以後，在正式寫作之前，還有一件待做的事，那就是確定寫作的立場。惟有立場確定之後，才能依此貫穿全文，使它維持一致的思想情意。如〈我對大學聯招的看法〉這個題目，若不侷限於學校的作文，則這個「我」，可以是公務員，也可以是小市民，更可以是學生。寫作的人究竟要以什麼身分說話，還有究竟是贊成（揚）或是不贊成（抑），在寫作之前，一定要加以確定，萬萬不可隨意移易立場，因為立場一移易，那就一左一右，一東一西，會弄得人一頭霧水了。

㈡立意

立意就是依據題意建立主旨的意思。文章的主旨，通常應視題意所留下空白的多寡，在主、客觀上，作適切的因應。譬如民國四十六年度大專聯考的作文題目是〈讀書的甘苦〉，題意上所留下的空白等於零，考生只得針對題意，談「讀書」的「甘」與「苦」，絕不能單憑自己主觀的經驗或感受，把主旨放在「苦」上，專說「苦」，而否定了「甘」，或乾脆不談「甘」。據說當年的考生大都犯了這種由主觀上去確定主旨的過失，把文章寫成〈我痛苦的讀書經驗〉，這是萬萬不可的。又如民國七十六年度大學聯考的作文題目是〈論同情〉，在題意上所留下的空白比較多，考生既可以就正面論同情的重要，也可以從「施」與「受」兩方面來探討同情，更可以從反面去論濫用同情的不當，究竟要建立怎麼一個主旨，全憑考生自己作主觀的決定，只要不完全否定同情就可以了。這樣，主旨或綱領一經確立，就可以按部位來安排它，而這種安排的方式，通常有如下四種：

1、**主旨（綱領）安置於篇首者**——這是將主旨（綱領）開門見山的安排於篇首，作個統括，然後針對主旨（綱領），條分爲若干部分，以依次敍寫的一種形式。這種形式，就整個的篇章結構來說，古時稱爲外籀，今則通稱爲演繹。由於它具有直截了當的特性，所以在古今人的各類作品，如詩、詞或散文裡，是相當常見的。如〈留侯論〉（高中國文四冊六課），是以「忍」爲綱領來貫穿全文的。而此「忍」的綱領，作者在第一段即予提明，以統攝下文，這是總括（凡）的部分。第二段論圯上老人所以授書給子房，「其意不在書」，而是由於想試一試子房能不能「忍」，這是條分一（目一）的部分。第三段承第二段論述圯上老人所以「倨傲鮮腆」以深折子房的原因，在於深惜子房是個「蓋世之才」，要子房「忍」下博浪沙一擊的「忿忿之心」，以成就大事，這是條分二（目二）的部分。第四段承第二、三段，引歷史故事，進一步論說圯上老人所以要深折子房，使子房「忍小忿而就大謀」的用意所在，這是條分三（目三）的部分。第五段論高祖之所以致勝，是源自子房以「忍」輔佐的結果，這是條分四（目四）的部分。末段引太史公語，以子房狀貌有如「婦人女子」，扣緊「忍」字讚歎作收，這是條分五（目五）的部分。作者這樣採先總括、後條分的形式來寫，把「留侯之所以就大謀在於能忍」（課文題解）的一篇主旨表達得深刻、明白，有著無比的說服力。

2、**主旨（綱領）安置於篇腹者**——這是將主旨（綱領）安置於文章的中央部分，以統括全篇文義的一種形式。這種形式，由於多半須藉插敍（提開緊接）的手法來完成，所以除了在慣用插敍法以抒情的詩詞裡還可以時常見到之外，在散文中卻是不可多見的。這類的作品，如〈聞官軍收河南河北〉（國中國文二冊十五課），是抒寫喜情的一首詩，作者首先在起聯，針對題目，寫「聞官軍收河南河北」時自己喜極而泣的情形，藉「忽傳」、「初聞」寫事出突然，藉「涕淚滿衣裳」反照出喜悅，全爲下聯之「喜欲狂」三字蓄勢。接著在頷聯，用一問一答之形式，由自身移到妻子身上，寫妻子聞後狂喜的情狀，以「卻看」作接榫，藉「愁何在」逼出一篇的主旨「喜欲狂」，並以「漫卷詩書」作具體之襯托。繼而頸聯，由實轉虛，以「放歌縱酒」上承「喜欲狂」，以「好還鄉」上承「妻子」，寫春日攜手還鄉的打算。最後在結聯、緊承上聯「還鄉」的打算，一口氣虛寫「還鄉」所經過的路程，將「喜欲狂」作充分的渲染。就這樣，由「忽傳」而「初聞」、「卻看」而「漫卷」、「即從」而「便下」，一氣奔注，把自己與妻子「喜欲狂」的心情，描摹得眞是生動極了。王右仲《歷代詩評解》以爲「此詩句句有喜躍意，一氣流注而曲折盡情，絕無妝點，愈樸愈眞，他人絕不能道」，簡單幾句話便道出了此詩的好處。

3、**主旨（綱領）安置於篇末者**——這是針對著主旨（綱領），先條分爲若干部分，以依次敍寫，然後才畫龍點睛的將主旨（綱領）點明於篇末的一種形式。這種形式，就整個的篇章結構來說，古時稱爲內籀，今則稱爲歸納。由於它具有引人入勝的優點，所以古今人的詩、詞或散文作品裡，也是相當常見的。如〈過秦論〉（高中國文六册十一課），這篇文章旨在論秦之過在於「仁義不施，攻守之勢異」。爲了要論說這個主旨，作者特先以第一、二段寫「攻」，第三、四段寫「守」，以見「攻守之勢異」，而又於第三段中述「仁義不施」的事實，於第四段述「仁義不施」的結果；再以第五段利用前四段所陳列材料，將六國、秦與陳勝，比權量力一番，以見出「成敗異變，功業相反」的情形，進而逼出一篇的主旨來。林西仲說：「秦之過，止在結語『仁義不施，而攻守之勢異』二句，通篇全不提破，千迴萬轉之後，方徐徐說出便住。從來古文無此作法，尤妙在論秦之强處，重重疊疊，說了無數，纔轉入陳涉；又將陳涉之弱處，重重疊疊，說了無數，再轉六國（案：六國之强已述於第二段）；然後以秦之能攻不能守處，作一問難，迫出正意，段段看來，都是到水窮山盡之際，得絕處逢生之妙。」（《古文析義》卷三）由此可概見此文運用「先目後凡」法的奧妙。

4、**主旨（綱領）安置於篇外者**——這是將主旨蘊藏起來，不直接點明於篇內，而讓人由篇外去意會的一種方式。這種方式，由於最合乎含蓄的要求，即所謂的「不著一字，盡得風流」，所以在古今人的各類作品裡，是最爲常見的，如〈黃鶴樓送孟浩然之廣陵〉（國中國文一册十五課），是春日送別的作品。全詩分爲兩部分，一是敍事部分，即起二句，敍的是故人西辭武昌前往廣陵——揚州——的事實；一是寫景部分，即結二句，寫的是故人乘船遠去，消失於天際的景象，作者就單單透過「事」與「景」，從篇外表出無限的離情來。唐汝詢說：「黃鶴樓，分別之地；揚州，所往之處。煙花，敍別之景；三月，紀別之時。帆影盡則目力已極，江水長則離思無涯。悵望之情，具在言外。」（《唐詩解》）所謂「悵望之情，具在言外」，正指明了本詩的最大特色。

以上四種安排主旨（綱領）的基本方式，無論是那一種，在任何詞章家的作品中，相信都可以隨處找到許多運用的例子。因此，我們在從事教學時，如果能掌握這四種方式，那麼必可使文章主旨充分凸顯出來，從而分清凡目、虛實、賓主等等的關係，以增進教學的效果。

㈢運材

運材就是將搜尋、簡別所得的材料加以運用的意思。運用寫作材料，可以說已進入了實際寫作的階段。在這階段裡，完全要依據主旨，將一些單純的觀念或抽象的綱要，運用適當的材料，把它們表達得恰如其分，使所立之意得以具體化，產生最大的說服力或感染力。一般說來，在這時，多數的學生只知從「正」、「主」、「實」等方面去運用材料，而往往不懂得去運用「反」、「賓」、「虛」等方面的材料。譬如〈論藝術教育的重要〉這個題目，學生大都只指出藝術教育所帶來的種種好處，由正面去肯定其重要性；卻很少從反面去探討不重視藝術教育的一些後果。又如民國四十四年度五院校聯考的作文題目是〈我最敬愛的一個人〉，多數考生通篇寫的不外是自己最敬愛之人的種種，卻不曉得去利用和他關係密切的人作陪襯，就像方苞寫〈左忠毅公軼事〉一文，以史可法來映襯左公一樣，以凸顯主旨。又如民國五十五年度大專聯考的作文題目是〈公共道德的重要〉，許多考生僅採泛論式的寫法，而不懂得去編造一些「無中生有」的事例，作進一步的說明。如此一來，可用的材料自然就少，那就難怪會形成「意具材乏」的毛病了。為了避免形成這種毛病，就得運用如下幾種常見的運材手段。

1、正反——一般說來，作者尋覓材料加以運用，既可全著眼於「正」的一面，也可專著眼於「反」的一面。前者如沈復的〈兒時記趣〉一文，從頭到尾全著眼於正面的「趣」事，卻未雜以任何反面的材料；後者如李斯的〈諫逐客書〉一文，從頭到尾專著眼於反面的「用客之利」，卻很少雜以正面「逐客之害」的材料。這種清一色的運材方法，在古今人的作品中，是相當常見的。除此之外，作者當然也可以部分用「正」、部分用「反」，使一正一反，兩兩對照，以充分的將詞章的義旨顯現出來。如〈為學一首示子姪〉（國中國文三冊十一課），這篇文章是作者寫來勉勵子姪「力學不倦」的。全文分泛論、事證與結論三大部分，一路採正反對照的形式寫成。在泛論的部分裡，包含一、二兩段。其中首段先從做事談起，而及於為學，指出做事與為學的難易，並不在於「學」與「事」的本身，而在於做與不做、學與不學的行動上，以預為下段更進一層的議論打開路子。二段先承首段的學與不學，配合資質的昏與敏，作更廣泛而徹底的說明，認為人的資質、才能，雖有昏庸與聰敏的分別，但若努力去學，昏庸的自可趕上聰敏的；不努力去學，則聰敏的便和昏庸的沒什麼兩樣。然後以「然則昏庸聰敏之用」兩句，作一總括，指出昏庸、聰敏是無常的，不可恃的，以見學的重要，全力為末段的結論搭好橋樑。在事證的部分裡，僅含一段，即第三段。這一段特舉蜀僧一去南海、一不去南海的事例，證明肯努力的終能成功，不肯努力的終將失敗。作者在這個部分裡，先用段首三句，提明蜀之鄙有一富、一貧的和尚；次藉二問二答，敍明毫無所恃的貧者願往南海，而富者則否的情事；接著以「越明年」作時間上的聯絡，並引出「貧者自南海還」三句，交代貧者成功、富者羞慚的結果；然後以「西蜀之去南海」六句，將貧者與富者、至與不至作一比較，從而發出人須立志，不能不如蜀僧的感慨，以逼出下段結論的部分。在結論的部分裡，也僅含一段，即末段。作者在這一段裡，首先承上文的「不為」、「不學」、「聰」、「敏」、「屏棄不用」與「富者不能至」，用「是故聰與敏」四句，從反面指明人若自恃聰敏而不去學習，則必然會走上失敗之路；然後承上文的「為之」、「學之」、「昏」、「庸」、「旦旦而學之」與「貧者至」，從正面指出人若不自限昏庸而力學不已，則必會走上成功之路，以點明主旨作收。從形式上看來，本文是最整齊不過的。所以能如此，除了作者用排比的手法來寫之外，和材料的運用也有著密切的關係。通常在運用正、反的材料時，作者大都喜歡以段落作為單元，將正、反兩個部分明顯割開，本文的作者卻從頭到尾，以對等、交替的方式運用一正一反的材料，把前後串聯成一個整體，造成往而復返、迴環不已的對比效果，這是值得我們去注意、去學習的。

2、**賓主**——作者想要具體的表出詞章的義旨，除了要直接運用主要材料之外，往往也需要間接的藉著輔助材料來使義旨凸顯，以增强它的感染或說服力量。直接運用主要材料的，即所謂的「主」，而間接運用輔助材料的，則是「賓」。一篇文章裡如有主有賓，則很容易將它的義旨充分的表達出來。如〈左忠毅公軼事〉（高中國文一冊三課），這篇文章寫的是左光斗的軼事。全文分三個部分繞著「忠毅」兩個字來寫：⑴頭一部分：即首段，爲本文的序幕。寫的是左光斗識拔史可法的經過。在這個部分裡，作者借其父親之口，敍明左公曾「視學京畿」，將左公所以能識拔史公的原因作個交代；接著以「一日」與「及試」作時間上之聯絡，依次記敍左公於微服出巡時在一古寺識得史公，以及主持考試時當史公面署爲第一的情形；然後以「召入」二字作接榫，引出「使拜夫人」數句，藉史公入拜左公夫人的機會，用「吾諸兒碌碌」三句話，寫出左公對史公的深切期許，認爲只有史公才足以繼承他忠君愛國的志業，將左公爲國舉拔英才的忠忱與苦心，寫得極其生動。⑵第二部分：即次段，是本文的主體。寫的是左公被下廠獄後史公冒死探監的經過。這段文字以「及」字承上啓下，首先用四句敍明左公被下牢獄與禁人接近的事實；接著用「久之」與「一日」作時間上的聯絡，依次寫左公受刑將死、史公冒死買通獄吏，以及史公探監、左公怒斥史公使離去的情形；然後著一「後」字，帶出史公「吾師肺肝」的兩句感慨的話，充分的寫出左公的公忠憂國與剛正不屈來。⑶第三部分：包括三、四、五段，是本文的餘波。這個部分，先以第三段寫史公受左公感召，繼其志業，「忠毅」地奉檄守禦流寇的辛苦；再以第四段寫史公篤厚師門，時時不忘拜候左公父母及夫人的情事；然後以末段補敍本文所記的軼事，確係有根有據，以回應篇首的「先君子嘗言」，以收束全文。縱觀此文，作者始終是針對著「忠毅」二字來寫的。其中寫左公「忠毅」的部分是「主」，而寫史公「忠毅」的部分則爲「賓」；也就是說：寫史公的「忠毅」，便等於在寫左公的「忠毅」，所謂「借賓以定主」，手段是相當高明的。

3、**虛實**——所謂的「虛」，指的是「無」，是抽象；所謂的「實」，指的是「有」，是具體。通常一個作家在創作之際，在運材上，往往從兩方面著手：一是就「有」，運用當時所見、所聞、所爲的實際材料；一是就「無」，運用憑著個人內心的感覺或想像所捕捉或製造的抽象材料。兩者在一篇文章裡，往往是並用的。其中有就情景而言的，情是虛，而景是實；有就空間而言的，凡窮目力，寫眼前所見的，是實，而透過設想，寫遠方情況的，則是虛；有就時間而言的，凡是敍事、寫景或抒情，只限於過去或當前的，是實，透過想像，伸向未來的，則是虛。如〈滿江紅〉（國中國文五冊十五課），此詞筆力雄奇，寫出了作者的滿腔忠憤。開端四句，藉憑欄所見「蕭蕭雨歇」的外在景致與當時「怒髮衝冠」、「仰天長嘯」的本身形象，以具寫壯懷之激烈。「三十功名塵與土」兩句，由果而因，先就過去，分敍「壯懷激烈」的頭一個原因，在於征戰南北，功業未成；「莫等閒」兩句，承上兩句，再就未來，分敍「壯懷激烈」的另一個原因，在於時日已無多，深悲自己會「白了少年頭」。

換頭四句，承上片的「壯懷激烈」，總括上兩個分敍的部分，寫國恥未雪的憾恨，拈明一篇主旨，大力地將一腔壯懷，噴薄傾吐。「駕長車」三句，則由實而轉虛，透過設想，採示現的修辭技巧，虛寫驅車滅敵、湔雪國恥的情景，眞可謂「氣欲凌雲，聲可裂石」。結尾兩句，依然以虛寫的形式，進一層寫湔雪國恥後，朝覲天子的理想結局，以收拾全詞，神完而氣足，誦來足以令人起頑振懦。經由上面的分析，可看出這是採先實後虛的形式所寫的作品。

㈣布局

布局就是安排材料使成系統的意思。要安排材料，使成系統，本無一定的規矩可言，全得看作者的意度心營來盡其巧妙。不過，對一般學生來說，則只要合乎秩序、聯貫、統一的原則就可以了。所謂的秩序，就是將各個材料，依遠近、大小、今昔、本末、輕重等次序作適當的安排，以使文章層次分明。所謂的聯貫，就是將各個材料，用聯詞、聯語、聯句或關連節段作緊密的接合，以使前後連成一個整體。所謂的統一，就是將各個材料，用主旨或綱領作貫穿，以使文章維持一致的思想情意。以下就依此三原則，順次舉例說明如左：

1、**秩序原則**——這是就材料次第的配排來說的。通常，作者係依空間、時間或事理展演的自然過程作適當的安排。這種安排的方式，最常見的，以空間而言，有「由近及遠」、

「由遠及近」、「由大而小」、「由小而大」等；以時間而言，有「由昔及今」、「由今及昔」、「由今而昔而今」等；以事理而言，有「由本及末」、「由末及本」、「由輕及重」、「由重及輕」、「先實後虛」、「先虛後實」、「先凡後目」、「先目後凡」等。如〈西江月〉（國中國文五冊十五課），此詞分上下兩片，上片主要是寫夜行黃沙道時所聽到的各種聲音，先是別枝上的鵲聲，其次是清風中的蟬聲，最後是稻田裡的蛙聲，這是由「由小及大」的順序來寫的。而下片主要是寫夜行黃沙道中所見到的各種景物，先是遙天外的疏星，其次是山嶺前的雨點，最後是溪橋後的茆店，這是依「由遠及近」的順序來寫的。作者就這樣，先由小而大，再由遠而近地將自己在道中所聽到的聲音與見到的景物，很有次序地連綴起來，成爲一幅鄉村夜晚的恬靜畫面，以抒寫出自身的閒適心情來，就格局的布置而言，是極爲成功的。

2、**聯貫原則**——這是就材料前後的接榫來說的。這種材料前後的接榫，方式頗多，其中屬於基本性質的，有聯詞、聯語、關聯句與關聯節段等四種；屬於藝術層面的，則有就局部而言的前呼後應，與就整體而言的一路照應等。由於篇幅所限，在這裡僅以關聯節段的部分爲例說明，以見一斑。如〈岳陽樓記〉（高中國文二冊二課），在此負責把常景一截（二段）過到變景一截（三、四兩段）的，是「然則北通巫峽，南極蕭湘，遷客騷人，多會於此，覽物之情，得無異乎」的一節文字。文中如果沒有這一節文字，藉「然則」這個聯詞作一轉折，引出「覽物異情」四字來，就不會有三、四兩段實寫「覽物異情」的文字；而末段也將失去有力的憑藉，以反照出古仁人的用心，並進而得出「先天下之憂而憂，後天下之樂而樂」的篇旨。所以這一節的文字雖短，卻是肩負著有聯貫和照應上下文的重大任務的。這就是以一節文字作上下文接榫的例子。又如〈母親的教誨〉（國中國文一册四課），它的起段，寫他母親在他犯事小時，在早上訓誨他的情形，而第三段則寫他母親在他犯事大時，在夜晚訓誨他的情形。就在這兩段中間，作者安排了第二段文字，以一面收起段，一面啓後段，十足地發揮了承上啓下的作用。這就是以一段文字作上下文接榫的例子。

3、統一原則——這是就材料情意的統一來說的。我們都知道，使文章從頭到尾都維持一致的思想情意，是每個作家所努力以求的。因此每個作家在寫一篇文章時，都會立好明確的主旨或綱領，用以貫串全文，這樣才能使文章產生最大的說服力或感染力。如〈兒時記趣〉（國中國文一册十一課），這篇文章是採先總括、後條分的形式寫成的：總括的部分，僅一段，即首段。作者直接用回憶之筆，由因而果，拈出「物外之趣」四字，作爲一篇的主旨與綱領。條分的部分，包括第二、三、四等段，其中第二段，以一羣蚊子爲例，細察牠們的「紋理」，分別把牠們擬作「羣鶴舞空」、「鶴唳雲端」，寫出作者獲得「項爲之强」、「怡然稱快」的這種「物外之趣」的情形。第三段，以土牆凹凸處的叢草、蟲蟻爲例，細察它（牠）們的「紋理」，把叢草擬作樹林、蟲蟻擬作野獸，寫出作者獲得「怡然自得」的這種「物外之趣」的情形。第四段以草間之二蟲與癩蝦蟆為例；細察牠們的「紋理」，把癩蝦蟆擬作龐然大物，舌一吐便盡吞二蟲，寫出作者獲得「捉蝦蟆，鞭數十，驅之別院」的這種「物外之趣」的情形。很明顯地，全文以「物外之趣」一意貫穿，首尾無不針對著「物外之趣」來寫，使前後都維持一致的意思。有人以為第二段的「項為之强」，寫的不是「物外之趣」，這該是不太正確的看法，因為「趣」，不只限於寫心理而已，用動作或姿態來寫，更為具體而富變化。又有人以為篇末「捉蝦蟆，鞭數十，驅之別院」，是寫作者主持正義的行為，這也該是錯誤的看法，因為作者要是主持正義的話，必然是一鞭就把癩蝦蟆鞭死，怎麼可能在鞭數十下之後，竟然活得好好的，而又把牠趕到別院去呢？所以此三句，寫的該是作者得到「物外之趣」後的動作，這樣，全文的意思就得以「一以貫之」了。

除了上述四點外，還要注意修辭的指引。這種指引，如同立意、運材、布局一樣，主要還是靠講授課文時候來完成。通常在講授課文之際，對作者措辭之技巧，都要把握要點，加以提示。提示時不單單要學生辨明辭格，更要指出用了這些辭格所造成的效果。如這樣從多方面作經常性的指導，那麼提升學生的作文能力，是可預期的事。

四、批改

學生經過指引，依所命的題目習作之後，做教師的必須對這些習作一一給予批改，使學生除了知道自己所寫的有什麼不妥的地方外，更能使他們取法乎上，逐漸地掌握到寫作的要領與技巧，把作文寫得更好。因此，批改在作文教學上是件重要的事。而所謂的「批」，是批指的意思，用以批示修改的理由或指導改進的方法；所謂的「改」，是修改的意思，用以改正不妥的地方。一個教師對於學生習作的思想材料以及用詞、作法有不妥之處，不但要修改，還要加以批指，讓學生確實曉得自己文章的缺陷，這樣才能收到批改的眞正效果。以下就依序對批改的原則、方式、項目、符號與評分等，作簡要的說明。

(一)批改的原則

批改爲了要收到最大的效果，使學生不但知所改進，更能樂於寫作，便不能不守住如下幾個原則：

1、**保留習作的原意**——批改學生習作時，在思想材料方面，如果發現有什麼不妥當的地方，應儘量保留它的原樣，而用批語在眉端指出它來，進而說明理由，並提出正確路向，以免改得滿紙通紅，使學生的自尊心既受損，而又失去了寫作的信心與興趣。

2、**切近學生的程度**——批改學生的作文，一定要設法切近學生的程度。這樣，一方面可以使學生眞正了解教師所以這麼修改的原因，產生「深獲我心」的感受；一方面對學生寫作的能力，更會有提昇的作用。不然，改得再好，對學生而言，是起不了什麼作用的，因爲所批改的不在他們可以接受、領會的範圍之內，怎麼能讓他們「知其然」，又「知其所以然」呢？

3、**多作積極的指導**——對學生習作的內容與形式，發現有什麼不當的地方，固然教師要分別給予指正，作消極的批評，但也該緩和語氣，避免作直接無情的貶責，把學生的作品批評得體無完膚，使他們的自尊心受損，而喪失了寫作的信心與興趣。

4、**須作適當的批指**——教師對於學生作文時有關審題、立意、運材、布局、措辭的優劣得失，都要加以指點。其中屬於局部性質，寫在文章眉端的，稱爲眉批；屬於整體性質，寫在文章末尾的，稱爲總批。這種批指關係到學生寫作能力之提昇，是不可少，而且是要兩者兼顧的。而所用的文字，爲收到實際的效果，必須淺明中肯，確切具體，不宜用一些空洞膚泛的語句，如「行文清順」、「用語妥帖」、「內容貧乏」、「情意不眞」等批語，對學生的寫作，實在不會有多大的啓發作用，只是浪費筆墨而已，這是應該極力避免的。

5、**須預先遍覽全文**——教師在批改學生作文之前，一定要先將全文看一遍，對全文的主旨、結構及聯絡照應的情形，獲致大概的了解，然後才能著手批改。不然，不該刪的刪了，而該刪的卻沒刪；不該改的改了，而該改的卻沒改，這樣，前後的照應不能照顧得很周到，也將增加批改的時間，以求彌補。這是非常不妥當的事情。

(二)批改的方式

批改學生習作的方式，約有如下數種：

1、**傳統批改**——這是將學生的習作收齊後，帶回辦公室或家裡批改的一種方式。這種方式因佔有時、空的自由，最爲教師所樂用。但由於它只能透過文字來呈現批改內容，總是有它的局限，不容易把要說的話表達得一清二楚，使學生徹底了解，以發揮批改的最大功效，所以仍有它的缺陷。不過，這是目前最慣用的一種批改方式，有能採行長久的一個優點。

2、**當面批改**——這是讓學生坐在旁邊，一面改一面說明的一種批改方式。這種方式因爲可以當面把批改的種種說明清楚，所以效果最好，但也最費時，差不多一篇文章須費一、二小時。因此不可能經常這麼做，只能針對特別需要個別指導的對象，偶一採行而已。

3、**公開批改**——這是挑選一、二篇習作讓全班學生一起參與批改的一種方式。這種方式的批改，在從前，一定要將習作抄在黑板上來進行，頗爲麻煩；到了現在，既可借用投影機，也可用影印的方式，讓學生面對習作，已經方便多了。由於這種方式能對不妥的地方，一一充分討論、訂正，所以影響力也格外地大。不過，這也和當面批改一樣，只能偶一採行，因爲它實在太費時了。

4、**重複批改**——這是在看學生習作時，遇有不妥之處先打上批指符號，讓學生依照符號的指示，自行修改，再由教師正式批改的一種方式。要採行這種方式，一定要讓學生也熟悉各種批指符號，知道符號所代表的是什麼意思，才能如願進行。這種方式由於由學生自己對不妥的地方能充分斟酌後加以修改，所以效果也特別好。不過，這樣做，等於是讓學生重複寫作、教師重複批改，偶而爲之還好，若是經常如此，那就都要喊吃不消。

㈢批改的項目

學生的習作需要教師糾正其中錯誤或缺失的項目，雖然很多，但重要的約有如下數種：

1、**文字書寫錯誤者**——這是字形的錯誤，也就是所謂的錯字或別字。錯字是指寫錯了本來就沒有的一種字形，如「步」寫成「歩」便是；別字是指使用錯誤的字，又叫「白字」，如「乾淨」之「淨」寫成「靜」便是。對於這些錯別字，教師在它們的旁邊都應打上「×」號，並在眉端畫一方格子，讓學生自行改正，以加深印象。

2、**詞語使用失當者**——這是學生習作時最易犯的毛病，約可分爲三類：一是詞語使用的錯誤，如「坐的姿勢」誤成「坐的姿態」便是；二是詞語搭配的不良，如「下星期一是我們學行畢業典禮的日子」誤成「下星期一是我們的畢業典禮」便是；三是詞語順序的不當，如「我們已十分了解那兒的情況了」誤成「那兒的情況，對我們已十分了解了」便是。對於這些毛病，教師是應直接加以改正的。

3、**章句經營無方者**——這一類的弊病，大致說來，有如下數種：一是文法不通，如「我們要閱讀增廣見聞、涵養品德的書刊。」卻少了賓語，寫成「我們要閱讀增廣見聞、涵養品德」；二是體現不切，如〈苦雨〉這個題目，卻大作「喜雨」的文章；三是語氣不合，如〈一封家信〉中對父母說：「費神之處，容後面謝可也」；四是體式不純，如文白夾雜、記敍與論說糾纏，至使語句的型態產生錯亂的就是；五是組織不良，爲文章剪裁、安排的工夫不良的一種毛病；六是浮辭累贅，如「明天是我的生日」卻說成「明天是我媽媽辛辛苦苦地懷胎十月在醫院生下我的紀念日」。對於這些弊病，教師是要加以糾正或刪改的。

4、**陶鍊工夫拙劣者**——陶鍊工夫是指字句、篇章的修飾技巧。就字句的修飾而言，主要的是求字句生動，要做到這一點，有時便要以積極的修辭方式來修改學生的習作；就篇章的修飾而言，主要的是求篇章合乎秩序、聯貫、統一的原則，學生的習作，凡是不合這三大原則的，便要直接加以修改或用眉批、總批加以指引。

5、**格調氣味腐惡者**——這是文章的內容思想或措辭聲情有了偏差所形成的一種弊病。

學生的習作，有時文句雖然通順，但它的內容思想或措辭聲情卻令人讀之生厭作嘔，這好比一個五官四肢不是不端正，而口齒也不是不伶俐，但和他一接談，卻會讓人覺得面目可憎、言語無味一樣。這種弊病可分兩類：一是格調的腐敗，爲抄襲濫調套語所犯的毛病；二是氣味的惡劣，乃由刻薄、佻達、鄙俗、狂妄、猥褻等氣味所形成的毛病。對於這些文句，教師不但要用批眉給予糾正，同時也該指導學生多閱讀正當的課外讀物，使他們改掉這種習氣，走向正途。

㈢批改的符號與評分

1、**教師批改學生的習作**，除了要用文字批指不妥的地方外，還要用一些符號來標明他們不同的錯誤。這種符號的名稱、種類與用途，張學波先生參考章師微穎先生《中學國文教學法》及江應龍先生〈作文的命題與批改〉所述，在所著《中學國文教學理論研究》中列舉如左：

(1) S	倒鈎	詞語顛倒
(2) ×	斜叉	文字錯寫別寫，詞語典實誤用
(3) ⋮	密點	思想純正，見解卓越
(4) ◎	雙圈	詞句優美

(5) ﹏ 曲線 思想錯誤
(6) ? 問號 詞句意義不明
(7) ｜ 粗線 文法不通，論理背謬（粗線畫在句旁）
(8) ⊂ 破鑼 文句空泛，不切題目（起訖各用一個）
(9) ＜ 斜角 見解幼稚或誤解題意（起訖各用一個）
(10) ↑ 箭頭 文意不相銜接
(11) ‖ 雙線 語句或文義重複
(12) ／ 斜線 脫字增添
(13) ─ 細線 刪除（細線畫在句中）
(14) △△△ 掛角 已刪復用

這十四種符號的名稱與用途，最好能影印給學生，或直接印在習作簿上，使學生能熟悉它們，以提高批改的功效。

2、**評分的方法**——批改學生的習作後，教師照例要一一評定分數或等第，使學生知道自己習作的優劣。它的方法有下列三種：⑴等級法：這是分甲乙丙等級以評定學生習作優劣的方法。每等又可分為上中下三級。這種方法很簡便，但很難藉以分出細微的差別，又何況在結算學期總成績時，還得換算成以一百分為滿分的分數，以求統一，所以學校裡已少採用這種評分法了。⑵百分法：這是以一百分爲滿分，以評定學生習作優劣的方法。這種方法可用一分之差分出高下，比較可辦出細微的差別。在評分的時候，可以就習作的審題、立意、運材、布局、措辭等方面去考量，給予適當的分數，這是目前被採用最廣的一種評分法。⑶分項評分法：這是把學生習作所應注意的重要因素分爲若干項，訂出各項所佔分數的百分比，以逐項評定分數的方法。章師微穎先生在《中學國文教學法》一書中就分爲八項，並作了如下說明：「第一項爲意思切題，其要求由切題而入精審豐富，佔百分之幾。第二項爲詞語準確，其要求由準確而更進於雅潔優美，佔百分之幾。第三項爲句法順妥，而要求更進於精煉，佔百分之幾。第四項爲層次清楚，前後聯絡照應妥貼，而要求更進於結構緊密，變化靈活，佔百分之幾。第五項爲運材措辭適當合度，第六項爲對於所習詞語章句法則能把握應用，第七項爲寫作語體文（或文言文）字數達若干以上，並能使用新式標點，第八項爲錯別字不超過若干，書法整潔，又各佔百分之幾。這樣，僅以爲取得學生習作成績標準之用，已比籠統打一個分數合理得多。」分這些項目來評分，確實可以評得比較客觀，但是每一篇都要這樣評分，而且還要把分項的分數按比例打好後，再加起來算出總分，是相當繁瑣而費時的工作，所以採用的人很少。不過，由於這種評分法有比較客觀的優點，所以可予簡化採行，即項目可濃縮爲四項，那就是：⑴內容，佔百分之四十。⑵措辭，佔百分之三十。⑶結構，佔百分之二十。⑷書法、標點及其他，佔百分之十。這樣就簡便得多了。而且教師可用項目與佔分比率，刻成橡皮章，蓋在每篇題目的上端，分項評分，使學生明白自己之優劣所在，作爲加强或改進的依據。再說，在每學期終了時，又可以分項檢討得失，以作爲教師個別指引學生的參考，可說一擧數得啊！

五、結語

現行的國、高中《國文課程標準》都規定學生的作文，以教師命題爲主（間可指導學生自由命題），並須加以指導、批改或講評。要做到這一點，就如同上文所述，非謹愼命題、多方指引、適當批改不可，這是所有的國文科教師要努力以赴的。

（原載民國八十五年六月《國文科教學專輯㈡》，頁八九～一一一）

談詞章剪裁的手段

以周敦頤〈愛蓮說〉與賈誼〈過秦論〉爲例

所謂的剪裁，是將詞章的思想材料下一番精選，以作具體表達的工夫。通常，一個作者在自己平日所儲存的思想材料庫裡，搜尋到一個意思，決定在詞章上作或詳或略的表達，如要表達得詳盡，既不會使人嫌其多餘；就是表達得簡略，也不會使人嫌其不足，眞正地做到「增之一分則太長，減之一分則太短」（宋玉〈登徒子好色賦〉）的地步，這得全看他剪裁的手段。如《三國志》敍述劉備三訪諸葛亮，只用「凡三往乃見」五字，諸葛亮〈出師表〉也只用了「三顧臣於茅廬之中」八字，而《三國演義》卻寫了好幾千字，它們也都各盡其分，充分地滿足了讀者的要求。因此「有的文章，作者可以多說，也可以少說；多說不嫌其繁蕪，少說不嫌其不足；也可以這樣說，也可以那樣說」（黃師錦鋐《中學國文教材教法》第三章），這不但是每個作家在創作時所應注意的，就是教師在教學時也不應忽略的。茲單就教學上，舉兩篇課文爲例，作簡略的說明。

首先是周敦頤的〈愛蓮說〉，此文就整體來說，是用簡筆寫成的。它由「敍」與「論」兩段所組成，在「敍」的一段裡，作者採先總括、後條分的形式來組合思想材料。「總括」的部分是：

水陸草木之花，可愛者甚蕃。

在這裡，作者簡單地提明了世上有許多「水陸草木之花」的事實，以作爲總冒。「條分」的部分是：

晉陶淵明獨愛菊。自李唐來，世人盛愛牡丹。予獨愛蓮之出淤泥而不染，濯清漣而不妖；中通外直，不蔓不枝；香遠益清，亭亭淨植，可遠觀而不可褻玩焉。

作者在這兒，從衆多的「草木之花」中挑選了三種：首先是菊，其次是牡丹，最後是蓮；其中前兩者爲「賓」，後者爲「主」。作者所以挑選菊與牡丹（賓）來襯托蓮（主），是因爲它們足以象徵「隱逸者」與「富貴者」，而這是世人皆知的，所以作者僅僅簡述其事實，卻不說明理由。至於蓮，作者是特地要用它來象徵「君子」的，而這點，正屬作者個人的看法，非作進一步的說明不可，因此作者特用「出淤泥而不染」七句，寫出蓮花與衆不同的特質，藉以象徵君子高潔的品格，爲下段「蓮，花之君子者也」的一句論斷，預作充分的鋪墊。或許有人要問：可以象徵君子的「草木之花」不只是蓮而已，爲什麼周敦頤偏偏會選上蓮呢？關於這一點，傅武光教授在其〈愛蓮說的弦外之音〉一文（見《國文天地》四卷十二期）中說：

濂溪那個時代觸目是蓮，人人愛蓮——蓮，是佛教的象徵。佛家以蓮代表淨土，代表居所；諸佛以蓮花為座牀，稱蓮座。又以蓮子作數珠；以蓮花喻妙法，有所謂「蓮花三喻」。總之，蓮象徵佛教。這樣說來，濂溪「愛蓮」，豈不等於「愛佛」嗎？不，恰好相反。他感慨地說：「蓮之愛，同予者何人？」愛「蓮」的人其實很多，可是要找到跟我一樣，把蓮看作是君子，而不看作是淨土或妙法的，又有幾個呢？所謂「出淤泥而不染」，這原是孔孟的精神啊！怎麼禪宗的《六祖壇經》也說起「若能鑽木取火，淤泥定生紅蓮」的話來了呢？周濂溪一眼就看出儒家這個「正字標記」被仿效。所以才做這篇〈愛蓮說〉明辨本源，以對抗佛教。這才是〈愛蓮說〉的本旨啊！

傅教授的看法，是相當正確的。從這裡，不僅可以窺見周敦頤寫這篇文章的眞正用意，也足以看出他在選材上異於常倫的眼力來。

看完了「敍」的一段，再來看「論」的一段。這一段是這樣寫的：

予謂：菊，花之隱逸者也；牡丹，花之富貴者也；蓮，花之君子者也。噫！菊之愛，陶後鮮有聞。蓮之愛，同予者何人？牡丹之愛，宜乎衆矣。

在此，作者先就菊、牡丹與蓮等三種「草木之花」的品格加以衡定，然後論及愛這三種花的人，發出感慨，暗寓諷喻的意思作收。就在衡定花品的一節裡，敍述三種花的次序，完全和首段相同，是由「賓」而「主」，是按照著時代的先後加以排列的；而在論及人物的一節裡，卻將牡丹和蓮的次序加以對調。作者作了如此的調整，顯然對當代人但知追求富貴，而缺乏道德理想的情形，是有著貶責的意思的。

在這篇文章裡，作者只用了一百多字而已，卻已充分地表達了他的意思，這就是「少說不嫌其不足」的最佳例子。

其次是賈誼的〈過秦論〉，它就全篇而言，是用繁筆寫成的。它和上擧的〈愛蓮說〉一樣，也是由「敍」與「論」兩個部分所組成。在「敍」的部分裡，作者用了前面的三段來敍秦國的強大，第四段來敍秦國的敗亡。其中第一段，用以寫「秦強之初」：

> 秦孝公據殽函之固，擁雍州之地，君臣固守，以窺周室；有席卷天下，包舉宇內，囊括四海之意，并吞八荒之心。當是時也，商君佐之，內立法度，務耕織，修守戰之具，外連衡而鬥諸侯。於是秦人拱手而取西河之外。

在這裡，作者先以「秦孝公據殽函之固」至「并吞八荒之心」等句，敍秦併吞天下的野心；再以「當是時也」至「外連衡而鬥諸侯」等句，敍秦併吞天下的措施；然後以「於是秦人拱手而取西河之外」一句，敍秦併吞天下的成果，很簡約地從正面來寫「秦強之初」。本來要敍明秦孝公時商鞅變法與併吞六國的成果，是用幾千，甚至幾萬字，都不爲過的，但作者在這裡所看重的，只在於簡略的事實，而非其內容與過程，因此只用了幾句話來交代而已。而在敍併吞天下的野心時，則一連用了「席卷天下」等句意相同的四句話，這顯然是因爲要特別強調秦國君臣有併吞天下的強烈意願，這樣當然要比一句帶過好得很多。所謂「可以多說，也可以少說」的道理，可以從這裡約略體會出來。

它的第二段，作者是用以敍「秦強之漸」的：

孝公既沒，惠文、武、昭襄，蒙故業，因遺策，南取漢中，西舉巴蜀，東割膏腴之地，北收要害之郡。諸侯恐懼，會盟而謀弱秦，不愛珍器重寶肥饒之地，以致天下之士，合從締交，相與為一。當此之時，齊有孟嘗，趙有平原，楚有春申，魏有信陵；此四君者，皆明智而忠信，寬厚而愛人，尊賢重士，約從離橫，兼韓、魏、燕、趙、齊、楚、宋、衛、中山之眾。於是六國之士，有寧越、徐尚、蘇秦、杜赫之屬為之謀；齊明、周最、陳軫、召滑、樓緩、翟景、蘇厲、樂毅之徒通其意；吳起、孫臏、帶佗，兒良、王廖、田忌、廉頗、趙奢之倫制其兵。嘗以十倍之地，百萬之眾，叩關而攻秦。秦人開關延敵，九國之師，逡巡遁逃而不敢進。秦無亡矢遺鏃之費，而天下諸侯已困矣。於是從散約解，爭割地而賂秦。秦有餘力而制其敝，追亡逐北，伏尸百萬，流血漂櫓；因利乘便，宰割天下，分裂河山，強國請服，弱國入朝。施及孝文王、莊襄王，享國日淺，國家無事。

作者在這一段裡，先以「孝公既沒」至「北收要害之郡」等句，承首段，簡敍在惠文、武、昭襄時「秦謀六國」的措施與成果；再以「諸侯恐懼」至「叩關而攻秦」等句，繁敍「六國抗秦」的策略、人力與行動，其中又特別著重在人力上，分賢相、兵衆、謀士、使臣、將帥等方面，加以詳細的介紹；然後以「秦人開關延敵」至段末「國家無事」等句，綜合上兩節，敍明「秦謀六國」與「六國抗秦」的結果，並簡略地交代孝文王、莊襄王時事。

總括起來看，這一段文字是用繁筆寫成的。作者在此，儘量避開正面，從側面下手，用了許多材料來介紹六國之强大，這無非是爲了替末段「比權量力」的部分，預先提供足夠的材料，作爲立論的憑據，而作者卻沒有讓「喧賓」奪「主」，特地用「秦人開關延敵，九國之師，逡巡遁逃而不敢進」等句，輕輕一轉，成功地將六國之强轉爲秦國之强，這種剪裁與安排的手段，是十分高明的。

它的第三段，作者用以敍「秦强之最」：

及至始皇，奮六世之餘烈，振長策而馭宇內，吞二周而亡諸侯，履至尊而制六合，執捶拊以鞭笞天下，威振四海。南取百越之地，以為桂林、象郡；百越之君，俛首係頸，委命下吏；乃使蒙恬北築長城而守藩籬，卻匈奴七百餘里；胡人不敢南下而牧馬，士不敢彎弓而報怨。於是廢先王之道，燔百家之言，以愚黔首；隳名城，殺豪俊，收天下之兵，聚之咸陽，銷鋒鍉，鑄以為金人十二，以弱天下之民。然後踐華為城，因河為池，據億丈之城，臨不測之谿以為固。良將勁弩，守要害之處；信臣精卒，陳利兵而誰何？天下已定，始皇之心，自以為關中之固，金城千里，子孫帝王萬世之業也。

在這段文字裡，作者先以「及至始皇」至「委命下吏」等句，寫「秦亡諸侯」；再以「乃使蒙恬北築長城而守藩籬」至「以弱天下之民等句，寫「秦弱天下」；然後以「然後踐華爲城」至段末「子孫帝王萬世之業也」等句，寫「秦守要害」。可以說完全捨去了秦亡六國的實際過程，卻不厭其煩地針對著篇末「仁義不施」四字來取材，換句話說，如果作者在這一段不安排這些材料，是得不出「仁義不施」的結論來的。

它的第四段，作者用以敍「秦亡之速」：

始皇既沒，餘威震於殊俗。然而陳涉，甕牖繩樞之子，甿隸之人，而遷徙之徒也，才能不及中人，非有仲尼、墨翟之賢，陶朱、猗頓之富，躡足行伍之間，倔起阡陌之中，率罷散之卒，將數百之眾，轉而攻秦；斬木為兵，揭竿為旗，天下雲集而響應，贏糧而景從。山東豪俊，遂並起而亡秦族矣。

這一段是用簡筆寫成的。作者在此，先寫「陳涉首義」，再寫「豪傑並起而亡秦」。就在寫「陳涉首義」的部分裡，特殊强調陳涉不值一顧的地位、才能與武器，這顯然也是預爲末段的「比權量力」提供材料。不然，這一段可以寫得更短，與前四段之「强」作成更强烈之對比，以强化「强」之難、「亡」之易的意思。

「論」的部分，僅一段，即末段：

且夫天下非小弱也，雍州之地，殽函之固，自若也；陳涉之位，非尊於齊、楚、燕、趙、韓、魏、宋、衛、中山之君也；鋤耰棘矜，非銛於鉤戟長鎩也；謫戍之眾，非抗於九國之師也；深謀遠慮，行軍用兵之道，非及曩時之士也；然而成敗異變，功業相反也。試使山東之國，與陳涉度長絜大，比權量力，則不可同年而語矣；然秦以區區之地，致萬乘之權，招八州而朝同列，百有餘年矣；然後以六合為家，殽函為宮，一夫作難而七廟隳，身死人手，為天下笑者，何也？仁義不施，而攻守之勢異也。

作者在此，先以「且夫天下非小弱也」至「非及曩時之士也」等句，利用第一、二、四等段所提供的材料，將秦、六國與陳涉「比權量力」一番，認爲六國該勝秦、秦該勝陳涉；再以「然而成敗異變」至「何也」等句，提出結果卻正相反，即秦勝六國、陳涉勝秦；然後以此作一提問，利用第一、二（攻）、三（守──仁義不施的事實）、四（守──仁義不施的結果）等段的材料，逼出一篇的主旨「仁義不施而攻守之勢異也」十一字，以收束全篇。

這篇文章，如就各段來看，雖有繁有簡，而繁中又有簡、簡中又有繁，但以整篇而論，是採繁筆寫成的，所謂「多說不嫌其繁蕪」，就是這個意思。

由以上簡略的論述中，可以看出剪裁在詞章創作與欣賞上的重要性。如果我們能在上課時，針對課文的剪裁手段，略作提示，相信對學生讀寫能力的提高，是會有一些幫助的。

（原載民國八十二年十月《國文天地》九卷五期，頁六二～六六）

談詞章的兩種作法

泛寫與具寫

詞章是用以表情達意的，通常爲了要加强表情達意的效果，以觸生更大的感染力或說服力，則非借助於具體的情事、景物或特殊的狀況不可。而專事描述具體的情事、景物或特殊狀況的，我們特稱爲具寫法；至於泛泛地敍寫抽象情意或一般狀況的，則稱作泛寫法。這兩種方法，往往用以描寫同一對象，形成相得益彰的效果。詩如杜甫〈佳人〉詩：

世情惡衰歇，萬事隨轉燭。夫婿輕薄兒，新人美如玉。合昏尚知時，鴛鴦不獨宿。但見新人笑，那聞舊人哭。在山泉水清，出山泉水濁。

這是〈佳人〉詩中間的十句。其中「世情惡衰歇，萬事隨轉燭」兩句，用以泛寫佳人心中的感慨。由於僅此而已，實在無法感人，因此又以「夫婿輕薄兒」等八句，從正反兩面，藉夫婿之輕薄、山泉之淸濁與合昏之知時、鴛鴦之成雙，化空泛爲具體，所謂「形容曲盡其情」（仇兆鰲《杜詩詳注》），爲作品添了不少的感染力。又如杜甫〈石壕吏〉詩云：

暮投石壕村，有吏夜捉人。老翁踰牆走，老婦出看門。吏呼一何怒，婦啼一何苦。聽婦前致詞：「三男鄴城戍，一男附書至，二男新戰死。存者且偷生，死者長已矣。室中更無人，惟有乳下孫。有孫母未去，出入無完裙。老嫗力雖衰，請從吏夜歸。急應河陽役，猶得備晨炊。」夜久語聲絕，如聞泣幽咽。天明登前途，獨與老翁別。

此詩寫人民苦役的哀痛。這種哀痛，主要以「婦啼一何苦」一句作泛寫，而由老翁之踰牆以及老婦所致之詞、幽咽之聲與代翁從軍之結局，繁作具體的描述。仇兆鰲說：「按古者有兄弟，始遣一人從軍，今驅盡壯丁，及於老弱，詩云三男戍、二男死、孫方乳、媳無裙、翁踰牆、婦夜往，一家之中，父子兄弟、祖孫姑媳，慘酷至此，民不聊生矣！當時唐祚，亦岌岌乎危哉！」（《杜詩詳注》），慘酷之情，具寫如此，眞令人不忍卒讀。再如韋應物〈秋夜寄邱二十二員外〉詩說：

懷君屬秋夜，散步詠涼天。山空松子落，幽人應未眠。

這是一首秋夜懷人的作品。作者首先在起句便開門見山地以「懷君」作一泛寫，拈出主旨，然後藉自身於秋夜「散步詠涼天」的動作與「山空松子落，幽人應未眠」的設想，將「懷君」一具象化，表出自己對邱二十二員外無限的懷念，寫得極其幽峻動人。復如韓愈〈初春小雨〉詩云：

天街小雨潤如酥，草色遙看近卻無。最是一年春好處，絕勝煙柳滿皇都。

此詩寫京都春日之好景。作者特於第一、二、四等句，具寫皇都美好的春景：起先是天街的小雨，其次是遠近的草色，最後是煙裡的楊柳；而以第三句，承上啓下，作一泛寫，以統括全詩，詠來脈絡十分清晰。末如元稹〈遣悲懷〉詩說：

昔日戲言身後事，今朝皆到眼前來。衣裳已施行看盡，針線猶存未忍開。尚想舊情憐婢僕，也曾因夢送錢財。誠如此恨人人有，貧賤夫妻百事哀。

這篇詩寫的是悼亡之哀。首以起聯泛寫生前戲言身後之事，如今竟不幸一一應驗；次以頷、頸兩聯，承起聯，具寫生前戲言中「到眼前來」的身後事；末以尾聯，總結上三聯之意，拈明悲懷作收。這樣由泛寫而具寫到總括，使字裡行間充盈著無盡的哀痛。詞如李白〈菩薩蠻〉詞：

> 暝色入高樓，有人樓上愁。　玉階空佇立，宿鳥歸飛急。

此爲〈菩薩蠻〉詞的中間四句。其中「有人樓上愁」，是採泛寫的方式寫成的，而「玉階空佇立」，則用以具寫「有人樓上愁」，因爲「玉階」乃承「樓上」而寫；而「空佇立」寫的正是「有人愁」的具體樣子，如此以泛寫和具寫前後呼應，將上下片連接在一起，有著藕斷絲連的奧妙。再如白居易〈長相思〉詞云：

> 汴水流，泗水流，流到瓜州古渡頭。吳山點點愁。　思悠悠，恨悠悠，恨到歸時方休。月明人倚樓。

這是一闋寫別情的作品。它的上片四句，寫的是山水的「悠悠」景致，卻景中帶情，蘊含著「悠悠」長恨，這是就所見予以具寫的部分；下片開端三句，寫的是至歸方休的「悠悠」長恨，這是泛寫的部分；而結二句，寫的是自己對月相思的樣子，這就是自身加以具寫的部分。所謂「以景（物）起，以景（人）結」，而又始終以「悠悠」長恨來貫串，使情景臻於交融的境地，這樣詠來，眞有「言有盡而意無窮」之妙。又如韋莊〈菩薩蠻〉詞說：

人人盡說江南好，遊人只合江南老。春水碧於天，畫船聽雨眠。　鑪邊人似月，皓腕凝霜雪。未老莫還鄉，還鄉須斷腸。

此詞寫有家歸不得之恨。在首二句，作者即直接泛敘「江南好」（因）與「江南老」（果），作爲一篇之綱領；然後依次以「春水碧於天」四句，具寫「江南好」，以結二句，具寫「江南老」，所謂「綱舉目張」，條理非常清楚。復如馮延巳〈蝶戀花〉詞云：

誰道閑情拋棄久？每到春來，惆悵還依舊。日日花前常病酒，不辭鏡裡朱顏瘦。　河畔青蕪堤上柳，為問新愁，何事年年有？獨立小橋風滿袖，平林新月人歸後。

這是寫春日惆悵的一闋詞。作者首先以開篇三句，採設問方式泛敍「惆悵」，作爲一篇主旨。然後分三小節，具寫「惆悵」：首節爲「日日花前常病酒」兩句，以「花」寫「春來」，以「常病酒」、「朱顏瘦」具寫「惆悵」；次節爲「河畔青蕪堤上柳」三句，以「年年」上應「依舊」，以「青蕪堤上柳」寫「春來」，並以其嫩芽譬作「新愁」，將「惆悵」作進一步之具寫；末節爲結二句，寫自己佇立橋畔、空對新月的樣子，再具體地表出「惆悵」，使作品從頭到尾都瀰漫著無盡的「惆悵」。末如歐陽修〈木蘭花〉詞說：

別後不知君遠近，觸目淒涼多少悶，漸行漸遠漸無書，水闊魚沈何處問？　夜深風竹敲秋韻，萬葉千聲皆是恨。故敧單枕夢中尋，夢又不成燈又燼。

此詞用以寫別恨。採先總括、後條分的形式所寫成。總括的部分爲開篇兩句，泛寫離人音訊渺茫（因），使自己觸目淒涼的愁恨（果），作爲一篇的綱領，以統攝條分的部分。條分的部分爲上片末兩句與下片四句，其中上片末兩句，用以具寫「別後不知君遠近」；下片四句，用以具寫「觸目淒涼多少悶」。很明顯地，這是用「雙軌」形式所寫成的作品，與上一首用「單軌」寫成的有所不同。文如李密〈陳情表〉：

臣以險釁，夙遭閔凶。生孩六月，慈父見背；行年四歲，舅奪母志；祖母劉愍臣孤弱，躬親撫養；臣少多疾病，九歲不行；零丁孤苦，至於成立；既無叔伯，終鮮兄弟；門衰祚薄，晚有兒息；外無期功強近之親，內無應門五尺之童；煢煢獨立，形影相弔；而劉夙嬰疾病，常在床蓐；臣侍湯藥，未曾廢離。

這是〈陳情表〉一文的首段。李密在此，首先泛指自己命運惡劣，早遭災禍，作爲本段綱領，以統括下文。然後分舉慈父見背、舅奪母志、孤弱多病、終鮮近親、晚有兒息、侍劉湯藥等事實，以具寫「以險釁夙遭閔凶」，將自己不幸的遭遇與祖孫相依爲命的情形，交代明白，作爲懇求「終養」的依憑。這樣採先泛敍、後具寫的方式來寫，說服力格外强烈。又如《世說新語・言語》篇：

支公好鶴，住剡東岇山。有人遺其雙鶴，少時翅長欲飛。支意惜之，乃鎩其翮。鶴軒翥不復能飛，乃反顧翅，垂頭視之，如有懊喪意，林（支公）曰：「既有凌霄之姿，何肯為人作耳目近玩！」養令翮成，置使飛去。

此則文字寫支遁好鶴的故事。這個故事，採先泛寫、後具寫的形式寫成。在一開頭，作者即泛敍「支公好鶴」，接著便舉出一件事例來具寫他「好鶴」的事實。這個事實主要在描述支遁由「鎩其翮」而「養令翮成，置使飛去」的心路轉變，將「支公好鶴」之性情刻畫得極爲深刻。再如司馬光〈訓儉示康〉：

吾性不喜華靡，自為乳兒，長者加以金銀華美之服，輒羞赧棄去之。二十忝科名，聞喜宴獨不戴花，同年曰：「君賜不可違也」，乃簪一花。

在這節文字裡，作者先泛敍自己「性不喜華靡」，然後舉棄去華美之服與聞喜宴獨不戴花的兩件事例來具寫它，使「不喜華美」之性獲得充分的驗證，這樣，說服力自然就增强許多了。復如李綱〈請立志以成中興疏〉：

臣竊觀自古建功立事、扶持社稷之臣，未嘗不以立志為先。申包胥聞伍員有覆楚之言，則曰：「我必存之。」其後哭秦庭以乞師，卒如其志；張柬之語武氏于荊南江中，其後卒復唐祚，其祀三百。

此節文字用以論人臣須立志以建功立事、扶持社稷的道理。作者在這兒，首先泛論道理，然後學申包胥立志救楚與張柬之立志復唐，終於如願的兩件故事爲例，加以證實，使抽象的道理變爲具體的事實，以打動人心。這跟上引〈訓儉示康〉的一段文字，寫法是一樣的。末如黃宗羲〈原君〉：

故古之人君，量而不欲入者，許由、務光是也；入而又去者，堯、舜是也；初不欲入，而不得去者，禹是也；豈古之人有異哉？好逸惡勞，亦猶夫人之情也。

這節文字所論的是在「好逸惡勞」上，古人和今人沒有不同的道理。這種道理本極抽象，而作者先用許由、務光、堯、舜、禹等古之人君爲例，作具體的說明，然後才作一泛論，回抱前文作收，所用的正是先目（具寫）後凡（泛寫）的方法。

由上述可知，詞章家在敍述或論說同一人、事、物的時候，常常並用泛寫與具寫的手段來處理，使抽象與具體先後映照，串成一體，以充分表情達意，從而增强作品的感染力或說服力。如果初習詞章的人，能稍加留意，用於自己的創作或閱讀上，則享有更大的收穫，當是可預期的事。

（原載民國八十一年七月《國文天地》八卷二期，頁一〇〇～一〇四）

伍、其他

談國中的詞曲教學

詞和曲，與詩一樣，都是我國最爲精緻、優美的文學體裁，由於它們同樣地在或長或短的篇幅中，寄託豐富的思想、眞摯的情意，表現出或柔或剛的多種意境，使人沈浸其中，百般加以玩味而不厭，比起一般散文來，可說更具有陶冶性情的價值，所以在整個國文教學上來說，它們是佔有相當重要的地位的。

一般而論，從事詞曲教學，須對它們的體製、格律、義旨、作法與風格，逐一探究，才能帶領學生深入欣賞的領域，以提高教學的效果。茲就國中國文課本所選詞曲爲例，分別簡述於後。

一、體製

在從事詞曲教學時，首先要做的是：將詞曲的體製與淵源，大體上辨析清楚。

㈠以詞而言

可分三點加以說明。

1、以字數的多寡來說，有小令、中調、長調之分。這樣地把詞調分成三種形式的，最早見於《草堂詩餘》，但未作任何說明。到了清朝，毛先舒說：「五十八字以內爲小令，五十九字至九十字爲中調，九十一字以外爲長調，古人定律也。」這種說法過於拘泥字數，也沒有足夠的依據，所以萬樹《詞律・發凡》說：「所謂定例，有何依據？若以少一字爲短，多一字爲長，必無是理。如〈七娘子〉有五十八字者，有六十字者，將名之曰小令乎？抑中調乎？如〈雪獅兒〉有八十九字者，有九十二字者，將名之曰中調乎？抑長調乎？」可見單以字數來分，是不十分妥當的。因此王了一先生說：「最初的詞，大約是由近體律絕增減而成。……凡是和律絕的字數相差不遠的詞，都可以稱爲小令。我們以爲詞只須分爲兩類：第一類是六十二字以內的小令，唐五代詞大致以這範圍爲限；第二類是六十三字以外的『慢詞』，包括

《草堂詩餘》所謂的中調和長調，它們大致是宋代以後的產品。」（《漢語詩律學》）這種配合詞體發展順序加以區分的說法，似乎較爲可信。不過，以國中課本所選的四首詞來說，無論用毛先舒或王了一的分法，都不會產生不同的結果，因爲〈南鄉子〉（乘彩舫）、〈相見歡〉（金陵城上西樓）、〈西江月〉（明月別枝驚鵲），都在五十字以內，是小令，〈滿江紅〉（怒髮衝冠）共九十三字，是長調，卻沒有所謂的「中調」。

2、**以分段情形來說**，有單調、雙調、三疊、四疊之分。單調是指全篇僅一段者，如〈如夢令〉、〈憶江南〉便是；雙調是指全篇分成兩段者，如〈蝶戀花〉、〈菩薩蠻〉便是；三疊是指全篇分成三段者，如〈瑞龍吟〉、〈蘭陵王〉便是；四疊是指全篇分成四段者，如〈鶯啼序〉便是。以國中國文課本所選的四首詞，除〈南鄉子〉爲單調外，其餘的〈相見歡〉、〈西江月〉、〈滿江紅〉等，全屬雙調。

3、**以結構方式來說**，有換頭、不換頭、雙拽頭之分。換頭是說上下片首句字數不同，如〈滿江紅〉上片的首句是四字，下片的首句爲三字，各不相同；又如〈相見歡〉上片的首句作六字，下片的首句作三字，也各不相同，都是屬於換頭的調子。不換頭是指上下片的字數完全相同，如〈西江月〉上下片的首句均爲六字，就是很好的例子。至於雙拽頭，是說三疊詞的前兩疊較短，而句法相同，猶如第三疊的雙頭，如周邦彥的〈瑞龍吟〉：

章臺路，還見褪粉梅梢，試花桃樹。愔愔坊陌人家，定巢燕子，歸來舊處。

黯凝佇，因念箇人痴小，乍窺門戶。侵晨淺約宮黃，障風映袖，盈盈笑語。

前度劉郎重到，訪鄰尋里，同時歌舞，惟有舊家秋娘，聲價如故。吟箋賦筆，猶記燕臺句。知誰伴，名園露飲，東城閑步，事與孤鴻去。探春盡是，傷離意緒。官柳低金縷，歸騎晚，纖纖池塘飛雨。斷腸院落，一簾風絮。

其中「章臺路」至「歸來舊處」是第一疊，「黯凝佇」至「盈盈笑語」爲第二疊，兩疊不但句法相同，字數也相同，合起來還沒第三疊字數多，恰好可以作爲第三疊的雙頭，因此〈瑞龍吟〉可以說是用標準雙拽頭形式所構成的一個調子。

㈡以曲而言

它的體製，可用左列簡表來說明：

- **曲**
  - 散曲
    - 小令
    - 散套
  - 套數

- 劇曲
  - 院本
  - 雜劇
  - 傳奇

對於這個簡表，黃麗貞教授在其〈曲學概說〉一文中曾作這樣的說明：「散曲是純抒情性的文體，作者純粹站在抒發情思、題詠性靈的立場來寫作，和詩、詞的性質無異，是正統韻文的一環；一般人所稱：唐詩、宋詞、元曲，指的是散曲。散曲之下的小令是以一支爲單位，在曲體中是最短的一種；散套是聯合二至三調以上的歌詞，構成一個套式的曲子。劇曲的內容，是綜合故事的情節、歌詞、說白、動作四種要素所構成，也就是演故事的歌舞劇。四者之中，以歌詞爲主，全劇的歌詞，是由許多套曲匯疊而成，這些交代劇情的套曲，稱爲『劇套』，並且完全按照劇情的發展來寫，前後劇套必須密切聯繫，還要使用『代言體』。劇曲下又分院本、雜劇、傳奇，是組織的體例有不同，雜劇較短，傳奇較長。」根據這種體製來看國中國文課本所選〈四塊玉〉（舊酒沒）、〈天淨沙〉（枯藤老樹昏鴉）、〈水仙子〉（一江煙水照晴嵐）、〈枯葉兒〉（薔薇徑）等四首元曲，全是小令，既無散套，也沒有雜劇、傳奇。

二、格律

詞曲的格律，可從平仄、韻叶與格式（圖譜）等三方面加以說明。

㈠平仄

詞曲的平仄，除了詞和南曲有入聲而國語卻沒有外，其餘的大致和現行的國音吻合，即平就是國音的第一、二聲，仄就是國音的第三、四聲，教學時只要稍予提示即可。」而入聲則先得配合方音，或採其他方法（如字在那一聲母、介音、韻母下逢那一種聲調最容易出現入聲），指導學生來辨識，再配合國音，指導學生適當的讀法。筆者從十數年前，即主張在讀古典詩歌（北曲除外）之際，將入聲牽就國音，讀成輕聲，再予强化，以儘量保存古典詩歌之聲情，這樣採變通的辦法來讀入聲，當然是有點牽强的，但這可說是沒有辦法中的辦法啊！

㈡韻叶

以分韻的情形而言，詞以分十九韻部的《詞林正韻》、曲以分十九韻部的《中原音韻》，最受肯定與歡迎。國立台灣師範大學國文系師生所合編的兩部工具書《詞林韻藻》與《曲海韻珠》，即據此酌加名家作品的例詞、例句編成，作爲押韻的依據，對初學詞曲的人來說，是最爲適用、方便的。而押韻的方式，則詞有平單押、入單押、上與去可通押的限制，如朱敦儒的〈相見歡〉詞，平韻的部分，押的是第十二部的韻，韻字是樓、秋、流、收、州；仄韻的部分，押的是第七部的韻，韻字是亂、散。再如辛棄疾的〈西江月〉詞，平韻的部分，押的是第七部的韻，韻字是蟬、年、前、邊；仄韻的部份，押的是第七部的韻，韻字是片、見。又如李珣的〈南鄉子〉詞，平韻的部分，押的是第二部的韻，韻字是塘、鴦；仄韻的部分，押的是第八部的韻，韻字是笑、窕、照。末如岳飛的〈滿江紅〉詞，押的是第十八部的入聲韻，韻字是：歇、烈、月、切、雪、滅、缺、血、闕。而曲（北曲）則平仄皆可通押，如關漢卿的〈四塊玉〉曲，押的是第二部的歌戈韻，韻字是沒、潑、呵、和、鵝、活。再如馬致遠的〈天淨沙〉曲，押的是第十三部的家麻韻，韻字是鴉、沙、馬、下、涯。又如張養浩的〈水仙子〉曲，押的是第十九部的廉纖韻，韻字是：嵐、檐、淡、三、簾、颭、南。末如張可久的〈梧葉兒〉曲，押的是第八部的寒山韻，韻字是闌、關、綻、乾、板。至於押韻的部位，詞和曲都一樣不固定，隨著詞牌、曲牌的不同，而有所不同，這和近體詞二、四、六、八句必押，首句可押可不押的情形，是不一樣的。

㈢格式

詞調和曲調的數目相當的多，而每一詞調和曲調都各有不同的平仄、句法、韻叶與句數。字數則詞趨於固定（同一詞調而言），而曲則可因襯字而加以調整。茲將國中國文課本所選八首詞、曲的格式，分別列舉如左：

南鄉子

乘彩舫 句 過蓮塘 韻 棹歌驚起睡鴛鴦 叶 遊女帶花偎伴笑 換仄 爭窈窕 叶仄 競折團荷
遮晚照 叶仄

相見歡

金陵城上西樓 韻 倚清秋 叶 萬里夕陽垂地 豆 大江流 叶 中原亂 換仄 簪纓散 叶仄
幾時休 叶平 試倩悲風吹淚 豆 過揚州 叶平

西江月

明月別枝驚鵲 句 清風半夜鳴蟬 韻 稻花香裡說豐年 叶 聽取蛙聲一片 換仄叶 七

八個星天外句　兩三點雨山前叶平　舊時茆店社林邊叶平　路轉溪橋忽見換平叶

滿江紅

怒髮衝冠句　憑欄處豆　瀟瀟雨歇韻　抬望眼豆　仰天長嘯句　壯懷激烈叶　三十功名塵與土句　八千里路雲和月叶　莫等閒豆　白了少年頭句　空悲切叶　靖康恥句　猶未雪叶　臣子恨句　何時滅叶　駕長車踏破句　賀蘭山缺叶　壯志飢餐胡虜肉句　笑談渴飲匈奴血叶　待從頭豆　收拾舊山河句　朝天闕叶

四塊玉

舊酒沒韻　新醅潑叶　老瓦盆邊笑呵呵叶　共山僧野叟閒吟和叶　他出一對雞句　我出一個鵝叶　閒快活去叶

天淨沙

枯藤老樹昏鴉韻　小橋流水平沙叶　古道西風瘦馬去叶　夕陽西下去叶　斷腸人在天涯叶

水仙子

一江煙水照晴嵐　兩岸人家接畫檐　芰荷叢一段秋光淡　沙鷗舞再三　捲香風
十里珠簾　畫船兒天邊至　酒旗兒風外颭　愛煞江南

梧葉兒

薔薇徑　芍藥闌　鶯燕語間關　小雨紅芳綻　新晴紫陌乾　日長繡窗閒　人立秋千
畫板

（以上聲調符號，平聲作—，仄聲作｜，可平可仄作＋，可平可上作⊥，上聲作上，去聲作去。至於襯字則作△。曲的部分，參見賴橋本教授〈散曲的格律〉）

三、義旨

處理了格律後，便要對作品本身的內容作深入的探究了。要深究內容，最主要的是掌握它的主旨。一般說來，對於一篇的主旨，作者不是把它安置在篇首、篇腹、篇末，就是安置在篇外。

安置於篇首的，通常都形成先總括、後條分的格式，如韋莊的一首〈菩薩蠻〉詞：

紅樓別夜堪惆悵，香燈半掩流蘇帳。殘月出門時，美人和淚辭。琵琶金翠羽，絃上黃鶯語。勸我早歸家，綠窗人似花。

這首詞的主旨爲「別夜惆悵」（即別恨），就在起句交代明白，這是「總括」的部分。接著先以「香燈」句，就「紅樓」寫夜別的所在，爲夜別安排一個適當的環境；再以「殘月」兩句，藉「殘月」與「淚」，具體地寫在門外夜別的惆悵，這是「條分一」的部分。然後於下片，承「香燈」句，追敍在樓上夜別的情景，經由美人之琵琶與言語，將「別夜惆悵」再從中帶出來，這是「條分二」的部分。作者用這種先總括、後條分的形式來寫，使人讀後，也不禁爲之惆悵不已。

安置於篇腹的，在詩歌裡相當常見，所謂的「腹」，不單指正中央，也包括中央偏前或偏後在內。國中國文課本所選的〈滿江紅〉與〈相見歡〉詞，就是很好的例子，就以〈滿江紅〉來說，作者在開端四句，藉憑闌所見「瀟瀟雨歇」的外在景致與當時「怒髮衝冠」、「仰天長嘯」的本身形象，具寫了壯懷之激烈。「三十」兩句，由果而因，先就過去，分敍「壯懷激烈」的頭一個原因，在於征戰南北，功業未成。「莫等閒」兩句，承上兩句，再就未來，分敍「壯懷激烈」的另一個原因，在於時日已無多，深悲自己會「白了少年頭」。換頭四句，承上片的「壯懷激烈」，總括上兩個分敍的部分，寫國恥未雪的憾恨，拈明一篇的主旨，直接將一腔壯懷，噴薄傾吐。「駕長車」三句，則由實轉虛，透過設想，虛寫驅車滅敵、湔雪國恥的情景，眞可謂「氣欲淩雲，聲可裂石」。結尾兩句，依然以虛寫的形式，進一層寫湔雪國恥後，朝覲天子的理想結局，以收拾全詞。有人認爲這首詞的主旨不在「靖康恥」四句，而是在收結三句，這可能是忽略了詞中虛實的關係，按常例，「虛」的部分只是用來增强「實」的部分之情味力量而已，是不可能出現主旨的。

安置於篇末的，與安置於篇首的正相反，大都形成先條分、後總括的格式。如國中國文課本所選的〈四塊玉〉、〈天淨沙〉、〈水仙子〉等曲，便是這樣。就以〈水仙子〉來說，作者先以「一江」兩句，分水上與陸上，寫「照晴嵐」的一江煙水與「接畫檐」的兩岸人家，這是「條分一」的部分；再以「芰荷」三句，就水上寫江煙水中的秋荷與沙鷗，就陸上寫「畫檐」下迎著香風的十里珠簾，這是「條分二」的部分；接著以「畫船兒」兩句，就水上寫來自天邊的畫船，就陸上寫風外飛舞的酒旗，這是「條分三」的部分。就這樣一水一陸地將江南美好的景物鮮明地描繪出來，然後結以「愛煞江南」一句，以回抱全詞作收，這是「總括」的部分。這裡所謂的「愛煞江南」，正是一篇之主旨啊！

安置於篇外的，可說最合乎含蓄的要求，即所謂「不著一字，盡得風流」，在古今人的作品裡，是很常見的。就以國中課文所選的詞曲來說，便有三首，即〈西江月〉、〈南鄉子〉二詞與〈梧葉兒〉曲，其中〈梧葉兒〉，寫的是春日所見的景物，依次是：「闌」、「徑」旁的薔薇與芍藥、「語間關」的鶯與燕、小雨後的紅芳與紫陌、閒靜的繡窗與站在秋千畫板上的人。作者就透過這些，從篇外表出孤單之情來。而這種孤單之情，可由他所見之紅芳（含薔薇與芍藥）、鶯燕與秋千透出一些消息，因爲花往往用以象徵所思念之人，而鶯燕，由於唐金昌緒有詩說：「打起黃鶯兒，莫叫枝上啼；啼時驚妾夢，不得到遼西」，一由於往往成雙，最適合於用來反襯孤單，所以和離情都結了不解之緣；至於秋千，見了就自然會想起當年盪此秋千之人，更與人的相思脫不了關係，王國維「一切景語皆情語」（《人間詞話》）的話，是說得一點也沒錯的。

如果掌握了這些置於篇內、外的主旨，便可進一步地用以貫穿全篇的內容材料，將抽象的主旨與具體的內容材料融成一體，以徹底了解作品的眞正義旨。

四、作法

探明了義旨後，就要審辨作法。審辨作法，可將重點置於修辭與章法上。

㈠修辭

修辭的方式有多種，見於國中課本所選八首詞曲裡的，約有下列幾種：一爲借代，如

〈相見歡〉詞以「簪纓」借指達官顯要；二爲轉化，如〈相見歡〉詞的「試倩悲風吹淚」，將風加以擬人化；三爲對仗，如〈西江月〉詞之「明月別枝驚鵲，清風半夜鳴蟬」與「七八個星天外，兩三點雨山前」、〈四塊玉〉曲之「舊酒沒，新醅潑」、〈梧葉兒〉曲之「薔薇徑，芍藥闌」與「小雨紅芳綻，新晴紫陌乾」、〈天淨沙〉曲之「枯藤老樹昏鴉，小橋流水平沙，古道西風瘦馬」（鼎足對）等；四爲倒裝，如〈西江月〉詞之「稻花香裡說豐年，聽取蛙聲一片」與「舊時茆店社林邊，路轉溪橋忽見」、〈滿江紅〉詞之「靖康恥，猶未雪」與「臣子恨，何時滅」等；五爲摹寫，如〈水仙子〉曲（末句除外）與〈梧葉兒〉曲全篇。對於這些修辭的技巧，不但要讓學生辨識，還要引導他們去了解它們各自的作用，以使他們能進而運用到自己的寫作上來。

㈡章法

所謂的章法，是指文章構成的型態，也就是將句子組合成節、段，由節、段組合成篇的一種方式。這種方式，就其基本、共通的幹身而言，可用三個原則加以概括：那就是秩序、聯貫、統一。

以秩序來說，如〈西江月〉詞的上片，寫的是作者「夜行黃沙道」時所聽到的各種聲音，先是別枝上的鵲聲，再來是清風中的蟬聲，最後是稻香裡的蛙聲；而下片寫的則是「夜行黃沙道」時所見到的各種景物，先是天外的疏星，再來是山前的雨點，最後是橋後的茆店；就這樣依「由小而大」（上片）、「由遠而近」（下片）的順序，將鄉村夜晚的一幅恬靜畫面描摹得極其生動，這當然是很合乎秩序的原則的。又如〈天淨沙〉曲，先就空間，以「枯藤」兩句寫道旁所見，以「古道」句寫道中所見；再就時間，以「夕陽」句指出是黃昏，以增强它的情味力量；然後由景轉情，點明浪迹天涯者的悲痛——「斷腸」作結，這顯然也是很合乎秩序的原則的。

以聯貫來說，如〈四塊玉〉曲，先提新酒，次提酒具，再提酒友，然後就友、我，提各自提供的下酒菜餚，就這樣由「笑呵呵」而「閒吟和」而「閒快活」，將全曲聯貫成一體，產生出最大之感染力來。

以統一來說，如〈相見歡〉詞，爲一感懷故國之作。起首「金陵」兩句，記清秋時自己在金陵（今南京市）登樓遠眺的情事，作爲敍寫的開端；「萬里」兩句，承寫登樓所見，以夕陽西下時故國河山之壯麗，襯托出一己悲涼的心緒；謝脁〈暫使下都夜發新林至京邑贈西府同僚〉詩說：「大江流日夜，客心悲未央。」所謂「客心悲未央」不正是作者此刻的寫照嗎？換頭五句，寫登樓所感，其中「中原」三句，寫中原沈淪、仕族逃散、不知幾時才能收復的悲歎，暗暗地對南宋朝廷不圖恢復表示自己的憤懣與斥責，以拈出一篇之主旨；「試倩」兩句，以風爲媒介，將自己與中原連在一起，表達出對中原百姓的關懷與家國淪亡的沈痛，寫得感情激越，熾熱動人。從形式看，這是先寫景、後抒情的一首作品，但景中寫情，情中有景，全針對著「中原亂」三句來寫，使得全詞維持一致的情意，是無法拆開的。

五、鑑賞

對作法作了探討後，就已爲鑑賞打好了基礎。一般說來，鑑賞可分爲如下兩種：

㈠藝術的鑑賞

這是藉若干事理景物作媒介、引發學生想像力與體會力，以領略作品情味的一種鑑賞。如〈南鄉子〉詞，寫的是粵女遊湖時天眞活潑的畫面。全詞以遊女爲中心，由她們的「棹歌」、「偎伴笑」、「折圓荷」、「遮晚照」的動作，串成一線，而用「綵舫」、「蓮塘」、「鴛鴦」等作點綴，構成一幅清新愉悅的地方風物圖，讀來令人賞心悅目。欣賞作品時，我們可用荷池、綵舟、少女遊湖等相關圖片作媒介，透過想像，帶領學生，超越時空，去捕捉作者當年所見情景，而與作者產生共鳴。

㈡風格的鑑賞

這是就氣象、詞藻、情味等方面作深一層玩味的一種鑑賞。剛健如〈相見歡〉詞，婉約如〈西江月〉詞，這是就氣象來看的；質實如〈四塊玉〉與〈天淨沙〉曲，絢爛如〈南鄉子〉詞與〈水仙子〉曲，這是就詞藻來看的；含蓄如〈梧葉兒〉曲，奔薄如〈滿江紅〉詞，這是就情味來看。對於這些，如能指引學生一一加以揣摩玩味，自然就可使學生進一步地體會出作品的好處來。

除此而外，在教學時，對作者所處的時代與背景，能作必要的說明，以掌握作者創作的動機，再加上適當的吟誦，相信會收到更大的教學效果。

（原載民國八十二年十二月《國文天地》九卷七期，頁八八～九五）

談崔顥〈黃鶴樓〉與李白〈登金陵鳳凰臺〉二詩的異同

一、前言

崔顥的〈黃鶴樓〉詩，自唐以來，不但被目爲題黃鶴樓詩之絕唱，更被譽爲「唐人七言律詩第一」（嚴羽《滄浪詩話》）。相傳李白到黃鶴樓，見了此詩，嘆道「眼前有景道不得，崔顥題詩在上頭」（李畋《該聞錄》，胡仔《苕溪漁隱叢話》引），於是打消了題詩的念頭。等到遊金陵，才模仿它而寫了〈登金陵鳳凰臺〉詩，一時傳誦，也成了膾炙人口的佳篇。由於這兩首詩有這層關係，且都被選入高中國文第三冊，它們的異同常被詢及，因此參考前賢時彥之說，並附以一己偶得之見，略述兩詩之異同如次。

二、在格律上

崔顥的〈黃鶴樓〉詩是這樣子的：

昔人已乘黃鶴去，此地空餘黃鶴樓。黃鶴一去不復返，白雲千載空悠悠。晴川歷歷漢陽樹，芳草萋萋鸚鵡洲。日暮鄉關何處是，煙波江上使人愁。

它的格律為：

|—|T—⊥|，||——T|—（韻）。

—||⊥⊥||，|——|T——（叶）。

——||⊥—|，—|——T|—（叶）。

||———||，———||——（叶）。

各句一、三不論，其餘該仄而平作T，該平而仄作⊥。下同。

李白的〈登金陵鳳凰臺〉詩則是這樣子的：

鳳凰臺上鳳凰遊，鳳去臺空江自流。吳宮花草埋幽徑，晉代衣冠成古邱。三山半落青天外，二水中分白鷺洲。總為浮雲能蔽日，長安不見使人愁。

它的格律爲：

｜——｜｜——（韻），｜｜——┬｜—（叶）。———｜——｜，｜｜——┬｜—（叶）。——｜｜——｜，｜｜——｜｜—（叶）。｜｜———｜｜，——｜｜｜——（叶）。

由上舉二詩的格律看來，前者用的是平起不入韻式，押下平聲十一尤韻，韻腳爲樓、悠、洲、愁。後者用的是平起入韻式，也押下平聲十一尤韻，韻腳爲遊、流、邱、洲、愁。其中不合格律或值得一提的，就〈黃鶴樓〉詩而言，有下列幾點：

㈠前四句完全破律，用的是古詩格律。
㈡頷聯未對仗。
㈢前三句出現三次「黃鶴」。
㈣在句尾處，第三句連用六仄聲、第四句連用三平聲。
㈤頸聯第五字，出句該平作仄，是孤平；對句該仄作平，爲拗救。

對這些現象，潘光晟先生在《高中國文教師手册》解釋說：

所謂此詩以歌行入律者，以前四句一氣轉折，以文筆行之，一也；三四兩句，全無對仗，二也；平仄不調，第三句連用六仄聲（鶴、一、不、復皆入聲），尤違常規，三也；前三句連用三「黃鶴」，律詩無此作法，四也。

而邱燮友教授在《新譯唐詩三百首》中也說：

此詩律古參半，前四句完全不合律，為古詩的格式，後四句始合律。頸聯出句「晴川歷歷漢陽樹」，為「平平仄仄仄平仄」，「陽」字孤平，對句「芳草萋萋鸚鵡洲」作「平仄平平平仄平」，「鸚」字本宜仄而改用平以救之。

由此看來，〈黃鶴樓〉不算是合於格律的一首律詩。至於〈登金陵鳳凰臺〉詩，也有如下幾點是特別的：

㈠起聯「鳳」字三重複、「凰」字二重複。
㈡次句第五字該仄作平。
㈢第三句失黏。
㈣第四句第五句該仄作平。

其中第一點，如依潘光晟先生的說法，和崔顥連用三「黃鶴」一樣，是不合格律的。而第二、四點，若從寬以「一、三、五不論」來看，則可視作合律；如「五」必論，則次句是不合格律，而第四句爲「失對」。所以邱燮友教授在《新譯唐詩三百首》中將這一點和第三點合起來說：

頷聯「吳宮花草埋幽徑，晉代衣冠成古丘」的平仄與首聯的平仄相同，如將第三句的平仄和第四句的平仄對換，便合乎七律平起格的定式了，這便是「失對」「失黏」的現象，也可稱為「拗對」「拗黏」。王力的《漢語詩律學》在「失對和失黏」這一節上說：「首先我們須知，『對』和『黏』的格律在盛唐以前並不十分講究；二者比較起來，『黏』更居於不甚重要的地位。直至中唐以後，還偶然有不對不黏的例子。『失對』和『失黏』的『失』字是後代的詩人說出來的，『失』是不合格的意思，而唐人並不把不對不黏的情形認為這樣嚴重。因此，有些詩論家並不叫做『失對』『失黏』，只稱為『拗對』『拗黏』。」

這樣說來，〈登金陵鳳凰臺〉詩還算得上是一首合律的律詩。

因此，從格律上看，這兩首詩相同的是：

(一)同爲平起式。

(二)同押下平聲十一尤韻，其中韻腳相同的有「洲」和「愁」。

(三)一樣三連用樓臺名。

而不同的是：

(一)崔作古律參半，而李作稱得上是律詩。

(二)崔作首句不入韻，而李作則首句入韻。

這種異同是相當明顯的。

二、在內容上

〈黃鶴樓〉詩，從字面上看，寫的是「鄉愁」，這可從尾聯「日暮鄉關何處是，煙波江上使人愁」二句看出來。據《舊唐書·文苑下》載，崔顥是汴州（今河南開封縣）人，登進士第，累官司勳員外郎，於天寶十三載（西元七五四年）卒。這首詩的作年雖不可確考，但作於他死前遊宦各地期間，該是沒什麼問題的。這樣，他到武昌遊歷，登黃鶴樓而起鄉心，是十分自然的事。爲了具寫這種鄉愁，作者用了黃鶴之去、悠悠白雲、歷歷晴川、漢陽樹、萋萋芳草和江上煙波等事材與物材。他首先以黃鶴之去，一則由「黃鶴」交代題目，一則用

「去」爲結聯之「鄉愁」作鋪墊。其次以悠悠白雲，除了針對黃鶴之去表出物是人（事）非的感慨外，也象徵著遊子，以加强「鄉愁」，這種象徵寫法很常見，如李白〈送友人〉詩說：

浮雲遊子意，落日故人情。

便是著例。又其次，以歷歷晴川，進一層襯出「鄉愁」之無盡，這種寫法也很常見，如李白〈黃鶴樓送孟浩然之廣陵〉詩說：

孤帆遠影碧空盡，惟見長江天際流。

這裡用流入天際之長江襯出別情之無窮，和「晴川歷歷」的作用是一樣的。再其次，以漢陽樹和萋萋芳草，又將「鄉愁」推深一層，因爲樹和草一望無際，都會時時入人眼目，以增添無邊的傷離意緒，所以自來詞章家都喜歡用樹和草來襯托離情，如孟浩然〈宿建德江〉詩說：

移舟泊煙渚，日暮客愁新。野曠天低樹，江清月近人。

如盧倫〈送李端〉詩說：

故園衰草遍，離別正堪愁。

這種例子，隨處可見。最後以江上煙波，在殘陽的薰染下，重重網住欲歸眼，將「鄉愁」拓遠至極處，柳宗元〈別舍弟宗一〉詩說：

桂嶺瘴來雲似墨，洞庭春盡水如天。欲知此後相思夢，長在荊門郢樹煙。

而柳永〈雨霖鈴〉詞也說：

念去去、千里煙波，暮靄沈沈楚天闊。

不也是以「煙」或「煙波」來襯出愁之多嗎？

由於〈黃鶴樓〉詩用了上舉的事材與物材來寫「鄉愁」，所以說它旨在寫「鄉愁」，是不會錯的。不過我們卻不可遺漏了「鸚鵡洲」三字，因爲作者在此暗用了東漢末時禰衡的典故。《後漢書・文苑傳》說禰衡：

有才辯，而尚氣剛傲，好矯時慢物。

所以他雖受到孔融的敬愛與推介，卻先後侮慢曹操、劉表和黃祖；而最後還死於江夏太守黃祖之手，《後漢書》記述這件事說：

後黃祖在蒙衝船上，大會賓客，而衡言不遜順，祖慚，乃訶之，衡更熟視曰：「死公！云等道？」祖大怒，令五百將出，欲加箠，衡方大罵，祖恚，遂令殺之。

這樣禰衡被殺後，就葬在一沙洲上，而此一沙洲，因原就產鸚鵡，且禰衡生前又曾爲此而作〈鸚鵡賦〉，於是後人便以「鸚鵡」爲名。由此看來，作者是想透過這個典故來抒發他懷才不遇的痛苦啊！對於這一點，雖無其他資料可佐證，但《舊唐書》說他「累官司勳員外郎」，並且說：

開元、天寶間，同知名王昌齡、崔顥，皆位不顯。

既然「位不顯」，那麼在登黃鶴樓時，除鄉愁之外又湧生身世之感，是非常合乎情理的。

至於〈登金陵鳳凰臺〉詩，則主旨相當明確。蕭士贇《分類補注李太白詩》說：

此詩因懷古而動懷君之思乎？抑自傷讒廢，望帝鄉而不見，乃觸境而生愁乎？太白之志，亦可哀也。

這是非常正確的。這首詩首先以鳳凰之去與江之自流，讓人興起盛衰之感，爲尾句的「愁」字蓄力；再來以埋幽徑之吳宮花草和成古邱之晉代衣冠，承「鳳去臺空」作進一層的描寫，巧妙地透過了眼前的幽徑與古邱作歷史的追溯。大家都知道三國時的吳和後來的東晉都先後建都於金陵，繁華可說盛極一時，然而吳國昔日的富麗宮廷卻已經荒蕪，埋於今日的幽徑；東晉從前的風流人物也早已逝世，埋於今日的丘墳；這些都使作者產生強烈的興亡之感，再爲尾句的「愁」字助勢。接著以半落青天外之三山與中分白鷺洲之二水，將目光由弔古而轉向若隱若現的三山與奔騰不息的長江，有意藉登臺所見的山水壯闊之景，和上聯所寫的衰颯之狀作成鮮明的對比，以寓人事已非、江山如故的深切感慨，進一步地爲尾句的「愁」字加强它的感染力量。最後以浮雲之蔽日，譬邪臣之蔽賢，一方面爲自己被排擠出京而憤懣，一方面又爲唐王朝重蹈六朝覆轍而憂慮，明白地爲結尾的「愁」交代了它形成的主因。元方回

《瀛奎律髓》說：

此詩以鳳凰臺為名，而詠鳳凰臺不過起語兩句已盡之矣，下六句乃登臺而觀望之景也：三四懷古人之不見也，五六七八詠今日之景，而慨帝都之不可見也。登臺而望，所感深矣。

說得一點也不錯。當然除了「慨帝都之不可見」所產生的家國之悲與身世之痛外，作者還有著謫居在外的流浪之苦，因爲身世之痛和流浪之苦是孿生兄弟的關係，所以杜甫〈旅夜書懷〉詩說：

名豈文章著，官應老病休。飄飄何所似？天地一沙鷗。

其中前兩句說的是身世之痛，後兩句說的是流浪之苦，可見兩者關係密切，是分不開的。不過，李白在這首詩裡並沒有明白說出流浪之苦罷了。

這樣看來，崔作和李作就材料之使用而言，有類似者，也有相異者。而就所寫的主旨來說，則前者在表面上寫的雖是「鄉愁」，卻在骨子裡藏有身世（懷才不遇）之痛；至於後者則完全寫家國之悲和身世之痛，卻把流淚之苦匿而不宣。這是兩詩最大的不同所在。

四、在結構上

〈黃鶴樓〉一詩的結構很單純，它採虛寫的手法，用頭四句寫黃鶴樓的來歷，爲敘事的部分，也是「目一」的部分；再採實寫的手法，用五、六兩句寫登樓所見景象，爲寫景的部分，也是「目二」的部分；然後即景（事）抒情，用七、八兩句寫登樓時所湧生的無限鄉愁，爲抒情的部分，也是「凡」的部分。這可用如下簡表來表示：

△
- 目
  - 一－虛寫來歷（敘事）－「昔人已乘」四句
  - 二－實寫景觀（寫景）－「晴川歷歷」二句
- 凡（抒情）－「日暮鄉關」二句

如用這種結構套在〈登金陵鳳凰臺〉詩上，則很容易找出兩詩的共同處來。十分明顯地，李白在此，也先採虛寫的手法，用一、二兩句寫鳳凰臺來歷，爲敘事的部分，也是「目一」的部分。再採實寫的手法，用三、四、五、六等四句寫登臺所見景象，其中三、四兩句，就近寫幽徑、古邱，而寓今昔之感；五、六兩句，就遠寫山寫水，以狀山川之闊；爲寫景的部分，也是「目二」的部分。然後即景（事）抒情，寫登臺所湧生的家國之悲與身世之痛，爲抒情的部分，也是「凡」的部分。這可用如下簡表來表示：

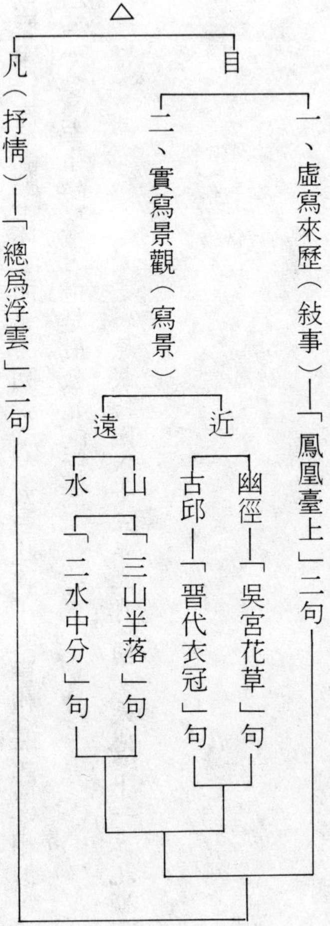

由此看來，李白和崔顥雖在敘事、寫景的部分裡所用句數有所不同，但從大處來說，兩詩的結構是一樣的。

五、結語

綜上所述，可知〈黃鶴樓〉和〈登金陵鳳凰臺〉兩詩雖然各有其特色，但在選用格式（平起式）、韻部（下平十一尤韻）、三連用樓臺名和結構上，卻有一致的地方，所以說〈登金陵鳳凰臺〉詩乃仿〈黃鶴樓〉詩而作，確是有道理的。至於仿作是否勝過原作，還是有所不及，則歷來一直爭論不休，而元方回說：「太白此詩，與崔顥〈黃鶴樓〉相似，格律氣勢，未易甲乙」（《瀛奎律髓》），這是最公允的說法。

（原載民國八十五年二月《國文天地》十一卷九期，頁三六～四三）

國文科測驗題命題的一般原則

以大學考試試題爲例

國文科的測驗題，應依據高中國文科教學目標及教材內容與形式兩方面命題：內容方面，包括作者及其作品風格、流派、價值等之認識，義理、情意等內容之瞭解與體認，全文主旨、段、節等要旨之辨析，國學常識之認知等；形式方面，包括文體特質之認識，字形、字音、詞語意義及詞性之辨識與應用，修辭技巧之瞭解與應用，結構技巧之審辨等。並依布魯姆教育目標，分爲記憶、理解、應用、分析、綜合、評鑑六者，配合內容與形式命題。命題時，除須注意試題是否難易適中、題數適量外，尚須注意下列原則：

㈠取材須均勻，且掌握各冊教材或課外材料的重點

【例一】

「生乎吾前，其聞道也，固先乎吾，吾從而師之；生乎吾後，其聞道也，亦先乎

吾，吾從而師之。」意謂：(A)生前死後，我都尊之為師；(B)不論輩份年齡，只要懂得比我多，就是我的老師；(C)是我的前輩，我尊他為師；是我的後輩，他稱我為師；(D)不管年齡大小，我都願拜他為師。（76年大學聯考試題）

【例二】

「句讀之不知，惑之不解，或師焉，或不焉，小學而大遺，吾未見其明也。」「句讀」四句，意謂：(A)時人遇到疑惑，或從師而問，或不從師而問；(B)句讀之不知，或者從師而問；惑之不解，或者不從師而問；(C)句讀之不知，或從師而問；惑之不解，則不從師而問；(D)句讀之不知，則從師而問；惑之不解，則不從師而問。（76年大學聯考試題）

說明：這兩則試題，依序爲76年聯考試題的3、9題，都出自高中國文第一冊〈師說〉一課，在單一選擇題十六題中獨佔二題，而且出自同册的另有2與7兩題，取材顯然過於集中，不夠均勻。

【例三】（閱讀測驗）

暮投石壕村，有吏夜捉人，老翁踰墻走，老婦出看門。吏呼一何怒，婦啼一何苦！聽婦前致詞：「三男鄴城戍。一男附書至，二男新戰死。存者且偷生，死者長已矣！室中更無人，惟有乳下孫。有孫母未去，出入無完裙。老嫗力雖衰，請從吏夜歸，急應河陽役，猶得備晨炊。」夜久語聲絕，如聞泣幽咽。天明登前途，獨與老翁別。（杜甫〈石壕吏〉）除作者外，詩中人物：(A)共五人；(B)共六人；(C)共七人；(D)八人以上。（78年大學聯考試題）

說明：這一則試題，測驗詩中的人數，非本詩重點所在，對於了解詩意，了無助益。並且選項(D)也和(A)、(B)、(C)重疊，使答案有模稜兩可的缺陷。

㈡文字須簡明，且不可遺漏解題所須之條件

【例一】

「北風卷地白草折，胡天八月即飛雪。忽如一夜春風來，千樹萬樹梨花開。」意謂：(A)冬去春來，季節遞換；(B)塞北八月，梨花始開；(C)北地飛雪，如梨花盛開；(D)梨花盛開，如八月飛雪。（77年大學聯考試題）

說明：本題題幹將岑參〈白雲歌送武判官歸京〉詩的首四句列出，充分地提供了解題所須的條件。

【例二】〈贈衛八處士〉與〈白雪歌送武判官歸京〉二詩：(A)皆古體；(B)皆換韻；(C)皆五言；(D)皆寫今昔之感；(E)作者皆唐人。（80年大學聯考試題）

說明：本題以記憶課文爲解題的先決條件，未能提供原詩作爲解題的依據，不宜用於聯考。

㈢答案須明確，不可模稜兩可

【例一】「郭公夏五，疑信相參。」意謂：(A)經書不可盡信；(B)古書文字有脫誤；(C)二人互相猜疑；(D)二人友誼不終。（76年大學聯考試題）

說明：本題答案爲(B)，非常明確，而其餘選目也都具有誘答力。

【例二】下列讀音，何者為正確？(A)槁暴ㄍㄠˇ ㄆㄨˋ；(B)憧憧ㄔㄨㄤˊ ㄔㄨㄤˊ；(C)培塿ㄆㄟˊ ㄌㄡˇ；(D)涉血ㄕㄜˋ ㄒㄧㄝˇ。（80年大學聯考試題）

說明：本題爲單選題，標準答案爲(A)，但選項(D)，既可看作是「涉血於友于」的「涉血」，讀成「ㄌㄧㄝˊㄒㄩㄝˋ」，也可看作是「涉血而過」的「涉血」，讀成「ㄕㄜˋㄒㄧㄝˇ」，因此本題的答案犯了模稜兩可的毛病。

㈣文句須重新組織，避免直抄課文或原來材料

【例一】〈教戰守策〉這個題目的意思是：(A)教育、作戰、防守的策略；(B)教導人民作戰和防守的計策；(C)教導人民作戰時所需遵守的策略；(D)關於教導人民作戰和防守的進策。（80年大學聯考試題）

說明：本題答案爲(D)，文字根據課文「題解」加以簡化、變換，意義十分明確。

【例二】〈師說〉：「巫、醫、樂師、百工之人，君子不齒，今其智乃反不能及。」「君子不齒」意謂：(A)不足君子掛齒；(B)君子不屑與之同列；(C)使君子不敢輕視；(D)使君子感到羞辱。（80年大學聯考試題）

說明：本題答案爲(B)，文字一字不漏地抄自課文「注釋」。這樣，考生容易養成死記資料的壞習慣。

㈤試題須注重詞語的活用與義蘊的了解，而非零碎知識的記憶

【例一】〈深慮論〉：「禍常發於所忽之中，而亂常起於不足疑之事。」意思近於：(A)有善始者實繁，能克終者蓋寡；(B)知安而不知危，能逸而不能勞；(C)天下之事，常發於至微，而終為大患；(D)不念居安思危，戒奢以儉，德不處其厚，情不勝其欲。（80年大學聯考試題）

說明：本題選項選自不同的課文，爲統整性的題目，考生必須徹底了解課文句義才能作答。

【例二】《紅樓夢》一書：(A)經胡適考證，確認作者為曹雪芹；(B)初名《石頭記》，又名《風月寶鑑》；(C)高顎曾為之作注；(D)晚近以來，研究成風，形成所謂「紅學」；(E)屬章回小說。（80年大學聯考試題）

說明：本題純屬記憶性之題目，其中選項(C)，尤嫌瑣細，必須熟記作者欄資料才能作答，實在不是一個好題目。

㈥各題須彼此獨立，不可互相牽涉或含有暗示他題解題的線索

【例一】

「集錦照相利用景物角度相同之底片，經過暗房中匠意的經營，可以製作出□□的作品。」缺空的詞語，可以是：(A)天衣無縫；(B)賞心悅目；(C)自然渾成；(D)巧奪天工；(E)昭然若揭。（77年大學聯考試題）

說明：本題出自高中國文課文第二冊，無論題幹與選目都與本年聯考其他題目不相牽涉。

【例二】：（閱讀測驗）

鄭人游于鄉校以論執政。然明謂子產曰：「毀鄉校何如？」子產曰：「何為？夫人朝夕退而游焉，以議執政之善否。其所善者，吾則行之；其所惡者，吾則改之；是吾師也。若之何毀之？我聞忠善以損怨，不聞作威以防怨。豈不遽止？然猶防川，大決所犯，傷人必多，吾不克救也。不如小決使道，不如吾聞而藥之也。」（錄自《左傳》）

1、然明建議子產毀鄉校，是因為：(A)鄭人遊戲，擾亂鄉校安寧；(B)怕鄭人議論子產之政；(C)怕鄭君夫人議論子產之政；(D)不願鄭君夫人在鄉校拋頭露面。

2、從子產的答覆，可以看出他是一位：(A)怕國君夫人的人；(B)不畏惡勢力的人；(C)懂得水利工程的人；(D)從善如流的人。

3、「其所善者」及「其所惡者」二句中的「其」字：(A)同指然明；(B)同指鄭人；(C)前者指鄭君，後者指鄭君夫人；(D)同指鄭君夫人。

4、子產以防川為喻，旨在說明：(A)救百姓之道；(B)執政者應容忍百姓批評國政；(C)救治水災的方法；(D)防止鄭君夫人到鄉校遊戲的辦法。

5、「不如吾聞而藥之也。」意謂：(A)防止鄭人擾亂鄉校的良方；(B)防止鄭君夫人到鄉校拋頭露面的良方；(C)執政者聞過則改；(D)以良法善意救百姓之困。（77年大學聯考試題）

說明：本試題由「夫人朝夕退而游焉」中的「夫人」一詞，牽涉五題二十選項中的七項，考生只要了解「夫人」一詞的詞義，就能掌握三分之一以上的答案，顯然太過於側重「夫人」一詞的了解，也使題目的誘答力大爲減低。

(七)題幹須完整，敍述須肯定

【例一】

勸學：「小人之學也，入乎耳，出乎口。」意謂小人：(A)巧言令色；(B)辯才無

礙；(C)思而不學；(D)學而不思。（78年大學聯考試題）

說明：本題題幹完整，敘述肯定。

【例二】

書信柬帖：(A)「硯右」可用於對老師之提稱語；(B)「青覽」係表示希望獲得對方青睞之意；(C)「謹詹於某日」之「詹」即「占」字之意；(D)「領謝」意指返還原來之禮物並道謝；(E)「弄璋」意指生男孩。（78年大學聯考試題）

說明：本題題幹不完整，須改作：「有關書信柬帖用語的敘述，下列何者爲正確？」

(八)誘答項目須具有似眞性

【例一】

「他在國學上的造詣，真可說是□□可觀。」缺空的詞語可以是：(A)渥然；(B)卓然；(C)沛然；(D)浩然；(E)斐然。（78年大學聯考試題）

說明：本題選目針對題幹中「可觀」的限制，從正面列出五個具有似眞性的被選答案，誘答力頗强。

【例二】

「□□□者，固為小人，然施恩德以加之，則可使變為君子。」缺空的詞語，可以是：(A)作姦犯科；(B)干犯法紀；(C)不憂不懼；(D)不愧不怍；(E)行己有恥。（77年大學聯考試題）

說明：本題在題幹中既作了「固為小人」的限制，而選目中居然出現非「小人」所能的(C)、(D)、(E)等三個錯誤的選目，了無似眞性，誘答力等於零。

以上八個原則，是命題時所該遵守的。如能完全做到，則題目的誘答力必然增强，可以考出學生眞正的程度；不然，誘答力便低，而難於收到考試的良好效果。因此，命題的人不可輕忽。

（原載民國八十六年四月《國文天地》十二卷十一期，頁八八～九二）

解惑十六則

一

問 高中國文課本第四冊第二課〈臺灣通史序〉：「惟仁惟孝，義勇奉公」，其中兩個「惟」字當如何解？又：「洪惟我祖先，渡大海，入荒陬」，其中「洪惟」一詞，課本解爲「深思」，但在東大圖書公司所出版之高職國文課本卻解爲「發語詞」，請問何者較爲正確？（臺南讀者・黃瓊瑤）

答 高中國文課本第四冊第二課〈臺灣通史序〉：「惟仁惟孝，義勇奉公」中的兩個「惟」字，都作助詞用，這和《尙書・大禹謨》：「惟精惟一，允執厥中」的兩個

「惟」字，和《老子》二十一章：「道之爲物，惟恍惟惚」的兩個「惟」字，用法完全相同。至於「洪惟我祖先」中的「洪惟」，高中標準本解爲「深思」，是採用宋蔡沈《書集傳》的說法，蔡沈於《尚書・大誥》：「洪惟我幼沖人」句下注說：「今大思我幼沖之君」，「大思」即「深思」，所以標準本解作「深思」，是有其依據的。而東大圖書公司所印行的高職本解爲「發語詞」，則依據的是淸王引之《經傳釋詞》的說法，《經傳釋詞》於「洪」字下說：「洪，發聲也。〈大誥〉曰：『洪惟我幼沖人』，〈多方〉曰：『洪惟圖天之命』，皆是也。解者皆訓爲『大』，失之。」可見東大本的解釋也有它的依據，究竟何者較爲正確？由於牽扯到原出處與使用者雙方，實在難於判斷。

（原載民國八十年八月《國文天地》七卷三期，頁七～八）

二

問

㈠漢代「古詩十九首」中的〈庭中有奇樹〉，第三句「攀條折其榮」的「榮」該讀何音？

㈡《史記・張釋之列傳》中的「久之，以爲行已過，即出……。」中的「行」該念

何音?（嘉義讀者・徐梅華）

答

㈠漢「古詩十九首」之九〈庭中有奇樹〉一詩中「攀條折其榮」的「榮」字，解作「花」，本有兩種讀音：一讀永兵切（見《廣韻》）或於營切（見《集韻》），今皆音ㄖㄨㄥˊ；一讀維傾切（見《集韻》），今音ㄧㄥˊ。但部編《國語辭典》「榮」字下只收一個音讀，即ㄖㄨㄥˊ，而未收ㄧㄥˊ，因此「攀條折其榮」的「榮」字，該讀ㄖㄨㄥˊ。

㈡《史記・張釋之列傳》中「久之，以為行已過，即出……」中的「行」字，有兩讀：一讀ㄒㄧㄥˊ，用作動詞，「走」的意思，「行已過」即「已行過」之倒裝，意為「已經走過去了」；一讀ㄏㄤˊ，用作名詞，當「隊伍」講，「行已過」，意即「隊伍已經過去了」。這兩說都可通，但後者似乎較前者直接明白。

（原載民國八十年十月《國文天地》七卷五期，頁八）

三

問

一、亂石崩雲，「雲」作何解？
二、驚濤「裂」岸或「拍」岸？
三、〈赤壁賦〉中的虛與實如何？（臺北讀者，師大附中教師馬玲華）

答

㈠「亂石崩雲」之「雲」，仍作「雲」的本義解。「崩雲」即「使崩雲」，用的是「夸飾」的修辭技巧。全句意謂：「高低不平的崖石高聳入雲，好像要刺破雲層，使它崩塌下來一樣」。

㈡「驚濤裂岸」之「裂」，一本作「拍」。以修辭之技巧看，「拍」不如「裂」，因爲「拍」的衝擊力較「裂」爲小，既不足以描繪波濤洶湧，像要撕裂崖岸的樣子，配合「亂石崩雲」來寫赤壁山水的險峻，更不足以形成有力的氣勢，以帶出「捲起千堆雪」的豪壯景象。因此，一般的選本都用「裂」而不用「拍」。

㈢蘇軾〈赤壁賦〉一文，透過客主問的問答，由情入理，化懷古慨今的悲咽爲超脫人生的歡悅。根據目前可考的資料，實在無法證明非實情實寫，所以不宜把它當作「寓言」性的文章看待。再說，讀此文主要在於得其「魚」，至於「筌」究竟是虛還是實？似已變得無關緊要，這或許是作者不指明「客」是誰的原因吧！

（原載民國八十年十一月《國文天地》七卷六期，頁九～十）

四

問

第六册〈過秦論〉文末提及秦亡的原因爲：「仁義不施而攻守之勢異也」，請問「攻守之勢異也」宜如何解釋？與「仁義不施」在思想上是否有矛盾之處？（宜蘭讀者・蘭陽女中教師游秀菊）

答

〈過秦論〉是採先條分、後總括的形式所寫成的文章。文中第一、二兩段，主要在寫「攻」，以秦之長攻六國之短；第三段主要在寫「守」而「仁義不施」；第四段寫「守」而「仁義不施」的後果，即快速敗亡；第五段總括前四段條述的部分，用前文所提供的材料，加以「比權量力」，結出「仁義不施而攻守之勢異也」的一篇主旨。其中「攻守之勢異也」，是指秦國在滅亡六國後，不知道攻守之勢已改，依然想藉著攻時的堅甲利兵來長守天下，以致敗亡得那麼快速。這和「仁義不施」意屬一貫，絲毫沒有矛盾的地方。

（原載民國八十年十一月《國文天地》七卷六期，頁十）

五

問

第五册第十五課〈蓼莪〉：「我獨何害」，課本解爲：「我獨何爲遭此害也」，而在東大本裡解爲：「獨我蒙受此害。何，音ㄏㄜˋ，通『荷』，負荷，引申爲蒙受」。請問「何」字當如東大本所言之音義嗎？抑或有他解？（臺南讀者・黃瓊瑤）

答

高中國文課本第五册第十五課〈蓼莪〉中的「我獨何害」一句，課本解作：「我獨何爲遭此害也」，依據的是朱熹《詩集傳》的說法，且一字未改。這個說法，在訓詁上似犯了隨意「增字爲訓」的毛病，因爲從字面來看，只能說：「我獨何爲害也」，而不能憑空加入「遭」的意思在裡面，這就和把《大學》解作「大人之學」一樣，是不十分妥當的。而東大高職本解爲「獨我蒙受此害。何，音ㄏㄜˋ，通荷，負荷，引申爲蒙受」，則參考的是高亨《詩經今注》：「何，通荷，蒙受」的說法。其實「何」字，照《說文》：「何，儋（擔）也」的解釋看來，本義就是「負荷」，所以段玉裁注說：「何，俗作荷。……胡可切」，所以「我獨何害」

的「何」，讀作ㄏㄜˋ，解爲「蒙受」，是比較正確的。

（原載民國八十一年三月《國文天地》七卷十期，頁八）

六

問

第二冊第六課〈早起〉一文中梁實秋先生言：「……還有無數的青年男女穿著熨平的布衣，精神抖擻的攜帶著『便當』騎著腳踏車去上班」，請問其中「便當」二字何以要加上引號？（臺南讀者．黃瓊搖）

答

高中國文課本第二冊第六課〈早起〉一文中，作者梁實秋說：「精神抖擻的攜帶著『便當』，騎著腳踏車去上班」，他在「便當」二字上特用引號，是因爲「便當」一詞，本作方便、便利解，如《通俗編．境遇》說：「實於公私，兩不便當」，就是個例子。而特用以指一種隨身攜帶的飯盒，則屬外來語，剛由日本傳入未久，所以作者便加上引號，以資區別。如果是現在，由於習用已久，那就不必繁加引號了。

（原載民國八十一年三月《國文天地》七卷十期，頁八）

七

問

「多情應笑我早生華髮」句中「多情」有多種解釋：

㈠多情人——由小喬聯想亡妻。

㈡應笑我多情——多情指蘇東坡自己。

㈢周瑜——仰幕周瑜的東坡想，你該會笑我早生華髮。

以上那一種解釋合情合理？（讀者・建台中學教師林青蓉）

答

蘇軾〈念奴嬌〉詞中「多情應笑我」句，看作是「應笑我多情」的倒裝，較其他兩說為好，因為「多情」（感慨萬千之意）才能扣緊「故國神遊」句，才會使得自己「早生華髮」，這樣，在語勢或情理上，比指「亡妻」或「周瑜」，顯然要來得順當多了。

（原載民國八十一年四月《國文天地》七卷十一期，頁六）

八

問　「白日依山盡」有人唸ㄅㄛˊ，有人唸ㄅㄞˊ，本人於師大受業時，陳滿銘老師認為該唸ㄅㄛˋ，是否三個音皆可？（讀者・富北國中教師譚佩儀）

答　「白日依山盡」之「白」，就國音而言，該讀其讀音，即「ㄅㄛˊ」，不可唸其語音作「ㄅㄞˊ」。至於讀成「ㄅㄛˋ」，應是「˙ㄅㄛ」的聽誤。「˙ㄅㄛ」是變通的讀法，這是因爲國音沒有入聲，而古典詩歌，除北曲而外，都講求入聲，所以筆者在十數年前便主張在讀古典詩歌（北曲除外）之際，將入聲配合國音，讀成輕聲，再予強化，以儘量保存古典詩歌之聲情。這樣做，實非得已。有何不當之處，敬請方家不吝指正。

（原載民國八十一年五月《國文天地》七卷十二期，頁五）

九

問

㈠〈五柳先生傳〉一文，國中課本把它分成三段，而據本人閱讀的心得：「閑靜少言」至「曾不吝情去留」皆寫五柳先生的個性，而從「環堵蕭然」開始，是寫他的家境，把這部分獨立成段是否較好？

㈡同前文中有「黔婁之妻有言」一句，而《古文觀止》（三民書局出版）卻寫「黔婁有言」，到底「不戚戚於貧賤，不汲汲於富貴。」這兩句是誰說的？

㈢文中「茲若人之儔乎？」的語法結構爲何？（花蓮讀者・譚佩儀）

答

㈠〈五柳先生傳〉一文的次段，從「環堵蕭然」起至「晏如也」止，該是就住、衣、食，寫五柳先生的修養，而非家境，因爲「晏如也」三字，用以上收「環堵蕭然」四句，才是重點所在。而後此的「常著文章自娛，頗示己志，忘懷得失，以此自終」四句，是就著書與胸懷，寫他的志趣，也不是家境；更何況這兩節文字乃針對段首的「不慕榮利」來寫，因此仍依課本合併成一段較好。

㈡今傳陶集多據陶澍的集註本，無「之妻」二字，但黔婁之言，卻難考所出；而依逯欽立的校註本，則有「之妻」二字，且其言具載於劉向的《列女傳》，因此「不戚戚於貧賤，不汲汲於富貴」，就目前可考的資料顯示，該是黔婁之妻說的。

㈢「茲若人之儔乎」爲一判斷句，其中「茲」爲主語，指五柳先生；「茲」下省略一繫詞「乃」；「若人（指黔婁之妻）之儔」爲斷語；「乎」爲句末語氣詞。

（原載民國八十一年八月《國文天地》八卷三期，頁四～五）

十

問 注釋⑯「搖光」是否應作「瑤光」？（問題來源：國中國文第三冊第十九課第八十三頁）

答 作「搖光」無誤，見《後漢書・司馬相如傳》。但「搖」也作「瑤」，見《淮南子・本經訓》。

（原載民國八十一年二月《八十學年度國中國文科教學情況調查與輔導研習會研習資料》，頁二八一）

十一

問 「民惟邦本」和「周雖舊邦，其命維新」，「惟」「維」二字皆作「是」解，究竟何者爲本字，何者爲借字。（問題來源：國中國文第五册第一課）

答 「惟」的本義是「思」、「想」，「維」的本義爲「繫車蓋的繩索」，所以「惟」和「維」在這裡用的都是假借義，而非本義。

（原載民國八十一年二月《八十學年度國中國文科教學情況調查與輔導研習會研習資料》，頁二八九）

十二

問 「庸德之行」一句是否是倒裝句型？而「庸德」以及「行」的詞性又爲何？（問題來源：國中國文第六册第一課第三頁第十行）

答

㈠「庸德之行」，是「行庸德」的倒裝句。其中「之」字，用法與「是」相同，用以加强「行」的語氣。「庸德之行」即「庸德是行」，意思是說「要特別謹慎地去踐行平平常常的德行」。

㈡「庸德」在此用作複合名詞（形容詞＋名詞）。「行」，在此用作動詞。

（原載民國八十一年二月《八十學年度國中國文科教學情況調查與輔導研習會研習資料》，頁二九六）

十三

問

國中國文第四册第七課〈我所知道的康橋〉：本文的寫作立場究竟是第一人稱或第二人稱？

答

國中國文第七册第七課〈我所知道的康橋〉，就人稱而言，第一、二、三等段是用第二人稱來寫的，這樣寫可以將「你」融進「我」裡，拉近讀者與作品的距離，去領略偏於客觀性的景色；而第四段，也就是末段，是用第一人稱來寫的，這樣寫比較容易表達偏於主觀性的美感經驗。所以這篇文章是先用第二人稱再用第一人稱來寫的。

（原載民國八十五年二月《中等教育》四七卷一期，頁一一五）

十四

問

〈愚公移山〉中用「愚」字象徵何種意味？

㈠不計代價的苦幹傻勁。

㈡深謀遠慮的明智行爲。

㈠、㈡何者較恰當？

答

國中國文第四册第十三課〈愚公移山〉，作者拿愚公靠堅韌的毅力與必勝的信心，終於移去太行、王屋兩座巨山的寓言故事，來告訴世人「有志竟成」、「人助天助」的道理。所以在作者的眼裡，愚公不僅不愚，反而是個能竭盡人事，將「不可能」轉爲「可能」的智者。從這一點來看，「愚」字在此，作「反語」來用，象徵的該不是不計代價的苦幹傻勁，而是充滿毅力與信力的智者行爲。

（原載民國八十五年二月《中等教育》四七卷一期，頁一一五～一一六）

十五

問 國中國文第五册第八課〈與宋元思書〉：就內容看它是一篇記遊類的記敍文兼抒情文，而記敍的方法是否屬於倒敍？爲什麼？與第一册第十八課〈溪頭的竹子〉寫法是否相同？

答 國中國文第五册第八課〈與宋元思書〉，就其作用而言，屬應用文；就其作法來說，爲記敍文。是採先總括（凡）、後條分（目）的形式所寫成的作品。其中第一段泛寫富春江的一段景色，以爲「奇山異水，天下獨絕」，這是總括（凡）的部分；而第二段具寫「異水」，第三和四段具寫「奇山」，這是條分（目）的部分。就在具寫「奇山」的部分裡，「泉山激石」二句雖涉及了「水」，但仍以「山」（石）爲主；又「鳶飛戾天者」四句雖屬抒感的性質，透露出作者隱逸的思想，但就作法而論，卻屬插敍，所以從整體看來，還是緊承第三段，用以續寫「奇山」。這樣的寫法，是與第一册第十八課的〈溪頭的竹子〉是有所不同的。因爲〈溪頭的竹子〉所採的是由總括（凡）而條分（目）而總括（凡）的寫作形式，其中第一段泛寫溪頭竹子的迷人，這是總括（凡）的部分；而第二段寫其稠密，第三段寫它的挺拔，第四至六段寫人對它的親近、欣賞與喜歡，以分寫它迷人之地方，這是條分（目）的部分；最後一段則又回應首段，泛寫它的迷人，使得賞景的人從四面八方湧來，這又是總括（凡）的部分。可見這兩篇文章，就寫法來說，是有所不同的。

（原載民國八十五年二月《中等教育》四七卷一期，頁一一六～一一七）

附錄

本書作者三十年來研究及著述年表

民國五十六年（西元一九六七年）

・六月　由盧元駿教授指導，完成碩士論文〈稼軒長短句研究〉，通過口試，獲國立臺灣師範大學國文研究所碩士學位。

・九月　應聘為國立臺灣師範大學國文系講師。

民國五十七年（西元一九六八年）

・六月　發表碩士論文〈稼軒長短句研究〉於《國立臺灣師範大學國文研究所集刊》第十二號。

民國六十年（西元一九七一年）

・八月　以〈蘇辛詞比較研究〉一文，通過升等，升為副教授。

民國六十一年（西元一九七二年）

・七月　與陳弘治、劉本棟、邱鎮京等教授合編《譯注大學國文選》，由文津出版社出版。

民國六十三年（西元一九七四年）

・六月　發表〈稼軒詞作法擧隅〉於臺灣師大國文系《文風》第二十五期。

民國六十四年（西元一九七五年）

・十二月　發表〈探求詞調聲情的幾條途徑〉於《學粹雜誌》十七卷五、六期。

民國六十五年（西元一九七六年）

・四月　發表〈讀學庸的目的、方法與主要參考書目〉於《學粹雜誌》十八卷一、二期。

・六月　發表〈談詞章的兩種基本作法——歸納與演繹〉於臺灣師大《中等教育》二十七卷三、四期。

・九月　發表〈淺談自誠明與自明誠的關係〉於《孔孟月刊》十五卷一期，並收錄於《中庸論文資料彙編》，於七十年三月由國立高雄師範學院國文系編輯委員會編印。

民國六十六年（西元一九七七年）

・三月　發表〈辛稼軒的境遇與其詞風〉於《中華文化復興月刊》十卷三期。

・六月　發表〈古語古句在蘇辛詞裡的運用〉於臺灣師大《國文學報》第六期。

・本年參與由教育部國民教育司所委託之第一次國民中學三年級學生國語文能力評量工作，負責書法能力之評量，並提出報告。

民國六十七年（西元一九七八年）

・四月　與王熙元、陳弘治教授共同指導臺灣師大國文系學生編成《詞林韻藻》一書，由臺灣學生書局出版。又發表〈淺談國中國文科的電化教學〉於《中等教育》二十九卷二期，並收錄於《如何教國文》第一輯，於七十年六月由臺灣師大中等教育輔導委員會出版。

・六月　發表〈學庸的價值、要旨及其實踐工夫〉於《中國學術年刊》第二期。

・十月　發表〈大德者必得其壽——爲什麼中庸如此說〉於《師大校刊》第二三〇期。

・十一月　發表〈談忠恕在儒學中的地位〉於《幼獅月刊》四十八卷五期。

民國六十八年（西元一九七九年）

・三月　譯述《史記》之〈韓信盧綰列傳〉與〈張丞相傳〉，收入《白話史記》一書，由河洛出版社出版。

・四月　發表〈北宋詞風的轉變〉於《中華文化復興月刊》十二卷四期。又撰成〈學庸導讀〉一文，收入《國學導讀叢編》，由康橋出版社出版。

・五月　發表〈愛國詞人辛棄疾的境遇與其詞風〉於《葡萄園詩刊》第六十七期。

・八月　發表〈從修學的過程看智仁勇的關係〉（上）於《孔孟月刊》十七卷十二期。

・九月　發表〈從修學的過程看智仁勇的關係〉（下）於《孔孟月刊》十八卷一期。

・本年參與由教育部國民教育司所委託之第二次國民中學三年級學生國語文能力評量工作，負責書法能力之評量，並提出報告。

民國六十九年（西元一九八〇年）

・三月　撰成《中庸思想的研究》一書，由文津出版社出版。

・五月　以著作《中庸思想的研究》向系提請升等爲教授，獲得通過。

・六月　發表〈賈誼及其作品析論〉於臺灣師大《國文學報》第九期。

・八月　升等爲教授。

・九月　修訂碩士論文〈稼軒長短句研究〉爲《稼軒詞研究》，由文津出版社出版。

・十月　修訂《蘇辛詞比較研究》，由文津出版社出版。

民國七十年（西元一九八一年）

・四月　爲吳正吉《怎樣寫作文》寫序，由文津出版社出版。

・九月　發表〈中秋寄遠——辛棄疾的滿江紅詞〉於十三日《臺灣日報》副刊。

・十一月　與許錟輝、尤信雄、廖吉郎、賴橋本等教授共同編審《重編國語辭典》完成，由臺灣商務印書館發行。

・十二月　爲臺灣師大中等教育輔導叢書《如何教國文》第一輯之再版代王宗樂先生寫序，由中等教育輔導委員會印行。

民國七十一年（西元一九八二年）

・二月　發表〈國中三年級學生書法能力評量報告〉、〈怎樣教學生臨摹碑帖〉於《中等教育》三十三卷一期。其中〈怎樣教學生臨摹碑帖〉後收錄於《如何教國文》第二輯，於同年六月由臺灣師大中等教育輔導委員會出版；又收錄於《書法論文選輯》，於八十一年三月，由省立嘉義女子高級中學出版。

・六月　撰成〈國文教學與改進〉一文，收入臺灣師大《學術專題研究》十輯，由幼獅文化事業公司出版。又集結有關論文為《學庸麤談》，由文津出版社出版。又為《如何教國文》第二輯代王宗樂先生寫序，由臺灣師大中等教育輔導委員會印行。

民國七十二年（西元一九八三年）

・十一月　與陳弘治教授合編《唐宋詩詞評注》，由文津出版社出版。又譯述歐陽修〈朋黨論〉、朱熹〈大學章句序〉、黃庭堅〈答洪駒父書〉，收入《空中教學國文白話翻譯》，由復文圖書出版社出版。

・十二月　發表〈章法教學〉、〈國文科的命題與評量〉於《中等教育》三十四卷五、六期，其中〈章法教學〉後收錄於《如何教國文》第三輯，於七十四年六月由臺灣師大中等教育輔導委員會出版。

民國七十三年（西元一九八四年）

・三月　譯述《資治通鑑・隋紀》，收入《白話資治通鑑》，由文化圖書公司出版。

・五月　指導臺灣師範大學國文研究所研究生權寧蘭完成碩士論文〈朱竹垞詞研究〉。

・六月　發表〈心廣體胖――爲什麼大學如此說〉於文化大學《華岡女青年》第七期。又爲《如何教國文》第三輯代王宗樂先生寫序，由臺灣師大中等教育輔導委員會印行。

・九月　發表〈談孔子的四教――文、行、忠、信〉於《孔孟月刊》二十三卷一期。

民國七十四年（西元一九八五年）

・五月　接受臺灣省教育廳之委託，指導省立中壢高級中學完成《高級中學一年級國文科新編教材（第一冊）研究報告》，由省立中壢高級中學出版。

・八月　與學者多人共同編審《大辭典》完成，由三民書局出版。

・九月　與王熙元、陳弘治、黃麗貞、賴橋本等教授合編《詞曲選注》完成，由學生書局出版。

・十月　發表〈氣吞萬里的辛棄疾〉於《幼獅少年》第一〇八期。又發表〈談運用詞章材料的幾種基本手段〉於《中等教育》三十六卷五期。

・本年由臺灣省教育廳聘爲臺灣省高級中學招生入學考試命題研究改進委員會國文科研究小組委員。

民國七十五年（西元一九八六年）

・四月　與田博元、賴明德、廖吉郎、陳弘治等教授共同提出〈臺灣省高級中學七十五年度招生入學考試命題研究改進委員會國文科命題科學性研究小組研究報告〉。

・六月　指導臺灣師範大學國文研究所研究生林承坯完成碩士論文〈稼軒詞之內容及其藝術成就〉。又修改演講稿〈吳文英〉完成，收入《中國文學講話》七輯，由巨流圖書公司出版。

・八月　發表〈中學國文課文修辭實例舉要〉於《中等教育》三十七卷四期。

・本年由臺灣省教育廳續聘爲臺灣省高級中學招生入學考試命題研究改進委員會國文科研究小組委員。

民國七十六年（西元一九八七年）

・二月　撰成《中庸導讀》，收入《四書導讀》，由文津出版社出版。

・四月　與田博元、賴明德、廖吉郎、陳弘治等教授共同提出〈臺灣省高級中學七十六年度招生入學考試命題研究改進委員會國文科命題科學性研究小組研究報告〉。

・六月　發表〈意氣峥嶸的辛棄疾〉於《幼獅月刊》第四一四期。又爲吳正吉《文章賞析》寫序，由文津出版社出版。

・八月　與李鍌、劉正浩、邱燮友、賴炎元等教授修訂《新譯四書讀本》完成，由三民書局出版。

・九月　發表〈談主旨見於篇外的幾篇課文〉於《國文天地》三卷四期。

・十月　發表〈遊歐小吟〉於《國文天地》三卷五期。

・十一月　發表〈談主旨見於篇末的幾篇課文〉於《國文天地》三卷六期。

・十二月　發表〈談主旨見於篇首的幾篇課文〉於《國文天地》三卷七期。

・本年由臺灣省教育廳續聘爲臺灣省高級中學招生入學考試命題研究改進委員會國文科研究小組委員。

民國七十七年（西元一九八八年）

・一月　發表〈談主旨見於篇腹的幾篇課文〉於《國文天地》三卷八期。又發表〈談心廣體胖〉於《孔孟月刊》二十六卷四期。又與李振興、周志文……等教授合編高職《國文》㈡、㈣、㈥完成，由東大圖書公司印行。

・二月　發表〈演繹法在詩詞裡的運用〉於《國文天地》三卷九期。

・三月　與周鳳五、邱燮友……等教授合編高職《國文》㈤完成，由東大圖書公司出版。

・四月　發表〈歸納法在詩詞裡的運用〉於《國文天地》三卷十一期。又與田博元、賴明德、廖吉郎、陳弘治等教授共同提出〈臺灣省高級中學七十七年度招生入學考試命題研究改進委員會國文科命題科學性研究小組研究報告〉。

・五月　發表〈談採先敍後論的形式所寫成的幾篇課文〉於《國文天地》三卷十二期。又發表遊歐吟稿〈浣溪沙〉、〈浪淘沙〉、〈夢江南〉詞於臺灣師大國文系《文風》第四十八期。

・六月　修改演講稿〈談詩詞教學與欣賞〉完成，收入《詩詞教學與欣賞研討會手册》，由臺北市教師研習中心印行。

・七月　發表〈怎樣寫好命題作文——向大學聯招考生叮嚀幾句話〉於《國文天地》四卷二期。

・八月　與許錟輝、黃沛榮……等教授合編高職《國文》㈢完成，由東大圖書公司出版。

・九月　發表〈今年大學聯考國文試題評析〉於《國文天地》四卷四期。又與黃志民、黃俊郎……等教授合編高職《國文》㈠完成，由東大圖書公司出版。

・十一月　發表〈屛障中原關盛衰——北平〉、〈無山無水不入神——桂林〉於《國文天地》四卷六期。

・十二月　發表〈談詞章聯絡照應的幾種技巧〉於《中等教育》三十九卷六期。

・本年由臺灣省教育廳續聘爲臺灣省高級中學招生入學考試命題研究改進委員會國文科研究小組委員。

民國七十八年（西元一九八九年）

・四月　與田博元、賴明德、廖吉郎、陳弘治等教授共同提出〈臺灣省高級中學七十八年度招生入學考試命題研究改進委員會國文科命題科學性研究小組研究報告》。

・五月　接受教育部委託，指導臺灣省立新竹女子中學完成《高中國文第二冊文章結構分析》，由省立新竹女中國文科教學研究會編印。又與學者多人共同編審《新辭典》完成，由三民書局出版。

・六月　發表〈怎樣教詞選——李煜的清平樂與蘇軾的念奴嬌詞〉於《國文天地》五卷一期。又發表〈詞的章法與結構〉於臺灣師大文學院《教學與研究》第十一期。又參加「七十七學年度國民中學國文教學論文研討會」，擔任林秀珠〈岳飛滿江紅之研究〉之講評人，並發表〈國中國文課文分析舉隅〉，收入《七十七學年度國民中學國文教學論文研討會論文集》，由臺灣師大中等教育輔導委員會印行。又接受教育部社會教育司委託，與王熙元、曾忠華、張學波、陳品卿、廖吉郎、劉本棟、康世統等教授共同完成《國民中學國語文教材教法專案研究第一年年度報告》，由臺灣師大國文系編印。

・九月　與賴炎元、傅武光……等教授合編《大專國文選》完成，由東大圖書公司出版。

・十一月　發表〈從現行國中國文課本看我國當前古典文學教育〉於《國文天地》五卷六期。

・本年由中華民國大學入學考試中心聘爲國文科研究小組委員。又由臺灣省教育廳續聘爲臺灣省高級中學招生入學考試命題研究改進委員會國文科研究小組委員。

民國七十九年（西元一九九〇年）

・四月　與田博元、賴明德、廖吉郎、陳弘治等教授共同提出〈臺灣省高級中學七十九年度招生入學考試命題研究改進委員會國文科命題科學性研究小組研究報告〉。

・五月　指導臺灣師範大學國文研究所研究生郭美美完成碩士論文〈東坡在詞風上的承繼與創新〉。

・六月　撰成〈談我國中等教育師資培養之管道〉，收入《師大學術演講專輯》第六期。又撰成〈如何畫好課文結構分析表〉，收入《國文教學津梁》，由臺北市教師研習中心印行。又與王熙元、曾忠華、廖吉郎、李威熊、黃沛榮等教授共同提出〈中華民國大學入學考試中心國文科研究小組七十八年度研究報告〉。又接受教育部社會教育司委託，與王熙元、曾忠華、張學波、陳品卿、廖吉郎、劉本棟、康世統等教授共同完成《國民中學國語文教材教法專案研究第二年年度報告》，由臺灣師大國文系編印。

・本年由中華民國大學入學考試中心續聘爲國文科研究小組委員。又由臺灣省教育廳續聘爲臺灣省高級中學招生入學考試命題研究改進委員會國文科研究小組委員。又接受教育部中等教育司委託，與王熙元、曾忠華、王更生等教授共同指導高中國文（一～二册）教學錄影帶之製作，由中華電視公司錄製、發行。又接受國立資料館委託，與王熙元、曾忠華、張學波、陳品卿等教授共同指導國中國文（一～六冊）教學錄影帶之製作，由國立資料館錄製、發行。

民國八十年（西元一九九一年）

・四月　與田博元、賴明德、廖吉郎、陳弘治等教授共同提出〈臺灣省高級中學八十年度招生入學考試命題研究改進委員會國文科命題科學性研究小組研究報告〉。

・五月　發表〈落花微雨燕歸來——晏氏父子詞中的花與燕〉於《國文天地》六卷十二期。又與學者多人共同編審《學典》完成，由三民書局出版。

・六月　接受教育部社會教育司委託，與王熙元、曾忠華、張學波、陳品卿、廖吉郎、劉本棟、康世統等教授共同完成《國民中學國語文教材教法專案研究第三年年度報告》，由臺灣師大國文系編印。

・七月　集結有關國文教學之論文為《國文教學論叢》，由國文天地雜誌社出版。

・八月　發表〈惟字的讀音〉、〈綠楊歸路、燕子西飛去——賀鑄點絳脣詞欣賞〉於《國文天地》七卷三期，而後者收錄於《愛情詞與散曲鑑賞辭典》，於八十一年九月由湖南教育出版社出版。

・九月　發表〈插敍法在詞章裡的運用〉於《國文天地》七卷四期。又發表〈作文在國文教學上的意義〉於《選才》二卷二期。

・十月　發表〈攀條折其榮，將以遺所思〉、〈談詞章主旨、綱領與內容的關係〉於《國文天地》七卷五期。又發表〈常見於詩詞裡的兩種寫景法——主觀與客觀〉於《中等教育》四十二卷五期。

・十一月　發表〈東坡「赤壁」三問〉、〈「攻守之勢異也」如何解釋〉於《國文天地》七卷六期。

・本年由中華民國大學入學考試中心續聘爲國文科研究小組委員。又由臺灣省教育廳續聘爲臺灣省高級中學招生入學考試命題研究改進委員會國文科研究小組委員。又接受教育部中等教育司委託，與王熙元、曾忠華、王更生等教授共同指導高中國文（三～四册）教學錄影帶之製作，由中華電視公司錄製、發行。又接受國立資料館委託，與王熙元、曾忠華、張學波、陳品卿等教授共同指導國中國文（一～六册）教學錄影帶之製作，由國立資料館錄製、發行。

民國八十一年（西元一九九二年）

・一月　與王熙元、曾忠華、黃沛榮、李威熊、廖吉郎等教授共同提出〈中華民國大學入學考試中心大學聯考國文科作文命題及評分客觀性之研究報告〉。

・三月　發表〈我獨何害〉、〈「便當」的解釋〉於《國文天地》七卷十期。

・四月　與田博元、賴明德、尤信雄、廖吉郎、陳弘治等教授共同提出〈臺灣省高級中學八十一年度招生入學考試命題研究改進委員會國文科命題科學性研究小組研究報告〉。又發表〈從偏全的觀點試解讀四書所引生的一些糾葛〉於《中國學術年刊》第十三期。又發表〈「多情」如何解〉於《國文天地》七卷十一期。又參加「第一屆臺灣地區國語文教學學術研討會」，擔任沈壽美〈從香港的「出版中學中文課本獎勵計畫」談高中國文教材的期望〉之特約討論人，並發表〈凡目法在高中國文課文裡的運用〉一文，收錄於《第一屆臺灣地區國語文教學學術研討會論文集》，由臺灣師大中等教育輔導委員會出版。又參加「國民中學人文與社會學科教材教法研究改進獎勵論文發表大會」，擔任李開源〈從詞章、義理教學到科際整合〉之講評人。

・五月　發表〈「白」日依山盡如何讀〉、〈聽徹梅花弄——秦觀桃園憶故人詞賞析〉於《國文天地》七卷十二期，而後者收錄於《愛情詞與散曲鑑賞辭典》，於八十一年九月由湖南教育出版社出版。

・六月　與王熙元、曾忠華、黃沛榮、李威熊、廖吉郎等教授共同提出〈中華民國大學入學考試中心大學入學考試國文科命題參考手册之編製研究報告〉。

・七月　發表〈談詞章的兩種作法——泛寫與具寫〉於《國文天地》八卷二期。

・八月　發表〈五柳先生傳三問〉於《國文天地》八卷三期。

・九月　轉載〈凡目法在高中國文課文裡的運用（上）〉於《國文天地》八卷四期。

・十月　轉載〈凡目法在高中國文課文裡的運用（下）〉於《國文天地》八卷五期。

・本年接受教育部中等教育司委託，與王熙元、曾忠華、王更生等教授共同指導高中國文（五～六册）教學錄影帶之製作，由中華電視公司錄製、發行。又接受國立資料館委託，與王熙元、曾忠華、張學波、陳品卿等教授共同指導國中國文（一～六册）教學錄影帶之製作，由國立資料館錄製、發行。又由臺灣省教育廳續聘爲臺灣省高級中學招生入學考試命題研究改進委員會國文科研究小組委員。又受臺灣師大人文教育研究中心之邀，撰成《落花微雨燕歸來——唐宋詞名篇賞析》，列爲《高中人文學科叢書》，迄今未出版；又撰寫〈詞的欣賞〉錄影帶腳本，並與邱燮友教授合寫〈古典詩歌〉（絕句篇與律詩篇）錄影帶腳本，均由臺灣師大視聽教育館錄製、發行。

民國八十二年（西元一九九三年）

・一月　發表〈凡目法在國中國文課文裡的運用〉於《國文天地》八卷八期。

・四月　與田博元、賴明德、尤信雄、廖吉郎、陳弘治等教授共同提出〈臺灣省高級中學八十二年度招生入學考試命題研究改進委員會國文科命題科學性研究小組研究報告〉。

・六月　參加「紀念林尹教授逝世十週年學術研討會」，擔任王更生〈魏晉南北朝散文研究的重要性〉之引言人。

・八月　撰成《文章的體裁》，由圖文出版社出版。

・九月　發表〈談文章作法賞析——以國中國文課文爲例〉於《國文天地》九卷四期。又撰成〈學庸導讀〉，收入《國學導讀》㈡，由三民書局出版。

・十月　發表〈談詞章剪裁的手段——以周敦頤愛蓮説與賈誼過秦論爲例〉於《國文天地》九卷五期。

・十二月　發表〈談國中的詞曲教學〉於《國文天地》九卷七期。又指導臺灣師範大學國文研究所研究生林承坯完成博士論文〈辛稼軒詠物詞研究〉。

・本年由臺灣省教育廳續聘爲臺灣省高級中學招生入學考試命題研究改進委員會國文科研究小組委員。又接受國立資料館委託，與王熙元、曾忠華、陳品卿等教授共同指導國中國文（一～六册）教學錄影帶之製作，由國立資料館錄製、發行。

民國八十三年（西元一九九四年）

・一月　發表〈談近體詩的欣賞——以國中國文課本所選作品爲例〉於《國文天地》九卷八期。

・三月　譯述《禮記・學記》，收入《古文觀止續編》，由百川書局出版。

・四月　發表〈談幾種非傳統的作文命題方式〉於《國文天地》九卷十一期。又與賴明德、尤信雄、廖吉郎、陳弘治等教授共同提出〈臺灣省高級中學八十三年度招生入學考試命題研究改進委員會國文科命題科學性研究小組研究報告〉。又參加由中央研究院中國文哲研究所籌備處所主辦之「第一屆詞學國際研討會」，擔任蔣哲倫〈談詞中領字〉之講評人。

・五月 指導臺灣師範大學國文研究所研究生陳清茂完成碩士論文〈楊愼的詞學〉。又參加「紀念程旨雲先生百年誕辰學術研討會」，擔任林礽乾〈海陵紅粟辨正〉之特約討論人。

・六月 集結有關詩詞之論文爲《詩詞新論》，由萬卷樓圖書公司出版。

・八月 發表〈談作文命題的原則〉於《國文天地》十卷三期。

・九月 發表〈談作文批改的原則〉於《國文天地》十卷四期。

・十月 撰成《作文教學指導》一書，由萬卷樓圖書公司出版。

・十一月 發表〈談詞章的義蘊與運材的關係〉於《國文天地》十卷六期。

・十二月 發表〈談作文批改的項目與技巧〉於《中等教育》四十五卷六期。

・本年由國立編譯館聘爲高級中學國文科教科用書編審委員會編輯小組委員。又由臺灣省教育廳續聘爲臺灣省高級中學招生入學考試命題研究改進委員會國文科研究小組委員。

民國八十四年（西元一九九五年）

・四月　與賴明德、尤信雄、廖吉郎、陳弘治、康世統等教授共同提出〈臺灣省高級中學八十四年度招生入學考試命題研究改進委員會國文科命題科學性研究小組研究報告〉。又參加「第五屆文學與美學學術研討會」，擔任殷善培〈美感之重置——論宋代文人詞的確立〉之特約討論人。

・五月　撰成〈章法分析與國文教學〉，收入〈臺灣、大陸、香港、新加坡四地中學語文教學論文集〉，由臺灣師大中等教育輔導會印行。又參加「國立臺灣師範大學國文學系八十三學年度資優生論文發表會」，擔任主持人。

・六月　參加「兩岸暨港新中小學國語文教學國際研討會」，擔任主持人及廖吉郎〈臺灣省暨高雄市公立高級中學八十三年度招生國文科試題分析〉之特約討論人，並發表〈談課文結構分析的重要——以高中國文課文爲例〉，收入《兩岸暨港新中小學國語文教學國際研討會論文集》，由臺灣師大中等教育輔導委員會印行。

・八月　發表〈談詞章主旨的顯與隱——以中學國文課文爲例〉於《國文天地》十一卷三期。又與王更生、何寄澎、何淑貞、郭麗華、董金裕等委員改編《高中國文》㈢完成，由國立編譯館出版。又與賴橋本、簡宗梧……等教授合編《五專國文》㈠完成，又與劉正浩、邱燮友等教授改編高職《中國文化基本教材》㈠完成，均由東大圖書公司出版。

・九月　與劉正浩、邱燮友等教授改編高職《中國文化基本教材》㈢完成，由東大圖書公司出版。

・十月　發表〈從軌數的多寡看凡目法在詞章裡的運用——以國、高中國文課文爲例〉於《國文天地》十一卷五期。

・十一月　發表〈唐宋詞拾玉㈠——李白的菩薩蠻〉於《國文天地》十一卷六期。又校閱《新譯貞觀政要》完成，由三民書局出版。又爲王開府教授《四書的智慧》寫序，由萬卷樓圖書公司出版。

・十二月　發表〈談與宋元思書與溪頭的竹子二文在結構上的異同〉於《國文天地》十一卷七期。

・本年由國立編譯館續聘爲高級中學國文科教科用書編審委員會編輯小組委員。又由臺灣省教育廳續聘爲臺灣省高級中學招生入學考試命題研究改進委員會國文科研究小組委員。

民國八十五年（西元一九九六年）

・一月　發表〈唐宋詞拾玉㈡——李白的憶秦娥〉於《國文天地》十一卷八期。又校閱《新譯搜神記》、《新譯列女傳》完成，由三民書局出版。又與王更生、何寄澎、何淑貞、郭麗華、董金裕等委員改編《高中國文》㈣完成，由國立編譯館出版。

・二月　發表〈談崔顥黃鶴樓與李白登金陵鳳凰臺二詩的異同〉於《國文天地》十一卷九期。又校閱《新譯戰國策》完成，由三民書局出版。又與劉正浩、邱燮友等教授改編高職《中國文化基本教材》(二)、(四)完成，由東大圖書公司出版。

・三月　發表〈唐宋詞拾玉(三)——張志和的漁父〉於《國文天地》十一卷十期。又爲吳餘鎬《唐詩三百首演譯》寫序，由大孚書局印行。

・四月　發表〈凡目法在蘇辛詞裡的運用〉（上）於《國文天地》十一卷十一期。又與賴明德、尤信雄、廖吉郎、陳弘治、康世統等教授共同提出〈臺灣省高級中學八十五年度招生入學考試命題研究改進委員會國文科命題科學性研究小組研究報告〉。又與劉正浩、邱燮友等教授改編高職《中國文化基本教材》(五)、(六)完成，由東大圖書公司出版。

・五月　發表〈凡目法在蘇辛詞裡的運用〉（下）於《國文天地》十一卷十二期。

・六月　發表〈唐宋詞拾玉(四)——辛棄疾的賀新郎〉於《國文天地》十二卷一期。又撰成〈如何進行作文教學〉，收入《國文科教學專輯》(二)，由臺灣省教育廳發行。又撰成〈如何進行鑑賞教學〉，收入《如何進行國文教學》；並撰成〈談篇旨教學〉，收入《高級中學國文、英文、物理、化學四科輔導資料彙編》，均由臺灣師大中等教育輔導委員會印行。

・七月　校閱《新譯賈長沙集》完成，由三民書局出版。

・八月　發表〈唐宋詞拾玉(五)——白居易的長相思〉於《國文天地》十二卷三期。又與劉正浩、黃俊郎、邱燮友、許錟輝等教授共同編譯《新譯世說新語》完成，由三民書局出版。又與王更生、何寄澎、何淑貞、郭麗華、董金裕等委員改編《高中國文》(五)完成，由國立編譯館出版。又與李振興、周志文……等教授合編《五專國文》(二)完成，由東大圖書公司出版。

・九月　發表〈孔子的仁智觀〉於《國文天地》十二卷四期。

・十月　發表〈優遊詩歌天地——悼王熙元教授〉於《國文天地》十二卷五期。又發表〈談古典詩歌之美——以中等學校國文課文爲例〉於《人文及社會學科教學通訊》七卷三期。又校閱《新譯商君書》完成，由三民書局出版。

・十一月　發表〈談補敍法在詞章裡的運用〉於《國文天地》十二卷六期。

・十二月　發表〈唐宋詞拾玉(六)——溫庭筠的菩薩蠻〉於《國文天地》十二卷七期。

・本年由國立編譯館續聘爲高級中學國文科教科用書編審委員會編輯小組委員。又由臺灣省教育廳續聘爲臺灣省高級中學招生入學考試命題研究改進委員會國文科研究小組委員。

民國八十六年（西元一九九七年）

・一月　發表〈談中庸的思想體系〉（上）於《國文天地》十二卷八期。又校閱《新譯尸子讀本》完成，由三民書局出版。又與王更生、何寄澎、何淑貞、郭麗華、董金裕等委員改編《高中國文》(六)完成，由國立編譯館出版。又指導臺灣師範大學國文研究所研究生張美娥完成碩士論文〈陳亮散文研究〉。

・二月　發表〈談中庸的思想體系〉（下）於《國文天地》十二卷九期。又校閱《新譯列仙傳》完成，由三民書局出版。

・三月　發表〈唐宋詞拾玉(七)——溫庭筠的更漏子〉於《國文天地》十二卷十期。又參加教育部委託臺灣師大教育研究中心所進行之「完全中學實驗課程規畫」專案研究，指導國文科研究小組完成〈國文科中一至中六教學綱要〉。

・四月　發表〈國文科測驗題命題的一般原則——以大學聯考試題爲例〉於《國文天地》十二卷十一期。又與劉正浩、沈秋雄、黃俊郎、黃志民、周鳳五、高桂惠等教授校閱《新譯昭明文選》完成，由三民書局出版。又與賴明德、尤信雄、廖吉郎、陳弘治、康世統等教授共同提出〈臺灣省高級中學八十六年度招生入學考試命題研究改進委員會國文科命題科學性研究小組研究報告〉。

・五月　發表〈唐宋詞拾玉(八)——韋莊的菩薩蠻(一)〉於《國文天地》十二卷十二期。又參加「國立臺灣師範大學國文學系八十五學年度資優生論文發表會」，擔任主持人。

又參加臺灣師大人文教育研究中心所主辦之鍾肇政先生專題演講〈臺灣客家作家之作品及其影響——從吳濁流的文學談起〉，擔任主持人。

・六月　指導臺灣師範大學國文研究所研究生仇小屏完成碩士論文〈中國辭章章法析論〉、謝奇懿完成碩士論文〈五代詞中山的意象研究〉。

・七月　發表〈唐宋詞拾玉(九)——韋莊的菩薩蠻(二)〉於《國文天地》十三卷二期。又指導東吳大學中文研究所研究生曾秀華完成碩士論文〈北宋前期小令詞人研究〉。又指導臺灣師範大學國文研究所研究生金鮮完成博士論文〈清末民初宋詞學析論〉。

・八月　發表〈談詞章主旨在凡目結構中的安排〉於《國文天地》十三卷三期。又與周鳳五、邱燮友……等教授合編《五專國文》(三)完成，由東大圖書公司出版。又參加教育部委託臺灣師大教育研究中心所主辦之「完全中學各科教材教法研討會」，指導國文科小組進行討論。

・九月　發表〈唐宋詞拾玉(十)——馮延巳的謁金門〉於《國文天地》十三卷四期。又校閱《新譯幼學瓊林》完成，由三民書局出版。

・十月　發表〈談三疊法在詞章裡的運用〉於《國文天地》十三卷五期。

・十一月　發表〈談國文天地的誕生——悼第一任社長梅新先生〉、〈唐宋詞拾玉（十一）——馮延巳的蝶戀花(一)〉於《國文天地》十三卷六期。又參加「第四屆國立臺灣師範大學國文系研究生論文研討會」，擔任李慕如〈東坡與朝雲〉之特約討論人。

・十二月　發表〈補記國文天地誕生前後二三事〉、〈談詞章章法的主要內容〉（上）於《國文天地》十三卷七期。又參加「紀念魯實先先生逝世廿週年學術研討會」，擔任林礽乾〈史記張釋之傳「縣人」新詮〉之特約討論人。

・本年由臺灣省教育廳續聘爲臺灣省高級中學招生入學考試命題研究改進委員會國文科研究小組委員。又參與教育部委託臺灣師範大學教育研究中心辦理之「我國中小學國語文基本學力指標系統規畫研究」，擔任協同主持人。

國文教學論叢・續編

著　　者：陳滿銘
發 行 人：許錟輝
總 編 輯：許錟輝
責任編輯：李冀燕
出 版 者：萬卷樓圖書有限公司
台北市和平東路一段 67 號 14 樓之 1
電話(02)23216565・23952992
FAX(02)23944113
劃撥帳號 15624015
出版登記證：新聞局局版臺業字第 5655 號
承印廠商：晟齊實業有限公司
電腦排版：浩瀚電腦排版股份有限公司
定　　價：480 元
出版日期：民國 87 年 3 月初版

ISBN 957-739-170-2

請貼
郵票

萬卷樓圖書有限公司
「業務部」 收

106 台北市和平東路 1 段 67 號 14 樓之 1

萬卷樓圖書有限公司
讀者服務卡

謝謝您購買這本書！為加强對您的服務並使往後的出書更臻完善，請您詳細填寫本卡各欄，寄回給我們，即可收到本公司最新的出版資訊，及享受我們提供各種的優待。

書籍名稱：K040　國文教學論叢・續編
姓名：________________________
年齡：____________　性別：□男　□女
地址：________________________
聯絡電話：（O）____________　（H）____________
學歷：□高中（職）　□專科　□大學　□研究所以上
職業：□學生　□教職員　□公務員　□研究職　□上班族
□家庭主婦　□自由業　□軍警　□資訊業　□銷售業
□工商業　□服務業　□其他____________

購買本書的方式：
□__________市（縣）__________書店　□劃撥　□本公司
□贈送　□書展、演講活動，名稱____________
□其他____________

您從何處得知本書的消息
□逛書店　□報紙廣告　□國文天地雜誌　□親友推薦
□廣告 DM　□其他____________

您是否為《國文天地》雜誌的訂戶？
□是，編號：____________　□否

您是否曾購買本公司的其他書籍？
□是，書名（舉一）：____________　□否

對我們的建議：